DIE BRAUT DES RANCHERS GESAMT

DIE STONES VON HEART FALLS #3

VIVIAN AREND

1

Zum x-ten Mal an diesem Tag kam Luke Stone der Erdboden entgegen und klatschte ihm eine.

Der erste Kontakt trieb ihm die Luft aus dem Körper, aber die totale Krönung war der Schlag auf den blauen Fleck, der bereits an seiner Hüfte prangte. Er blieb in Bewegung und rollte instinktiv auf Hände und Knie. Auf dem Rücken im kalten Januarschnee liegen zu bleiben und vor Schmerz zu stöhnen, stand nicht zur Debatte, es sei denn, er wollte einen Hufabdruck auf seinen lebenswichtigen Organen.

Die Welt um ihn drehte sich noch immer, als er die Hand hob, um zu zeigen, dass er noch atmete und einigermaßen am Leben war.

Das Signal gab seinen Brüdern die Erlaubnis, ihn zu verspotten.

„Ich schwöre, diesmal bist du noch ein Stück weiter geschlittert, Bruder." Walker marschierte zur Seite des Reitplatzes, um ihm eine Hand zu reichen. Er zog Luke hoch, ohne sein Grinsen zu verstecken.

Luke klopfte den Schnee und Schmutz an seiner Jeans ab.

Er zwang sich zu einer gutmütigen Antwort, aber es war schwer, weil alle Brüder ihn amüsiert anstarrten. Sogar sein jüngster Bruder Dustin grinste breit.

Die drei waren aufgetaucht, um ihm bei der Arbeit mit der neuen Stute zuzuschauen, für deren Ausbildung er sich angeboten hatte. So machten sie das schon ewig auf der Silver Stone Ranch. Seit dem Tod ihrer Eltern arbeiteten sie miteinander, spielten miteinander, stritten miteinander.

Und, ja, lachten miteinander, und ab und zu lachten sie einander aus.

Caleb war ein paar Jahre älter als die anderen und hatte seit dem Schicksalstag den Hut auf. Luke hatte kein Problem damit, als sein großer Bruder über die Schulter zwinkerte und dann der Stute folgte, um sie zurückzuholen, damit Luke es noch mal versuchen konnte. Und obwohl Walker ein paar Jahre jünger als Luke war, war er ein Champion beim Bullenreiten. Damit hatte er das Recht verdient, jeden auszulachen, der unfreiwillig vom Rücken eines Tieres abstieg.

Aber Dustin? Auf keinen Fall.

Luke zeigte mit einem Finger auf den Zwanzigjährigen. „Lach du nur. Keine zwei Sekunden würdest du auf ihrem Rücken durchhalten."

Der Junge war schlau genug, das nicht zu bestreiten. „Es ist trotzdem lustig, wenn du auf den Arsch fällst."

Sein breites Lächeln war spöttisch, aber voller Familiengefühl. Dustin schwang sich über den Zaun und gesellte sich zu Caleb, der Chili Pepper führte. Luke beschloss, den Jungen diesmal glimpflich davonkommen zu lassen.

Walker legte ihm eine Hand auf die Schulter. „Wollen wir Feierabend machen?"

Luke zuckte mit den Achseln. Er betrachtete die junge Stute, während seine Brüder sie um den Reitplatz herum laufen ließen. „Ich werde sie nie ausbilden, wenn ich aufgebe, sobald sie mich zum ersten Mal abwirft."

„Zum ersten Mal? Mathe war nie dein bestes Fach", scherzte Walker, ehe er die Arme verschränkte und Luke mit geübtem Blick ansah. „Dir tut was weh, Luke. Einer dieser Stürze war ein Volltreffer. Das sehe ich an deiner Haltung."

„Kann sein. Egal. Ich kann noch ein bisschen weitermachen."

Es schien, als wollte Walker noch etwas sagen, doch dann schüttelte er den Kopf und schaute auf seine Uhr. „Morgen bist du bestimmt grün und blau, aber ehrlich gesagt musst du aufhören, weil wir alle was anderes zu erledigen haben. Und du kennst die Regeln. Du arbeitest nicht ohne Back-up mit einem wilden Pferd."

Caleb und Dustin waren schon dazugekommen. Die Stute stand wie ein Engel am Ende der Longe. Das streitsüchtige Geschöpf, das ihn schon ein Dutzend Mal abgeworfen hatte, war jetzt ganz liebreizend. Es machte einen Schritt nach vorne und schubste ihn mit dem Kopf an, stieß ihn in den Bauch und gegen die Scheune.

Luke umarmte Pepper und streichelte ihr die Nase. „Herrisches Geschöpf."

„Siehst du? Sogar sie weiß, dass wir Schluss machen sollten." Caleb grummelte zufrieden. Seine Augen waren auf etwas außerhalb des Reitplatzes gerichtet.

Luke drehte sich um und sah Calebs Kinder, die über den verschneiten Pfad vom Ranchhaus herankamen. „Für dich ist es auf jeden Fall an der Zeit zum Aufhören", gab Luke zu.

„Ivy erwartet mich auch", fügte Walker an. „Es gibt so eine Benefizveranstaltung mit großem Hallo für die Schulleitung, sollte gleich im neuen Jahr stattfinden, war aber dann doch später. Deswegen muss ich mir einen Anzug und eine Krawatte anziehen."

Alle vier stöhnten gleichzeitig, drei davon aus Mitleid. Walkers Verlobte war die Konrektorin an der örtlichen Grundschule, was bedeutete, dass sie bei allen Arten von gemeinschaftlichen Aktivitäten sehr engagiert war.

Ihr großer Bruder Caleb war schon glücklich mit Tamara verheiratet. Und obwohl sie Salzstangen aß und Gingerale trank, freuten sie sich wahnsinnig darauf, ein neues Baby zu bekommen, um die beiden verschmitzten Mädchen, die sich dem Reitplatz näherten, zu komplettieren.

Luke war froh, dass seine Brüder Partnerinnen gefunden hatten, die sie glücklich machten. Es war trotzdem wie ein Messerstich im Bauch, weil seine gescheiterte Beziehung erst ein paar Monate vorbei war.

Sogar Dustin kicherte vor Freude, als er seinen Abendplan mitteilte. „Ich habe heute Abend ein Date."

„Wirklich?" Walkers Tonfall wurde ernst. „Ich habe gehört, dass du zum Haus von Ivys Eltern gehst. Gehst du mit einer ihrer Schwestern aus?"

Kurz wurden Dustins Augen groß, ehe er sich entspannte. „Geht dich nichts an."

Luke und Caleb wechselten einen Blick, in dem stand: *Ach, Scheiße, das hat er gerade nicht wirklich gesagt.*

„Todeswunsch?", fragte Caleb trocken.

„Gehirntot. Es ist nur noch nicht angekommen, dass der Körper gleich nachzieht."

Walker schaute sie an. Seine Lippen zuckten, ehe sich seine ernste Miene wieder einstellte. „Alles auspacken", befahl er Dustin.

Ihr jüngster Bruder verdrehte die Augen. „Erstens habt ihr keinen Sinn für Humor. Ich dachte nur, dass ich darauf mal hinweisen sollte, falls ihr unter diesem Irrglauben leidet. Zweitens geht es euch wirklich nichts an, aber da ihr so ausseht, als wolltet ihr mich ausweiden und vierteilen, nein, ich gehe nicht mit einer der Fields-Schwestern aus. Sie sind schon spitze, aber zwei von ihnen sind zu alt für mich, und Rose ist eine gute Freundin. Roses beste Freundin, Kandi mit K, ist aber voll geil."

Hätte Luke versucht, eine unbewegte Miene aufzubehalten, während er einen schrägen Seitenblick mit Caleb und Walker wechselte, hätte sein Auge angefangen zu zucken. „*Kandi?*"

„Mit K. Wie süß ...", setzte Walker an, wurde aber unterbrochen, als ihre Nichten über den Zaun kletterten und nach Caleb riefen.

„Daddy, Daddy, Daddy."

„Papa. Paaapaaa."

Caleb klopfte Luke auf die Schulter. „Ich wurde gerufen. Also, bis morgen."

Walker brach in eine Richtung auf, Dustin und Caleb gingen in eine andere davon. Plötzlich stand Luke auf dem Reitplatz allein mit Chili Pepper, die in seinen Hosentaschen nach Leckerbissen suchte.

„Es scheint, als ob alle Stone-Jungs heute Abend heiße Rendezvous haben." Luke spottete über sich selbst. Er glitt mit einer Hand Peppers Nacken entlang und tätschelte sie, während er sie zur Scheune führte. „Dir und mir geht's gut. Wir müssen aber mal über deine Neigung reden, immer der Chef sein zu wollen. Ich find's nicht so schlecht, ab und zu die Zügel abzugeben, aber wenn ein Mann sagt, dass er die erste Geige spielen will, meint er das ernst."

Er drehte sich auf der Stelle, damit er das Viehgatter öffnen konnte. Kurz wurden die quietschenden Bodenbretter unter seinen Stiefeln leise. Lang genug, dass ein leises Kichern an seine Ohren drang.

Er seufzte laut und schüttelte den Kopf, während er hinauf

in den Heuboden schaute. „Wegen deiner Lauscherei wirst du eines Tages Ärger kriegen, Kelli James."

„Vielleicht, aber in der Zwischenzeit erfahre ich dadurch viel." Sie schwang sich in seinen Blickwinkel, glitt am Geländer entlang und ließ sich mit ihrem Jeans-bedeckten Hintern auf die Außenkante des Heubodens fallen. Ihre abgetragenen Cowboy-Stiefel hingen herab, schwangen gemächlich, während sie nach unten lächelte. Ihr dunkelbraunes Haar war zu zwei Zöpfen geflochten, die auf ihren Schultern lagen. Schalk funkelte in ihren braunen Augen.

Luke lehnte eine Schulter an den Pferdestall. „Solange du da bist, mach dich nützlich. Hol mal ein paar Bürsten, und du kannst mir helfen, Pepper zu striegeln."

Die Frau hätte aufspringen und zur Wand gehen sollen, wo die Leiter stand. Aber nicht Kelli. Sie nickte ihm kurz zu und schmiss sich kopfüber nach unten. Der Heuboden war hoch genug, dass sie sich ihren dummen Hals hätte brechen können, weil sie fast dreißig Zentimeter kleiner als seine 1,88 war.

Ohne einen bewussten Gedanken ging Luke nach vorne, um sie zu fangen. Ganz egal, dass er diesen Sprung im Lauf der Jahre schon Dutzende Male erlebt hatte. Es überraschte ihn jedes Mal. In letzter Sekunde schnappte sie sich ein an der Wand hängendes Rohr und ließ sich daran zu Boden gleiten.

Sie erreichte ihn mit einem verdammt heftigen Aufprall, aber zumindest landete sie mit den Füßen und nicht dem Kopf voran.

Er biss sich auf die Zunge und verzichtete darauf, ihr den Gefallen zu tun, zu fluchen oder sie auszuschimpfen. Sie wusste schon, dass er diesen Sprung für gefährlich hielt.

Sie war leichtfüßig, das musste er zugeben. Und sie trödelte nicht beim Abholen der benötigen Sachen.

Luke ging in die andere Richtung, um Futter für die Stute

aufzuschaufeln. Er warf Hafer in einen Futtersack und stellte sich dann zu Kelli neben Pepper.

Sie reichte ihm eine Bürste. „Befehle, Boss?"

Betont entspannte er den Kiefer, damit er nicht mit den Zähnen knirschte. „Heute Abend bist du wirklich nervig", sagte er ruhig. „Ich bin nicht dein Boss, und das weißt du. Das ist Ashton."

„Im Vergleich zu mir hast du durchaus den Hut auf, also kann ich dich im Prinzip Boss nennen. *Boss*." Sie warf ihm einen abschätzigen Blick zu, dann klatschte sie ihm hart die steifen Borsten der Bürste auf den Hintern. „Und mein guter Tag ist gerade noch besser geworden, weil du Kacke am Arsch hast und ich nicht."

Luke seufzte. Er war nicht ungeschoren mit den wiederholten Stürzen davongekommen, die er dank Peppers Mangel an Begeisterung für ihn als Reiter mitgemacht hatte. „Das gehört halt dazu", murmelte er, bevor er mit der Arbeit anfing. „Ich freue mich aber, dass du einen schönen Tag gehabt hast. Was hast du denn gemacht?"

Kelli erzählte ihm davon, womit sie sich beschäftigt hatte: Sie hatte dem Vorarbeiter Ashton dabei geholfen, den kampflustigeren Teil des Viehbestands zu bewältigen. Während sie sprach, bewegte sie stets die Hände. Die Borsten glitten ständig reibungslos weiter. Selbstbewusst und sicher, so, wie sie immer war.

Sie gehörte fast so lange zur Silver Stone Ranch, wie die Brüder ohne ihre Eltern das Geschäft führten. Es überraschte ihn gar nicht, zu hören, dass Ashton sie für schwierigere Aufgaben einsetzte, auch wenn er sich sorgte, dass sie mitten in einer Herde Tiere war, die sie unabsichtlich mit ihrer Masse zerquetschen konnten.

Aber gerade in dem Augenblick, als Pepper ihre Stellung änderte, glitt Kelli nach vorne, als ob sie mit dem Pferd tanzen würde. Sie legte einen Arm um Peppers Nacken und nutzte den Schwung, um den Widerrist zu erreichen.

„Ich denke, morgen solltest du mir die Erlaubnis geben, dir zu helfen", sagte Kelli entschieden.

Luke blinzelte, nicht sicher, ob er dem Gespräch folgen konnte. „Helfen? Womit?"

Kelli rückte komplett auf die andere Seite des Pferdes und stellte sich neben ihn. Sie grinste, als ob sie ein Geheimnis hütete. „Müsstest du nicht schon im Bett sein?", spottete sie. „Für so einen alten Mann wie dich ist es ziemlich spät, um noch wach zu sein."

Er verschränkte die Arme und schaute sie zornig an. „Sei doch nicht so unhöflich. Wovon redest du?"

In genau dem Moment beschloss Pepper, sich zu beschweren. Obwohl Kelli und er mit ihr im Stall standen, schenkte ihr keiner von beiden Beachtung. Wie Pferde überall auf der Welt brachte sie ihre Beanstandung vor, indem sie ihr Gewicht verschob und sich mit ihrer erheblichen Masse an sie drängte.

Luke drehte sich aus dem Weg, ehe er am Verschlag eingeklemmt werden konnte. Kelli duckte sich unter dem Bauch des Pferdes durch und tauchte auf der anderen Seite wieder auf. Sie kletterte auf die Trennwand, bis sie oben saß.

Sie schmunzelten einander an.

Dann trat Kelli dieser Ausdruck in die Augen, der hieß, dass sie sich darauf vorbereitete, ihn um einen Gefallen zu bitten, was auch als „quäl ihn, bis er nachgibt" bekannt war.

„Ich will mit Pepper helfen. Du weißt, ich kann das. Ich wette, ihr würde es sehr gefallen, wenn ich sie ausbilden würde."

Luke schaute sie näher an. Die zierliche Frau hockte auf der Trennwand wie eine Art Scheunenfee. Mit acht Jahren Arbeit auf Silver Stone war sie genau so sehr Teil der Ranch wie der Rest der Crew, und so vertraut wie seine Brüder. Sie konnte echt gut mit den Pferden umgehen. Verdammt gut.

Wenn man bedachte, dass das Ziel der Ausbildung von Pepper war, sie in ein gutes Reittier für die Tochter ihres Besitzers zu verwandeln, die wahrscheinlich ungefähr so viel wog wie Kelli …

Aber er war doch verantwortlich dafür. „Ja, du kannst helfen, aber nicht sofort."

Die Aufregung auf ihrem Gesicht blitzte während seiner Worte kurz auf und verschwand schnell. „Was bedeutet das?"

„Das bedeutet, dass du Arbeit für Ashton hast, also stehst du sowieso nicht jederzeit zur Verfügung. Außerdem, egal, wie sehr du darauf bestehst, dass Pepper dich mag, ist sie noch nicht dafür bereit, verschiedene Menschen auf ihrem Rücken zu haben."

Kelli nickte, nachdenkliche Zustimmung in ihrer Miene. „Aber du lässt mich dir helfen, sobald sie die nächste Stufe erreicht?"

„Deine Hilfe würde ich begrüßen", erwiderte er ehrlich.

„Super." Sie ließ sich rückwärts in den leeren Stall hinter ihnen kippen, und schon wieder gab es in seinem Herzen einen merkwürdigen Ruck.

„Verdammt noch mal, Frau", murmelte er. Er tätschelte Pepper zum Abschied, dann schloss er sich im Gang wieder Kelli an.

„Ich verspreche, ich werde gute Arbeit leisten", versicherte ihm Kelli.

„Schwänz nicht deine anderen Aufgaben, nur um zu versuchen, mir früher helfen zu können", warnte er.

Da war wieder das Augenrollen.

„Von wegen", bemerkte sie abfällig. „Denkst du wirklich, dass Ashton mir so was durchgehen lässt? Auch wenn du denkst, dass ich idiotisch genug bin, es überhaupt erst zu versuchen, was ich sowieso nicht bin."

Es hätte ihn nicht überrascht, wenn sie ihm die Zunge rausgestreckt hätte wie seine Nichte Sasha.

Aber nein, obwohl sie manchmal jünger schien als die sechsundzwanzig Jahre, die er im Lohnbuch gesehen hatte, war Kelli nicht anfällig für Drama. Wahrscheinlich war das einer der Gründe, dass er sie so gern hatte.

Von allen Ranchhelfern, die im Laufe der Zeit auf Silver Stone gewesen waren, war Kelli unerschütterlich. Ein guter Sinn für Humor, ein gutes Arbeitsethos ...

Sie konnte *verdammt* gut mit Pferden umgehen. Sogar jetzt warf sie Kusshändchen zum ganzen Bestand, während sie vor ihm ging und vor jedem Tier hielt, um es zu begrüßen und ihm Streicheleinheiten und Leckerbissen anzubieten.

Dann war sie weg, ab zu ihrem Zimmer an der westlichen Seite der Unterkunft. Luke blickte um sich herum, aber da waren nur noch er und die Ranchhunde, die abwarteten und schauten, ob er etwas Interessantes tun würde.

Ohne extra stehen zu bleiben, tätschelte er ihre Köpfe und kraulte sie hinter den Ohren. Er ging weg vom Ranchhaus und zu dem Haus, das er seit ein paar Jahren baute. Das Haus, das so viel Zeit gebraucht hatte, weil seine Verlobte Penny gar nicht fähig dazu gewesen war, Entscheidungen zu treffen und sich dann daran zu halten.

Ende August war ihre Beziehung endgültig in die Binsen gegangen, seine Erleichterung darüber war so groß gewesen, dass er sich das noch gar nicht eingestanden hatte. Er wusste immer noch nicht, wie Pennys ehrliche Meinung dazu war, dass er ihre Verlobung abgeblasen hatte, aber er bezweifelte, dass sie sich nach ihm sehnte oder so. So eine Art von Beziehung hatten sie nie gehabt.

Dennoch war es ein seltsames Gefühl, dass er ein eigenes,

fast fertiges Haus besaß. In den letzten vier Monaten, seit er keine Zeit mit seiner Verlobten hatte verbringen müssen, oder sich für alles ihre Zustimmung holen oder nach einer Meinungsänderung ihrerseits alles ändern musste, bekam er richtig viel erledigt.

Witzig, wie das lief. Freie Zeit zur Verfügung, niemanden, mit dem er alle Entscheidungen besprechen musste. Deswegen ging die Arbeit verdammt noch mal schneller.

Das war aber fast das einzige Positive, das ihm einfallen wollte ...

Und das war nicht die gewünschte Richtung für seine Gedanken. Er wollte sich nicht länger mit der Tatsache aufhalten, dass er viel Zeit und Energie an eine Beziehung verschwendet hatte, die trotzdem gescheitert war.

Er wollte nicht ausführlicher darüber nachdenken, dass er ein Haus auf dem Land baute, das bis zum Ende des Jahres nicht mehr der Familie Stone gehören würde, wenn sie keine Kehrtwende schafften.

Er stapfte durch die Tür in seine fast fertige Garderobe hinein. Er hatte einen wahnsinnigen Hunger. Und Walker hatte recht. Sein Körper schmerzte von Kopf bis Fuß, nachdem er zu oft abgeworfen worden war.

Er war auch total dreckig, wie Kelli so eifrig festgestellt hatte. Aber das Brüllen in seinem Magen deutete an, dass Essen zuerst dran war, dann duschen. Dann musste er sich etwas ausdenken, womit er den Rest des Abends verbringen konnte.

Es war einfach nicht fair, dass seine übrigen Brüder Menschen hatten, mit denen sie den Abend verbringen würden, und er nicht. *Er* war der Charmante in der Familie, verdammt noch mal.

Luke ging durch die Küche, steckte sein Handy ein und fuhr seinen Laptop hoch. Er schnappte sich Pizzareste aus dem

Kühlschrank, zog mit dem Fuß einen Hocker her und setzte sich darauf, um seine E-Mails zu checken. Er aß ein Stück Pizza kalt, während der Rest in der Mikrowelle warm wurde.

Es war unfassbar, wie viel Junkmail jeden Tag im Posteingang lag. Es gab ein paar Nachrichten von seinen Schwestern, die er zum späteren Lesen markierte, nachdem er den Schrott ausgemistet hatte. Dann fiel sein Auge auf einen deutlich interessanteren Betreff.

Triple Crown Gala.

Ein Lachen brach aus ihm hervor, und er erstickte fast an dem Stück Pizza in seinem Mund. „Klar, ich auf einer Gala. Guter Witz.“

Aber etwas zerrte an seinen Gedanken. Warum hörte sich das bekannt an?

Die Nachricht kam von einem vertrauten Freund. Bertram Cooper war ein Vermittler. Er fand Pferde für Käufer oder schlug vor, wo man einen Hengst ausleihen oder Ausbildungsgelegenheiten finden konnte. Silver Stone hatte Glück, Bert zu den Freunden zählen zu können, und im Laufe der Jahre waren einige Top-Verträge durch ihn vermittelt worden. Darum öffnete Luke die Nachricht. Neugier, Misstrauen und das Gefühl, dass er sich an etwas Wichtiges erinnern sollte, liefen sich in seinem Kopf den Rang ab.

Bert hatte einen schrägen Sinn für Humor. Wahrscheinlich stellte er ihm eine Falle und diese Gala war in Wirklichkeit ein All-you-can-eat-Chicken-Wing-Buffet.

Als jedoch die Mikrowelle eine weitere Erinnerung piepen ließ, dass die Zeit um war, klammerte er es weiterhin aus, weil die Nachricht weder Scherz noch Quatsch war.

Bertram hatte Wind von einer spektakulären Veranstaltung in der Gegend bekommen und Luke eine Einladung verschafft. Es war wirklich eine Gala. Ein Treffen der Elite-Pferdezüchter aus ganz Nordamerika, für Käufer und Verkäufer, nur geladene Gäste.

Es war zwar kein Ort, wo tatsächlich Pferde und Bargeld den Besitzer wechselten, aber ein Kennenlernen mit Partnerinnen und Familien und ...

Die Optionen liefen schnell durch Lukes Gehirn. Seit Langem litt Silver Stone unter Problemen. Sie waren noch nicht über den Berg, obwohl im Herbst Walker die Familienkasse mit ein paar wahnsinnig großen Rodeogewinnen aufgefüllt hatte. Die Ranch musste den nächsten Schritt machen, der die Pferde, mit denen Luke seit Jahren so fleißig arbeitete, einschließen sollte. Diese Gala war ihre beste Chance, und die Einladung war ein Gewinnerlos, das ihm in den Schoß fiel.

Er las die Informationen gründlicher und schauderte, als der den Preis für die Veranstaltung sah. Zum Glück fand sie im Bezirk Kananaskis statt, nur ein paar Stunden entfernt. Das bedeutete, dass sie fahren konnten und nicht nach Texas oder Kentucky fliegen mussten.

Nach ein paar schnellen Berechnungen war ganz klar, dass nur ein Verkauf das übergroße Preisschild ausgleichen würde, und es war unwahrscheinlich, dass aus dieser Gala nur ein einmaliger Abschluss hervorgehen würde. Veranstaltungen wie diese waren Königsmacher.

Heilige Scheiße.

Deswegen hörte sich das so bekannt an. Seine Ex-Verlobte Penny und ihre Familie waren vor Jahren in einer ähnlichen Lage gewesen. Zur richtigen Zeit am richtigen Ort auf einer Versammlung ganz ähnlich dieser – und danach lief alles glatt.

Die Gala war genau das, was Silver Stone brauchte.

Die Nachricht von Bert war kurz und klar.

Habe von diesem Rummel erfahren. Der Organisator hat mich

um ein paar Empfehlungen für aufstrebende Züchter gebeten, und ich habe an dich gedacht. Ich muss dir nicht sagen, dass das Event eine große Sache ist. Wenn ich einen Betrieb wie deinen hätte, würde ich mir nach dieser Gelegenheit die Finger lecken. Also ja, sei so frei und schick mir später mal eine Flasche mit dem guten Zeug.

Ein paar kleine Hinweise: Die Gruppe ist ein bisschen altmodisch, was nicht heißt, dass sie erwarten, dass du eine Frau dabei hast, aber eine Verlobte ist besser als eine Freundin. Und obwohl sie immerhin so modern sind, dass sie euch nicht in getrennten Räumen schlafen lassen, wollen sie auf jeden Fall mit Familienbetrieben arbeiten. Also mach Teufel noch mal, dass du mit deiner Verlobten auftauchst. Lass dir das von ihr nicht versauen.

Viel Glück, und wir sehen uns im neuen Jahr. Ich habe ein paar Anfragen, die ich im Frühling an dich weiterleiten werde. Wenn du vorher was brauchst, melde dich.

Ein Teil seines Gehirns wertete alles aus und überlegte, doch Lukes Hände bewegten sich schon, denn das war etwas, worüber er nicht zu angestrengt nachdenken musste. Die Gala konnte die Ranch retten, also musste er auf jeden Fall dabei sein. Es war nicht seine Schuld, dass Bert die jüngsten Nachrichten, dass er und Penny ihre Verlobung abgeblasen hatten, noch nicht gehört hatte.

Der Tipp wegen der Familienunternehmen allerdings – das war ein guter Tipp.

Luke klickte den Link in der Einladung, der ihn zu einem Google Doc führte, wo er die nötigen Angaben eingab. Den Namen der Ranch, ihre bis dato besten Pferde und Hengste.

Es freute ihn sehr, dass er Tiere auflisten konnte, an deren

Zucht er maßgeblich beteiligt gewesen war. Er machte sich nichts vor. Silver Stone war eine der Top-Ranches in ihrer Größe. Sie brauchten nur Glück, die nächste Stufe erreichen zu können.

Ohne nachzudenken, gab er seine persönlichen Daten ein. Nur als er das Teilstück erreichte, wo er den Namen seiner Gattin bzw. Lebensgefährtin eintragen sollte, zögerte er.

Berts Mitteilung hatte er schon kapiert. Als Single-Mann konnte er an dieser Gala nicht teilnehmen, obwohl das bis vor Kurzem für alle auf Silver Stone gegolten hatte. Nur weil sie keine Familie mit Ehegattinnen waren, bedeutete das aber nicht, dass sie keine *Familie* waren, aber er wollte nicht über festgesetzte Vorurteile streiten.

Caleb und Tamara kamen nicht in Betracht. Caleb mochte es nicht, anderen Honig ums Maul zu schmieren, und Tamara war so oft übel wegen ihrer Schwangerschaft, dass sie die ganze Zeit auf der Toilette verbringen würde. Walker und Ivy waren auch ausgeschieden ...

Er konnte sich an seine Ex wenden und sie um einen Gefallen bitten, aber das war riskant. Ein Grund dafür, dass ihre Verlobung gescheitert war, lag darin, dass Penny launenhaft war, und er vertraute ihr nicht. Weil dies eine Familienveranstaltung war, müssten sie wenigstens vortäuschen, dass sie einander gern hatten.

Sie hassten einander nicht. Sie hatten beide ihre Beziehung für unwichtig gehalten, und das war das Problem. Wenigstens außerhalb des Schlafzimmers.

Nö. Es gab eine viel einfachere Lösung, besonders wenn er über das ganze Konzept von Familie nachdachte. Vielleicht war es nicht das, was die Veranstalter sich vorstellten, aber seines Erachtens war sie so gut wie Familie. Ohne jeden Skrupel füllte er die Lücke aus, haute freudig in die Tasten.

Kelli James.

Luke klickte auf Senden und stand auf, um der Pizza eine weitere Minute in der Mikrowelle zu gönnen.

Natürlich würde Kelli sich darüber freuen, ihn dahin zu begleiten. In der Tat hatte sie im Laufe der Jahre sehr viel dabei geholfen, Silver Stone überhaupt so weit zu bringen, und es wäre eine tolle Gelegenheit für sie, einige Schlüsselpersonen kennenzulernen.

Und es war Urlaub. Wer hätte denn keine Lust darauf, ein paar Tage lang in einem edlen Hotel in der Mitte der Rocky Mountains ohne jegliche Arbeit rumzuhängen?

Energie strömte durch seinen Körper. Das passierte wohl, wenn man eine neue Chance für die Zukunft bekam. Nachdem er sich geduscht hatte, würde er vielleicht tanzen gehen.

Luke schickte seinem Freund eine kurze Nachricht, dann setzte er sich vor den Fernseher und zappte durch die Programme, bis er etwas mehr oder weniger Interessantes zum Schauen fand, während er seine Pizza aß.

Witzig, wie das Schicksal reinschneien und das ganze Leben verändern konnte, wenn man überhaupt nicht damit rechnete.

2

Kelli James stieß vor lauter Frust einen Erdklumpen den Weg vor sich entlang. Es war total unfair, wie sich ihr Körper in einen riesigen Kompass verwandelt hatte.

Jedes Mal, wenn Luke Stone in der Gegend war, nordete sie sich mehr oder weniger zitternd in seine Richtung ein.

Sie ging auf verschlungenen Pfaden zurück zur Schlafbaracke, stapfte auf dem verschneiten Weg dorthin, wo fröhlich das Licht auf ihrer Veranda schien. Ihr Raum am Ende der langen Reihe identischer, motelartiger Zimmer gehörte ihr schon sehr lange. Andere Ranchhelfer waren in der Zeit, seit sie hier arbeitete, gegangen und gekommen, darum lag ihr Anrecht auf den besten Standort nicht in der Tatsache begründet, dass sie die einzige Frau war, die hier beschäftigt war.

Sogar Ashton Stewart sagte, dass sie mehr oder weniger die erfahrenste Helferin war, und die Verantwortlichkeiten, die mit diesem Titel einhergingen, waren etwas, worauf sie ziemlich stolz war. Sie hatte sich eine große Aufgabe vorgenommen und einen Ort für sich gefunden, wo man sie schätzte und sie nützlich war.

Auch wenn es Augenblicke gab, in denen sie sich nach mehr sehnte, aber einen Ort zu haben, an dem man den Kopf zur Ruhe betten konnte und Teil von etwas Wichtigem war – das war nicht schlecht für ein Mädchen, das eine Ausreißerin gewesen war.

Sie schnappte sich ihren Duschbeutel und schlüpfte hinaus, von der Veranda hinab zur Rückseite des Gebäudes.

„Achtung", warnte sie, während sie in die dampfende Wärme der äußeren Umkleide trat.

„Fast fertig." Die Antwort eines Mannes kam um die Ecke. „Du kannst drinnen warten, wo es warm ist, wenn du möchtest. Wenn du dich mir allerdings anschließen möchtest, beschwere ich mich nicht."

Kelli achtete nicht auf den Vorschlag, während sie sich bereit machte, ihr Handtuch aufhängte und ihr Haarshampoo und die Seife zur Hand nahm. „Alex, du bist nicht nur ein Optimist, sondern ein Optimist, der glaubt, die obere Hälfte des Glases sei voll."

Ein leises Kichern kam von dem anderen Ranchhelfer, der seit dem Sommer auf Silver Stone arbeitete. „Ich verbrauche das ganze heiße Wasser. Ich sag's ja nur."

„Das ist doch Schwachsinn", schoss Kelli zurück. „Du duschst eiskalt und weinst wegen mir in dein Bier."

Das Wasser wurde abgedreht, und er lachte, tief und herzlich. „Vielleicht muss ich heute Abend zu einem Bier ins Rough Cut. Tauchst du dort auch auf?"

„Ja. Ich treffe da meine Mädels", erklärte sie ihm.

„Toll."

„Ist zu verschneit draußen, um was anderes zu machen", fuhr sie fort. „Das Rough Cut ist ein warmer Ort, an dem man an einem kalten Abend herumhängen kann."

„Ich komme jetzt zu dir raus", warnte er sie vor. „Falls du Bilder von meiner Großartigkeit machen möchtest."

Sie tat so, als würde sie würgen, und wandte ihm absichtlich den Rücken zu, um ihm die Privatsphäre zu geben, sich abzutrocknen.

Es war der einzige Bereich, wo sie keine perfekte Lösung ausgeknobelt hatten, weil sie auf Silver Stone arbeitete. Kelli bestand darauf, dass sie keine Vorzugsbehandlung bekam. Auf gar keinen Fall wollte sie, dass die Familie Stone zusätzliche Ausgaben hatte, weil sie eine Extradusche nur für sie bauen mussten. Man musste nur ein wenig jonglieren, damit alles funktionierte, wenn sie sich den Raum mit den Jungs teilte, aber die Gemeinschaftsdusche hatte sie noch nie bekümmert.

Die Kerle waren wie Brüder, auch wenn man sich manchmal neckte. Sie ging davon aus, dass ein paar schmutzige Worte nur natürlich waren. Von dem Männergerede, das auf der Ranch umging, wurde ihr nicht unbehaglich und sie fühlte sich nicht belästigt.

Es half, dass eine der ersten Ansagen, die jeder neue Angestellte erhielt, war: „Pfoten weg von Kelli, oder Eier ab."

„Ist Rose heute Abend da?", fragte Alex viel zu nebensächlich.

Kelli lachte. „Vielleicht. Soll ich ein gutes Wort für dich einlegen?"

„Aber so was von. Tanz mit mir als erstes, damit ich sie danach auf die Tanzfläche führen kann."

Woraufhin sie nur noch lauter lachte. „Ihr Typen habt rausbekommen, wie es bei uns auf der Tanzfläche läuft, oder?"

„Anständig", erklärte ihr Alex. „Ich meine, ich bin angezogen. Und ja, man muss kein Genie sein, um rauszukriegen, dass du bestimmst, mit wem es sicher ist, zu tanzen, und deine Freundinnen folgen dir."

Kelli drehte sich um, um ihn von oben bis unten

anzuschauen. Er hatte sich eine saubere Jeans angezogen, doch seine Füße waren immer noch bloß, und seine Brust war unbedeckt, sodass olivbraune Haut sichtbar war, Wassertropfen hingen an seinen breiten Schultern, während er sich die Haare trocknete.

Er sah gar nicht mal schlecht aus, und sie konnte so eine Muskelshow genauso genießen wie das nächstbeste Mädchen. Nur dass es weiter als das nicht ging – Wertschätzung. Es flogen keine Funken, nichts, was in ihrem Bauch wilde Tänze aufgeführt hätte.

Nicht so, wie wenn Luke Stone unabsichtlich in mich hineinläuft.

Sie schob die nervige Wahrheit zur Seite und hob vor Alex eine Augenbraue. Dieser Mann redete von einer ihrer besten Freundinnen, darum musste er schon erfahren, dass er von mehr als einem Menschen im Auge behalten werden würde. „Ist es denn sicher mit dir?"

Er ließ sein Handtuch auf die Bank neben sich fallen und zog sich ein T-Shirt über den Kopf, ehe er sie breit anlächelte. „Ich bin wie ein Kätzchen. Außerdem weiß ich, wie man tanzt."

„Also sind ihre Füße fein raus, das sagst du wohl?" Sie verschränkte die Arme vor der Brust, während er sich das Handtuch um den Hals legte und seine Sachen einsammelte.

„Leg einfach ein gutes Wort für mich ein, bitte?", fragte Alex, diesmal etwas ernster. Er hielt ihren Blick fest, bis sie nickte. „Wir sehen uns später, Kelli."

Er schlüpfte durch die Tür, und sie folgte ihm, hängte das Schild auf, das sie vor Jahren angefertigt hatte, um anzukündigen, dass sie jetzt die Dusche okkupierte. Als dann *Kellis Privat-Spa* als Warnung für die restlichen Helfer angebracht war, dass sie würden warten müssen, schloss sie die Tür ab und zog sich aus.

Im Haupt-Duschraum hing noch Dampf, was bedeutete, dass es warm war, als sie den nächstbesten Hahn aufdrehte und den heftigen Strahl über ihre schmerzenden Schultern laufen ließ.

Obwohl sie ein paar Privilegien besaß, etwa, dass sie die Tür abschließen durfte und das Duschhaus ganz für sich hatte, und das beste Zimmer in der Schlafbaracke, trug sie in der Arbeit nicht weniger Verantwortung, nur weil sie eine Frau war.

Im Lauf der Jahre hatten die Kerle allmählich aufgehört, ihr wegen ihrer Größe leichtere Aufgaben zuzuweisen. Sie musste vielleicht ein paar Mal öfter laufen, um schwerere Sachen zu tragen, aber sie bekam es trotzdem hin.

Doch am Ende eines langen Tages, wenn sie ihr Gewicht in Ballen etliche Male gestemmt hatte, fühlte sich eine heftige Massage ihrer Schultern verdammt gut an.

Sie hob die Hände und dehnte sich, dann kicherte sie kurz. Vermutlich würde es auf einen Fremden seltsam wirken, hätte jemand hereingeschaut, dass sie einen so behaglichen Plausch mit Alex führte, aber so war nun mal ihre Wirklichkeit. Sie hatte lange genug auf der Ranch gewohnt, dass dieses „nur einer von den Jungs"- Ding neunundneunzig Prozent der Zeit klappte.

Sie seifte sich ein und rieb das Duschgel effizient und schnell überall hin, löst ihre Zöpfe, dann bearbeitete sie mit den Fingernägeln ihre Kopfhaut, während die Haare an ihrem Oberkörper klebten und beinahe bis zum Hintern hinabhingen.

Sie war wirklich nur einer von den Jungs, was etwas Gutes war …

… bis zu einem gewissen Punkt. Diese ganze „Pfoten weg von Kelli"-Sache hatte es verdammt schwer gemacht, irgendwelche Experimente sexueller Art vorzunehmen. Sie kaute nicht gerade auf der Trense, aber sie war schon neugierig, und Frust im Bett war nicht ausschließlich dem männlichen Teil der Bevölkerung vorbehalten.

Kelli legte den Kopf nach hinten und begann, sich das Shampoo auszuwaschen, Erheiterung machte sich breit, als ihr wieder einfiel, dass das Duschhaus der Ort war, an dem sie Sex zum ersten Mal ausprobiert hatte.

Der Ranchhelfer, den sie mit sich hereingezerrt hatte, war ganz süß gewesen, schätzte sie. Und sie waren aufeinander heiß gewesen, aber keiner von ihnen hatte nach etwas mehr als einer Ablenkung gesucht, darum war es eine ziemlich einmalige Sache gewesen. Sich Zeit in der Dusche zu ergaunern war eine Möglichkeit gewesen, einen Juckreiz zu stillen. Einen, den sie eigentlich gar nicht mal so oft bekam. Es war an der Zeit gewesen, und das war alles.

Du Lügnerin, erklärte ihr Gehirn.

Kelli machte die geistige Entsprechung einer herausgestreckten Zunge. „Ja, weil ich doch einfach nur sofort beichten will, dass ich mit jemand anderem Sex hatte, weil Luke sich verlobt hat."

Sie hatte den Typen schon gemocht, aber ihr Gewissen hatte auch recht. Es war mehr darum gegangen, zu versuchen, ihr Verlangen nach Luke auszuradieren, als dass der andere Kerl etwas total Besonderes gewesen wäre.

Sich langfristig unbefriedigt zu verlieben war etwas, mit dem sie nur allzu vertraut war.

Kelli schätzte, dass dieses Gefühl in den ersten Jahren nicht mehr gewesen war als ein bewundernder Welpenblick. Sie war viel zu jung gewesen, um etwas zu machen, außer auf Abstand zu bleiben und zu hoffen, dass Luke niemals mitbekam, dass ihr Herz zu rasen anfing, wenn sie an ihm vorbeiging.

Stattdessen hatte sie sich auf die Tatsache konzentriert,

dass sie auf so viele andere Arten ihren Traum lebte. Sie durfte tun, was sie liebte – mit Pferden arbeiten, auf einer Ranch leben – Teufel, es kam dem Paradies so nahe, wie sie sich nur vorstellen konnte.

Als sie schließlich allerdings einundzwanzig geworden war, hatte sie gedacht, dass es keinen Grund mehr gab, es nicht auf einen Versuch ankommen zu lassen. Luke war nicht so ein abgehobener Typ, der zu arrogant war, sich mit jemandem einzulassen, nur weil sie Ranchhelferin war. Außerdem waren sie bereits befreundet. Sie hätte ihn nur überzeugen müssen, aus ihrer Freundschaft etwas Körperlicheres werden zu lassen. Kurzfristig wäre auch in Ordnung gewesen.

Dann war er aber losgezogen und Penny begegnet, und bevor Kelli auch nur „verschenkte Gelegenheit", sagen konnte, war Luke verlobt und tabu gewesen.

Drei verdammte Jahre lang war sie gezwungen gewesen, ihre Sehnsüchte beiseitezuschieben und sich zu benehmen. Drei lange Jahre, in denen sie den Mund gehalten hatte – zum Großteil –, während eine Frau, die für Luke die völlig Falsche war, in seinem Leben und seinem Bett hatte sein dürfen.

Eigentlich hatte Kelli erstaunliche Zurückhaltung an den Tag gelegt. Drei Jahre, und nicht einmal hatte sie Penny absichtlich in einen Misthaufen geschubst.

Sie spürte immer noch dieses Gefühl von Erleichterung, das sie erfasst hatte, als Luke plötzlich die Hochzeit abgeblasen hatte und Penny Vergangenheit gewesen war. Gott. Sei. Es. Gedankt.

Kelli duschte sich fertig und marschierte dann besonders schnell zurück in ihr Zimmer, zog sich eine gut eingetragene Jeans und ein weiches Baumwolltop an. Sie flocht sich die Haare, damit sie aus dem Weg waren, zog ihre Tanzstiefel an und war bereit zum Ausgehen.

Luke Stone war vielleicht wieder auf den Markt, aber sie

wollte bestimmt nicht zu schnell vorgehen und mehr als eine Trostaffäre werden. Aber sie würde auch nicht zu langsam machen und wieder als Verliererin dastehen.

Genau wie bei der Arbeit mit nervösen Pferden ging es nur ums Timing. Jetzt im Augenblick war Luke noch nicht bereit, dass sie ihr Blatt offen zeigte.

Und das hieß für heute Abend? Sie würde eine höllisch gute Zeit haben, tanzen, was das Zeug hielt, und so tun, als ob der Mann, den sie mehr als alles andere wollte, nicht existierte.

Vielleicht würde sie Alex einen Gefallen tun und als erstes mit ihm tanzen.

„Du verscheisserst mich doch. Du hast eine Einladung wohin bekommen?" Josiah Ryder schüttelte ungläubig den Kopf. „Ich weiß nicht, ob ich eifersüchtig sein oder dir hoch dosierte Beruhigungsmittel verschreiben sollte, damit du mit dem Stress fertig wirst."

„Ich stehe schon unter Strom", gab Luke zu, „aber das ist noch keine abgemacht Sache, also gib diese Information noch nicht gleich weiter. Das heißt, nicht mal an Caleb, denn ich will nicht, dass sich jemand Hoffnungen macht, falls meine Teilnahme nicht bestätigt wird."

Josiah hob anerkennend eine Hand. „Kluger Schachzug. Das weiß ich sogar aus erster Hand, denn jemand aus meinem Umfeld bei der tiermedizinischen Ausbildung bekam eine Einladung zu einem dieser Events und wurde dann wieder ausgeladen."

Luke wandte sich zu ihrem örtlichen Pub, die hellen Lichter der übrigen Weihnachtsdekoration spiegelten sich auf der verschneiten Hauptstraße von Heart Falls. „Das ist heftig."

„Die Typen, die das Event organisiert haben, haben es

ernst gemeint mit ihrem familienbezogenen Fokus des Ganzen, und es stellte sich heraus, dass die Geladene zu viele Leichen im Keller hatte."

Das klang nach ziemlichem Schwachsinn. „Genau. Weil nämlich der durchschnittliche Rancher, der sich dazu entscheidet, eine tierärztliche Ausbildung zu machen, Verbindungen zur Mafia oder so einen Unfug hat."

„Verbindungen zu Gangs – ihr Vater hatte irgendwas mit dem Schmuggel von Pharmazeutika zu tun. Als sie von seiner Vorstrafe erfuhren, wurde ihre Einladung zurückgezogen." Josiah schüttelte den Kopf, noch während er nach der Tür des Trucks griff.

„Es ist doch nicht ihre Schuld, dass ihr Vater darin verwickelt war", stellte Luke klar.

„Er hat für ihre Ausbildung bezahlt. Sie wusste es."

Luke schloss sich Josiah auf den Holzstufen an, die zum Eingang des Rough Cut führten. Er hatte in letzter Zeit mit dem Mann mehr Zeit verbracht, obwohl es früher immer Caleb gewesen war, der mit Josiah herumhing.

Da Caleb die Mädchen und Tamara hatte, um sich beschäftigt zu halten, hatte sein gesellschaftliches Leben einen ernsthaften Dämpfer erhalten. Und doch hatte sein großer Bruder niemals glücklicher gewirkt. Luke war ehrlich für ihn begeistert.

Und als Josiah sich durch die Türen des Pubs schob und fröhlich begrüßt wurde, musste Luke zugeben, dass es keine schlechte Ausgangssituation war, dass er Zeit mit dem beliebten Mann verbringen konnte.

Auf der anderen Seite der Tür blieben sie stehen. Josiah sah sich um, prüfte, wer bereits tanzte. „Perfekt. Ich sehe mindestens ein halbes Dutzend Frauen, die sich nach meiner Aufmerksamkeit sehnen."

Luke schlug ihm auf die Schulter, sodass Josiah taumelte. „Du Windhund."

„Das klingt so, als würde ich ihnen nachsetzen. Aber nichts dergleichen", erklärte ihm Josiah, der die Stimme hob, um in dem Chaos noch gehört zu werden.

„Das klingt, als würdest du versuchen, jedes Mal an einem neuen Knochen zu nagen, und irgendwann werden sie sich umdrehen und deine Knochen klappern lassen."

Josiah schenkte ihm ein breites Grinsen, während er sich mit den Fingern durch die blonden Haare fuhr. „*Grrrr.*"

Luke blieb stehen, wo er war, während Josiah sich zur Tanzfläche vorschlängelte. Er hielt inne und tippte einem groß gewachsenen Mann auf die Schulter, der begeistert mit einer kleineren Frau Two-Step tanzte. Mit einem Schulterzucken trat der Mann zurück, und Luke erkannte ihn ihm einer ihrer Helfer.

Es war etwas weniger unterhaltsam, als ihm klar wurde, dass die Frau, die Josiah nun rasch über die Tanzfläche wirbelte, Kelli war, ihre langen Zöpfe flogen, während sie sich drehte und den Tierarzt anlächelte.

Eine kurze Zeit lang sah Luke zu. Er konnte auf jeden Fall verstehen, weshalb Josiah mit ihr tanzen wollte. Sie bewegten sich geschmeidig, ohne dieses peinliche Hin und Her, zu dem es kam, wenn eine Frau mitbekam, dass sie besser als ihr Partner tanzte.

Es war eines, wenn ein Typ nicht tanzen konnte, aber dieser Schwachsinn, den Penny mit ihm immer abgezogen hatte, dieser Versuch, ihn subtil zu führen, wo er doch gar keine Hilfe brauchte – das war Chaos. Und tierisch nervig.

Josiah war auf jeden Fall derjenige, der hier das Sagen hatte, seine Führung wurde offensichtlich, als er die Richtung in letzter Sekunde wechselte, um zu vermeiden, in ein weniger kompetentes Tanzpaar zu krachen. Die schnelle Bewegung ließ

Kelli näher wirbeln, ihr Zopf flog nach außen wie ein Hubschrauber-Rotor, ihr Körper schmiegte sich an Josiah, während sie lachte.

Einen Augenblick später waren sie weiter auf der anderen Seite der Tanzfläche, unterhielten sich, während sie sich bewegten. Sie war auf jeden Fall leichtfüßig unterwegs.

Ein seltsames Zucken trat in einem hinteren Winkel seines Verstandes auf. Warum wirkte das so überraschend? Luke dachte darüber nach, bis ihn die Wahrheit traf.

Hatte er tatsächlich niemals mit Kelli getanzt?

Und andererseits, weshalb sollte er? Er hatte niemals mit einem anderen Helfer getanzt, aber als er sie beobachtete, zerrte irgendetwas in seinem Inneren.

Es fühlte sich nicht ganz richtig an, sie so anschmiegsam und fröhlich plaudern zu sehen.

Es waren einfach die Nerven, schloss Luke. Er dachte über Josiahs Anmerkungen und die Möglichkeit nach, dass die Gala, obwohl sie ihm angeboten worden war, immer noch aus seinen Händen gerissen werden könnte.

Teufel, um was machte er sich denn Sorgen? Silver Stone war glänzend sauber, und das war es schon immer gewesen. Von der Zeit an, als seine Eltern die Ranch mit ihren besten Freunden gegründet hatten, bis jetzt hatte es niemals auch nur den Hauch eines Gerüchts gegeben.

Er schätzte, Calebs katastrophale erste Frau könnte man als eine Delle im Diagramm der starken Familienwerte sehen, auch wenn man bedachte, dass er kürzlich wieder geheiratet hatte und er und Tamara ein Kind erwarteten – und außerdem war Tamaras Familie felsenfest in ihrer Gemeinschaft verankert. Im Stone-Keller gab es keine Leichen, darum konnte Luke seine Sorgen beiseiteschieben.

Ja, es waren die Nerven und die Ruhelosigkeit.

Das war bestimmt der Grund, weshalb er feststellte, dass

seine Füße sich zu Kelli bewegten. Er hatte keine Fragen wegen ihrer Tanzfertigkeiten, oder seiner, aber es wäre eine gute Idee, dass sie beide ein wenig Übung als Paar bekamen.

Die Musik änderte sich, als er bei ihnen ankam.

Kellis Brust hob und senkte sich, während sie tief atmete. „Verdammt, das hat Spaß gemacht. Danke, Josiah."

Er stieß mit dem Handrücken gegen ihre Hand und zwinkerte ihr zu. „Keine Ursache."

Sie drehte sich um, um zu gehen, ignorierte Luke und die Tatsache, dass er gleich hier stand und darauf wartete, dass er dran kam.

Was zum Teufel?

„Kelli. Halt." Er schob sich an Josiah vorbei und trat näher. „Tanzen wir."

Ihr stand der Mund offen, und etwas zuckte in ihrem Gesicht, ehe sie die Augen verdrehte. „Klugschwätzer."

Sie machte auf dem Absatz kehrt und ging weiter, duckte sich zwischen Paaren durch, die einen schnellen Tanz hinlegten und um sie herumwirbelten. Er würde verdammt noch mal laufen müssen, um sie einzuholen.

Jemand räusperte sich hinter ihm. Luke drehte sich um, um festzustellen, dass Josiah ihn anstarrte, als hätte er Dreck im Gesicht, sie beide standen reglos mitten auf der gut gefüllten Tanzfläche.

„Was machst du denn?", fragte Josiah.

Luke dachte, dass das ja wohl offensichtlich war. „Ich habe sie um einen Tanz gebeten."

Verwirrung trat auf Josiahs Gesicht. Er legte den Kopf zur Seite, bevor er rasch wegging, damit Luke nichts blieb, außer ihm zu folgen. Sie suchten sich einen Tisch mit zwei Stühlen und kaum Platz.

Es war wie irgendein Verschwörung-Schwachsinn, als Josiah sich herüberbeugte und leise redete. Na ja, so leise er konnte, wenn man die Lautstärke der Musik bedachte. „Warum hast du sie um einen Tanz gebeten?“

„Weil ...“ O. Diesen Teil hatte er nicht erwähnt. „Ich habe gesagt, Kelli würde mit mir zu dem Event gehen. Ich schätze, irgendwann werden wir mal tanzen müssen, und ich dachte mir, ein wenig Übung wäre gut.“

Josiah wirkte schockiert. „Kelli. Mit dir. Zur Gala.“

Sein Ärger wurde größer. „Muss ich das einfacher ausdrücken? Wen sonst sollte ich denn mitnehmen? Weder Caleb noch Walker können hin, und Dustin wäre ziemlich unbrauchbar. Ashton würde mir in den Arsch treten, wenn ich ihn darum bitte, zu so etwas mitzukommen. Kelli wird sich hervorragend schlagen.“

Sein Freund starrte ihn an, als wäre er immer noch mit dem ersten Teil von Lukes Aussage beschäftigt. Dann schüttelte Josiah sich, Erheiterung breitete sich auf seinem Gesicht aus. „Gut. Du hast recht, Kelli wird sich perfekt machen. Aber ... du hast ihr noch nicht von der Gala erzählt, oder?“

„Natürlich nicht. Vor nicht mal einer halben Stunde hast du mir klar dargelegt, dass es keine gute Idee ist, bis ich eine offizielle Zusage bekomme.“

Josiah nickte langsam. „Dann nimm meinen Rat an. Fang nicht mit irgendeinem seltsamen Scheiß an, bis es so weit ist.“

Luke dachte darüber nach, bevor er verärgert seufzte. „Oh.“

„Ja, oh.“ Josiah hob eine Augenbraue. „Weißt du, was du da tust?“

„Schau mal. Ich brauche jemanden bei mir, der Pferdenarren höllisch beeindruckt, und darauf passt Kelli wie die Faust aufs Auge. Den Rest können wir uns schon einfallen lassen, wenn es so weit ist.“

„Für mich sieht es nur aus ... Ach, egal.“ Die Art, wie er die

Lippen wölbte, besagte, dass Josiah sich einen sarkastischen Kommentar verkniff.

Luke verschränkte die Arme vor der Brust, nun ernsthaft genervt. „Kelli und ich haben schon echt viel Zeit miteinander zu verbracht. Wir gehen durch Pech und Schwefel."

Sein Freund hob eine Hand, winkte eine der Kellnerinnen heran, um ihre Bestellung aufzunehmen. „Ja, das wird dann auf jeden Fall höllisch beeindruckend."

Luke lachte, starrte durch den Raum hindurch ein wenig intensiver auf Kelli als vorher. Josiah hatte schon recht damit, zu warten.

Aber sobald Luke offiziell Bescheid bekam, würde er sicherstellen, dass sie voll mit an Bord war. Das sollte nicht so schwer sein. Mit Kelli zusammen zu sein, konnte spaßig werden, und sie hätte eine Menge mit dem ganzen Rest der pferdebegeisterten Anwesenden zu reden.

Josiah stieß ihn an, um seine Aufmerksamkeit zu erhalten. Luke sagte der Bedienung seine Bestellung, dann brachen er und sein Freund eine freundliche Debatte vom Zaun, was besser war, Chicken Wings mit extra scharfer Soße oder mit süßer Thai-Chili-Soße.

Sein Blick wanderte durch den Raum, behielt die Dinge im Auge. Und falls er zufällig ein paar Mal überprüfte, wo Kelli war, war da ja nichts Falsches daran.

Dieses juckende Gefühl in seinem Nacken waren die Nerven. Das war alles, Nerven. Er hob sein Bier und nahm einen großen Schluck, während über den Rand des Glases hinweg sein Blick abermals zu dem schlanken Cowgirl zurückkehrte, das niemals stillzustehen schien.

3

Es war etwas im Busch. Kelli spähte um ihre Freundin Tansy herum, zuckte zurück, bevor er sie sehen konnte, aber die Wahrheit ließ sich nicht leugnen. Luke Stone beobachtete sie.

„Meine Liebe, wenn du mich noch mal am Bierarm anstößt, hast du es auf dem Top", warnte Tansy sie.

„Tut mir leid." Kelli löste ihren Blick von dem verführerischen Mann und wandte den Körper der anderen Seite des Raumes zu, damit er nicht mehr in ihrem Blickfeld war.

Tansys Schwester Rose beugte sich näher heran, um sie zu beobachten. „Alles in Ordnung bei dir? Du wirkst, als wäre dir heiß."

Du liebe Güte. Die beiden waren wie Jagdhunde, die alles erschnüffelten, über das Kelli auf gar keinen Fall reden wollte. Sie hob betont eine Augenbraue und warf Rose einen finsteren Blick zu. „Dir schien auch heiß zu sein, als du den Tanz mit einem gewissen großen, dunklen Cowboy beendet hast."

Rose grinste, schaute aber nicht weg. „Das Tanzen ist eine belebende Übung, wenn man es richtig anstellt."

„Das gilt auch für Sex", warf Tansy ein. „Ach, tut mir leid. Ich habe vergessen, mit wem ich da rede."

Ein Schnauben ertönte, bevor Kelli es aufhalten konnte.

Rose warf ihrer Schwester einen schiefen Blick zu. „Wie bitte?"

Tansy grinste nur, dann wandte sie ihre Aufmerksamkeit wieder Kelli zu. „Verschütte nicht mein Bier, aber wenn dir irgendwas durch den Kopf geht, worüber du reden willst ..."

Eine Gelegenheit, die Kelli nicht ergreifen wollte. Ihre obsessiven Gedanken an einen gewissen Mann würden nicht das Licht des Tages erblicken, bis sie bereit war, ihn sich vorzuknöpfen. Nur so hatte sie jahrelang die zerbrochenen Hoffnungen überleben können – ihre Freundinnen mussten nicht erfahren, dass sie eine hoffnungslose Romantikerin war.

Sie mühte sich ab, etwas zu finden, um sich abzulenken. „Luke sagt, er lässt mich vielleicht helfen, Chili Pepper auszubilden."

Die Schwestern wechselten Blicke, ehe sie ein tiefes Seufzen ausstießen und sich wieder der Tanzfläche zuwandten. „Und mit diesem Themenwechsel spricht Kelli wieder mal über alles, was Pferde betrifft."

„Pferde sind toll", beharrte Kelli.

„Sind sie, aber man muss keine vierundzwanzig Stunden am Tag über sie reden", erklärte Tansy. „Ich rede auch nicht pausenlos über die extra scharfen Chilis in *meinem* Leben, oder?"

Kelli grinste. „Du bist Köchin. Ich rechne damit, dass du über Essen redest."

„Und du bist Cowboy, aber meine Güte, Liebes, du brauchst etwas außerhalb von Silver Stone und diesen Pferden, um dich zu unterhalten."

Rose nickte zustimmend, und die beiden stürzten sich in einen alten Streit, indem sie verschiedene Dinge vorschlugen, um Kellis Horizont zu erweitern. Es war schon irgendwie unterhaltsam.

Auf jeden Fall eine Ablenkung, und dass sie sich nicht umdrehen wollte, um nachzusehen, wo Luke war, verbesserte ihre Laune. Kelli lehnte sich an die Wand zurück und ließ den Blick schweifen, während ihre Freundinnen Aktivitäten vorschlugen, die sie bei ihrem kommenden Mädelsabend ausprobieren könnten.

Nicht alle klangen schrecklich, doch Kelli würde sich nicht dafür entschuldigen, dass die Pferde liebte. Die Arbeit mit ihnen war ihr Traum, seit sie jung gewesen war. Die Ranch, auf der sie aufgewachsen war, ähnelte Silver Stone, obwohl ihre Mom keine Helferin gewesen war, sondern Köchin.

Die Nähe zu Pferden war für Kelli wie Atemluft gewesen. Und der Tag, an dem sie zum ersten Mal auf den Rücken eines Pferdes gestiegen war, war eine Offenbarung gewesen. Er hatte über die Schulter zu ihr zurückgeschaut, und es war Liebe auf den ersten Blick gewesen.

Ihre Tagträume wurden gestört, als Alex zurückkam, einen weiteren hochgewachsenen Cowboy im Schlepptau. Er zwinkerte Kelli zu, bevor die beiden die Blicke entschlossen auf ihre Freundinnen richteten.

Tansy vergewisserte sich bei Kelli, ehe sie auf die Frage der Cowboys antwortete. „Kommst du allein klar?", wollte sie wissen. „Denn wir können Nein sagen."

Kelli gab ein unflätiges Geräusch von sich. „Du liebe Zeit, geht bitte Tanzen. Mir geht's gut." Sie trat zurück und ließ Erheiterung aufkommen, während sie vorübergehend verlassen wurde.

Sie beobachtete, wie Rose und Tansy in die starken Arme der Cowboys glitten und weggewirbelt wurden. Etwas

Zufriedenstellendes stahl sich an sie heran, wenn sie sah, wie Menschen, die sie liebte, Spaß hatten.

Ihr Blick glitt weiter, über vertraute Freunde und Nachbarn hinweg, bis sie etwas auf der gegenüberliegenden Seite des Raumes sah, das sie weniger glücklich machte als Tanzen und Trinken. Kurz wurden die Stimmen erhoben, laut genug, um über die Musik gehört zu werden. Eine Frau duckte sich und glitt von ihrem Date weg, außerhalb der Reichweite seiner Fäuste.

Kelli bewegte sich instinktiv, ihre Füße führten sie durch die Menge. Ihre kleine Größe machte es leichter für sie, sich durch die schmalen Lücken zwischen den Körpern zu schlängeln, bis an die Stelle, wo das Paar inzwischen stand.

Da sie nicht dumm war, blieb sie stehen, bevor sie sich hineinstürzte. Brauchte nur einen Blick, um zu merken, dass der Unterarm der Frau so fest gehalten wurde, dass ihre Handknöchel schon weiß wurden. Kelli schoss das letzte Stück vor.

Sie schlug mit der Seite ihrer Hand hart an das Handgelenk des Mannes, drehte den Körper und brachte ihn aus dem Gleichgewicht, während sie die Frau hinter sich in Sicherheit schob. Eine Sekunde später stand sie wieder aufrecht, krümmte den Mund zu einem schiefen Lächeln und spielte vor, es wäre nur ein Unfall gewesen.

„Tut mir leid. Ich bin etwas angeheitert", erklärte sie und ging rückwärts zu der Frau, die leise wimmerte.

Der Mann vor ihr schaute finster. „Chelsea, schwing deinen Arsch hier rüber."

Kelli wirbelte auf der Stelle herum, wankte leicht, während sie die andere Frau nahm, als würde sie sie nur umarmen, um das Gleichgewicht wiederzufinden. „Falls Sie Hilfe brauchen", sagte sie leise, „gehen Sie an die Bar und bestellen Sie einen White Angel."

Sie drückte der Frau kurz die Schultern, bevor sie zurückstolperte, und richtete den Körper so aus, dass sie in den wütenden Mann hinein torkelte, ihm den Weg verstellte.

Er packte sie an beiden Armen, sein Griff war zu fest, um höflich zu sein.

„Sie sehen nicht sonderlich glücklich aus", sagte sie vernuschelt zu dem Mann, hob die Stimme und wankte betrunken. Aus dem Augenwinkel sah sie, wie Chelsea sicher in der Menge verschwand.

Der Mann versuchte, um Kelli herum zu schauen, doch sie hob die Hände zu seinem Gesicht, um seine Aufmerksamkeit nach vorne gerichtet zu halten. „Mürrischer Kerl. Sie müssen mehr lächeln."

„Mischen Sie sich nicht in Dinge ein, die Sie nichts angehen", fauchte er und schob sie zur Seite.

Oder zumindest hatte er das vorgehabt. Aber Kelli hatte zu viel Zeit mit Tieren verbracht, die sie an Gewicht weit übertrafen, als dass man sie irgendwohin schieben konnte, wo sie nicht hin wollte. Sie packte seinen Arm und nahm den Schwung, um seine Masse herum zu ziehen, die Füße in der Luft, bevor sie sie ihm von hinten die Knie stieß.

Während er taumelte, stieg Kelli weiter hoch, ihr verlagertes Gewicht brachte ihn noch mehr aus dem Gleichgewicht, bis seine Füße unter ihm wegglitten. Er landete mit einem Poltern, riss ein paar Tänzer in der Nähe mit.

Kelli kam auch auf der Tanzfläche auf, rollte sich ab, um den Aufprall abzufedern. Sprang so schnell auf, wie sie konnte, ihr aufgesetztes Lächeln war weg.

Chelsea war verschwunden, doch das Arschloch, das sie herumbugsiert hatte, stand wieder, funkelte Kelli mit Zorn in den Augen an.

Sein Blick glitt hinter sie, höher.

Der Lärm schwoll in dem Bereich direkt um sie herum

leicht ab. Kelli war schlau genug, um zu merken, was los war, und als eine Hand auf ihrer Schulter landete, konnte sie den Instinkt zurückhalten, einen Ellbogen in denjenigen zu rammen, der sich hinter ihr genähert hatte.

Das Arschloch vor ihr rückte langsam ab, nachdem er ein letztes Knurren in ihre Richtung geschickt hatte.

Kelli schaute nicht weg. Gab dem Idioten keine Gelegenheit, noch einmal vorzuschnellen, denn Raufbolde wie er waren genau der Typ, der in allerletzter Sekunde etwas Dummes anstellte.

Als die Seitentür sich hinter ihm schloss, war die Sache gut über die Bühne gegangen.

Schlecht war ...? Selbst nachdem das Arschloch vor ihr zurückgewichen war, näherte sich rasch der Besitzer der Bar, und der gut aussehende asiatisch-kanadische Typ runzelte heftig die Stirn.

„Scheiße." Kelli holte tief Luft und drehte sich, rückte von der übergroßen Präsenz in ihrem Rücken weit genug ab, um den Kopf zu wenden und ihren Verdacht zu erhärten.

Ja. Luke funkelte sie auf sie herab. „Was verdammt noch mal hast du da getrieben?", wollte er wissen, zog sie zu einem freien Platz an der Seite des Raums.

„Kelli." Ryan Zhao richtete sich mit scharfer Stimme an sie, als er sie unterbrach. Er senkte die Stimme, während er sich umschaute, sorgte dafür, dass niemand nahe genug stand, um mitzuhören. „Wir haben die Codewörter aus einem bestimmten Grund eingerichtet."

Kelli warf die Hände in die Luft, riss den Kopf zwischen ihnen beiden hin und her. „Hey, ich bin hier nicht die Böse." Sie warf einen Blick über Ryans Schulter. „Ist Chelsea gut davongekommen?"

„Sie ist in meinem Büro", bestätigte Ryan. „Aber das ist

keine Antwort auf die Frage, weshalb du dich aufgeführt hast wie mein selbst ernannter Rauswerfer."

Luke verschränkte die Arme vor der Brust und funkelte sie an, als wäre sie ein liegengebliebenes Stück Mist im Stall.

„Ich habe nichts falsch gemacht", setzte sie an.

Luke legte ihr eine Hand auf den Rücken, um sie aus dem Zimmer zu geleiten. „Ich kümmere mich darum, wenn es dir nichts ausmacht, Ryan."

„Gut. Kelli, ruf mich später an", fuhr Ryan sie an, und Kelli sah nichts mehr, weil sie durch die Eingangstür bugsiert wurde, ohne etwas antworten zu können. Ihr überreagierender Beschützer sprang nicht grob mit ihr um, aber sie konnte sich nicht umdrehen, außer sie wollte ein paar Selbstverteidigung-Moves einsetzen.

Die Tatsache, dass Josiah gleich hinter ihnen aus dem Gebäude kam, machte die ganze Situation noch viel peinlicher.

„Du liebe Zeit, Jungs. Wir müssen doch nicht die Tanzfläche räumen." Sie schaute sich rasch um, doch der selbstgefällige Arsch aus der Bar war nirgends zu sehen.

„Sei still, Kelli", sagte Josiah leise, ehe er sich zu Luke umdrehte und ihm eine Hand auf den Arm legte. „Atme mal durch", warnte er ihn. „Sie hat es nicht verdient, dass du so vom Leder ziehst."

Lukes Hand lag fest auf ihrem Rücken, und er vibrierte beinahe. „Sie ist absichtlich in eine Situation gegangen, in der sie verletzt werden könnte."

„*Sie* wusste, was sie tat", fuhr ihn Kelli an. „Komm schon, Luke. Der Typ hat ihr wehgetan." Er zog sie herum, sodass sie vor ihm stand, drehte sie so schnell, dass ihr Zopf über die Schulter flog. „Das ist genau die Art Typ, die *dir* wehtun könnte. Wenn ich nicht aufgepasst hätte, was hättest du denn dann genau gedacht, was als nächstes passiert?"

„Was mit jedem kleinen Tyrannen passiert, wenn er an einem Ort mit vielen Menschen vor einer Frau steht. Er hätte einen unhöflichen Kommentar rausgerotzt und sich dann verzogen. Fiese Wörter machen mir nichts", erklärte sie ihm heftig.

Die beiden starrten einander wütend an, bis Josiah die Gegenüberstellung beendete. „Ihr braucht mal eine Pause. Luke, sie hat das aus gutem Grund getan, auch wenn du, meine Liebe, an deinen Schauspielkünsten ein wenig arbeiten musst. Betrunkene können ihr Torkeln nicht so schnell abstellen."

Luke funkelte seinen Freund an, löste seine Aufmerksamkeit endlich von Kelli. „Du gibst ihr doch nicht allen Ernstes eine schauspielerische Kritik."

„Ich sage, dass Kelli heute Abend jemanden geholfen hat, und obwohl ich vielleicht nicht damit einverstanden bin, wie sie sich eingemischt hat, wird es ihren Impuls zu helfen nicht ändern, wenn man sie jetzt dafür ausschimpft. Außerdem ist das nicht, was sie gerade braucht." Josiah nahm Kelli und zog sie an sich, umarmte sie fest.

Sie holte tief Luft und stieß sie langsam aus. Ein Schauder lief ihr vom Scheitel bis zu den Zehen hinab. Sie drückte die Stirn an seine Wange und nahm sich einen Augenblick, um sich zu beruhigen.

Sobald sie es schließlich schaffte, ihr rasendes Herz zu verlangsamen, drückte sie ihn und ließ los.

Kelli schaute mit einem dankbaren Lächeln auf. „Okay, klar ausgedrückt. Ich werde an weniger gefährlichen Impulsen arbeiten, *und* an meinen Schauspielkünsten."

Josiah kniff sich in die Nase und wandte sich zu Luke. „Was ist mit dir?"

„Huch, bekomme ich auch eine Umarmung?", ereiferte sich Luke.

Himmel noch mal. „Und damit gehe ich jetzt nach Hause. Du kannst hierbleiben und ohne mich Mr. Grummeluff sein."

Ihr war es wirklich egal, weshalb Luke gerade jetzt so einen Stock im Arsch hatte. Sie hatte das Richtige getan, aber wie Josiah irgendwie gemerkt hatte, ließ der Adrenalinrausch nach, und sie stand kurz vor dem Zusammenbruch. Es wäre sehr viel besser, wenn sie in ihrem Zimmer wäre, bevor es dazu kam.

„Gut. Ich fahre dich nach Hause", grollte Luke.

Auf keinen Fall. „Ich habe meinen Truck."

„Ich sagte. Ich. Bringe. Dich. Nach. Hause." Er stieß jedes Wort einzeln aus, als würden sie ihn quälen.

Sie warf einen Blick zu Josiah, hoffte wieder auf seine Unterstützung.

Nur dass er diesmal den Kopf schüttelte. „Ich glaube, du solltest mit ihm fahren", erwiderte Josiah leise. „Ich bringe deinen Truck morgen Vormittag vorbei."

Allesamt nervige Typen. Kelli knurrte genervt, doch sie reichte ihm die Schlüssel ihres Trucks, ehe sie Luke anfunkelte. „Also gut. Fahren wir, du Sonnenschein."

ER TRAUTE SICH NICHT ZU, etwas zu sagen, während sie zum Auto gingen. Es blieb tödlich still, während er sie über die Straße und eine Gasse entlang führte, dorthin, wo er geparkt hatte.

Dass er sie herumchauffierte, hinterließ Josiah und Kellis Freundinnen durchaus einen Schlamassel, da sie Fahrzeuge hin und her schaffen mussten. Aber als er die Beifahrertür aufriss und darauf wartete, dass Kelli einstieg, wurde ihm klar, dass ihm das eigentlich herzlich egal war.

Die meisten Frauen hätten gespürt, wie genervt er war,

und wären still geblieben, zumindest beim ersten Teil der Fahrt.

Kelli nicht.

Sie drehte sich auf dem Sitz, die Arme vor der Brust verschränkt, und legte in dem Augenblick los, in dem er seine Tür öffnete. „Wenn du mich anbrüllen willst, kannst du das gleich hier machen. Dann muss sich niemand Sorgen machen, wie man mein Fahrzeug nach Hause schafft."

Er sah sie lange genug an, dass sie zurückzuckte, aber sie schaute nicht weg, erwiderte sein Funkeln Stück um Stück.

Es dauerte ewig, bis sie sich zurück auf ihren Sitz warf und sich anschnallte, und sie schaute direkt geradeaus, als wären ihre Augen Laserstrahlen, mit denen sie etwas hochgehen lassen konnte. Vermutlich stellte sie sich vor, dass er vor ihr stand.

Das war ihm nur recht. Denn er stellte sich auch selbst mehr als nur ein paar Explosionen vor.

Er schaffte es auf die Hauptstraße, bis sich sein Temperament weit genug abgekühlt hatte, um in einem angemessenen Tonfall zu reden.

„Weißt du, ich bin der Stone-Bruder, den man für vernünftig und nachsichtig hält. Caleb konnte immer vom Leder ziehen und viel zu gebieterisch werden. Walker hat sich auf irgendwas Gefährliches gestürzt. Aber ich war derjenige, der alles wieder in ruhigere Gewässer führen konnte. Ich konnte allen ihren Zorn ausreden und die Welt wieder auf Spur bringen. Würdest du dem zustimmen?"

Er machte es gerade jetzt, das Beruhigende, das Nachsichtige. Oder zumindest tat er so, und zwar gut genug, dass sie ihre Aufmerksamkeit abwandte, und anstatt die Straße anzustarren, warf sie ein paar Sekunden lang einen Blick auf ihn. „Ja, schätze schon."

Luke bog an der Seite der Straße in einen Bereich ab, der

von Schnee und Eis befreit war. Die Schneepflüge nutzten ihn wohl zum Wenden, denn die Schneewehen gingen ein gutes Stück über die Oberseite des Trucks.

Ein paar tiefe Atemzüge später stellte er den Truck auf Parken, dann richtete er sich neu aus, damit er ihr teilweise auf der Sitzbank gegenüber sitzen konnte. „Also, jetzt bin ich ganz ruhig und gefasst und sage dir, wenn ich noch irgendwann einmal sehe, wie du so etwas Dummes, Impulsives abziehst, werde ich völlig ausflippen, und irgendwer wird ernsthaft verletzt.“

Ihr Mund klappte leicht auf, während sie ihn anstarrte, ihre dunkelbraunen Augen huschten über sein Gesicht, auf eine entschieden nicht nach Kelli aussehende Art. Sie schien nicht annähernd so sehr die Herrschaft über sich zu haben wie noch vor kurzem, als sie diesen Bastard am Tresen zur Rede gestellt hatte.

Ihr Körper bebte, zitterte leicht, selbst wenn sie einen auf knallhart machte.

Es nervte ihn, dass sie hier die Wahrheit ignorierte. Sie würde das vermutlich alles als Kleinkram abtun, und tatsächlich, als sie sich zu Wort meldete, hob sie leicht die Schultern.

„Ich laufe nicht rum und werde durch ein Bat-Signal gerufen, und ich würde niemanden, der so groß ist, in einer dunklen kleinen Gasse dumm anquatschen. Aber an einem öffentlichen Ort werde ich keinen Typen so missbräuchlich auftreten lassen, ohne die Frau wissen zu lassen, dass sie Optionen hat.“

„Selbst wenn das heißt, dass du dann am Ende am Boden liegst?“ Er griff nach ihrem Handgelenk, hielt es locker, noch während er ihren Arm zu sich zog. Er schob ihren Ärmel hoch, und tatsächlich, wie er erwartet hatte, verunzierten schwache rote Male ihre Haut. „Selbst wenn das bedeutet, dass du diejenige bist, die verletzt wird?"

Ihre Schultern waren starr geworden, als hätte man ein Lenkrad eingeschlagen, und sie sah die sich andeutenden blauen Flecken auf ihrem Unterarm an, als wäre sie völlig überrascht, sie dort zu sehen.

Sie bebte sogar noch merklicher, immer noch auf ihren Arm konzentriert. Und da verstand er endlich, was Josiah ihm vorhin zu sagen versucht hatte.

„Scheiße." Luke öffnete seinen Sicherheitsgurt und griff hinüber, um auch auf ihre Halterung zu drücken. „Komm her, meine Kleine. Du reagierst ja doch darauf."

Er zerrte sie über die Sitzbank und hob sie hoch, wie es mit seinen Nichten gemacht hätte, drückte sich Kellis Kopf an die Brust und hielt sie fest. Es war das Gleiche, was Josiah vor Kurzem getan hatte, aber für einen Mann, der auf seine Klugheit stolz war, schien es, dass Luke eine große Verständnislücke hatte, wenn es darum ging, herauszukriegen, wie diese Frau tickte.

Am Anfang lag sie in seinen Armen wie eine Vogelscheuche, ihre Glieder ragten in einem seltsamen Winkel hervor, ihre Schultern so angespannt, als hätte man ihr Stroh in die Arme gestopft.

Er machte beruhigende Geräusche und tat sein Bestes, um sich zu entspannen, was schwierig war, da er immer noch völlig außer sich wegen der Gefahr war, in die sie sich kopfüber gestürzt hatte. Genauso, wie sie sich in der Scheune von allem herabstürzte.

„Niemand wurde schlimm verletzt", versicherte er ihr. „Dein Kampf für das Gute hat jemandem geholfen, und ich werde dich heute Abend nicht mehr anschreien."

Sie wand sich in seinen Armen, bebte leicht, und ihm wurde klar, dass die verdammte Frau leise lachte. „Heute

Abend nicht mehr anbrüllen? Gut zu wissen. Das bedeutet, dass du dir das Brüllen für später aufhebst?"

Es war sinnlos, zu lügen. „Vermutlich."

Er klopfte ihr auf dem Rücken, machte aus der Bewegung ein langsames Reiben zwischen ihren Schulterblättern. „Atme mal kurz durch und versuch, dich zu entspannen. Du bist ja noch angespannter als Chili Pepper, nachdem sie auf die Ranch kam."

Ein weiteres Kichern kam von ihr. „Gut gemacht, Boss. Mich mit einem Pferd zu vergleichen, das nicht hören will."

„Wenn der Schuh passt ..."

Sie saßen schweigend da, bis Kelli einen langen Atemzug ausstieß und sich endlich an ihm entspannte. Er hielt sie noch einen weiteren Augenblick fest, überlegte sich, wohin die Unterhaltung als nächstes laufen musste.

Das Thema vorerst fallen lassen? Sie mit etwas anderem ablenken?

Vielleicht war es nicht die klügste Entscheidung, aber andererseits konnte er völlig offen mit ihr sein, dass es nur eine Möglichkeit war. „Ist es okay für dich, zum nächsten Thema weiterzugehen?"

Sie rieb den Kopf an seiner Brust, während sie eine Hand an ihn legte, um sich herauszuwinden. Starke Finger spannten sich um seinen Bizeps, während sie sich zurück auf den Beifahrersitz schob.

Sie wirkte immer noch angespannt, doch er machte ihr keinen Vorwurf. Nicht nach dem, was heute Abend vorgefallen war.

Es war auf jeden Fall Ablenkung angesagt. „Schnall dich wieder an. Ich muss dir was erzählen. Es ist noch nicht ganz sicher, aber Silver Stone hat eine Einladung zu einem wichtigen Event erhalten, das bald in Kananaskis stattfindet. Da sind keine Pferde anwesend, aber eine ganze Menge Leute, die gern für Pferde Geld ausgeben und Geld mit ihnen verdienen ...“

Alle Anspannung fiel sofort von Kelli ab, und sie fing Feuer. „Silver Stone wurde zum Triple Crown geladen? Oh. Mein. *Gott*.“

Das war schon fast unheimlich. „Wie zum Teufel hast du das gemacht? Ich weiß, dass du Ohren an den Wänden der Scheunen hast, aber ich habe davon niemandem erzählt außer Josiah. Teufel, ich habe das doch selbst erst vor ein paar Stunden herausgefunden.“

Sie schnallte sich an, dann wandte sie sich ihm wieder zu, ihre Begeisterung war zurück. „Es war nur geraten, aber habe ich recht? Denn Himmel, Luke. Dieses Thema kam auf einem der Blogs auf, die ich im Auge behalte. Sie haben ein paar Berichte über frühere Teilnehmer an so einer Art Event gebracht. Wenn Silver Stone wirklich eine Einladung bekommen hat, ist das absolut fantastisch.“

Er setzte zurück und fuhr wieder auf den Highway, seine Ablenkung funktionierte besser, als er gedacht hatte. „Ich habe vergessen, dass du knietief in ein paar von diesen Onlinegruppen steckst.“

„Sei doch nicht so selbstgerecht. Du bist genauso viel online wie ich, nur anderswo. Die TCG wurde erwähnt, weil sie noch nicht stattgefunden hat“, gab Kelli zu. „Natürlich hat niemand die Verbindungen, um dort hinzukommen, was es noch unglaublicher macht, dass Silver Stone hindarf.“

„Nur auf Einladung derzeit“, warnte Luke sie vor. „Ich habe meine Registrierung abgeschickt, aber ich habe noch nichts gehört.“

„Du kommst rein“, sagte sie überzeugt. „Teufel, ich bin schockiert, dass ihr bisher noch nie auf ihrem Radar aufgetaucht seid. Besonders vor zwei Jahren, als ein paar

Nachkommen von Nemo so groß geworden sind, dass sie von sich reden machten."

Das war wohl ein Faktor, der zu ihren Gunsten spielte. Ein Teil der Gleichung war, ein gutes, starkes Pferd zu haben, aber wenn die Fohlen eines Hengstes groß wurden und allmählich Rennen gewannen, machte das einen riesigen Unterschied im Umsatz eines Züchters.

„Du hast geholfen, ein paar dieser Geschäfte abzuschließen", rief er ihr in Erinnerung. „Du warst es doch, die ihn bei der Stampede angepriesen hat."

„Ich habe nichts Außergewöhnliches gemacht", beharrte Kelli. „Ich wusste nicht mal, wer die anderen Besitzer waren, als ich angefangen hab, von ihm zu schwärmen."

„Trotzdem, Nemos Deckgebühren steigen immer weiter. Wenn das so weitergeht, macht das Einkommen einen großen Unterschied im Jahresumsatz der Ranch." Er warf einen Blick zu ihr hinüber. Sie war klug genug, um zu wissen, was los war, insbesondere, wenn man bedachte, wie viel sie durch ihr verdammtes Lauschen herausfand.

Kelli zappelte. Spannte die Finger um ihren Sicherheitsgurt kurz an. „Also, wenn du weg bist, schätze ich, ist das eine gute Zeit, dass ich die Ausbildung von Chili Pepper übernehme."

Luke lachte leise. „Netter Versuch."

Sie schaute ihn an wie ein kleiner Welpe. „Bitte? Du wirst ein paar Tage weg sein, vielleicht länger. Jemand wird sich um sie kümmern müssen, während du weg bist."

„Es sind ganze sechs Tage, und du hast recht. Jemand wird sich um sie kümmern müssen, aber du bist das nicht."

„Luke, das ist nicht fair." Ihr ganzer Frust und ihre Energie waren wieder voll aufgedreht. Es schien, als hätte sie es überwunden, vorhin verstört worden zu sein. „Du hast gesagt, ich könnte ..."

„Ich will, dass du mit mir kommst", unterbrach er sie.

Das brachte sie schnell zum Schweigen.

„Ich glaube, du bist der perfekte Mensch, um zu helfen, Silver Stone zu repräsentieren. Du weißt einfach alles, was es über unsere Pferde und unser Zuchtprogramm zu wissen gibt. Außerdem bist du nicht einschüchternd und verträgst dich gut mit Menschen."

„Mit Cowboys", erklärte sie. „Und mit den Ranchhelfern und normalen, alltäglichen Leuten. Nicht mit irgendwelchen hochgezüchteten Geldsäcken, die bei so einem Event herumhängen."

Er machte ein unwirsches Geräusch. „Das sind nur Menschen, Kelli. Die Tatsache, dass sie ein wenig mehr Geld in der Tasche haben, ist kein Grund, dass du sie für weniger als das hältst."

Sie antwortete nicht. Diesmal schien es kein Schock zu sein, sondern Verlegenheit. So sei es eben. Es war nicht richtig, jemanden abzuurteilen, außer man wusste, was derjenige im Herzen zu trug und was aus seinen Taten erwuchs.

Er füllte die Stille, indem er so schnell wie möglich redete, sein Unterton blieb locker. „Hey, wie wir doch gerade noch besprochen haben, hast du vor ein paar Jahren mit einigen dieser Leute geredet, und sie mochten dich. Und du hast sie gemocht, und das ist etwas, bei dem ich wirklich deine Hilfe gebrauchen könnte."

Ein leises Stöhnen kam von ihr, als würde man sie quälen. „Okay, gut. Ich komme mit in ein schickes Hotel, wo ich eine Woche lang keinen Mist schaufeln muss. Und ich werde Donuts zum Frühstück essen, und Steak zum Abendessen, und ich werde mit allen freundlich reden, während ich so tue, als hätten sie nichts als ein paar Münzen in der Tasche, genau wie ich."

„Das will ich hören", sagte Luke mit einem Grinsen,

während er in die Zufahrt fuhr und sich zu den Schlafbaracken aufmachte. „Sag nichts darüber, bis ich mehr herausfinde, und das zählt doppelt für deine Online-Community. Kein Wort, davor oder danach."

Sie verdrehte die Augen. „Ich poste doch keine privaten Sachen online. Ich lese nur die Artikel."

„Ja, genau."

Kelli grinste. „Danke, dass du mir die Gelegenheit gibst. Ich verspreche, wenn das durchgeht, werde ich alles tun, was ich kann, um sicherzustellen, dass Silver Stone so glänzend und strahlend erscheint, dass wir all diese völlig normalen Leute beeindrucken können."

Das andere Thema der Diskussion – dass sie sich wie eine maskierte Rächerin aufgeführt hatte – ließ man für heute Abend wohl besser fallen. Dass er sie jetzt glücklich schwelgen ließ, bedeutete, dass sie empfänglicher sein würde, wenn er das Thema morgen noch einmal ansprach, um sich ein Versprechen geben zu lassen, dass sie es nicht mehr tun würde.

Er blieb vor ihrem Zimmer stehen.

„Ich lass es dich wissen, sobald ich kann."

„Danke."

Sie sprang raus.

Luke war schon mitten dabei, rückwärts zu fahren und die Richtung zu ändern, als sie an sein Fenster klopfte, Schuldgefühle lagen auf ihren Zügen. „Ich hab mich in der Bar unverantwortlich verhalten und dir Angst gemacht. Du hast recht. Das war keine angemessene Art, jemandem zu helfen, und es tut mir leid."

Sie war stärker als ziemlich jeder, den er kannte. Dieses Geständnis war sehr viel schneller gekommen, als es ihm gelungen wäre, eins auszuspucken. „Es tut mir leid, dass ich auf stur geschaltet und dich ohne deinen Truck weggezerrt habe."

Sie zuckte mit den Schultern, der Schalk glitzerte wieder in ihren Augen. „Ach. Ich bin es ja gewohnt, dass du ein sturer Lehnsherr bist. Es schon in Ordnung. Ich würde niemals erwarten, dass ein Esel über Nacht sein Wesen ändert."

Bäm. Entschuldigung und Beleidigung, genau wie er es erwartet hatte. „Gute Nacht, Kelli."

„Nacht, Boss."

‌

4

Reine Willenskraft brachte sie in ihr Zimmer, ohne dass sie vor Aufregung ausflippte. Oder war es Panik, die durch ihre Adern strömte?

Der ganze Abend war ein einziger Adrenalinrausch nach dem nächsten gewesen, und sie war klüger, als ins Bett zu schlüpfen, ohne sich darum zu kümmern.

Sie war maximal aufgekratzt. Wegen des Raufbolds an der Bar und wegen Luke, der sich benahm wie so ein Alphatyp, und sie dann aus dem Nichts heraus umarmte ...

Ganz zu schweigen von der Gala.

Wenn sie jetzt ins Bett kroch, würde sie letztlich stundenlang an die Decke starren.

Kelli zog ihre Tanzkluft aus und eine abgetragene Jogginghose und ein weites T-Shirt an, zerrte ihre Yogamatte hervor, ließ sich mitten auf den Boden fallen und versuchte, irgendwie Zen zu werden.

Sie hatte nie danach gestrebt, zu irgend so einem Guru zu werden, aber Dare, die Pflegeschwester der Familie Stone, schwor darauf. Und wenn es jemanden gab, dem Kelli zutraute, zu wissen, wie man erfolgreich mit einem Haufen Schwachsinn im Leben fertig wurde, war es Darilyn Hayes. Die Frau war inzwischen verheiratet und wohnte woanders, aber sie hatte ihr Erbe weitergereicht.

Darum setzte sich Kelli auf die bunte Matte, die Beine ineinander verschlungen wie eine Brezel, während sie tief atmete und daran arbeitete, sich zu entspannen. Frieden einatmete und ihren ganzen Stress aus.

Wie sich ihr Inneres völlig zusammengezogen hatte, in dem Augenblick, in dem sie den Raufbold gesehen hatte – *ausatmen.*

Die Art, wie ihr Herz schneller schlug, wenn Luke Stone mit diesen dunkelbraunen Augen in ihre Richtung sah – *ausatmen.*

Ausatmen.

Ausatmen.

Es dauerte noch ein paar Atemzüge mehr, bevor die Spannung nachließ, wenn sie nur an ihn dachte. Das war das erste Mal, dass er jemals die Arme in einer anderen Art als einem freundschaftlichen Schlag auf den Rücken um sie gelegt hatte. Es nervte, dass sie zu diesem Zeitpunkt am Rande der Tränen gestanden hatte.

Nein, das war etwas Gutes, brüllte ihr Gehirn. *Das war nicht der richtige Augenblick, in dem er dich als etwas anderes als eine Freundin wahrnehmen sollte. Auf jeden Fall wären da Arbeitskollegen das Alleräußerste gewesen.*

Kompetent – zumindest glaubte er, dass sie kompetent genug war, um mit ihm zu der Gala eingeladen zu werden, und guter Gott, daraufhin brauchte sie ein gutes Dutzend Atemzüge, um sich auch davon zu entspannen.

Die Silver Stone Ranch hatte Schwierigkeiten. Kelli wusste

das, und nicht nur, weil die Leute gerne dort redeten, wo sie mithören konnte. Sie war schon lange genug da, um die Zeichen zu sehen. Es fühlte sich an, als stünde die ganze Ranch auf der Kippe.

Die Schwierigkeiten kamen nicht durch ihr Verschulden, nur durch die Zeit und die Umstände, was völlig unfair war, wenn man bedachte, dass die Familie eine so positive Präsenz in der Gemeinschaft darstellte.

Ausatmen.

Es dauerte eine Stunde, locker zu werden, sich langsam vom Sitzen an einer Stelle zu bewegen und an ihrer Atmung zu arbeiten, bis sie sich zu ihren Entspannungsübungen begab. herabschauende Hunde und heraufschauende Hunde und Drehungen, die nicht nur die Verspannungen ihres langen Tages lockerten, sondern auch ihren Aufprall auf dem Boden der Bar.

Zum Glück war sie zu dem Zeitpunkt, als sie unter ihre Decke schlüpfte, entspannt genug, um fast sofort einzuschlafen, und ihre Augen klappten fünf Minuten vor ihrem Wecker auf, der auf sechs Uhr früh eingestellt war.

Der nächste Tag verging schnell. Kelli legte das Ende ihrer ersten Schicht so, dass es mit der Zeit für die Pflichten zusammenfiel, damit sie Calebs kleine Mädchen besuchen konnte, während sie sich um ihre Ziegen kümmerten.

„Komm her, Mene", sagte Emma bestimmt, während sie vor sich auf den Boden deutete und grinste, als eines der gepflegten Tiere herüber tänzelte und die Nase in ihre Seite stieß. „Gut gemacht."

„Er weiß doch nicht, dass du mit ihm redest", sagte Sasha herrschaftlich zu ihrer jüngeren Schwester. „Er will nur was zu fressen."

„Sag das nicht", warf Kelli ein. „Man kann Ziegen ihre

Namen beibringen. Sie sogar abrichten, dass sie kommen, wenn man sie ruft."

Sasha wirbelte zu ihr herum, ihr stand der Mund offen.

„Ja." Kelli glitt vom oberen Geländer, während die Mädchen näherkamen. „Viele Tiere sind klug genug, um das zu tun, aber besonders Ziegen. Das war eines der ersten Tiere, die von Menschen gezähmt wurden – und domestiziert – vor ganz langer Zeit. Natürlich war das nicht nur, damit man sie als Haustiere halten konnte", gab sie zu.

Emma rümpfte die Nase. „Menschen essen Ziegen. Aber nicht *unsere* Ziegen."

„Nein. Ene, Mene und Miste stehen nicht auf der Speisekarte, aber das heißt nicht, dass es etwas Schlimmes ist, Ziegenfleisch zu essen. Wir respektieren die Entscheidungen anderer Menschen."

Sasha nickte langsam. „Daddy sagt das oft, denn einige meiner Freundinnen sind Vegetarier." Sie schaute sich um, bevor sie verschwörerisch die Stimme senkte. „Ich mag Hamburger."

„Ich auch", flüsterte Kelli zurück. „Mit Bacon."

Emmas Kleines-Mädchen-Kichern war über das Geräusch hörbar, mit dem sie das Getreide in den Futtertrog schüttete. „Du isst doch Bacon zu fast allem."

Kelli wollte es schon leugnen, als sie etwas genauer darüber nachdachte. „Schon so ziemlich."

Das brachte sie beide zum Lachen. Kelli schloss sich ihnen im Verschlag an und half ihnen, dass Stroh auf dem Schlafplatz wegzuräumen.

Die Mädchen arbeiteten hart, oder so hart es eben leicht ablenkbare Kinder konnten, und machten erst Pause, als eine fröhliche Stimme hörbar wurde. „Ich kann meine Kekstesterinnen nicht finden."

„Wir sind hier drin, Tante Lisa", rief Sasha, die den Kopf aus dem Verschlag steckte. „Willst du helfen?"

„Ich warte, bis ihr fertig seid", erwiderte Lisa. Einen Augenblick später schlossen sich die drei der dunkelhaarigen Frau am Tor an, ihr freundliches Lächeln begrüßte Kelli auch mit, ohne zu zögern. „Habt ihr Zeit für einen Snack?"

„Kelli sagt, es ist immer Zeit für einen Snack", verkündete Sasha fröhlich, während sie über das Tor kletterte, anstatt es zu öffnen. Sie und ihre Schwester machten sich in vollem Sprint zur Hintertür des Hauses auf, sodass Lisa kichernd zurückblieb.

„Die Kelli-ismen, die sie manchmal von sich gibt, bringen mich um", erklärte Lisa. „Dieses Kind hat sich da eine richtige Heldinnenverehrung zusammengeschustert."

Was für Kelli überhaupt keinen Sinn ergab, denn seit man es ihr dargelegt hatte, hatte sie ihr Bestes gegeben, um dafür zu sorgen, dass sie ihre Sprache im Griff hatte, wenn die Kinder da waren. „Ich mag sie. Ich glaube, das weiß sie."

Lisa neigte den dunklen Kopf zum Haus hin, schob sich wegen der relativen Kälte des Januartages die bloßen Hände in die Taschen. „Komm mit. Tamara fühlt sich gut genug, dass sie im Wohnzimmer sitzt. Sie würde dich nur zu gerne sehen."

Kelli schaute auf ihre Uhr, aber sie hatte nichts ganz Dringendes, das erledigt werden musste. „Ich habe später noch Pflichten. Mir eine Grundlage aus Keksen anzufressen, um bis zum Abendessen durchzuhalten, klingt nach einer guten Idee."

„Ich finde immer, dass ein Keksmahl im Magen eigentlich jede Aufgabe einfacher macht."

Sie drehten sich um und gingen nebeneinander her, zwischen ihnen herrschte Stille.

Lisa war seit Mitte Dezember auf Silver Stone, aber Kelli tastete sich immer noch zu einer Beziehung vor.

Tamara hatte sich in einer sehr endgültigen und entschlossenen Art auf Silver Stone niedergelassen. Da sie inzwischen mit Caleb verheiratet war und für Emma und Sasha eine bessere Mutter war als die, die sie geboren hatte, es jemals gewesen war, hatte Kelli dem nicht ganz so neuen Neuzugang stillschweigend ihren Stempel der Wertschätzung verliehen.

Aber wenn es nach ihr ging, musste jeder zeigen, wer er oder sie war, bevor man zum Mitglied der *Silver-Stone-Familie* werden konnte. Lisa mochte ja Tamaras Schwester sein, und sie mochte hier sein, um auszuhelfen, doch Kelli hatte sich mit ihrem Urteil zurückgehalten, bis alles sich als einwandfrei erweisen würde.

Das Witzigste daran war, dass Lisa genau zu wissen schien, was Sache war, und daraufhin kein Problem hatte, nur auf Probe hier zu sein. Nein, sie nahm das einfach hin und lächelte weiter.

Das allein schon ließ sie Kelli sehr viel schneller ans Herz wachsen, als wenn Lisa versucht hätte, sich unverzichtbar zu machen.

„Ich bin froh, dass du hier bist, um Tamara zu helfen, da sie sich immer noch nicht hundertprozentig gut wegen der Schwangerschaft fühlt, aber brauchen sie dich nicht drüben in Rocky Mountain House?", fragte Kelli, bevor sie merkte, dass das völlig falsch klang. Rasch fügte sie hinzu: „Nicht, weil ich dich loswerden möchte. Ich bin nur neugierig."

„Ich bin nicht beleidigt", erwiderte Lisa, während sie durch den Schnee zum Ranch-Haus marschierten. „Tatsächlich hätte ich vor einem Jahr nicht einfach so aufbrechen können. Die Coleman-Bestände sind in den letzten zwölf Monaten ziemlich miteinander verschmolzen. Was heißt, anstatt dass es nur mein Dad, meine ältere Schwester und ich sind, und außerdem angeheuerte Helfer, die das Land von Whisky Creek bestellen, haben wir jetzt die Ressourcen des ganzen Coleman-Clans zur Verfügung."

„Klasse. Ich habe mich schon gefragt, wie das funktioniert. Klingt nach einer tollen Idee."

„Es war eine *brillante* Idee", sagte Lisa, ein Grinsen breitete sich auf ihrem ganzen Gesicht aus, während sie die Hintertür aufzog. „Man musste nur richtig viel Überzeugungsarbeit leisten, damit es so weit kommt."

Kelli hatte keine Gelegenheit zu fragen, was das bedeutete, bevor sie in die warme, nach Schokolade duftende Luft des einzigen Ortes traten, den sie jemals als zu Hause betrachtet hatte.

Ihr Blick huschte durch das Zimmer, schon bereit, Tamara zu begrüßen, die sich auf ihrem Lieblingsplatz auf dem Sofa zusammengerollt hatte.

Kelli schlüpfte aus ihren Stiefeln und trat vor. „Da ist ja die Chefin. Wie läuft es denn heute mit der Baby-Konstruktion?"

Tamara rückte ein wenig, sodass Emma neben ihr aufs Sofa klettern und sich an sie schmiegen konnte, um sich an ihre Hüfte zu lehnen. „Auf einer Skala von eins bis zehn, wo ich bei zehn bereit bin, es mit allem aufzunehmen, kann ich dankbar berichten, dass heute etwa eine Sechs ist."

„Das heißt, dass sie sich nicht übergeben muss." Blonde Locken hüpften, als Emma diesen Fetzen Information mit großem Ernst teilte.

Tamara verdrehte die Augen, doch sie legte ihrer Tochter einen Arm um die Schultern und drückte sie fest an sich. „Weißt du noch, wie wir besprochen haben, dass manche Dinge besser ungesagt bleiben, auch wenn du jetzt nichts mehr gegen das Sprechen hast?"

„Aber Mama, es ist doch Kelli. Sie kennt sich aus mit Übergeben."

Kelli schaute in diesem Augenblick zufällig Lisa an, und

die beiden mussten sich bemühen, nicht in Gelächter auszubrechen.

Lisa schnappte sich einen Teller voller Kekse und hielt ihn vor. „Zu einem völlig anderen Thema, Schokoladenstückchen oder Walnuss?"

„Beides", sagte Kelli im genau gleichen Augenblick, als Sasha verkündete: „Kelli sagt, Kekse brauchen sowohl Schokolade als auch Nüsse."

Tamara starrte an die Decke, kämpfte gegen ihre Erheiterung an. „Setz einen Kessel auf, Lisa, und Kelli kann herkommen und mir erzählen, was in den Scheunen los ist, denn da raus zu gehen ist derzeit eine Drei von zehn."

Es war gut, sich auf den neuesten Stand zu bringen. Während Kelli die letzten Gerüchte teilte, schlich Emma sich davon, um sich ihrer Schwester anzuschließen. Sie saßen mit Milchgläsern am Tisch, die zu den frischen, warmen Leckereien passten. Lisa kam durch das Zimmer, machte Ordnung und arbeitete an etwas in der Küche, während sie sich immer wieder der Unterhaltung der Erwachsenen anschloss.

Ein weiteres Gefühl trieb durch Kelli hindurch, während sie hier waren. So sehr sie Silver Stone und ihre Arbeit in den Scheunen mit den Pferden liebte ...

Dieser Teil, diese familienartige Verbindung zu einer anderen Frau, war etwas Besonderes. Es war etwas, das sie niemals gehabt hatte, bis Tamara aufgetaucht war. Sie hatte die Kerle und Ashton, aber jemanden, der beinahe wie eine Schwester war? Niemals.

„Der Mädelsabend ist am Dienstag", rief Kelli Tamara in Erinnerung.

Ihre Freundschaft mit Rose und Tansy war im Lauf der Jahre gewachsen, und sie hatten eine andere Frau in der Gemeinschaft, Brooke, die sich ihnen oft anschloss. Aber in jüngster Zeit hatte ihre Vierergruppe weitere Frauen willkommen geheißen, etwa Tamara, Ivy und Hanna.

Kelli warf einen Blick hinüber zu Lisa und wog ab.

Lisa hatte bereits an einer Reihe inoffizieller Events teilgenommen, doch vielleicht war es an der Zeit, ihre Anwesenheit ein wenig förmlicher zu gestalten.

Tamara fing Kellis Blick auf und nickte langsam, als hätte sie bereits raus, was Kelli gerade überlegte. „Ich kann jetzt nicht zusagen, aber wenn ich mich danach fühle, will ich schon hin."

„Wir machen nichts Krasses", sagte Kelli. „Es ist an Rose, sich eine Aktivität auszusuchen, darum besteht eine gute Chance, dass es irgendwas Schickes, Künstlerisches wird, bei dem man nicht herumzappeln muss."

„Ich kümmere mich um die Mädchen, darum musst du dir um sie keine Sorgen machen", bot Lisa an, die Wasser in den Teekessel goss.

„Nein, ich glaube, du musst mitkommen, sogar wenn es Tamara nicht schafft", beharrte Kelli. Sie hob eine Hand wie ein Stoppsignal, als Lisa sie überrascht anblinzelte. „Du hast noch nichts Spaßiges angestellt, bei dem nicht gewisse liebenswerte kleine Leute unter zwölf beteiligt waren, seit du hergekommen bist. So machen wir das nicht auf Silver Stone. Nur Arbeit, kein Vergnügen – das gibt einen ganz schlimmen Präzedenzfall. Wenn du so weitermachst, bin ich mir ziemlich sicher, dass sie von uns übrigen erwarten, mitzuziehen, und bloß das nicht. Auf gar keinen Fall."

„Hart arbeiten, heftig vergnügen, trinken bis zum Umfallen", ließ sich Sasha vernehmen, sich nicht einmal bewusst, was sie da gesagt hatte, ehe sie die Zähne in einen Keks schlug und weiter in ihrem Buch las.

Lisa hob eine Hand an den Mund, Tamaras Augen wurden groß.

Kelli senkte den Kopf in die Hand und holte tief Luft, bevor sie aufschaute. Ein Teil von ihr wollte sich entschuldigen, aber ... „Ich *glaube* nicht, dass das meine Schuld ist.“

In Tamaras Augen funkelte ein Lachen. „Sasha, Liebes. Dieses Zitat wiederholt man vor niemandem. Verstanden?“

Ihre Tochter schaute auf, dachte fest nach, als würde sie im Geiste wiederholen, was sie gerade gesagt hatte. Sie verzog das Gesicht, zuckte mit den Schultern. „Okay, Mommy.“

Sie machte sich wieder ans Lesen, und Kelli dachte darüber nach, was für ein Glück sie hatte, an etwas so Besonderem beteiligt zu sein. Dieses Haus voller Wärme und Glück. Gott, das wollte sie, und so viel mehr.

Tamara winkte sie herüber, und Kelli sank vor dem Sofa auf die Knie, schockiert, aber erfreut, als die Frau sich vorbeugte und ihr eine riesige Umarmung gab.

Es war leicht, die Umarmung zu erwidern, aber danach schlüpfte Kelli weg, setzte sich an den Beistelltisch, und betrachtete Tamara argwöhnisch. „Sind da wieder die Schwangerschaftshormone am Werk?“

Ein Lachen platzte sowohl bei Tamara als auch bei Lisa heraus, ehe Tamara Kellis Finger ein letztes Mal drückte und leise antwortete: „Ich weiß dich so sehr zu schätzen.“

Kelli zuckte mit den Schultern. „Das freut mich. Ich mag meine Arbeit.“

Die andere Frau schüttelte den Kopf. „Nein, ich rede nicht davon, nicht von derjenigen, die in den Scheunen arbeitet und mir Gerüchte über das erzählt, was da draußen los ist. Auch wenn es unterhaltsam ist, und ich Spaß haben werde, wenn ich Caleb wegen der klemmenden Tür aufziehe, die du erwähnt hast. Wen ich sogar noch mehr liebe, ist diejenige, die hier auftaucht und Zeit mit meinen Kindern verbringt. Sie bewundern dich. Ich sehe, dass sie dir wichtig sind, und ich bin froh, weit mehr als nur dankbar, um deine Hilfe, während es mir nicht so gut geht. Ich mache dir dieses Zitat, das vorhin aufgekommen ist, überhaupt nicht zum Vorwurf, nur um das klarzustellen."

Die Wärme in ihr wurde größer. „Es sind tolle Kinder."

„Du bist mehr als nur eine Ranchhelferin für sie, und für mich. So geht es uns allen." Tamara holte tief Luft. „Du weißt, dass Silver Stone deine Heimat ist, ganz gleich, was passiert, ja? Ich meine, ich werde dich niemals gehen lassen."

„Das klingt ein wenig unheimlich", scherzte Kelli, um den Kloß zu überspielen, der sich in ihrer Kehle bildete.

„Stimmt, oder? Unser eigenes Hotel California." Tamara blinzelte.

Es war an Kelli, sich einen Augenblick zu nehmen, ehe sie wieder reden konnte. „Ich verspreche, alles, was ich tue, gründet darin, dass ich Silver Stone liebe. Ich will das Beste für die Ranch, und für euch alle. Ihr seid meine Familie."

„So empfinde ich das auch. Ehrlich", gab Tamara zu, die leise lachte, während sie sich über die Augen wischte. „Und wir müssen damit aufhören, denn Schwangere sind auch zu den besten Zeiten Wasserfontänen."

„Keks?", schlug Kelli vor, die sich erhob.

„Genieß du ihn. Jemand braucht Hilfe bei den Hausaufgaben." Tamara nahm ihre zweite Tochter in die Arme, und zusammen öffneten sie ein Buch, das Sasha laut vorlesen konnte, an ihre Seite geschmiegt.

Ein paar Abschiedsworte später marschierte Kelli über den verschneiten Boden, die warmen Kekse, die Lisa ihr in die Hand gedrückt hatte, ein scharfer Kontrast zu der eiskalten Luft. Auf dem gefrorenen Wasser des Great Sky Lake spiegelten sich Lichter vor der frühen Dunkelheit des Winters. Lukes Gestalt war sichtbar, wie er sich langsam durch die Küche seines Hauses bewegte. Träumerisch und perfekt.

Fast perfekt.

Die Gefühle brachen aus ihrem Inneren hervor, so laut wie ein Schrei. Familie und mehr, alles, was Kelli sich immer gewünscht hatte. Ein Teil von etwas zu sein, das größer war als sie selbst. Dass Tamara sie so warm und herzlich willkommen hieß, obwohl sie nur eine Arbeiterin war – das musste doch ein Zeichen sein.

Das war es, wovon Menschen sprachen, wenn sie darüber redeten, dass die Sterne richtig standen. So musste es sein. Solange die Gala auch stattfand, würde Kelli schließlich den nächsten Schritt tun können.

Der Ausflug mit Luke würde ihr die perfekte Gelegenheit liefern, um ihn wissen zu lassen, dass sie wie wild von ihm schwärmte, und das schon seit Jahren. Sie musste langsam machen, aber das war eine Gelegenheit, die sie sich nicht entgehen lassen würde.

Als würde der Himmel selbst ihr zustimmen, raste eine Sternschnuppe über das Firmament, ein silbernes Schimmern vor der tiefer werdenden Finsternis.

Kelli formulierte ihren Wunsch – oder setzte dazu an, aber plötzlich war sie sich nicht sicher, was genau sie sich eigentlich erhoffte.

Luke? Mit ihm zusammen zu sein? Tatsächlich ein Teil der Familie Stone zu werden? Das schien ein zu hohes Ziel. Verworrene Bedürfnisse und Wünsche lockten sie, und sie warf ihre Verwirrung zu den Sternen hinauf und wünschte sich wortlos Glück.

Wenn die Gala stattfand, würde das ihr Zeichen sein, dass es Zeit war, ihre Hingezogenheit zu Luke in die Tat umzusetzen. Ob daraus etwas Kurzfristiges oder Langfristiges wurde, würde sie das Schicksal entscheiden lassen.

∼

Das Warten auf Antwort würde ihn noch umbringen.

Luke wanderte die nächsten beiden Tage in einem gedankenlosen Nebel zwischen den Scheunen und seinem Haus herum und machte sich Sorgen, was schiefgegangen war. Erst als ihm auffiel, dass er die Anmeldung an einem Freitagabend ausgefüllt hatte, und die Chance, dass sich jemand vor Montagvormittag bei ihm melden würde, klein bis nicht vorhanden war, beschloss er, dass er es nicht vermasselt hatte. Es gab noch Hoffnung.

Das machte ihn nicht weniger mürrisch, während er mit seiner Familie arbeitete.

Calebs warnende Blicke trafen ihn viel zu oft, als es allmählich Sonntagnachmittag wurde. „Macht dir jemand Ärger?"

„Nein", grollte Luke.

Sein Bruder fluchte leise, hielt mitten in seiner Aufgabe inne, um die Arme vor der Brust zu verschränken. „Willst du reden?"

Da es nichts war, was er schon besprechen konnte: „Nein."

Caleb kam näher. „Ist was mit Penny?"

Darauf regierte er sofort. „*Teufel*, Nein."

Sein Bruder schüttelte den Kopf. „In anderen Worten, es ist nichts los, und du bist einfach nur ein Arsch, oder es ist etwas los, und du willst nicht drüber reden."

Luke dachte kurz darüber nach. „So ziemlich."

Caleb hob vor ihm eine Augenbraue, dann machte er etwas klar. „Entweder kriegst du deinen Kopf aus dem Hintern, oder du ziehst los und suchst dir was zu tun, bei dem der Rest von uns sich nicht mit deinem Gebrumme herumschlagen muss, als hättest du einen Bienenstock verschluckt."

Es war keines seiner Lebensziele, die Dinge für seine Familie schwierig zu gestalten, darum rollte Luke das Seil in seinen Händen zusammen und hängte es außerhalb der Box auf. Er trat an seinem Bruder vorbei, klopfte ihm dabei auf die Schulter. „Zu Befehl. Ich verspreche, ich sage es dir, sobald ich kann."

Während er zum Ausgang unterwegs war, boten die Worte seines Bruders eine letzte Zusicherung. „Sag es mir eher, wenn es nötig ist."

Seine Familie war die beste, darum war es sogar noch wichtiger, dass dieses Event ein Erfolg wurde. *Falls* sie hindurften.

Verdammt.

Da er nicht mit einfach irgendwem über seine Geheimnisse reden konnte, ergab es schon einen Sinn, dass seine Schritte ihn zu Kellis Schlafbaracke führten. Als dort keine Antwort kam, ging er den Rest des Weges um die Ecke zu dem kleinen Häuschen ihres Vorarbeiters.

Wie er geraten hatte, wusste Ashton genau, wo die Frau war, und nur Minuten später hatte er sie am Vordereingang von Silver Stone aufgespürt.

Kelli hielt inne, als er sich näherte, die Hunde liefen entlang des Quads, das er sich geschnappt hatte, anstatt sein Pferd zu satteln. Sie hatte ein warmes Wollstirnband über den Ohren, mit einem Cowboyhut, der fest darauf saß. Von Kopf bis Fuß robust gekleidet, schob sie sich die Hände in die Taschen, um sie zu schützen, während sie darauf wartete, dass er das Fahrzeug abstellte.

„Brauchst du was?", fragte sie.

Luke kam sich plötzlich dumm vor, denn es gab keinen Grund, dass er sie bei der Arbeit störte. Er entschied sich für Ehrlichkeit. „Ich bin nervös, weil ich auf Neuigkeiten warte, und ich kann niemandem davon erzählen, darum bin ich zittrig wie ein Zwölfjähriger nach einem doppelten Espresso."

Sie grinste, verständnisvolle Freude trat auf ihr Gesicht. „Da sind wir schon zwei. Ich musste mich heute Vormittag schon ein dutzend Mal am Riemen reißen. Alex hat mich beim Frühstück aufgezogen, dass ich wohl einen Kater habe, weil ich solche Grimassen geschnitten habe. Wusstest du, dass vor ein paar Jahren sowohl die Lightning Arabians als auch die Sweet Sugar Pie Ranch Einladungen zu einem solchen Event hatten?"

Er starrte sie an. „Meinst du das ernst? Wie hast du das herausgefunden?"

Kelli verdrehte die Augen. „Es gibt da was, das nennt sich Internet ..." Sie holte einen Schraubendreher aus der Tasche. „Ist es dir recht, wenn ich weiter arbeite, während wir reden? Ich habe da so einen echt fordernden Boss, der mir was erzählt, wenn ich nicht rauskriege, wie man das repariert, bevor ich mir was zum Mampfen hole."

„Lass mich helfen." Er trat näher und beäugte das Tor. „Ich wusste gar nicht, dass du dich mit Elektrik herumschlägst."

„Die komplizierten Sachen mache ich nicht, aber Ashton sagte, das wäre meine Kragenweite." Sie deutete auf eine Seite des Rolltors. „Es geht weniger darum, die Elektrik zu reparieren, und vielmehr darum, dass der Weg frei ist. Tamara braucht nicht jedes Mal aus dem Auto zu steigen, wenn dieses Tor geschlossen werden muss."

Luke kam vor und half, genauso wie er es bei jedem anderen der Helfer getan hätte, nahm Werkzeuge und reichte sie weiter, arbeitete in einem lockeren Rhythmus mit ihr zusammen. Er ragte allerdings hoch über ihr auf und übernahm, als das Tor beschloss, aus der Führung zu springen.

Die ganze Zeit redeten sie sich die Köpfe heiß über die Möglichkeiten, die sich ergeben könnten, wenn sie an diesem Event teilnahmen. Redeten über die alltäglichen Dinge, was genauso behaglich war.

„Ich weiß, niemand hat mich um meine Meinung gebeten,

aber ich muss schon sagen, Sweet Sugar Pie ist ein schrecklicher Name für eine Ranch", kritisierte Kelli.

Luke zuckte mit den Schultern. „Ist das der Kosename von jemandem?"

„Ja. Ihr Name für ihn, laut des Zeitungsartikels."

Luke knurrte, während er das schwere Metall wieder in die Führung hievte. „Schwachsinn."

Sie gab ein unwirsches Geräusch von sich. „Was denn? Wirst du nicht ganz heiß und aufgeregt bei dem Gedanken, dass man dich *Sugar Pie* nennt?"

„Dabei ist *sie* doch diejenige mit dem zuckersüßen ..." Er schloss hastig den Mund.

Was zum Teufel dachte er sich denn? Das war Kelli. Er und seine Brüder passten verdammt gut auf, niemals mit unpassendem Gerede eine Grenze zu überschreiten, wenn sie da war.

Kelli arbeitete weiter konzentriert an der Verkabelung, schaute darauf hinab, ihre Lippen zu einem Grinsen verzogen. Nur ihre Wangen waren rot, leuchtender, als die milden Wintertemperaturen rechtfertigten.

Er hatte sie verlegen gemacht. „Tut mir leid, Kelli. Das war unangemessen."

„Aber nicht falsch", erklärte sie, sodass er überrascht zurückwippen musste. Sie redete weiter, und ihre Worte trafen ihn wie ein Schlag auf den Kopf. „Außerdem, wenn ein Kerl es richtig anstellt, kann ich mir keine Frau vorstellen, die noch genug Verstand im Kopf hat, um sich süße Namen auszudenken. Nach einem Orgasmus sollte man doch nur noch Matsch im Hirn haben und völlig von den Socken sein."

Er sah sie an, sein Hirn troff ihm aus den Ohren.

Kelli drehte den Schraubenschlüssel und richtete ein paar Kabel, ohne noch etwas anderes als die Aufgabe zu kommentieren. „Lass es in die Führung gleiten und schieb es ein paar Mal vor und zurück, um zu sehen, ob es geschmiert werden muss.“

Er wusste, dass sie nie ein Blatt vor den Mund nahm, aber *verdammt*. Das klang versaut.

Luke räusperte sich und blinzelte fest. Es war seine Schuld, dass er zugelassen hatte, dass seine Gedanken diesen Weg einschlugen.

„Luke? Brauchst eine schriftliche Einladung?“, neckte sie.

Er stand auf und richtete das schwere Tor aus, bis sie ihm sagte, dass es passte. Er senkte es und fühlte sich plötzlich deutlich verlegener als sonst mit der Kameraderie und dem Wettbewerbsgeist, der zwischen ihnen vorherrschte.

„Ich muss wieder an die Arbeit“, sagte er.

„Ich brauche noch ein paar Minuten, um das fertigzumachen. Lass mich wissen, wenn du von der Gala hörst, aber ich bin ziemlich sicher, dass du dafür gebucht bist.“ Sie warf ihm einen raschen Blick zu, dann wandte sie sich wieder zu ihrer Arbeit.

Er fuhr langsamer ab, als er hergekommen war, spürte etwas Seltsames in der Magengrube.

Das war doch bestimmt Nervosität, weil er auf eine Antwort wartete. Das war es – das sorgte dafür, dass er so neben sich stand. Unbehagen mit seinen Brüdern, seltsame Empfindungen, die hochkochten, während er mit Kelli redete.

Das war nicht er. Das war nicht die organisierte, lockere Person, die er war.

Es war beinahe unspektakulär, als am Montag die offizielle E-Mail eintraf. Zeit und Datum, um beim Grand Palisade Hotel im Bezirk Kananaskis einzuchecken. Ein Ablaufplan für das Event.

Ein Link zu Bezahloptionen – er zögerte nicht. Eine halbe Stunde später war er aus der Tür und unterwegs zu Caleb, um ihm die guten Nachrichten zu überbringen.

Am Freitag würden er und Kelli durch die Türen marschieren und an etwas teilnehmen, das der Wendepunkt für die Silver Stone Ranch werden könnte. Es würde perfekt werden.

Was konnte schon schiefgehen?

5

Kelli schaute sich die Notiz an, die auf den fünf mal fünf Zentimeter großen Post-it-Zettel in ihre Handfläche gekritzelt war. „Ich sollte ihn jetzt einfach umbringen, denn es gibt gute Chancen, dass ich ungeplant Körperverletzung mit Todesfolge begehe, bevor die Woche um ist."

Lisa dachte nach. „Ich glaube nicht, dass das möglich ist. Die Tatsache, dass du diese Möglichkeit vor uns erwähnt hast, bedeutet, dass du darüber nachgedacht hast, also wird das entweder als Mord oder als Totschlag geahndet. Außer, du redest hier von Notwehr, was ich völlig verstehe."

Kelli war nicht die Einzige, die den Blick auf Lisa gerichtet hielt. Im ganzen Raum herrschte Schweigen, sieben Frauen starrten vor sich hin, bis Lisa klar wurde, was sie gesagt hatte.

Die dunkelhaarige Frau hob die Augenbrauen und versuchte, unschuldig auszusehen. „Ups?"

„Süchtig nach CSI?", fragte Hanna Lane.

„Achtet nicht auf meine Schwester, sie liest zum Spaß Lexika", scherzte Tamara. „Komm schon, Kelli. Was für schreckliche Sachen hat denn mein Schwager auf diesen winzigen Notizzettel geschrieben, dass du so sehr das Gesicht verziehst?"

Er hatte ihr die Nachricht gereicht, als er gesagt hatte, dass sie auf die Gala gehen würden. Sie war beinahe umgefallen bei dem Ansturm von Panik und Hoffnung, der durch sie hindurchgerauscht war.

Er hatte gegrinst und sich dann schnell vom Acker gemacht, um sich um die Planung zu kümmern, was vermutlich etwas Gutes war, denn sie war versucht gewesen, sein Karohemd zu packen und sich hochzuziehen, um ihm hier und jetzt einen Kuss zu geben.

Was, gelinde gesagt, peinlich gewesen wäre.

Sie konzentrierte sich auf das vorliegende Problem, was zu sein schien, dass der Mädelsabend zu einem „bringen wir raus, wie wir Kelli auf ein schickes Event schicken, ohne dass sie sich zum Narren macht"-Abend geworden war.

Offenbar hatte sie mit ihrer Vermutung einer Etepetete-Aktivität gar nicht so weit danebengelegen.

Sie schaute sich die Nachricht noch einmal an, damit sie antworten konnte, aber der Schlamassel wurde dadurch nicht klarer. „Das ist Teil des Problems. Seine Handschrift ist beschissen, war sie schon immer. Einmal hat er eine Nachricht für Ashton hinterlassen, die aussah, als sollten wir das Vieh von der Weide ganz weit draußen rein holen. Wir haben den ganzen Tag damit verbracht, unsichtbares Vieh zu jagen, nur um festzustellen, dass er wollte, dass wir die Katzen aus der linken Scheune holen." Sie wedelte mit dem winzigen Stück blauen Papiers in der Luft. „Ich kann die Worte *Swimmingpool*, *tanzen* und *formell* erkennen, aber falls das bedeutet, dass wir zu einem Ball gehen, nimmt er die Falsche mit."

„Ich glaube, er nimmt genau die Richtige mit", sagte Tansy,

die frech den Kopf nach hinten warf. „Meine Liebe, du weißt doch, wie man tanzt, und du kennst dich mit Pferden aus. Durch den Rest kannst du dich durchmogeln."

Tamara telefonierte und nickte dabei zustimmend. „Genau. Ich könnte gar nicht mehr zustimmen."

„Durchmogeln kann ich", murmelte Kelli.

Tamara hob einen Finger, als jemand am anderen Ende der Leitung dran ging. „Luke, wir haben ein paar Fragen. Wir helfen Kelli, Kleidung für die Reise zusammenzustellen, und ich will sichergehen, dass wir für alle Eventualitäten gerüstet sind." Sie hörte kurz zu. „Okay, damit kommen wir klar. Brauchst du irgendwas? Ich weiß nicht, ob Caleb irgendwas Schickeres im Schrank hat, als das, was in deinem hängt."

Sie hörte zu, nickte schweigend. Dann verabschiedete sie sich, ehe sie mit einer leidenden Miene zu Kelli aufschaute. „Gut, dass wir nachgefragt haben. Luke hat einen Freund gefragt, der dort sein wird. Es gibt nur ein formelles Event. Der Rest ist Business Casual, und es gibt einen Swimmingpool."

„Was zum Teufel bedeutet Business Casual?", wollte Kelli wissen.

„Es bedeutet, dass du keine Jeans tragen kannst", setzte Hanna sie in Kenntnis.

Das musste irgendein Fehler sein. „Ist das überhaupt möglich? Ist das etwas, das Leute regelmäßig machen?"

Die einzige Beschreibung für den Ausdruck auf Tansys und Lisas Gesichtern war *Grinsen*. „Das tun sie in der Tat. Es ist nur eine Woche", entgegnete Lisa tröstend. „Denk nur dran, du kannst so viel Steak essen, wie du nur willst. Das Palisade hat ein echt gutes Restaurant. Ich habe online nachgeschaut", sagte sie, ehe Tansy eine klugscheißerische Bemerkung machen konnte.

Kelli ließ sich auf den Sessel fallen und legte den Kopf in die Hände. „Nichts ist so viel Aufwand wert."

„Aber klar doch. Übrigens, was gibt Luke dir denn dafür, dass du ihm hilfst?", fragte Tansy.

„Nicht genug", erwiderte Kelli, die ihr Telefon hervorkramte und seine Nummer suchte. Sie drückte auf Anrufen, noch ehe sie Zeit hatte, das zu durchdenken.

Es mochte ja das Verführungs-Einmaleins vor ihr liegen, aber manche Unannehmlichkeiten gingen einfach zu weit.

Luke machte sich nicht mal die Mühe mit Freundlichkeit. „Was?"

„Hallo auch. Wenn wir zurückkommen, bin ich für Peppers *ganze* Ausbildung zuständig", forderte sie, wandte dem Rest des Raums den Rücken zu, während die Mädchen so taten, als wären sie beschäftigt. Sie schrieben vermutlich eine Liste aus Tutus und Ballerinaschuhen und anderen schrecklichen Dingen auf, die sie einpacken musste. „Du hast mir nicht gesagt, dass ich keine Jeans tragen kann."

Sein Lachen klang durch die Leitung. Es war nervig, dass das Geräusch allein schon reichte, um ihre Haut beben zu lassen, als wäre er im Raum, würde ihr über den Körper streichen. „Falls es das irgendwie besser macht, ich darf auch keine Jeans tragen."

Okay, ihr Gehirn war nicht wirklich ihr Freund, denn die Optionen, mit denen es aufwartete, betrafen ihn, Boxershorts und sonst nichts. Vermutlich nicht Business Casual, aber etwas, das ihre Vorstellungskraft sich viel zu häufig erträumt hatte, als dass es noch gesund gewesen wäre.

„Kelli? Bist du noch da?"

Sie schüttelte sich wieder zur Aufmerksamkeit zurück. „Ich freue mich, dass wir zusammen leiden dürfen, aber ich meine es ernst. Das möchte ich als Bezahlung dafür, dass ich an dem Event teilnehme. Ich werde mit Peppers Ausbildung den bestmöglichen Job machen, wie du auch genau weißt, aber ich will, dass du es versprichst."

Er stieß ein langes Seufzen aus. „Ja. Sonst noch was?"

Ihre Auffassungsgabe war nicht schnell genug, um sich sofort etwas Schreckliches auszudenken.

„Ich lass es dich wissen." Sie legte auf, dann wandte sie sich mit einem süßen Lächeln wieder an die anderen. „Okay, da ich das nun geklärt hätte, rüstet mich, Mädchen. Ich ziehe in den Krieg."

Es war nicht das erste Mal, dass die Unterschiede zwischen ihr und ihren Freundinnen klar wurden. Während sie Outfits vorschlugen, fühlte sich Kelli, als würde sie zuhören, wie sie eine Fremdsprache sprachen. Rose holte ein Notizbuch heraus und begann Bilder zu malen, fügte Notizen mit ein paar Dingen hinzu, die Kelli bereits im Schrank hatte und von denen die Mädchen noch wussten, dass sie passen würden. Dinge wie Tanktops und ein paar Röcke, die sie während der Tänze im Sommer getragen hatte.

Tansy und Rose durchsuchten ihre Schränke, und langsam erhob sich ein Stapel geborgter Kleidung auf dem Beistelltisch.

Hanna schlich sich weg, nachdem ihr Telefon geläutet hatte. Sie kam mit einer Tasche in ihrer Hand und geröteten Wangen zurück in die Wohnung.

„Dich hat gerade jemand geküsst", schätzte Tansy.

Hanna hob das Kinn und wurde noch röter. „Ausgiebig, und es war nicht mal ein Mistelzweig in Sicht." Sie ging hinüber zu Kelli und bot ihr das Päckchen an. „Sieh mal, ob das passt. Du hast mir Kleider geliehen, nachdem ich alles verloren habe. Wir sind so ziemlich gleich groß, und es ist ein echt atemberaubendes Kleid. Ich werde nicht viele Gelegenheiten haben, etwas so Formelles zu tragen, also kannst du Spaß damit haben."

Kelli schaute in die Tasche und fand cremefarbene Rüschen und weißen Stoff. „O mein Gott."

Tansy beugte sich über ihre Schulter und spähte hinein. „Nett. Das sieht schick aus."

„An Silvester hatten wir so eine formelle Veranstaltung, auf die wir mussten, mit Brandmeistern aus ganz Alberta. Ich habe Brad gesagt, dass ich nichts Besonderes brauche, doch er hat darauf bestanden." Hanna schenkte ihnen ein verschwörerisches Lächeln, drehte einen sehr glänzenden Verlobungsring auf ihrem Finger, als würde sie sich immer noch daran gewöhnen, dass er da war. „Wir haben ein paar Dinge eingekauft, während wir in Calgary waren."

Tansy schob Kelli die Tasche hin. „Das probierst du lieber mal an und siehst, ob es passt."

Es musste noch etwas geben, was Kelli von Luke verlangen konnte, um das auszugleichen. Trotzdem ergab es keinen Sinn, im Hotel aufzutauchen und nichts zum Anziehen zu haben.

Sie zerrte Hanna mit sich in eines der hinteren Schlafzimmer. „Du musst mir helfen, denn ich will nichts abreißen."

Hanna stand still da, während Kelli ihr Flanellhemd und das Tanktop auszog, dann aus ihrer Jeans schlüpfte. Aber als sie nach dem Kleid griff und hineinstieg, um es anzuziehen, schüttelte Hanna den Kopf.

„Ich verspreche, ich schaue nicht hin, aber du kannst da keinen BH drunter tragen. Zumindest nicht diesen. Und das Kleid kommt über den Kopf, man steigt nicht hinein. Vertrau mir, diese Lektion wurde mir sehr vehement in der Boutique beigebracht."

Es war nicht Hanna, die ihr Grollen verdient hatte, also hielt Kelli sich zurück. Sie zog sich aus bis auf nichts als ihr Höschen, und mit der Hilfe ihrer Freundin schoben sie den federleichten Stoff über ihren Kopf.

Er fiel nach unten. Sie hatte das Gefühl, als würde sie darauf warten, dass er landete. Kelli schaute nach unten, rechnete damit, sich etwas winden zu müssen, damit alles an Ort und Stelle war, doch der Stoff lag faltenfrei über ihren Brüsten und ihrem Oberkörper, weitete sich über den Hüften, ehe er an der Mitte des Oberschenkels aufhörte.

Hanna trat hinter sie und schloss den Reißverschluss, der ganz knapp über ihrem Hintern endete. Die Kleidergröße war erstaunlicherweise richtig, und der glänzende Stoff wirkte federweich. Kelli hatte Angst, den Stoff zu berühren, weil sie befürchtete, ihre aufgerauten Fingerspitzen würden Fäden ziehen.

„Es macht mir Angst, das zu tragen", gab sie zu.

Hanna trat vor sie, schüttelte den Kopf, während sie Kelli von oben bis unten betrachtete. „Du solltest eher Angst vor der Reaktion von beinahe jedem haben, der dich darin sieht. Wow. Jetzt verstehe ich, warum Brad den Blick nicht von mir wenden konnte, wenn ich auch nur halb so gut wie du darin aussah."

„Ich kann das nicht tragen", sagte Kelli eilig, verführt, nach hinten zu greifen, um den Reißverschluss selbst zu öffnen und zu flüchten. „Dieses Kleid ist für dich etwas Besonderes. Was, wenn ich es kaputtmache? Was, wenn ich was draufschütte?"

Ihre Freundin legte ihr eine Hand auf den Arm. „Kelli, ich habe vor einem Monat absolut alles in einem Brand verloren, und ich war niemals glücklicher in meinem Leben. Glaubst du wirklich, es würde mich aufregen, wenn etwas mit einem Kleid passiert? Sogar einem besonderen? Ich habe die Erinnerungen, und die gehen nicht weg."

Kelli holte tief Luft, drückte Hanna die Hand. „Okay. Du hast recht." Sie trat zurück, versuchte, sich in dem kleinen Spiegel auf Tansys Kiste zu sehen. „Sieht es wirklich okay aus?"

Hanna schob sie zur Tür. „Du wirst mir nicht glauben, ganz gleich, was ich sage, also geh schon und frag Tansy. Du weißt, sie wird nicht lügen."

Sogar das Gehen war falsch, der Stoff glitt auf völlig unvertraute Art über ihre Oberschenkel.

Als sie durch den Eingang trat und alle ihre Freundinnen sich umwandten, um sie anzugaffen, und die Unterhaltung komplett zum Erliegen kam, fühlte sich Kelli extrem unbehaglich.

Sie stand einen Augenblick lang da, ehe sie genervt die Arme verschränkte. „Ihr seid nicht sonderlich ermutigend."

„Spring nicht zu voreiligen Schlüssen", sagte Rose. „Es ist nur echt schwierig, zu reden, wenn man die eigene Zunge verschluckt hat."

„Wow." Tamara setzte sich aufrechter in der Ecke des Sofas hin. „Es gibt so vieles, was ich sagen möchte, aber ich glaube, *wow* fasst es so ziemlich zusammen."

Kelli schlüpfte weiter ins Zimmer, um zu versuchen, einen Blick auf ihr Spiegelbild im Fenster zu erhaschen, aber die Dunkelheit draußen machte die Scheibe zu einem unkooperativen Spiegel. „Sagt so was nicht, nur damit ich mich wohlfühle, denn solange ich mich nicht zum Narren mache, ist es schon in Ordnung. Aber da es einfach nur darum geht, Silver Stone glänzen zu lassen, hat es keinen Sinn, einen Haufen Mist dort auflaufen zu lassen."

„Hör damit auf. Du hast dich noch niemals herabgesetzt, also weiß ich nicht, warum du jetzt damit anfängst." Tamara funkelte sie verärgert an.

Weil es nicht nur darum ging, Silver Stone gut aussehen zu lassen? Kellis Puls ging viel schneller als normal.

„Du siehst gut aus", sagte Tansy leise zu ihr. „Echt gut. Nur dass du andere Unterwäsche brauchst."

Kelli war hin- und hergerissen dazwischen, das Kompliment anzunehmen oder Streit zu suchen, weil ständig ihre arme, schutzlose Unterwäsche angegriffen wurde. „Ich bin da drunter fast nackt. Übertreibt es nicht. Außerdem möchte ich betonen, Pferden ist es völlig egal, was ich auf dem Hintern habe, außer, es ist Rüstung. Dann zappeln sie vielleicht."

„Die Entsprechung von Kettenrüstung für Frauen ist ein Keuschheitsgürtel, und meine Liebe, ich glaube nicht, dass du das unter irgendwas tragen möchtest, ob es nun eine Jeans ist oder ein anschmiegsames Kleid."

„Die Unterwäsche, die ich grade anhabe, ist die schickste, die ich habe", gab Kelli zu.

Ein leises Husten kam vom leisesten Mitglied ihrer Gruppe. Ivy Fields griff nach ihrer Teetasse. „Damit kann ich vielleicht helfen."

Kelli war hin- und hergerissen zwischen völliger Ablehnung des Gedankens und extremer Neugier.

Die Neugier siegte. „Was für schmutzige Geheimnisse wirst du gleich beichten?"

Ivy zuckte mit den Schultern. „Ich bin ein wenig besessen von Seide. Aber weil ich nicht so oft zum Einkaufen gehen kann, habe ich online bestellt. Alles, was nicht ganz passt, kommt in eine Extraschublade, um auf einmal zurückgegeben zu werden. Komm morgen rüber, und wir sehen, ob es irgendetwas gibt, was unter dem Kleid funktioniert. Denn die Mädchen haben recht. Es wäre eine ziemliche Schande, wenn du das nicht ganz durchziehst und so richtig edel aussiehst."

Kelli wirbelte zum Fenster und beäugte sich kritisch. Teufel, es war nicht das, was sie normalerweise trug, aber nach allem, was sie sehen konnte, bedeckte es so ziemlich alles. Und der Gedanke, auch noch rutschige Unterwäsche anzuprobieren …

Na ja, zum Verführen gehörte doch auch Unterwäsche, oder nicht?

„Ich sehe ganz anständig aus", gab sie zu. „Erwartet nur nicht, dass ich Make-up trage. Das kann ich nicht."

Tansy trat hinter sie, wackelte mit den Augenbrauen. „Es

wird eine Menge gut aussehender Typen bei diesem Event geben, und sie alle lieben Pferde genauso obsessiv wie du."

Toll. In der Zwischenzeit würde sie neben dem einzigen gut aussehenden Typen stehen, der sie offensichtlich in Fahrt brachte. Gütiger Gott, sie war gestern so dumm gewesen, als sie gedankenlos dem Flirten so nahegekommen war, wie sie es drauf hatte.

Das völlige Entsetzen auf seinem Gesicht, als sie eine schmutzige Bemerkung abgegeben hatte, war eine deutliche Warnung, zu warten, bis sie Zeit hatte, zu erklären, was los war.

Trotzdem, während Kelli sich drehte, um ihr Spiegelbild zu bewundern, war das nicht der richtige Zeitpunkt, um anzufangen, sich mit ihrem Körper unzufrieden zu fühlen. Sie war stark, ganz gleich, ob sie in etwas Rüschiges oder ihre normale Arbeitskluft gekleidet war.

„Das Einzige, was du brauchst, um das ganze abzurunden, ist ein kleiner Rat." Hanna trat vor sie, stemmte die Fäuste in die Hüfte. „Vertraue mir dabei, denn ich habe es auf dieser Silvesterparty gesehen. In diesem Outfit? Da kannst du dich nicht bewegen, als würde die Hütte brennen, wenn du diese arbeitsmäßige Anmerkung verzeihst."

Im ganzen Zimmer nickten Köpfe. „Tu so, als wären um dich herum nervöse Pferde", schlug Tamara vor. „Keine plötzlichen Bewegungen, dann schmeichle dich bei allen ein, so wie du es jeden Tag in den Scheunen tust."

Kelli lachte laut, bis ihr klar wurde, dass sie es ernst meinten. „Ihr habt mir gerade gesagt, ich soll einen Haufen Millionäre wie Pferde behandeln. Ihr redet da nicht gerade wohlwollend über die Leistungsträger der Branche."

„Sie sagt auch nicht, dass du beleidigend werden sollst", beharrte Hanna. „Es geht um das richtige Werkzeug, um die Aufgabe zu erledigen. Das gilt auch für Kleidung. Du willst doch auch keine Gummistiefel auf der Tanzfläche tragen, oder?"

„Natürlich nicht."

„Und du würdest auch nicht durch eine Box mit einem trächtigen Pferd stapfen ..."

Okay. Jetzt klang es sinnvoll. Kelli nickte, dann schaute sie sich im Raum um. Sieben Augenpaare beobachteten sie mit Bewunderung und Glück. „Ihr seid echt die besten. Danke, dass ihr euch um mich kümmert."

Hanna drückte ihr die Hand, und Tansy kam dazu, um sie fest in die Arme zu nehmen. „Du bist es wert. Außerdem, verdammt, dieser Stoff ist schön. Ach, beachte mich gar nicht. Ich bleibe einfach hier und streichle dich eine Weile."

Kelli schlug ihre Hand weg.

Tansy kicherte, und Kelli zog los, um sich ihre normalen Kleider überzuwerfen, doch sie trug die Wärme der Freundschaft mit sich. Sie war für das alles bereit. Sie hatte die Kleider und einen Plan, der ihr helfen würde, die wichtigen Leute zu beeindrucken.

Jetzt war alles, was sie tun musste, den richtigen Zeitpunkt zu finden, wann sie loslegen sollte.

Es hatte noch nie so lange bis Freitag gedauert, und trotzdem kam er so schnell. Mit der Hilfe seiner Brüder hatte Luke alles zusammengestellt, was er brauchte, um einen guten Eindruck zu hinterlassen, während er und Kelli weg waren.

Er hatte seine Tasche ein dutzendmal umgepackt, und war das nicht einfach nur der Knaller, wenn man bedachte, dass Kelli diejenige gewesen war, die ihm wegen des Dresscodes das Leben zur Hölle gemacht hatte? Er hatte herumfragen müssen, um genug Sachen zum Anziehen zu finden, und am Ende hatte ihm Josiah den Hintern gerettet, indem er ihm einen anständigen Anzug lieh, der passte.

Verdammt seien diese Anzugträger. Einer der Gründe, weshalb Luke es liebte, auf der Ranch zu arbeiten, lag darin, dass er sich nicht schick anziehen musste. Er hatte ein paar Outfits aus seiner Zeit, als er mit Penny zusammen gewesen war, aber nichts davon war noch gut genug für dieses Event, und er wollte keine Ausgaben zu dem hinzufügen, was er bereits vorausbezahlt hatte. Geliehene Kleider ergaben am meisten Sinn.

Er warf seine Taschen am Vormittag ins Haupthaus, ehe er in die Stadt fuhr, um ein paar letzte Bankgeschäfte mit Caleb zu tätigen. Kelli war offensichtlich bereits dort gewesen, denn ihre abgenutzte Hockeytasche lag an der Innenseite der Hintertür.

Lisa trat vor, als er ins Haus rief. „Hey, Luke. Caleb verabschiedet sich von Tamara. Sie ist wieder im Bett.“

Verdammt. Er fühlte sich schrecklich für sie, aber auch hilflos. „Ich dachte, diese morgendliche Übelkeit geht nur drei Monate lang.“

Eine leichte Bewegung hob ihre Schultern. „Es gibt keine wirklich beständigen Regeln, wenn es um Schwangerschaften geht. Sie ist gesund, fühlt sich einfach nur Scheiße. Ich wette, sie bekommt einen Jungen.“

Luke kicherte. „Weil Männer Frauen krank machen?“

„Ach, Liebling. Testosteron ist die Ursache und die Heilung für so viele Problemchen.“ Lisa beäugte seine gepackten Taschen, rümpfte die Nase. „Das ist alles, was du brauchst?“

Er hatte den Großteil seines Schrankes eingepackt. „Sieht es nicht nach genug aus?“

„Das habe ich nicht gesagt.“

Caleb kam aus dem großen Schlafzimmer und schloss die

Tür sanft hinter sich, blieb stehen, um einen Arm um Lisas Schulter zu legen und ihr eine brüderliche Umarmung zukommen zu lassen. „Sie fühlt sich besser, aber ich habe sie überzeugt, ein Nickerchen zu machen, bevor sie versucht, sich wieder aufzusetzen."

Luke schaute auf seine Uhr. „Wir machen besser los, wenn wir unseren Termin rechtzeitig schaffen wollen."

„Geht schon", beharrte Lisa. „Ich kümmere mich um alles, was hier erledigt werden muss."

„Du rettest uns buchstäblich den Arsch", erklärte Caleb.

„Dafür ist doch Familie da – man kümmert sich umeinander." Ihr Grinsen wurde größer. „Selbst wenn sie nicht wollen, dass man sich um sie kümmert."

„Verdammt richtig", stimmte Luke zu. Tamara war stur, darum war es gut, zu sehen, dass ihre Schwester und Caleb sie unter Kontrolle hielten.

Sie hatten alles in der Stadt ziemlich schnell erledigt, doch Caleb saß schweigend da, während sie zurück zum Haus unterwegs waren.

„Ich werde mein Bestes geben", versicherte ihm Luke.

„Oh, daran zweifle ich nicht. Ich bin froh, dass du derjenige bist, der dort hinfährt, und nicht ich." Er warf einen Blick hinüber zu Luke, ehe er ihn wieder auf den Highway richtete. „Glaubst du, du wirst den Talismans begegnen?"

Der Familie seiner Ex-Verlobten. „Vermutlich. Ich glaube aber nicht, dass die Ärger machen. Penny und ich haben das ziemlich im Einklang abgeblasen."

„Also gibt es keine weiteren Pläne, das wieder aufflammen zu lassen", stellte Caleb fest.

Leise Flüche kamen Luke über die Lippen, ehe er sie abwürgte. *„Auf gar keinen Fall.* Das ist nichts, worum du dir Sorgen machen musst. Das war zu einer anderen Zeit und an einem anderen Ort, und ich habe meine Lektion gelernt."

„Genau das habe ich befürchtet", murmelte Caleb.

Himmel, er brauchte doch jetzt keinen solchen Schwachsinn. „Sind wir vielleicht etwas rätselhaft?"

„Es fühlt sich nur an, als wäre die Lektion, die du gelernt hast, dass du dich nicht mit Frauen einlässt. Sie sind nicht der Feind."

Ja, das war nicht die Unterhaltung, die er führen wollte, ehe er in eine stressige Situation aufbrach. „Schon klar, und ich stimme hundertprozentig zu, dass Frauen wunderbare Wesen sind, aber du hast auch erst mal Pause gemacht, nachdem deine Frau gegangen ist. Tu mir doch den Gefallen und lass mich auch alles neu kalibrieren."

„Okay. Versprich mir nur, dass du auf dein Bauchgefühl hörst", ermutigte ihn Caleb. „Denn ich habe viel zu lange gebraucht, um meinen Mut zusammenzunehmen und es noch einmal zu probieren. Das heißt nicht, dass du das auch so machen musst."

„Und damit lass mich bitte bei mir raus. Ich ziehe mich lieber mal um. Ich soll Kelli in etwa dreißig Minuten treffen, damit wir losfahren können."

Sein großer Bruder schien noch etwas sagen zu wollen, doch er schloss den Mund und nickte. „Kein Problem."

Caleb ließ ihn raus und war unterwegs zurück zum Haus.

Luke machte sich nicht die Mühe, etwas zu tun, außer sich umzuziehen. Er schnappte sich sein Ladegerät und eilte dann zum Haupthaus. Er ließ seinen Truck laufen, damit er sich aufwärmen würde, dann ging er durch die Vordertür, um ihre Taschen zu holen.

Er stutzte, sah verwirrt auf ein Set aus drei passenden Gepäckstücken herab. „Hey. Wo ist mein Zeug?"

Lisa steckte den Kopf aus der Küche um die Ecke. „Was hast du gesagt?"

Luke schaute sich um. „Habt ihr meine Taschen weggebracht?"

Tamara kam aus dem großen Schlafzimmer, ein weicher, blauer Bademantel lag um ihre schmale Gestalt. Sie blinzelte ihn an.

Verdammt. „Tut mir leid, dass ich dich geweckt habe."

Sie schüttelte den Kopf. „Ich war wach. Es ist meine Schuld – ich habe Lisa gesagt, sie könne das tun. Deine Sachen sind da drin."

Sie zeigte auf die schicken blauen Koffer, die an der Eingangstür warteten.

Er hielt einen Augenblick lang inne, ehe es ihm klar wurde. Schickes Hotel, einen guten Eindruck hinterlassen. Das war nicht der richtige Ort für seinen abgetragenen Seesack oder Kellis uralte Hockeytasche. „Verdammt. Okay, das ist ziemlich genial."

Lisa schloss sich ihnen im vorderen Eingang an, als sich die Tür hinter Luke öffnete und Kelli hereintrat.

„Ich habe eure Kleider umgepackt, aber ich habe mir nichts davon angesehen", versprach Lisa.

Luke verdrehte die Augen. „Ich verspreche, ich werde nicht umkippen bei dem Gedanken, dass du meine Socken in der Hand hattest."

Lisa hob eine dritte, kleinere quadratische Tasche auf und schob sie Kelli in die Hände. „Da drinnen sind deine Sachen, die nicht in den anderen Koffer gepasst haben. Mach dir nicht die Mühe, jetzt nachzusehen, das könnt ihr aussortieren, wenn ihr ins Hotel kommt. Es gibt Reisewarnungen, die für heute Nachmittag gepostet wurden, also fahrt mal besser los, bevor der Schnee euch aufhält."

„Was ist los?", fragte Kelli, die die Taschen misstrauisch beäugte. „Wo ist meine Tasche?"

Luke legte ihr eine Hand auf die Schulter und drehte sie

zum Vordereingang. „Wir fahren in genau fünf Minuten ab. Geh aufs Klo, wenn du musst, und los geht's."

Er nahm die beiden zusammenpassenden Koffer, neigte das Kinn in Richtung der Mädchen, dann trat er nach draußen.

Während er die Taschen hinten auf die Sitze warf, hielt er inne. Er wusste nicht, welche seine war und welche ihre. Kein Problem. Sie würden alles aussortieren, sobald sie sie in ihrem Hotelzimmer eintrafen ...

Ihrem Hotelzimmer.

Die Erkenntnis, wie vertraut ihr Umgang sein würde, traf Luke völlig aus dem Nichts. Er war aufrichtig blind für die Folgen gewesen, und nun stellte sich die Wahrheit ein und erwischte ihn mit der Kraft eines Tsunamis.

Himmel, er war in solchen Schwierigkeiten.

6

Das war eindeutig der schlimmste Road Trip, den Kelli jemals unternommen hatte.

Es hatte gar nicht so angefangen. In den ersten fünfundvierzig Minuten oder so hatte sie ihre Energie darauf verwendet, über die Ausbildungstechniken zu plaudern, über die sie gelesen hatte, die Chili Pepper helfen könnten.

Es war die einzige Option, damit sie sich nicht um ihren törichten Kopf und Kragen redete. Entweder das, oder sie würde darauf verfallen, ihre Finger im Schoß zu ringen wie so eine scheue Jungfrau, während sie damit kämpfte, mit dieser Verführungssache loszulegen.

Es war nicht fair. Kellis Sexualkunde hatte zu neunundneunzig Prozent aus Tierzucht bestanden, und Pferde brauchten keine Einladungen, um die Sache geregelt zu bekommen. Nein. Wenn sich die Gelegenheit ergab, ergriffen sie sie. Begeistert.

Und die Typen, mit denen sie herumgeknutscht hatte, auch wenn das keine ausladend lange Liste war, waren alle in der Hitze des Augenblicks passiert, bei Ereignissen, bei denen *jetzt oder nie* gegolten hatte.

Dieser langsame, betonte Schwachsinn war zum Ausflippen.

Als ihr klar wurde, dass Luke nicht mehr von sich gab als ein unbeteiligtes Knurren und bestätigende Geräusche, fing sie an, ihn allmählich schräg anzusehen.

Kelli dachte zurück, fragte sich, ob sie unabsichtlich unhöflich gewesen war oder sich daneben benommen hatte. Nein, ihr wollte nichts Außergewöhnliches einfallen.

Eine Weile wurde sie still, schaute auf seine Hände auf dem Lenkrad. Es war vermutlich diese ganze Gala-Sache, die in ihrer beider Eingeweide rumorte, zumindest bis zu einem gewissen Grad. Sie würden an einem Ort aufkreuzen, an dem sie sich nicht wohlfühlte, und das war bei ihm bestimmt nicht anders. Sie würde nachsichtig mit ihm sein, in der Hoffnung, dass er es genauso bei ihr machen würde, wenn es darum ging, dass sie sich seltsam benahm.

Vielleicht sollte sie Josiah doch auf diese Schauspiellektionen ansprechen. Sie war sich nicht sicher, ob sonst jemandem in der Gemeinschaft bewusst war, dass er tatsächlich einen Hintergrund in der Kunst hatte.

Geheimnisse.

Sie schloss die Augen und legte den Kopf zurück, dehnte das Rückgrat und versuchte, sich zu entspannen.

Wenn es darum ging, hatten sie alle Geheimnisse.

Geheimnisse waren nicht notwendigerweise etwas Schreckliches. Es gab sie einfach. Niemals in einer Million Jahre hatte sie als Fünfzehnjährige, die im Bus mitten ins nirgendwo saß, davon geträumt, dass sie eines Tages die Gelegenheit haben würde, die sich ihr heute bot.

Plötzlich wurde das Bedürfnis, es Luke zu sagen, größer, als dass sie es noch zurückhalten konnte. Sie setzte sich aufrecht hin und wandte sich ihm zu. „Vielen Dank. Danke, dass du mir vertraust, dass du mich mitnimmst. Ich verspreche, ich mache es nicht nur, damit ich mit Chili Pepper arbeiten kann, sondern weil ich das Allerbeste für Silver Stone möchte, und für Emma und Sasha. Ich will, dass diese Woche echt gut läuft."

Das stimmte alles. Es war nicht alles, was sie auf dem Plan hatte, aber ... Sie konnte sich nicht überwinden, fortzufahren. Nicht, wenn er sich so seltsam benahm.

Seine Finger spannten sich um das Lenkrad an, die Knöchel wurden weiß. „Das weiß ich doch."

Er schien noch etwas sagen zu wollen, ehe seine Lippen sich fest aufeinanderpressten.

Also gut dann. Hier hatte jemand einen Stresslevel, der weit jenseits von Gut und Böse lag.

„Du wirst das mit Bravour meistern. Ich meine, du weißt, wie man mit diesen Leuten redet. Wenn ich nicht bereits von Kopf bis Fuß Silver Stone verfallen wäre, würde es mich jedes Mal höllisch beeindrucken, wenn du darüber sprichst."

Geplapper. Sie plapperte.

„Danke, aber ich brauche keine ermutigende Ansprache."

Kelli richtete sich neu aus, um vorne aus dem Fenster zu schauen, während riesige Schneeflocken durch die Luft wirbelten. Als sie das nächste Mal etwas sagte, war sie nicht mehr ganz so fröhlich. „Dann nimmst du vielleicht ein paar Beruhigungspillen, bevor wir dort ankommen, denn jetzt im Augenblick bist du nicht entspannt. Überhaupt nicht."

„Mir läuft eine Laus über die Leber."

„Offensichtlich."

Er knurrte.

Kelli warf ihm einem Blick zu, und trotz ihrer eigenen Sorgen entschlüpfte ihr ein Kichern. „Wow. Ich dachte, mir läge irgendwas quer im Magen, weil ich die nächste Woche keine Jeans tragen darf, bis auf die, die ich gerade anhabe.

Übrigens, vielen Dank, dass du herausgebracht hast, dass es ein Event gibt, für das wir uns etwas lockerer kleiden dürfen."

Er ignorierte ihr Geplapper und fuhr hinüber an die Straßenseite, in einen Haltebereich. Dann riss er die Tür auf und stieg aus, warf sie hinter sich zu und ging ein paar Schritte in den wirbelnden Schneefall hinein.

Na ja, es schien, als wäre da jemand mehr als nur gestresst. Wenn man bedachte, dass es nichts war, was sie getan hatte, würde es gewiss nicht schaden, wenn sie versuchte, ihn zu beruhigen.

Kelli stieg aus, und als sie sich ihm anschloss, stapfte er bereits zurück. „Spuck es aus. Ich habe dich noch nie so übel gelaunt gesehen."

Er fuhr sich mit der Hand durch die Haare, bevor er seinen Hut wieder aufsetzte. „Ich dachte, das wäre keine große Sache, aber je näher wir dem Hotel kommen, desto mehr merke ich, dass ich ein paar voreilige Schlüsse getroffen habe. Und jetzt sitzen wir fest, und ich weiß nicht, wie ich es dir sagen soll."

Okay, das klang nicht so positiv, wie sie gehofft hatte. „Du treibst mich allmählich in den Wahnsinn."

Er stemmte beide Hände in die Hüften und holte tief Luft. Er schaute ihr direkt in die Augen. „Ich glaube, dass du die Beste bist, um mit mir zu diesem Event zu kommen, das glaube ich wirklich. Aber ich habe dem Anmeldungsteam womöglich erzählt, dass du und ich eine etwas andere Beziehung haben, als die, die wir im echten Leben haben."

Sie tat ihr Bestes, um mitzukommen, aber er machte es ihr nicht einfach. „Was für eine Art Beziehung hast du ihnen gesagt, hätten wir?"

„Du hast aber schon den Teil verstanden, in dem ich sagte, dass du die Beste bist, um mit mir zu diesem Event zu gehen, oder?"

„Die Tatsache, dass du das betonst, lässt mich argwöhnen,

dass, was immer du gesagt hast, darauf hinausläuft, dass ich dich umbringen möchte."

Ohne zurückzuweichen, beichtete Luke. „Ich habe Ihnen gesagt, wir wären *zusammen*."

Kelli hielt seinen Blick fest. Es war das vermutlich Schwerste, was sie je in ihrem Leben getan hatte. Nicht einmal, dass sie ihr altes Leben hinter sich gelassen hatte, alles zurückgelassen hatte bis auf das, was in einen Rucksack passte, war so schwer gewesen. Das war sie gewesen, und sie allein, die getan hatte, was das Richtige war, um sich ein besseres Leben zu schaffen.

Dass er sie anschaute, sie wirklich anschaute, mit einem solchen Elend – das erste Bauchgefühl riet ihr, dass sie das für ihn hinbiegen wollte ...

Das zweite Gefühl war nicht ganz so großzügig.

Sie hatte Jahre damit verbracht – *Jahre* –, zu verstecken, dass sie sich zu ihm hingezogen fühlte. Auf den Grenzen zu beharren, denn es wäre nicht das Richtige gewesen, sie zu überschreiten, und er zog einfach los und log, ohne mit der Wimper zu zucken, und machte sie damit zu einem ... Paar?

„Gibt es einen Grund, weshalb du eine Partnerin brauchst?" Das konnte doch unmöglich ihre Stimme sein. Die war viel zu kühl und ruhig.

Er nickte. „Familienunternehmen werden sehr viel schneller unterstützt als irgendein unsteter Typ, der solo ist und einfach nur wilde Geschichten anfängt. Wir *sind* ein Familienunternehmen, aber ich bin der einzige Bruder, der hingehen konnte. Und ich hatte eine Verlobte, aber das ist jetzt vorbei ..."

„Nicht. Red einfach *nicht* über Penny", fuhr Kelli ihn an.

Okay, das war unhöflich von ihr, aber ernsthaft? Der Typ hatte derzeit schon genug Schwierigkeiten. Sie auch nur annähernd mit dieser eiskalten Frau zu vergleichen, würde das für ihn nicht einfacher machen.

Kellis Herz hämmerte. Sie löste willentlich ihre Finger, die sie fest zu Fäusten geballt hatte. Nicht, dass sie ihm eine kleben wollte, aber ...

Na ja, okay, diese Option war nicht völlig ausgeschlossen.

Sie holte tief Luft, verfiel zurück auf ihr Yoga-Zen. Sie wollte ihn immer noch, verdammt sollte er sein, aber dieses gedankenlose Handeln seinerseits war falsch. Absolut falsch.

„Du hast das so richtig verbockt", erklärte sie ihm.

Luke nickte rasch. „Ich weiß. Ich meine, du hast recht. Ich meine ..." Er seufzte schwer, ehe er sich drehte, um auf die Kette der Rocky Mountains hinaufzublicken, die von ihrem Standort aus im Westen aufstiegen. „Verdammt, es tut mir so leid. Ich habe das Logische gemacht. Ich habe es nicht durchdacht."

Ihre Gedanken zischten herum wie eine Forelle an dem Tag, an dem die Eintagsfliegen schlüpften. „Dann kannst du es jetzt mit mir durchdenken. Wir sollen uns benehmen, als wären wir ein Paar, vor einer Reihe von Leuten, die wir mit der Qualität unseres Stalls und unserem Geschick mit Pferden beeindrucken müssen. Und da ich für dich arbeite, ist es potenziell ziemlich bedrohlich für mich. Wenn ich es nicht mache und das Event damit vermassle, bevor wir auch nur ankommen, dann laufe ich Gefahr, dass du mich feuerst."

Luke blinzelte. „Was? Ich werde dich doch nicht feuern."

„Was, wenn ich dir sage, dass ich mich nicht wohl damit fühle, über unsere Beziehung zu lügen? Dass ich das nicht durchziehen möchte?"

Er öffnete den Mund. Und schloss ihn klugerweise wieder.

„Was, wenn die einzige Art, wie ich das tun würde, wäre, wenn ich nicht für dich arbeite? Weißt du was, du solltest einfach mal weitermachen und mich feuern."

Seine Augen blitzten.

Sie kam näher zu ihm. „Mach es. Sag: *Du bist gefeuert, Kelli.*"

„Wovon zum Teufel redest du da? Ich werde dich nicht feuern."

„Aber das musst du, denn das ist kein Arbeitsevent, oder?"

„Ist es ... ich meine, ist es nicht."

„Feuer mich einfach, Luke", befahl sie.

„Nein. Nicht einmal, wenn du mir sagst, dass ich umkehren und die Gala vergessen soll." Während er das sagte, wirkte er allerdings, als wäre ihm übel. Sein Gesicht war weiß geworden, und sie war eine Sekunde davon entfernt, das Ganze zu vergessen.

Das brachte sie auch um, das tat es wirklich, aber er musste wissen, was er falsch gemacht hatte, verdammt. „Feuere mich. Mach es", schrie sie.

„Schön, du bist gefeuert", schrie er zurück.

Sie packte ihn vorne an der Jacke, zerrte ihn so dicht heran, dass ihre Gesichter auf gleicher Höhe waren. „Zu schade, dass du nicht mein Boss bist. Du hast nicht die Autorität, mich zu feuern, die hat nur Ashton. Außerdem hat Tamara gesagt, dass ich Silver Stone niemals verlassen darf, also, da hast du es."

Ihre Finger waren immer noch in seiner Jacke vergraben, ihre Körper nur wenige Zentimeter voneinander entfernt. Luke sah aus, als hätte sie ihn durch eine altmodische Mangel gezerrt.

„Wozu zur Hölle hast du mich dann sagen lassen, dass du gefeuert bist?", fragte er sehr viel leiser, sehr viel mehr wie der alte Luke anstatt dieser getriebene, besorgte Fremde.

Sie löste ihren Griff ein wenig, blieb nahe genug, um ihn als Windblocker zu nutzen. „Um zu beweisen, dass ich *nicht* für dich arbeitete, also kann niemand sagen, dass du mich dazu gezwungen hast. Und weil du auf zwanzig verschiedene Arten ein Arschloch bist, dass du nicht gemerkt hast, was für eine beschissene Idee das ist. Und außerdem hast du es verdient, ein wenig zu leiden."

„Ich dachte, ich bekomme da einen Herzanfall", gab er zu.

Sie war noch nicht mit ihm fertig. Er mochte immer noch umkippen, bevor diese Unterhaltung vorbei war.

„Bin ich nicht deine Freundin? Warum bist du nicht eher zu mir gekommen und hast mir erzählt, was los ist?", wollte sie wissen.

„Du *bist* meine Freundin, und ich habe nichts gesagt, weil ..." Er starrte einen Augenblick über ihren Kopf hinweg, ehe er beichtete: „Mir war es nicht klar. Ich meine, ich habe dich bereits als Familie betrachtet, als ich deinen Namen eingetragen habe. Ganz ehrlich kam es mir nicht, wie intim diese ganze Sache werden könnte, bis ich die Koffer sah. Und dann hat es Klick gemacht."

Intim. Ein Beben raste über ihre Haut. Er hatte gar keine Vorstellung. Keine Vorstellung, was sie sich schon so lange wünschte und erträumt und erhofft hatte.

Und er dachte von ihr, als wäre sie eine ... Schwester?

Luke straffte die Schultern. „Ich stehe zu dem, was ich am Anfang gesagt habe. Du bist wirklich die perfekte Person, um mir zu helfen, die Ranch zu vertreten."

Sie organisierte sich innerlich rasch neu, tat ihr verdammt noch mal Bestes, um den Teil wegzuschieben, der sagte, dass sie verrückt war, wenn sie nichts Schweres nahm und es ihm über den Kopf zog, solange sie noch die Gelegenheit hatte.

Dass das kein Arbeitsevent war, veränderte die Dinge. *Sehr* sogar, und nun war es an ihr, einen Drahtseilakt aufzuführen. Es war das eine, zu hoffen, eine sexuelle Beziehung anzufangen – das wären zwei Erwachsene gewesen, die hinter verschlossenen Türen Spaß hatten. Niemand hätte es erfahren.

Aber in echt eine Verbindung zu haben ...

Vorgetäuscht echt ...

Bei Gott, sie wusste nicht mal, wie sie diesen Schwachsinn nennen sollte. Außer kompliziert. Sehr kompliziert.

Eine Schicht Schnee bildete sich auf ihrer beider Schultern, während das Wetter immer trüber wurde. So sehr sie sich das alles auch ausreden wollte, hier und jetzt, würde es dazu nicht kommen.

Außerdem hielt er sich vermutlich gern an etwas fest, wenn sie ihre letzte Granate warf.

„Steig verdammt noch mal in den Truck", befahl sie. „Wir kriegen den Rest raus, während wir fahren. Es lohnt sich nicht, uns die Glieder abzufrieren, bevor wir Freunde finden und Leute beeinflussen müssen."

Er starrte sie beinahe schockiert an, dann breitete sein Lächeln sich aus, und wie üblich trieb zuckrige Hitze durch ihren Bauch. „Du möchtest es nicht abblasen?"

„Nein, aber ich werde den Einsatz erhöhen. Du hast eine verdammt große Rechnung zu begleichen."

Er war immer stolz darauf gewesen, einer der klügeren Stone-Jungs zu sein, aber als er wieder ins Fahrzeug stieg und sich auf den Weg zu ihrem Ziel machte, hatte er ausreichend Zeit, diese Einschätzung zu überdenken.

Die gute Seite des Ganzen war: Kelli hatte ihm nicht sofort die Augen ausgekratzt oder ihn überfahren, bis nichts mehr von ihm übrig war. Auch wenn er klug genug war, um zu wissen, dass das immer noch höchst wahrscheinlich war.

Sie schnappte sich den Ausdruck, den er von den stattfindenden Ereignissen gemacht hatte, und sah das Blatt intensiv an. Wieder etwas, das er mit ihr hätte machen sollen, wenn er klug genug gewesen wäre, das vor ein paar Tagen anzusprechen.

„Also sind sie beeindruckt von Ställen, die von Familien betrieben werden. Das trifft auf Silver Stone auf jeden Fall zu. Caleb und Tamara hätten es toll gemacht, da teilzunehmen, wenn sie dafür zu haben gewesen wären. Also ist es keine Lüge. Ich schaffe das.“

Er konnte nicht anders. Ihm entschlüpfte ein Lachen. „Du musst tatsächlich gedankliche Verrenkungen machen, um das abziehen zu können?“

Sie schaute zu ihm auf, ihr Gesicht unschuldig. „Klar, *ja*. Ich lüge nie.“

„Kelli, hast du dich in den letzten sechs Monaten in gefährliche Situationen gebracht, ohne jemandem etwas zu sagen?“

Sie war einen Augenblick lang still, ehe sie den Kopf schüttelte. „Ich habe es jemandem gesagt. Ich habe es Ryan gesagt, und wir haben etwas auf die Beine gestellt, um den Frauen zu helfen, die es brauchen. Ich habe es dir nicht gesagt, denn du musstest es nicht wissen, und als du mich gefragt hast, habe ich nicht gelogen. Ich habe mich nur geweigert, dir eine Antwort zu geben.“

Er machte ein unwirsches Geräusch. „Du verbringst mehr Zeit damit, dir zu überlegen, wie du die Wahrheit unterschlägst, als nötig wäre, wenn du sie einfach ausspuckst.“

„Sagt der Mann, der mir in den letzten vier Tagen jeden Augenblick hätte erzählen können, dass wir in diese Situation hineinlaufen und so tun, als wären wir Turteltäubchen“, fuhr sie ihn an.

„Ich habe es dir nicht gesagt, weil ich ein Idiot war“, entgegnete er.

Die Wahrheit reichte aus, damit sie den Mund hielt.

Zumindest für ein paar Minuten, und dann ging sie wieder

auf ihn los, wedelte heftig mit dem Blatt Papier. „Es gibt nur zwei Events, auf denen wir über Silver Stone reden werden, und was wir dort so machen. Und selbst das ist weit hergeholt."

„Weil die Gala nicht konkret von Pferden handelt. Es geht darum, Beziehungen zu anderen aufzubauen."

Sie stieß ein riesiges Seufzen aus und brach verflixt noch mal fast auf dem Sitz zusammen. „Beziehungen, die auf einer Lüge aufbauen. Himmel, ich kann mir überhaupt nicht vorstellen, dass das schlimm enden wird."

„Du hast gesagt, dass die Wahrheit da ist. Caleb und Tamara sind total solide. Teufel, das gilt auch für Ivy und Walker, aber es ist einfach unmöglich, dass Ivy mit so einem Event fertig würde. Nicht mit ihrer Sozialphobie. Und *du* bist doch auch keine Lüge."

Sie machte ein wirklich unflätiges Geräusch.

„Das meine ich ernst. Du bist für Silver Stone Familie. Du gehörst nur nicht zur Familie."

Kelli schaute ihn an, einen ziemlich verlorenen Ausdruck auf dem Gesicht. „Ich werde mein Bestes geben, aber, mein Lieber, du hättest jemanden wie Rose anschleppen sollen, die sich zumindest als hübsches Beiwerk eignet."

Luke brauchte eine Sekunde, um zu merken, wovon sie da sprach, und als er es tat, konnte er nur daran denken, dass das *Schwachsinn* war. Er hatte niemals erwartet, dass er Kelli bezüglich ihres Aussehens ermutigen müsste. „Du siehst gut aus. Du bist süß, und du machst Leute glücklich. Ich weiß nicht, wie du das überhaupt anstellst. Sei einfach natürlich, und alle werden dich lieben."

Sie senkte langsam das Kinn. „Okay, was ist unsere Geschichte?"

„Was für eine Geschichte?" Sie stieß ihn in die Schulter. „Autsch."

„Luke, du bist das dümmste Genie, das ich kenne. Ich

würde schwören, dass du dich absichtlich so dumm stellst." Kelli schüttelte ihre Finger aus. „Wenn ich deine Verlobte bin, wie ist das passiert? Dass wir uns getroffen haben, und der Rest? Ich meine, offensichtlich auf der Ranch, aber du warst bis Ende August mit Penny verlobt."

Ach, diese Geschichte.

Moment. *Was?* „Verlobte? Du kannst doch meine Freundin sein."

„Nein, ich bin deine Verlobte."

Sie sagte das ganz direkt, und wenn er nicht sicher gewesen wäre, dass sie ihn niedergeschlagen hätte, diesmal fester, hätte er gelacht. „Ich dachte, du hättest Schwierigkeiten mit dem Lügen."

„Ich habe Schwierigkeiten damit, dass wir nicht alles tun, was wir tun können, damit das funktioniert. Du warst doch schon mal verlobt. Du hast gesagt, du müsstest eine Partnerin mitbringen, und wenn man bedenkt, wie wichtig dieses Event ist, ist es doch völlig unmöglich, dass du da eine unwichtige Freundin mitschleppst. Außerdem hält man die ersten Freundinnen, nachdem man jahrelang verlobt war, häufig für eine Wegwerfbeziehung. Dafür bin ich aber nicht zu haben."

Er sollte das nicht so unterhaltsam finden, doch ...

Es war *Kelli*, und nun, da sie sich einig waren, dass sie ihn nicht kastrieren würde – was sie, wie er wusste, konnte, da er sie darin ausgebildet hat, Gott möge ihm helfen – fühlte es sich eher an, als würden sie sich zusammen verschwören. „Geht es für mich nicht schrecklich schnell, dass ich mich wieder in diese ganze Sache mit der Liebe stürze?"

„Kommt doch vor. Obwohl wir bestimmt nicht wollen, dass jemand argwöhnt, du und ich hätten schon rumgeknutscht, während du noch mit Penny zusammen warst. Denn das würde nicht zum familienfreundlichen Image passen, oder?"

Ach, Teufel noch mal. „Wir haben nicht rumgeknutscht", fuhr er sie an.

Sie schnaubte. „Perfekt, deine Empörung kaufe ich dir total ab. Sorg dafür, dass du diese Haltung beibehältst. Wann hast du die Registrierung abgeschickt, Boss?"

„Mach das nicht", sagte er und hob einen Finger. „Ich weiß, dass wir zusammenarbeiten, aber es ist am besten, diese Tatsache nicht zu sehr zu betonen. Und, wie du so deutlich klargestellt hast, bin ich nicht dein Boss."

„Also gut, Zuckerschnute."

Wenn er nicht gefahren wäre, hätte er die Stirn auf das Lenkrad geschlagen. „Das wird so ein Spaß."

Kelli kicherte beinahe. „Wie du meinst. Honigkuchen."

Er achtete nicht auf ihre Neckereien, so gut er konnte, und konzentrierte sich wieder auf den wichtigeren Teil der Planung. „Wir haben nur noch fünfzehn Minuten bis zur Ankunft, also halten wir es einfach. Ja, wir haben ewig zusammengearbeitet, aber bis vor kurzem war nichts zwischen uns."

„Weil du verlobt warst. Außerdem sind wir lieber mal erst ganz frisch offiziell, wenn man bedenkt, dass ich keinen Ring habe."

Er war so ein Idiot. „An Silvester?"

„Zu romantisch. Du hast mich letzte Woche gefragt, zwischen dem Putzen der Pferde und dem Ausmisten der Boxen."

Wie bitte? Er warf einen Blick hinüber, doch Kelli musterte ihre Nägel und ignorierte ihn völlig. „Das glaube ich nicht."

Sie drehte sich zu ihm, eine Augenbraue hochgezogen. „Ich habe nicht gleich Ja gesagt, denn ich dachte, du nimmst mich auf den Arm. Dann wurdest du rausgerufen, um dich um was zu kümmern, und hast mich bis zum nächsten Vormittag nicht mehr gefunden."

„Du hast damit viel zu viel Spaß", grollte er. „Es gibt keine Version dieser Geschichte, in der ich nicht wie ein Idiot dastehe, oder?"

„Nö", stimmte sie zu. „Aber du wirst dich freuen, zu erfahren, dass ich, als du mich am Vormittag gefunden hast, Ja gesagt habe. Dann habe ich dir erklärt, dass du lieber hinschauen hättest sollen, wo du dich hinkniest, denn ich hatte die Box noch gar nicht fertig geputzt."

„Kelli James, du bist ein riesiger Haufen Ärger."

„Wer tut denn bitte alles, was in ihrer Macht steht, um sicherzugehen, dass diese großen Nummern vorbeikommen und unsere Pferde sehen wollen." Ihre Stimme war jetzt viel ernster geworden. Sie legte ihm eine Hand auf den Arm. „Ich scherze jetzt, weil ich immer noch ein wenig wütend bin, und ein wenig verschreckt, und sehr, sehr besorgt. Doch wenn ich wieder auf das Wesentliche zu sprechen komme – den Gedanken, dass ich unseren Stall für ganz stark halte, und was für eine Magie wir schaffen können – dieser Teil ist völlig wahr. Damit kann ich arbeiten."

Er legte seine Finger über ihre, warm und schwer. Mehr oder weniger, um ihre Hand auf eine Art zu halten, wie er es noch nie zuvor getan hatte. Niemals, kein einziges Mal in den letzten acht Jahren.

Sie hatten zusammengearbeitet. Sie hatten einander aus stinkenden, feuchten Löchern und durch bergeweise Schlamm gezogen. Sie hatten einander über Schneewehen hinweggeholfen, aber das war das erste Mal, dass sie jemals auf diese Art Kontakt geschlossen hatten. Nur eine Hand, die eine andere berührte, aus einem Grund, der nichts mit Arbeit zu tun hatte.

Es war eine andere Art von Verbindung. Luke gefiel sie.

„Danke, Kelli. Das sehe ich auch so. Ich weiß, dass das hin und wieder unbehaglich werden könnte, aber was du gesagt hast, ist das Wichtigste, auf das wir uns konzentrieren müssen. Holen wir alles dorthin zurück, wo wir die Wahrheit kennen. Silver Stone hat es verdient, zu glänzen.“

Ihre Augen leuchteten wieder, und zum ersten Mal, seit ihm klar geworden war, was für ein blödes Benehmen er an den Tag gelegt hatte, atmete Luke tief durch. Er war noch nicht ganz aus der Patsche, und offen gesagt verdiente er das auch nicht, aber er würde es wieder gutmachen. Irgendwie.

Allerdings gemeinsam, als ein Team, das vorankam. Ihm gefiel, wie das klang.

Der Gedanke gefiel ihm sogar sehr.

7

Als ein Mann in einer schicken Uniform einen Gepäckwagen vorrollte, auf den sie ihre Koffer stapelten, fühlte sie sich von den zusammenpassenden Gepäckstücken verhöhnt.

Sie hatte sich verdrückt.

Kelli wischte sich die Handflächen auf dem Oberschenkel ab, dann schob sie sich eine Haarsträhne auf Abwegen hinters Ohr. Das Gebäude, das sie vor sich hatten, war gigantisch. Es kam einem Schloss aus einem Film so nahe wie nur irgendwas, was sie in der jüngsten Geschichte gesehen hatte.

Der kreisförmige Parkplatz, auf den sie gefahren waren, war von einem Balkon aus Felsengestein und Gusseisen überdacht. Fenster, die bis zum Boden gingen, schmiegten sich rechts an. Luke hielt die Schlüssel jemandem hin, darum folgte Kelli dem Gepäck durch die riesigen Türen und in das große Foyer.

Die Decke ging ewig nach oben, mit massiven offenen Balken, die über ihnen zu Bögen und Streben führten. Die Wände waren mit Flusssteinen verziert, die glatten Flächen so beeindruckend wie gezackter Granit. Unter ihren Füßen waren riesige Kacheln mit dicken Teppichen, auf denen sich die vier Ansammlungen von Ledersofas zu gemütlichen Treffpunkten gruppierten.

Ein Arm legte sich um ihre Schultern, und sie schoss hoch, schaute nach rechts, als Lukes Lachen sie umgab. „Es ist unglaublich, nicht wahr?"

„Ich kann nicht anders, als es anzustarren. Stell mich in eine Ecke, damit ich nicht wie ein komplettes Greenhorn aussehe, aber es ist zu hübsch, um so zu tun, als wäre ich nicht beeindruckt."

Er drückte sie sanft, dann zog er sie an seine Seite. „Gehen wir doch beide mal kurz zu einer Wand, denn ich bin selbst ziemlich hingerissen."

Sie presste die Schultern an die steinige Fläche, die er für sie suchte, und legte den Kopf zurück, um die wuchtigen Höhen zu betrachten. In der Nähe erspähte sie einen Kamin, der beinahe eine ganze Wand einnahm. „Der ist groß genug, dass man hineinlaufen könnte", sagte sie flüsternd.

„Genau wie im Märchen, meine Liebe", versicherte er ihr. „Da drüben ist der Speisesaal, und ich glaube, dieser Weg führt zum Swimmingpool und dem Spa."

„Wow. Wir sind nicht mehr in Kansas, Toto."

Luke trat von der Wand weg und stellte sich vor sie. „Bleib hier, und ich checke uns ein."

„Aber klar, Bos...*Bommelchen*." Ihre Lippen zuckten, während sie versuchte, keine Grimasse zu ziehen. „Tut mir leid, alte Gewohnheiten."

Er warf ihr einen warnenden Blick zu, dann marschierte er weg.

Sie sollte das wirklich nicht tun, doch während er ging, war es unmöglich, den Blick nicht auf seinen Arsch zu senken. Er trug eine nigelnagelneue Levis, mit einer Falte, die vorne an den Beinen hinablief. Sie lag an seinem Hintern an, als hätte eine Schneiderin sie angepasst, und Kelli seufzte glücklich.

Sie war schon eine Masochistin, dass er ihr so viel Spaß machte. Ganz zu schweigen von ihrem Plan, sobald wie möglich mit voller Fahrt voran zu pflügen, der sehr viel mehr Mut brauchen würde, als sie erwartet hatte.

Wenn man bedachte, dass sie vorgehabt hatte, schon auf dem letzten Teil der Fahrt die Karten offenzulegen, und damit völlig gescheitert war.

Kelli schaute ihm nach, als weibliches Lachen zu ihr drang, was ihre Aufmerksamkeit von der enormen Attraktivität der Unterkunft und des Mannes abzog.

Eine etwas stämmige Frau mit einer riesigen Menge dunkler, lockiger Haare stand höflich in der Nähe. Ihr Lächeln war strahlend, und in ihren dunklen Augen leuchtete Erheiterung. „Tut mir leid, dass ich so direkt bin, aber ich schätze, du kennst dieses wunderbare Exemplar von einem Mann?"

Und damit nahm es seinen Anfang.

Kelli streckte eine Hand aus und sammelte ihren Mut. „Kelli James. Ja, ich bin mit Luke hier. Luke Stone."

Die mysteriöse Frau hob eine Augenbraue. Stark geschminkte, volle Lippen schürzten sich leicht – nicht abschätzig, eher fasziniert und auf dem Weg, dieses Rätsel zu ergründen. „Na so was, diese Woche wird noch sehr viel aufregender, als ich erwartet habe. Ich bin Diane Jakarta. Ich bin mit meinem Freund Jack hier beim Triple Crown."

„Schön, dich kennenzulernen. Tut mir leid, dass du mich dabei erwischt hast, das Zimmer anzustarren. Es ist ziemlich beeindruckend." Sie deutete auf die überladene Unterkunft.

Diane lachte und kam näher, legte einen Arm um Kellis Taille und führte sie zur Rezeption des Hotels. „Süße, du hast dir noch nicht die Wandvertäfelung angesehen. Es gibt ein paar Dinge im Leben, die sich sehr viel mehr lohnen als ein paar hübsche Steine."

Da konnte Kelli zustimmen. „Bist du schon lange hier?"

„Bin etwa fünf Minuten vor euch angekommen, glaube ich. Wir sind vom Flughafen Calgary hergefahren. Und froh, dass wir es vor dem Sturm geschafft haben."

Dianes Akzent war aus dem Süden und irgendwie süß, und Kelli hätte ihr den ganzen Tag lang zuhören können. „Für uns war es keine lange Fahrt. Silver Stone ist nur eine Stunde von hier entfernt. Zumindest jetzt, wo der Pass offen ist. Wenn es weiter so schneit, werden wir ganz außen herumfahren müssen, durch Calgary, um nach Hause zu kommen."

Diane erbebte. „Ich sage dir, der Schnee hätte die Sache beinahe vermasselt. Ich weiß nicht, weshalb sie beschlossen haben, diese Gala im Januar so weit im Norden abzuhalten. Zumindest höre ich, dass es ein gutes Spa gibt, wo wir die Kälte aus unseren Knochen kriegen können."

Kelli hatte aus dem Augenwinkel Luke beobachtet. Ein schlaksiger Mann etwa in Lukes Alter hatte ihm die Hand geschüttelt, und sie hatten einander auf den Rücken geklopft wie zwei Kerle, die sich kannten.

Doch als Diane sie zu einem plüschigen Sofa mit weichen Kissen in der Nähe der Rezeption führte, hatten beide Männer ihre ganze Aufmerksamkeit der Frau hinter dem Tresen zugewandt.

Es schien, als würden die Dinge für einen von ihnen nicht so glatt laufen, wie sie es sich erhofft hatten.

Diane warf einen Blick in dieselbe Richtung und schnalzte besorgt mit der Zunge. „Scheint, als gäbe es da irgendeinen Stolperstein."

Es war auf jeden Fall ein Streit im Gange. Höflich, aber trotzdem ein Streit, mit sehr ernster Miene von der Rezeptionsmitarbeiterin.

Jack hatte eine Hand auf Lukes Schulter gelegt und drehte ihn, um zum Raum zu schauen, seine Augen waren auf der Suche nach etwas, bis er Diane sah.

Sein Lächeln wurde größer. Es war ziemlich erstaunlich, wie leicht es war, die Freude in seinen Augen zu erkennen. Diese Miene war nicht gespielt, das war einfach nur hundertprozentig verliebt.

Etwas in Kelli spannte sich ein wenig an, als würde ein Seil fest genug zusammengerollt, um in einen kleinen Behälter zu passen.

Ein etwas gequälter Ausdruck ging durch Lukes Augen, als Jack ihn nach vorne führte, doch er setzte sein bestes Lächeln auf und hielt Diane eine Hand hin, um sie zu begrüßen, als sie einander vorgestellt wurden.

„Luke und ich haben vor ein paar Jahren ein Wochenende zusammen in beengten Quartieren verbracht", erklärte ihr Jack.

Diane hob den Blick. „Ist das was, worüber ihr euch in Gesellschaft austauschen wollt?"

Kelli schnaubte, ehe sie sich mit der Hand über den Mund wischte, als wäre sie gerade beim Niesen erwischt worden. „Entschuldigt. Staub."

Ein tiefes, erheitertes Grollen kam von Jack. „Es war das eine Mal, als mich ein Schneesturm überrascht hat, wenn du dich noch an diese Geschichte erinnerst. Und wenn nicht, werden wir es dir später in Erinnerung rufen." Er wandte seine Aufmerksamkeit Kelli zu. „Und du bist die mysteriöse Frau, von der Luke mir erzählt hat."

Er nahm ihre Hand, drehte sie um, sodass er sie auf die Knöchel küssen konnte.

Kelli klappte den Mund wieder zu. „Verdammt. Kannst du Luke beibringen, wie man das macht?"

Ein erheitertes Lachen kam von Diane. „Sagt mal, Jungs, weshalb die langen Gesichter?"

Luke glitt zur Seite, seine Hand streckte sich, um sich sanft auf Kellis Hüfte zu legen. Er hielt sie an seiner Seite, ohne sie zu dicht an sich zu ziehen. „Schwierigkeiten mit den Zimmerbuchungen für die Gala."

„Das ist nichts, womit wir nicht fertig werden", sagte Jack mit einer wegwerfenden Geste, ehe er sich an Diane wandte. „Ein Rohrbruch oder so was, und ein paar Tage lang haben sie nur wenige Zimmer. Luke hier sollte in irgendein Doppelzimmer weit entfernt von der Gala verlegt werden. Ich sagte, es wäre kein Problem, dass sie den zweiten Teil unserer Einheit nehmen. Wir haben eine dieser Penthouse-Suiten."

„Natürlich macht uns das nichts." Diane legte Kelli eine Hand aufs Handgelenk. „Es ist genug Platz, also werden wir uns nicht auf die Füße treten, aber wenn wir Gesellschaft wollen, müssen wir nicht durch die Wildnis wandern, um einander zu finden."

Kelli warf einen Blick auf Luke. Sie bekam durch seine Miene null Hinweise. Sie nahm an, dass er verzweifelt wollte, dass sie das Angebot ablehnte, aber andererseits war das vielleicht einer dieser Nutze-die-Gunst-des-Augenblicks-Momente.

Für sie war es das gewiss. In die nächste Stufe ihres Plans überzugehen, wäre sehr viel einfacher, wenn sie in beengte Verhältnisse gezwungen wurden.

Wo man gerade davon sprach …

Sie konnte auch gleich auf die Art loslegen, wie sie es vorgehabt hatte.

Kelli lehnte sich an ihn und ließ ihre Hand in seine hintere Hosentasche gleiten, ohne darauf zu achten, wie er sich versteifte, als hätte sie ihn mit dem Viehtreiber angestoßen. „Das ist echt großzügig von euch. Seid ihr sicher, dass wir euch nicht auf die Nerven gehen …?"

„Wir hätten es nicht angeboten, wenn wir es nicht ernst

meinen würden", beharrte Jack. „Wenn dieser Plan für euch in Ordnung ist, werden Luke und ich es ihnen sagen, damit sie uns einen vollen Satz Armbänder geben und euer Gepäck hochbringen."

„In der Zwischenzeit bin ich am Verhungern", sagte Diane, die sich Kellis Hand schnappte und sie zum Restaurant zog. „Es sind nur ein paar Zeitzonen dazwischen, ich schwöre, wir haben heute bereits drei Mahlzeiten verpasst."

Kelli warf einen Blick über die Schulter. Luke stand noch da, schien schockiert zu sein, während sein Blick zwischen Jack und Kelli hin und her ging.

Sie riss die Augen auf und verzog die Lippen zu einem kompetenten gespielten Lächeln, um sicherzugehen, dass es weder Jack noch Diane auffiel.

Lukes Lippen wölbten sich. Dann zuckte er mit den Schultern, ehe er fest nickte und den Daumen nach oben reckte. Was, wie sie annahm, bedeutete, dass er klarkommen würde mit dem Chaos, in das sie gerade hineingeraten waren.

Es blieb keine Zeit, dass Schmetterlinge aufkommen konnten, denn Diane zog Kelli in Richtung der wunderbarsten Düfte.

„Ich höre, Sie haben Dreifach-Hamburger", teilte ihr Diane verschwörerisch mit und führte Kelli durch einen Seitengang, der ein diskretes Schild enthielt, auf dem Triple Crown stand und sonst nichts.

„Mit oder ohne Bacon?", fragte Kelli.

Diane drückte ihr den Arm. „Ich merke schon, dass wir uns gut vertragen werden."

DER TAG HATTE mit ein wenig nervöser Energie im Bauch angefangen, doch Luke hatte völlig die Kontrolle gehabt. Das war Stunden her, und mit jeder vergehenden Minute wurde die Kontrolle immer mehr zu einer Illusion.

Wie zum Teufel war das passiert? Es war gut, dass Kelli über den Zustand hinaus zu sein schien, dass sie ihm die Eingeweide herausreißen wollte, aber er war nicht sicher, wie lange das andauern würde, wenn er bedachte, dass sie nun gezwungen waren, sich ein Zimmer zu teilen.

Er bezweifelte irgendwie, dass in dieser Suite Einzelbetten standen.

Kelli hatte es klar dargelegt. Sie hatte zugestimmt, mitzukommen und bei diesem Theater mitzuspielen, aber er wollte doch wetten, wenn sie ein Bett teilen mussten, war das ein wenig übertrieben.

Dazu kam noch die Tatsache, dass sie sich komisch aufführte ... worauf er im Gegenzug wie ein hyperaktiver Hase reagierte. Sie war bisher noch niemals so anschmiegsam gewesen, und auch wenn es nicht unangemessen war, dass sie sich an ihn ranmachte, wo sie doch ein Paar waren, hatte es eine unangenehme Reaktion hervorgerufen.

Ein Flüstern von Hitze, das völlig unerwartet kam. Luke war sich nicht sicher, worauf er es schieben sollte, aber er wusste, dass er das unter Kontrolle bekommen musste, und zwar so schnell wie möglich.

Bis zu dem Zeitpunkt, als er und Jack alles an der Rezeption erledigt und das Gepäck nach oben geschickt hatten, hatten Diane und Kelli bereits für sie bestellt.

Oder, um es genauer auszudrücken, hatte Diane mit Kellis Einverständnis bestellt.

Jack glitt auf den Banksitz neben seiner Freundin und legte einen Arm um Dianes Schultern. „Und los kann's gehen, alles ist bereit."

Luke ließ sich neben Kelli nieder, plötzlich nicht mehr sicher, wohin er seine Hände legen sollte.

„Wir wissen das echt zu schätzen", setzte er wieder an, aber Jack winkte ab.

„Es ist schon ein paar Jahre her, seit wir mal reden konnten. Und obwohl ich weiß, dass wir die ganze Woche vor uns haben, wirst du damit beschäftigt sein, mit allen anderen zu plaudern." Jack drückte Dianes Schultern, während er sie liebevoll anschaute. „So haben wir die Garantie, einen Teil der Aufmerksamkeit zu bekommen, nicht wahr, Liebling?"

„Seht ihr? Wir haben egoistische Motive für unsere Großzügigkeit", sagte Diane mit einem Zwinkern. Sie sah intensiv über den Tisch auf Kelli, eine Braue ging hoch, je länger sie sich konzentrierte. „Wir haben uns noch nicht getroffen, oder? Du siehst irgendwie vertraut aus."

Kelli schüttelte den Kopf. „Wenn du nicht draußen auf Silver Stone oder bei der Calgary Stampede warst, bezweifle ich das. Ich komme nicht so viel rum."

Dann spielte sie seinem Verstand noch einmal übel mit, indem sie sich an Lukes Seite lehnte und die Finger um seinen Bizeps legte. Als sie so an ihn geschmiegt war, tat sich abermals dieses Loch in seinem Magen auf.

Sie benahm sich, als wären sie ein Paar, und das konnte er ihr nicht übel nehmen, aber jedes Mal, wenn sie sich bewegte, war er sich viel zu bewusst, wie fest sie seinen Arm hielt. Wie ihr Oberschenkel unter dem Tisch seinen streifte.

Das Essen kam, und die Temperatur im Raum schien in die Höhe zu schießen. Gedankenlos zog er seine Jacke aus, ohne sich darüber im Klaren zu sein, dass beim nächsten Mal, als Kelli ihn berührte, ihre Finger seine Haut streifen würden.

Es war schwer, sich auf die Unterhaltung zu konzentrieren, und das Einzige, woran er sich vom Essen tatsächlich erinnerte, war seine Bewunderung dafür, wie Kelli in ihre Komfortzone verfiel, in dem Augenblick, als Diane das Thema auf Pferde lenkte.

Irgendwie schafften sie es bis zum Ende der Mahlzeit und gingen auch zum nächsten Punkt über, ohne dass er eine einzige Entscheidung traf.

Diese ganze Sache mit der verlorenen Kontrolle – ja, genauso ging es weiter.

„Das Essen hat ja ganz gut gefüllt, aber jetzt brauche ich die Chance, um diese Stunden der Reise runterzuspülen." Jack warf einen Blick auf Diane, sein Blick funkelte schelmisch. „Willst du dich anschließen?"

„Hmmm, jetzt, da du das erwähnst, war die Reise ziemlich erschöpfend." Diane ließ die Hand in die von Jack gleiten, ehe sie sich an Kelli wandte. „Keine Sorge. Ich verspreche, wir benehmen uns und lassen keine Verlegenheit aufkommen, während wir uns ein Zimmer teilen."

Jack und Diane waren offensichtlich sehr scharf aufeinander. Aber die Fragen und die Unterhaltung waren beim Essen recht entspannt und allgemein geblieben. Von allen Leuten, mit denen sie vielleicht ein Zimmer hätten teilen müssen, war Jack so solide, wie es nur ging.

„Genießt ihr zwei etwas Privatsphäre", schlug Kelli vor. „Luke und ich gehen spazieren. Wir müssen uns ein wenig die Beine vertreten."

„Das soll doch ein Urlaub von euren Pflichten sein", rief Diane ihr in Erinnerung, „aber wir bekommen später noch Zeit zum Reden. Genießt euren Erkundungsgang und den Schnee, und ich werde es genießen, mit meinem Mann die Dusche auszuchecken."

Das Lächeln blieb fest auf Kellis Gesicht, bis Jack und Diane in der Ferne verschwunden waren, dann nahm sie Luke an der Hand und zog ihn direkt auf die Türen nach draußen zu.

Sobald sie draußen waren, ließ sie ihn los, marschierte über eine große Fläche, die von Fichten gesäumt war und mit blinkenden weißen Lichtern verziert. Die Landschaft um sie herum waren verschiedene Gärten, die im späten Sommer wohl mit Gras bedeckt sein würden, und nun von einer hübschen Decke aus reinem Weiß.

„Mach langsamer", befahl Luke.

„Zu öffentlich für das, was ich vorhabe."

Das klang bedrohlich. Er verlegte sich auf Ablenkung. „Das Essen lief gut."

Sie waren in einem Bereich angelangt, der zum Eislaufen angelegt war. Auf einer Seite erhoben sich senkrechte Eiswände, um Windschutz zu bieten. Kelli trat dahinter, und er folgte ihr.

Es war nicht nur eine Wand, es waren drei, die im Rechteck aufgebaut waren, um einen fantastischen Garten zu ergeben, mit Eisstatuen auf geschnitzten Sockeln überall um sie herum. Der Effekt war verblüffend, als die letzten Sonnenstrahlen des Tages über den Berg in der Nähe fielen und die westliche Eiswand beleuchteten. Kleine Nischen waren entlang der Ostseite verteilt, mit kuscheligen Decken, die auf den Sitzbereichen lagen.

Mitten in dem Gelände gab es einen Heizpilz, einen Ort, an dem man sich Finger und Zehen aufwärmen konnte ...

... dann sah er nichts mehr, denn Kelli hatte sich sein Gesicht geschnappt und drehte es entschlossen zu ihr.

„Wir müssen reden."

In ihren Augen stand wieder Feuer, und wenn man bedachte, welchen Drahtseilakt er sich mit diesem ganzen katastrophalen Event von Anfang an auferlegt hatte, zögerte Luke, statt zu irgendeinem Schluss zu springen, was das betraf, worüber sie reden wollte. „Okay."

„Wir teilen uns ein Zimmer." Sie schluckte schwer.

Bevor sie noch etwas sagen konnte, beeilte sich Luke, sie zu beruhigen. „Es tut mir leid, aber ich habe mein Bestes gegeben, um eine Möglichkeit rauszukriegen, wie ich dir Raum lasse, und dann ist Jack aufgetaucht, und irgendwie hat eines zum anderen geführt ...“

Statt sich zu echauffieren und ihn mit rechtschaffenem Feuer zu überziehen, verdrehte sie die Augen. „Zwei Ohren, nur ein Mund. Maul halten und zuhören.“

„Ich höre.“ Obwohl er gedacht hätte, eine Entschuldigung wäre das Wichtigste.

Sie schob ihn zurück, und er war gezwungen, sich zu bewegen oder umzufallen. Seine Füße trafen auf den Rand eines Sitzes, und er stolperte zurück in einen Alkoven. Ein wenig mehr Privatsphäre war allerdings vermutlich etwas Gutes, da ein anderes Paar Arm in Arm das Gelände betrat.

Kelli trat näher, ihr entschlossener Ausdruck, den er viel zu gut kannte, war wieder da. „Wir führen nicht mehr die Diskussion, die wir unterwegs hierher hatten. Verstanden? Wir waren einverstanden, dass es hier um uns geht – du als nur Luke, und ich als nur Kelli. Wir sind beide Erwachsene, die Silver Stone repräsentieren. Richtig?“

„Das ist richtig.“ Ein großes Gefühl der Erleichterung raste durch ihn hindurch. Sie war so toll, obwohl er sich so dumm angestellt hatte.

„Erwachsene. Die in keinerlei Hinsicht verwandt sind, was bedeutet, dass es kein Problem gibt, wenn wir uns ein Zimmer teilen.“

Die Anspannung baute sich viel zu schnell auf. Er war von einer Sekunde auf die nächste auf einer verdammten emotionalen Achterbahn. Er beeilte sich, sie zu beruhigen. „Aber es wird nichts passieren. Nur weil wir uns ein Zimmer teilen, müssen ...“

„Was, wenn ich will, dass etwas passiert?“ Sie senkte die Stimme und lehnte sich vor, während sie redete, ihr Gesicht ein paar Zentimeter von seinem entfernt. Den Blick nach vorne gerichtet, sodass es unmöglich wurde, zu ignorieren, wie ernst sie es meinte.

Nur dass sein Gehirn völlig durcheinander war, und nichts schien mehr richtig zu funktionieren. *„Wa...aas?"*

Ihr Blick senkte sich auf seine Lippen, wanderte seinen Körper hinab, um ihm dann erneut dreist in die Augen zu schauen. „Ich gebe dir grünes Licht, Luke. Teufel auch, ich sage dir, wenn zwischen uns nichts passiert, werde ich sehr enttäuscht sein. Aber genauso, wie du mit mir hättest reden sollen, und mir nicht in letzter Minute diesen Schwachsinn mit der *Partnerin* vor die Füße werfen, ist mir klar geworden, dass ich nicht reinstürmen und verlangen kann, dass wir ins Bett hüpfen."

Sie hatte ihm die Hände auf die Schultern gelegt, ein leichter Druck, der das Einzige war, das verhinderte, dass er umfiel. „Moment. Sagst du ...?"

Kelli bot ihm keine weitere Erklärung. Ihre Lippen verzogen sich zu einem äußerst selbstgefälligen Grinsen. Eine Augenbraue ging hoch, während sie darauf wartete, dass er es kapierte.

Oh, er hatte jedes Wort gehört, aber er hatte Schwierigkeiten damit, sie zu verarbeiten. Erst heute hatte er so viel Zeit und Energie damit verbracht, dafür zu sorgen, dass er von ihr nicht als Frau dachte, sodass es ihm vorkam, als müsse er einen ganzen Truck stemmen, um diesen Standpunkt aufzugeben.

„Du willst mit mir schlafen." Die geflüsterten Worte klangen viel zu schockiert, wie eine empörte Jungfrau um die Jahrhundertwende.

„Ich schätze, irgendwann wird es schon auch um Schlaf gehen, aber ich rede von Sex." Sie richtete sich auf, ihre Miene nur ein klein bisschen verlegen und stattdessen zum Großteil entschlossen. „Ich hatte vor, dich zu verführen, aber ich habe offensichtlich null Talent. Und es wäre auch falsch von mir, zu fordern, dass Sex auf den Tisch kommt, denn ich möchte ja nicht, dass du denkst, wir *müssten* rummachen. Wenn du mich nicht attraktiv findest, werde ich nicht wütend. Ich weiß, dass ich nicht die femininste ..."

„Verdammt." Er packte sie an der Hand und zog daran, drehte sie, damit sie sich auf den Sitz neben ihn setzte.

Das Entsetzen nach dieser plötzlichen Bewegung stoppte ihr Geplapper, was etwas Gutes war. Wenn sie weiter geredet hätte, wäre sein Verstand noch voller geworden, und es war doch schon ursprünglich überhaupt kein Platz mehr zwischen seinen Ohren gewesen.

„Zwei Ohren, ein Mund", wiederholte er.

„Schnauze?", fragte sie knapp.

Er nickte, atmete durch und musterte sie genau.

Sie nahm ihn nicht auf den Arm, was bedeutete, dass er irgendwann in den letzten paar Minuten in ein Märchenreich eingetreten war. Was erklärte, weshalb das allererste, was ihm durch den Kopf ging, nichts mit dem komplizierten Problem zu tun hatte, das sie ihm vor die Füße geworfen hatte.

„Warum putzt du dich runter?", wollte er wissen.

Kelli neigte den Kopf.

„Nicht die femininste ...? Ein riesiger Haufen Schwachsinn ist das. Was zum Teufel soll das überhaupt heißen?"

Ihre Augenbrauen gingen hoch. „Es soll heißen, dass ich schon lange auf der Ranch bin, und du hast mich niemals betrachtet, als wäre ich eine Frau. Und ich verstehe, dass das so ist, wenn man einfach zusammenarbeitet. Aber nur, weil ich schon ewig heiß auf dich bin, heißt das nicht, dass es dir genauso geht. Und das ist in Ordnung so."

Es war gut, dass er bereits saß, ansonsten wäre er umgekippt.

Von ihr kam ein Kichern, als sie auf der schweren Decke

herumrutschte, die Beine hochnahm und ein wenig näher rückte. „Dein Gesicht ist zum Schreien komisch."

„Du treibst Psychospielchen mit mir", warf er ihr vor.

„Ich fühle mich etwas angeheitert", erwiderte sie. „Ich bin nicht betrunken, aber ich könnte es auch sein, wenn man bedenkt, dass ich hier diese Katze komplett aus dem Sack gelassen habe, den ich so lange fest zugeschnürt hatte."

Luke schüttelte den Kopf. „Ich hatte ja keine Ahnung."

„Darum ging es doch gerade", setzte Kelli ihn in Kenntnis. „Und ehrlich, ich sage dir das nur aus dem Grund, dass es, wenn das etwas ist, was du auch willst, ein ziemlich guter Zeitpunkt wäre, um eine kleine Affäre zu haben. Du weißt schon, falls die Chemie irgendwie stimmt. Aber auch nicht schlimm, wenn das nicht der Fall ist."

Die Worte kamen allmählich an, aber im Inneren war er immer noch aufgewühlt. „Ich kann nicht ..."

„Und glaub bloß nicht, du müsstest dich jetzt sofort auf mich stürzen, oder mir absagen. Nur ... grünes Licht, mehr sage ich nicht. Wenn nichts draus wird, verspreche ich, du wirst in dieser Sache niemals mehr ein einziges Wort von mir hören."

„Ich ..."

„Und falls *etwas* passiert, erwarte ich nicht, dass es über die Gala hinaus hält. Wir gehen nach Hause, es ist vorbei, es wird niemals mehr erwähnt."

Luke nickte, da sie noch immer redete, und er konnte jetzt im Augenblick nicht wirklich gleich sprechen, doch es schien höflich, zu bestätigen, dass er irgendwie schon zuhörte.

„Nur, eine Sache. Die ist nicht verhandelbar." Sie drehte sich, stieß sich halb aus dem Sitz.

Instinktiv riss er die Arme nach oben, um sie zu packen, und als der Staub sich wieder legte, saß Kelli auf seinem Schoß, die Arme um seine Schultern gelegt.

Von Angesicht zu Angesicht.

Nun war es an ihm, schwer zu schlucken.

Sie sah wieder auf seine Lippen. „Wenn wir ein Paar sein sollen, kannst du dich nicht einfach jedes Mal zurückziehen, wenn ich dich berühre. Genauso wie ich mich nicht benehmen kann, als wäre es das erste Mal, dass du mich jemals berührt hast. Ich weiß, dass das ein wenig außerhalb unserer Komfortzone liegt, also üben wir lieber mal."

Dass sie auf seinem Schoß saß, und intensiv zu ihm hinaufschaute, stellte mit seinem Körper allerlei fiese Sachen an. Luke war sich schon bewusst gewesen, dass Kelli eine Frau war, aber er hatte absichtlich noch nie zuvor auf eine solche Art über sie gedacht.

Aber dass er grünes Licht bekam – wie dumm, dass Teile seines Gehirns beinahe sofort umgeschaltet hatten. Die eher tierischen Teile.

Dass sie jetzt auf seinem Schoß saß, war nicht annähernd wie vor kurzem, als er sie umarmt und getröstet hatte. Nein, ihr leichtes Gewicht an seinem Körper zu spüren, ließ ein völlig anderes Gefühl durch ihn hindurchrauschen.

„Du hast recht."

Himmel, war das seine Stimme? Viel zu tief und viel zu bedürftig.

Sie schob seinen Cowboyhut nach hinten, strich ihm vorsichtig mit den Fingern durch die Haare, und ein Beben ging sein Rückgrat hinab. Vor einer Sekunde hatte er noch einen riesigen Kloß im Hals gehabt, und jetzt war sein Mund trocken geworden, und als sie einen Finger an der Seite seines Halses hinabgleiten ließ, zum obersten Knopf seines Hemdes, flammte die Hitze auf.

Schockierend in ihrer Heftigkeit. Verheerend, so schnell war sie hochgekocht.

„Ich werde dich küssen", warnte sie ihn.

Er sollte sie davon abbringen. Er sollte sie aufhalten, diesen ganzen Zug stoppen, bevor sie die Kontrolle verloren, aber die Gleise waren bereits gelegt.

„Sag doch nein", flüsterte Kelli. „Oder sag ja. Das liegt bei dir."

Sein Herz hämmerte, und die Hitze, die sich in seinem Bauch sammelte, hatte nichts damit zu tun, andere zu beeindrucken oder Silver Stone gut dastehen zu lassen. Es hatte alles mit der Tatsache zu tun, dass ihm plötzlich, schockierend bewusst wurde, dass er eine Frau in den Armen hatte. Eine starke, selbstsichere und *begehrenswerte* Frau, von der er sich noch nie auch nur vorgestellt hatte, mit ihr zusammen zu sein, und doch war sie da.

Eine Frau, die ihm eindeutig gesagt hatte, dass sie ihn wollte, und zwar ohne irgendwelche Verpflichtungen. Keine Forderungen, keine Folgen. Nur Verlangen.

Er war nicht sicher, wohin dieser Zug unterwegs war, aber es bestand nicht die Möglichkeit, dass er diesen Teil der Reise aufhalten konnte.

Luke neigte sich vor und legte die Hände um ihren Körper, während ihre Lippen aufeinandertrafen.

8

Das passierte wirklich. Sie saß auf Luke Stones Schoß und küsste ihn.

Wurde geküsst, denn selbst als sie sich vorbeugte, um die Verbindung zu schaffen, war klar, dass Luke seine Wahl getroffen hatte.

Das war kein Mann, der passiv da saß, während sie ihm einen zögerlichen Kuss auf die Lippen drückte. Darum hatte sie sich anfangs Sorgen gemacht, und irgendwann später, wenn sie allein war, würden sie und ihr Selbstvertrauen eine ernste Unterhaltung führen, denn diese „vielleicht willst du mich nicht, aber ich sage dir, dass ich schon jahrelang sabbere, wenn ich dich sehe"-Beichte war ein wenig übertrieben für jemanden, der normalerweise gern einen auf cool machte.

Das war überhaupt nicht cool gewesen. Und auch nicht kokett oder verführerisch.

Nein, es war ehrlich gewesen, was ziemlich genau das war, wo Kellis Herz und Kopf verortet waren. Also sollte es so sein. Genau wie damals, als sie sich geweigert hatte, Luke von der

Situation zu erzählen, die dazu geführt hatte, dass sie Ryan half, hatte sie in dieser Sache nicht gelogen. Nur geschwiegen.

Es schien, als wären das ihre zwei Wahlmöglichkeiten: Ihre Emotionen zu unterdrücken oder sie überquellen zu lassen.

Bisher schien ihr das aber nicht geschadet zu haben.

Und dann dachte sie an nichts mehr, denn ihre sanfte, weiche Erkundung wurde hitziger.

Lukes Hände senkten sich auf ihre Hüfte, glitten langsam ihre Schenkel hinab, während ihre Münder weiter forschten. Lippen bewegten sich, Zähne knabberten. Die Verbindung war immer noch zart, aber anstatt eines langsamen, einzelnen Tropfens aus dem Hahn baute sich Druck auf.

Ihre Hände waren in seinen Haaren, streichelten sie und spielten damit, die weichen Strähnen kitzelten ihre Handflächen. Sein Daumen rieb gleich über ihrem Knie vor und zurück, die andere Hand schob sich ihr Rückgrat hinauf, bis seine Finger sich um den Ansatz ihres Zopfes legten. Er zog leicht daran, um ihre Lippen zu lösen.

Luke fluchte leise, schaute ihr einen Sekundenbruchteil lang in die Augen, ehe seine Lippen wieder ihre Haut berührten, ihre Wange streiften, unter ihrem Ohr knabberten.

Ein Beben nahm sie ein, ließ ihren ganzen Körper zittern und Sehnsucht spüren. Hitze flammte zwischen ihren Beinen auf, und sie drückte die Hände oben auf seine Schultern, damit sie sich anders hinsetzen konnte.

Kelli hatte vor, sich rittlings auf seine Oberschenkel zu setzen, nur dass genau in diesem Augenblick ein höfliches, aber betontes Husten hinter ihnen ertönte, und Luke seinen Körper in die falsche Richtung riss. Sie war bereits in Bewegung und konnte den harten Kontakt zwischen ihrem Knie und seiner Lende nicht mehr aufhalten.

Luke machte ein leises, schmerzvolles Geräusch, und dann stand er, obwohl sie ihn gerade in die Eier getreten hatte, unsicher auf. Er zerrte Kelli mit sich hoch, und als er sie so hinstellte, dass sie halb vor seinem Körper stand, machte sie nur zu gerne mit.

Sie war besonders dankbar um die weibliche Anatomie, die zwar auf manche Art nervig war, aber zumindest die Erregung nicht so heftig oder sichtlich zeigte wie bei Männern. Außer an den Nippeln, und dafür gab es gepolsterte BHs.

„Tut mir leid, dass ich störe." Der ältere Herr war zum Großteil ernst, aber Erheiterung funkelte in seinen Augen. Auf keinen Fall konnte ihm entgangen sein, dass sie herumgeknutscht hatten. „Ich dachte, ich hätte Sie vorhin im Restaurant erkannt. Jemand hat gemeint, ich würde Sie hier draußen finden."

Luke streckte eine Hand aus, Griff um Kellis Schulter. „Luke Stone."

„Timothy Carlyn", erwiderte der andere Mann.

Heilige Katzen am Milchkrug. Das war ein Name, den sie in ein paar richtig großen Zusammenhängen gehört hatte. Kelli hielt auch ihre Hand hin. „Kelli James. Ist eine riesige Ehre, Sie kennenzulernen, Mr. Carlyn."

„Sie genauso. Ich schätze, Sie sind zur Triple Crown Gala hier?"

Kelli nickte. „Wir sind für die Silver Stone Ranch hier. Vermutlich haben Sie Luke schon mal bei der Calgary Stampede getroffen."

„Ich weiß nicht, ob ich dieses Vergnügen schon mal hatte, aber ich bin sicher, wir werden in den kommenden Tagen Zeit zum Reden haben." Sein Blick lag wieder auf ihrem Gesicht, und plötzlich fragte sie sich, ob da irgendwie Schmutz drauf war, oder noch Essensreste.

Luke war die intensive Musterung ebenfalls aufgefallen, und er legte ihr schützend eine Hand auf die Schulter. „Brauchen Sie sonst noch was, Sir?"

Timothy Carlyn blinzelte überrascht, dann lächelte er. Ein Hauch von Ablenkung blieb, während er den Kopf schüttelte. „Nein, nein. Ich dachte nur, es wäre höflich, mich vorzustellen. Wir sehen uns heute Abend."

„Wir freuen uns darauf", sagte Luke, noch während sein Arm weiter um Kelli glitt, besitzergreifend und beschützend zur gleichen Zeit.

Der ältere Mann verschränkte die Hände hinter dem Rücken und schaute zum Himmel auf, während er wegging, ein leises Pfeifen trieb heran.

Im Inneren vibrierte Kelli noch, und als Luke stöhnte und sich wieder setzte, wirbelte sie herum ...

„Vorsicht", warnte Luke sie, die Hand zum Schutz vorgestreckt.

„Scheiße. Das tut mir so leid." Sie warf einen Blick zum Ausgang, doch Mr. Carlyn war schon außer Sicht. „Worum ging es da?"

„Ich bin mir nicht sicher, aber wenn er dich noch mal so anschaut, werde ich ernsthaft mit ihm reden müssen."

Das unheimliche Gefühl in ihrem Nacken löste sich auf, aus Sorge wurde wieder Vergnügen. „Exzentrische Millionäre, die Weltklasse-Gestüte in Kentucky betreiben, sind vermutlich daran gewöhnt, jeden anzugaffen, den sie angaffen möchten. Achte nicht auf ihn. Danke für den Kuss."

Seine Augen blitzten heiß, ehe er eine Grimasse schnitt, seine Lippen verzogen sich zu einem sarkastischen Lächeln. „Dazu hätte es nicht kommen sollen."

O nein, das machte er nicht. „Fang bloß nicht so an", befahl sie. „Es ist ja nicht so, als hätte ich dir den Arm verdreht und dich gezwungen, mich zu küssen, also machen wir doch einfach da weiter, wo wir angefangen haben."

„Ich verstehe es. Ich höre zu", beharrte Luke. Er öffnete die Knie, verzog das Gesicht, als er sich bewegte, aber dann nahm er sie an der Hand und zog daran, damit sie zwischen seinen Beinen stand. Als er ihr mit einem Finger über die Wange strich, wollte Kelli sich an ihn schmiegen.

Schmetterlinge machten sich in ihrem Bauch breit.

„Ich will dir nicht wehtun", sagte Luke. „Du bist jemand Besonderes, Kelli. Ich werde nicht mit dir ins Bett steigen, nur weil es mich juckt. Ganz gleich, ob du sagst, dass das für dich in Ordnung ist."

„Genau das will ich doch", erklärte sie.

„Das sagst du, aber du und ich handeln ja nicht isoliert. Es gibt eine ganze Menge Leute in Silver Stone, die gewillt wären, mich zu fesseln und den Ziegen zum Fraß vorzuwerfen, wenn ich dich schlecht behandle."

Sie hatte bereits über diese Ausrede nachgedacht. „Wir sind Erwachsene, und zum letzten Mal, als ich nachgesehen habe, hat keiner von uns sein Leben von einem Komitee bestimmen lassen. In der Zeit, in der wir hier sind, ist es mir wirklich recht, wenn wir eine glühend heiße Affäre haben."

Er schüttelte den Kopf. Berührte sie noch immer, Traurigkeit stand in seinem Gesicht. „Ich werde nicht lügen und sagen, dass ich es nicht genossen habe, dich zu küssen. Ich glaube, es ist ziemlich klar, dass ich dich für eine attraktive Frau halte, aber weiterhin werden wir nichts tun. Nichts sonst, meine ich."

Kelli zuckte mit den Schultern. Wenn das stimmte, würde sie es akzeptieren, denn in der Zwischenzeit war es angebracht, ihn zu necken. „Red dir das nur ein, wenn du dich damit besser fühlst."

Ihm entschlüpfte ein Lachen, und er tätschelte ihre Wange fest, als würde er eines der Pferde wegschicken. „Komm schon. Wir sollten auspacken und herausfinden, was wir mit diesem Nachmittag und Abend anfangen."

„Wir werden Leute beeindrucken, soviel weiß ich", sagte

Kelli, während sie rückwärtsging, um ihm Platz zu lassen, sich neben sie zu stellen. Sie ließ ihn vom Haken und schaute weg, während er sich bewusst zurechtrückte – die Eier von Kerlen mussten schon eine besondere Art der Qual sein.

Aber sie war skrupellos, als sie zurück in das Hotel traten. Sie ließ ihre Finger in seine gleiten, hob betont die Augenbrauen, für den Fall, dass er seine Hand weggerissen hätte.

Und verdammt, wenn er dann nicht seinen Griff verstärkte und ihre Hände so drehte, dass es angenehmer war. Sein fester Griff hielt sie genau richtig, während sie zurück in die wunderbare Monstrosität gingen, die in den nächsten fünf Tagen und Nächten ihr Zuhause sein würde.

Luke Stone war in ein Kaninchenloch gefallen, und es gab keinen Ausweg.

Als sie das Hotel erneut betraten, war Kelli wieder ganz großäugig, starrte vor Verwunderung, anstatt zu schauen, wo sie hintrat. Luke war froh, dass er sie festhielt. Das machte es einfacher, sie durch den Raum zu den Aufzügen mit Glastüren zu geleiten, die zu den Turm-Suiten führten.

Sie reckte weiterhin den Hals, schaute überallhin, flüsterte leise, während sie kleine Details der Einrichtung erspähte, die sie zum Grinsen brachten.

Er richtete den Blick auf den Spiegel vor ihnen, sah sie an, als wäre es das erste Mal, dass er die Frau wirklich sah.

Verglichen mit ihm war Kelli klein, doch ein Bündel aus Energie, während sie herumschwang und ihm ein Lächeln schenkte, ehe sie wieder in Ehrfurcht verfiel und den Mund aufriss, weil auf einem Nebentisch eine Schnitzerei ausgestellt wurde. Ein paar Strähnen hatten sich aus ihrem Zopf gelöst, schmiegten sich an ihre Wangen.

In den Augenblicken, bevor die Aufzugtüren sich öffneten, ließ Luke den Blick nach unten schweifen und offen über die Wölbung ihrer Brüste wandern, den Knick, wo ihre Taille sich nach innen wölbte, und ihre breiteren Hüften – nicht sonderlich viel war dort zu sehen, weil sie überall bis auf die Oberweite so zierlich war.

Ihr Abbild glitt ins Nichts, als die Türen sich öffneten, und sie zog ihn hinter sich her, drückte auf eine Etage.

Sie zu küssen, war eine Offenbarung gewesen.

Seine übermäßige Reaktion mochte vielleicht zum Teil daher kommen, dass er seit dem Ende des Sommers offiziell solo war. Er hatte im Juli das letzte Mal Sex gehabt, aber wenn er verglich, wie seine Beziehung zu Penny funktioniert hatte, glaubte er nicht, dass es nur sein Körper war, der sich nach einer langen Dürrephase nach einer Frau sehnte.

Kelli war gleichzeitig süß und deftig. Wie die Diskussion, die er und Josiah über Chicken Wings geführt hatten, und das Verdammte daran war, dass Luke einen Sekundenbruchteil davon entfernt war, den Mund zu öffnen und ihr seine Gedanken mitzuteilen, denn er wusste, dass Kelli diesen Vergleich zum Schießen finden würde.

Er saß dermaßen in der Patsche. Er mochte sie. Das hatte er schon immer getan, aber es hatte da ein Tabu gegeben, das sagte *Hände weg und lass sie in Frieden.* Kelli hatte das mit ihrer offenen Bitte und dem Angebot völlig in Fetzen gerissen.

Nur dass sie das nicht durchdacht hatte. Nicht mehr als er seinen völlig bekloppten Schritt, der sie überhaupt erst in diese Umstände verfrachtet hatte.

Sie hat gesagt, sie wäre schon ewig heiß auf mich.

Der Fahrstuhl ließ sie im obersten Stockwerk hinaus. Luke

war nicht sicher, ob er verhindern konnte, dass er den Gang entlang stolzierte wie ein Hahn im Korb.

Sie blieben vor einer schön geschnitzten Holztür stehen, die in ihre Räumlichkeiten für die nächste Woche führte. Kelli grinste ihn an. „Das wird ein Spaß."

„Unterhaltsam wird es, was auch immer passiert", sagte er träge.

Er legte sein Armband an das schlüssellose Schloss, und es summte leise, öffnete sich für sie. Er schob die Tür auf, hielt sie für Kelli, damit sie vor ihm eintreten konnte.

Der riesige Raum war schick und doch gleichzeitig gemütlich. Das Zimmer war ein weites Dreieck mit Fenstern gegenüber, die bis zum Boden gingen und zu den Rocky Mountains schauten. Vor dem Hotel ragten die schneebedeckten Gipfel so nahe auf, dass er sie beinahe berühren konnte, aber drinnen war alles warm und luxuriös.

Ein gasbetriebener Kamin stand frei als Mittelpunkt des Raumes da. An die Wand mit den riesigen Fenstern auf jeder Seite schmiegte sich ein hohes, schwarzes Ofenrohr, das zur erhöhten Decke führte. Drei Sofas gruppierten sich in einem Halbkreis in Richtung Aussicht, und es lagen dicke, weiche Teppiche auf dem Boden, und wunderschöne Wandbehänge zierten die Wände.

Kellis Finger schlüpften wieder in seine, aber diesmal schien es nicht, als würde sie etwas beweisen wollen. Schon eher suchte sie einen Anker. „Du liebe Güte."

„Ja, das wird so gar nicht nerven." Luke drückte ihr die Finger, dann drehte er sich, um den Rest des Raumes zu betrachten. Er zog seine Jacke aus und hängte sie auf einen der gusseisernen Haken, die eine Wand säumten. Darunter war Platz für ihre Stiefel, obwohl er Kelli dabei erwischte, wie sie die Nase rümpfte, während sie ihre gut polierten, aber abgetragenen Schuhe neben Dianes glänzende kniehohe Lederstiefel stellte.

Dann zuckte sie mit den Schultern, lenkte ihn mit einem strahlenden Lächeln ab. „Komm schon. Ich will unser Zimmer sehen."

Sie machte auf dem Absatz kehrt, und er trottete hinter ihr her.

„Woher weißt du, wohin es geht?", neckte er sie. „Es gibt zwei identische Türen in jeder Ecke dieses Raums."

Kelli deutete hin, während sie den Türknauf drehte und sich mit der Hüfte an das schwere Gewicht drückte. „Auf dem da ist eine Socke."

Luke schnaubte, als er sah, wovon sie sprach. Und tatsächlich, Jack hatte eine einfache weiße Socke über den Griff gelegt, der zu ihrem Zimmer führte.

Ein weiterer Hinweis – hinter ihrer Tür stand das ordentliche blau-weiße Gepäck am Fuße eines großen Doppelbetts.

Kelli bewegte sich bereits zur gegenüberliegenden Wand und der Tür dort. „Sag mir, dass es da drin eine Badewanne mit Aussicht gibt ..." Sie öffnete die Tür einen Spalt breit, dann schaute sie über die Schulter zu ihm, grinste über beide Ohren. „Ich entschuldige mich jetzt, aber ich komme da vielleicht nie wieder raus."

Er lehnte sich über ihre Schulter. „Himmel, ob da wohl noch etwas mehr Chrom und Kacheln ginge?"

„Du musst eine solche Dusche in dein Haus bauen." Kelli zog ihn weiter vor, deutete auf eine Monstrosität mit Glasfront und drei runden Duschköpfen, die direkt nach vorne gerichtet waren. „Das ist bestimmt, als würde man in einem Gewitter stehen."

Ihre Aufregung war so intensiv, dass sie ihn von allem anderen ablenkte, worum er sich Sorgen machen musste.

„Sehen wir auf dem Terminplan nach, wann wir irgendwo sein müssen, dann bekommst du da drin freie Hand."

Sie richtete sich plötzlich auf, warf ihm ein gerissenes Lächeln zu. „Ich teile gern", bot sie an.

„Ich werde auspacken." Es war sicherer, ihre Einladung zu ignorieren, als sie weiterhin abzulehnen.

Und tatsächlich war Kelli ihm einen Augenblick später direkt auf den Fersen, grinste immer noch, aber sie hatte das Thema fallen gelassen. „Welche Tasche gehört mir?"

„Nicht sicher." Er zog den Reißverschluss der ersten auf, klappte den Hartschalenkoffer auf.

Warf ihn eine Sekunde später wieder zu.

Er schob ihn zur Seite und deutete auf die andere Tasche. „Die gehört dir."

Kelli verschränkte die Arme vor der Brust, Erheiterung stand in ihrem Gesicht. „Bist du so schüchtern, weil ich deine Unterwäsche sehen könnte?"

„Los, pack aus", befahl er.

Ohne ein weiteres Wort nahm Luke sein Gepäck und trug es ins Bad, schloss die Tür hinter sich ab, um sicherzustellen, dass sie ihm nicht nachkam.

Es gab genug Platz, um den Koffer auf den Tresen zu heben, und er öffnete ihn vorsichtig. Anzüge, Schuhe, Hosen – alles war gefaltet und ordentlich eingepackt, aber nichts erklärte die Schachtel Kondome, die oben auf dem Rest ruhte, sicher unter den Gummibändern an Ort und Stelle gehalten.

Er riss sein Handy heraus und drückte auf die Nummer seiner Schwägerin.

„Hallo. Hier ist Lisa Coleman."

Luke hatte sich schon gedacht, dass sie Tamaras Anruf annehmen würde. Wie gut, denn Lisa war diejenige, die er anbrüllen wollte. Das musste doch ihre Schuld sein. Auf gar keinen Fall würde Tamara einen solchen Stunt abziehen, und keiner seiner Brüder hätte so was getan. „Was zum Teufel, Lisa?"

Die Frau hatte die Dreistigkeit, zu lachen. „Also. Hattet ihr eine gute Fahrt?"

„Ja. Wir sind sicher hier angekommen, und wir haben eingecheckt, und alles läuft gut. Jetzt beantworte mir die verdammte Frage. Was zum Teufel hast du dir gedacht?"

„Gefällt dir nicht, wie ich gepackt habe?" Sie schnalzte mit der Zunge. „Entspann dich. Ich habe damit nichts beabsichtigt, außer dass du mit einer gewissen jungen Dame unterwegs bist, die mir in einer sehr kurzen Zeit sehr wichtig geworden ist. Und falls durch irgendeinen Zufall eines zum anderen führt, will ich nicht, dass einer von euch einen dummen Fehler macht und aufhört, nur weil ihr nicht richtig ausgestattet seid, oder noch schlimmer, einen dummen Fehler macht und nicht aufhört. Jetzt sind alle Eventualitäten abgedeckt, bitte entschuldige diesen Scherz."

Luke beäugte die Schachtel. Extra groß, Bonuspackung. Er hielt den Mund wegen dieses Details, immer noch nicht glücklich. „Ich weiß es nicht zu schätzen, wenn du dich in meine Angelegenheiten einmischst."

„Wenn ihr sie nicht braucht, auch egal. Ansonsten betrachte es als frühes Geburtstagsgeschenk. Ich muss los. Die Mädchen sind jeden Augenblick zu Hause. Habt Spaß." Sie legte auf, und die Leitung war tot, bevor er die Chance hatte, frustriert zu knurren.

Er nahm die Schachtel und schob sie in die unterste Schublade unter dem Waschbecken, legte einen Waschlappen darauf. Hoffentlich würde Kelli in diese Schublade nicht schauen, wenn doch, würde sie im besten Fall vielleicht denken, dass das zur Standardausstattung gehörte, die das Hotel anbot.

Luke ließ sein Rasiererzeug und seine anderen

Badeutensilien auf dem Tresen stehen, nahm den Koffer und begab sich wieder ins Schlafzimmer.

Kelli trug Kopfhörer und tanzte beim Auspacken, ihre Hüften schwangen hin und her, während sie die Kleider in ein paar Schubladen auf der anderen Seite des Zimmers steckte.

Er machte es genauso, schlüpfte an ihr vorbei zum Schrank und hängte den Anzug und die Jacketts auf, die Josiah ihm geliehen hatte. Machte alles heftig konzentriert in dem Versuch, das riesige Bett mitten im Zimmer zu ignorieren, was verdammt schwierig war, wenn man bedachte, wie groß es war.

Etwas, worum man dankbar sein konnte, schätzte er. Mehr Platz, um sich von Kelli fernzuhalten, in einem so großen Doppelbett. Nicht, dass sie viel Platz gebraucht hätte.

Er packte den Rest seiner Hemden und Unterwäsche in die Kommode auf seiner Seite des Bettes ...

Mein Gott, er hatte eine Seite des Bettes.

Er hielt mit einem Ruck inne, als etwas Schimmerndes, Rosarotes zwischen seinen Händen hervorglitt und über seinen Arm rutschte. „Verdammt, Lisa."

Er hatte es wohl zu laut gesagt, den Kelli hörte mit dem Tanzen auf, zog sich einen Kopfhörer heraus, während sie an seine Seite trat. „Ah, da ist der also."

Sie nahm seine Hand, dann zog sie den BH-Träger über sein Handgelenk und auf ihren eigenen Arm. „Hübsch, oder?"

Der einzige Grund, weshalb er sich nicht die Finger in die Ohren steckte, war, dass er beim Anblick des BHs erstarrt war – und bewies das nicht, dass er nichts war als ein Teenager, der von Frauenunterwäsche völlig außer Gefecht gesetzt wurde?

„Schätze schon."

Sie hob den Blick, um ihn anzuschauen, und diese verletzliche Frau, die angemerkt hatte, dass sie nicht „feminin" war, war wieder da. „Kann ich dir ein Geheimnis verraten?"

Er wartete wortlos.

Kelli strich mit den Handknöcheln über den weichen Stoff des BHs. Ihre Aufmerksamkeit senkte sich auf den Stoff, während sie langsam sprach. „Ich habe meinen Freundinnen gesagt, dass ich niemals so was Schickes wie das hatte. Ich dachte irgendwie, dass Frauen, die so Zeug tragen, verrückt wären, dass sie das Geld dafür ausgeben. Aber weißt du was? Ich habe gestern ein Set anprobiert, und ich glaube, ich bin überzeugt. Es war so bequem."

Das geschah doch nicht wirklich. Er stand doch nicht wirklich neben Kelli James und hörte zu, wie sie über Unterwäsche redete, während sie den seidigen Stoff streichelte.

Doch, es geschah. Es war viel zu leicht für sein Gehirn, sich den nächsten Schritt auszumalen, die Vorstellung der Wölbung ihrer Brüste unter dem weichen Stoff. Und die Hände, die über den Stoff strichen, waren seine, und das Verfluchte daran war, dass er eine wirklich gute Vorstellungskraft besaß.

Was ihn als nächstes umbrachte? Wenn er wollte, konnte er das Ganze auf jeden Fall in echt bewundern. Kelli wäre mehr als nur bereit, Modell zu stehen, wenn er sie darum bat.

Sie schaute auf, und dieser Ansturm von Beschützerinstinkt, den er gespürt hatte, als sie im Eisgarten gestanden hatten, flammte wieder auf. Sie mochte ihn ja in den Wahnsinn treiben, aber sie tat das, indem sie ein Risiko einging. In ihren Augen stand Sorge, und verdammt, wenn er ihre Ängste nicht hätte wegwischen wollen.

Aber er war auch verdammt, wenn er annahm, was sie ihm bot ...

Die langfristige Freundschaft zwischen ihnen trug den Sieg davon, drängte ihn dazu, beruhigende Worte auszusprechen. „Es ist nichts Falsches daran, hübsche Dinge zu mögen."

Ihr Lächeln erhellte den Raum, und etwas in seinem Magen zog sich zusammen. Sie hatten so viel gemeinsame Geschichte, und sie war ihm wirklich wichtig, aber im

Wesentlichen hatte sich eine neue Tür zwischen ihnen geöffnet, und nun war es an der Zeit, zu entscheiden, ob er einen Schritt hindurch ging oder nicht.

Er war immer noch nicht sicher, was er tun würde, wenn es um ihre Herausforderung mit dem grünen Licht ging, doch einer Sache war er sich sicher.

Dass der Wunsch, diese glückliche Miene zu sehen, die sie ihm gerade gezeigt hatte, süchtig machen konnte.

9

Während Kelli sich das gemütlichste ihrer Business-Casual-Outfits anzog, tadelte sie sich.

Sie hatte gezögert, anstatt sich einfach vor ihm auszuziehen und wieder anzuziehen. Während sie herumgetrödelt hatte, hatte Luke sich geschnappt, was er brauchte, und sich ins Bad zurückgezogen.

Feigling.

Bis Luke wieder da war, war auch sie fertig. Er hatte wohl den Kopf unter den Hahn gehalten oder so was, denn seine Haare hatten einen dunkleren Farbton mit verbleibender Feuchtigkeit, und er zupfte sie mit den Fingern zurecht, während er in den Spiegel auf der Ankleide schaute.

„Du hast da was vergessen." Kelli krümmte den Finger, um ihn näher zu sich zu holen.

Zu ihrem Entsetzen bewegte er sich auf ihren Befehl hin, und sie strich mit der Hand über seinen Hinterkopf, klopfte die Strähnen auf Abwegen zurecht, die weggestanden waren.

Es war zu verlockend, um zu widerstehen. Sie machte es

ein zweites Mal, spielte mit einer Locke am Ansatz seines Schädels, ehe sie die Hand zurückzog.

Luke sah zurück, während seine Atmung sich leicht vertiefte. Seine Augen – faszinierend.

Abrupt erhob er sich und räusperte sich. „Wir sollten nachsehen, ob unsere Gastgeber bereit sind, sich unter die Leute zu mischen."

Kelli nickte und marschierte vor ihm zurück ins Wohnzimmer. Sie brauchte einen Augenblick, um ihr Gleichgewicht wiederzufinden. Die Aussicht aus dem Fenster war beinahe so faszinierend wie seine Augen. Beinahe, aber nicht ganz.

Trotzdem stellte sie fest, dass sie durch den Raum zum Fenster ging, um hinaus auf die majestätische Wildnis zu schauen.

Der Ausblick war erstaunlich. Alte Kiefern reichten bis beinahe an die Fenster im vierten Stock, wo sie sich befanden. Schnee vom nachmittäglichen Sturm lag auf ihren Ästen, sodass ein perfektes Weihnachtskartenmotiv herauskam, mit einem leichten Hauch Grün und Silber, wo die Außenbeleuchtung des Hotels durch die lockeren Schichten fiel.

Luke trat neben sie. „Es ist jedes Mal ein Wunder, wenn ich die Natur in all ihrem Glanz wie hier sehen kann."

„Es ist sogar noch besser, wenn wir nicht nach vermisstem Vieh suchen müssen", murmelte Kelli. „Warm, *hmm*."

„Vertraue mir, ich weiß das auch zu schätzen." Mit einem Lachen legte er ihr einen Arm um die Schultern, auf eine „gute alte Freunde"-Art.

Sie nutzte das absolut aus und schmiegte sich dichter an, lehnte sich an seine Seite.

Luke versteifte sich, und sie zog in Erwägung, sich

zurückzuziehen, als er seufzte, sich entspannte und zu ihr drehte.

Seine vertrauten Züge waren einen Augenblick lang reglos, dann lächelte er. Nicht das breite, optimistische Grinsen, das sie liebte, sondern eines, das er aufsetzte, wenn er glücklich war, weil etwas Besonderes geschehen war. Wie ein neugeborenes Fohlen, oder das eine Mal, als sie ihn über die Felder gezerrt hatte, um ihm die ersten Krokusse im Frühling zu zeigen, die sie entdeckt hatte, als sie viel zu früh im Februar schon die Köpfe durch den Schnee steckten.

Er ließ seine Finger unter ihr Kinn gleiten. „Du bist eine einzige riesige Komplikation, Kelli James. Aber ich schätze, ich mag es kompliziert."

Luke legte ihren Kopf nach hinten und beugte sich zu ihr, eine hauchzarte Berührung seiner Lippen auf ihren ließ ihre Sinne durchdrehen.

Etwas hatte sich verändert. Vom Auspacken bis zum Schritt nach hier draußen vor die Fenster hatte sich anscheinend in Luke etwas entspannt. Sie wollte nicht allzu fest darüber nachdenken, was es bedeutete, außer, dass er sie küsste.

Sanft, aber beharrlich. Nichts als seine Finger an ihrem Kinn, sein Mund auf ihrem, aber ihre Körper hätten auch nackt aneinandergepresst sein können, so sehr war sie angetörnt.

Er leckte über ihre Oberlippe, und sie keuchte. Im nächsten Augenblick hatte er das schon ausgenutzt und spielte mit seiner Zunge an ihrer. Zog sich zurück, bevor sie richtig loslegen konnte. Machte sie wild, während er die Zähne in ihre Unterlippe drückte, nur einen Sekundenbruchteil lang.

Tief in ihrem Innersten zerrte etwas in ihr, aber sie zwang ihre Hände dazu, an ihren Seiten zu bleiben, anstatt nach ihm zu greifen, weil sie Angst hatte, dass eine weitere Berührung vielleicht den ganzen Traum zerstören könnte.

Ein hörbares Klicken erklang, als die Tür zur anderen Suite sich öffnete. Luke zog sich weit genug zurück, dass er nur Zentimeter entfernt war, als ihre Lider sich flatternd öffneten, und dieses geheimnisvolle Lächeln war immer noch da.

„Bist du bereit?", fragte er.

Sie war schon vor Jahren bereit gewesen. Teufel, vor drei Sekunden wäre sie am liebsten an ihm hinaufgeklettert, und noch weiter zu warten ...

Oh, Moment. Er redete nicht von Sex.

Ihre Mitbewohner plauderten, während sie das Zimmer betraten, und es gab nicht wirklich Zeit, Lukes Frage zu beantworten, jetzt, da Kelli herausgefunden hatte, wovon er eigentlich sprach.

Trotzdem nutzte sie es aus, wie dicht sie beisammen standen, um ihre Arme um seine Taille zu legen, ihre Körper aneinanderzuhalten, während sie sich umwandte, um Dianes Gruß mit einem Lächeln zu erwidern.

„Na, ihr beiden seht ja gemütlich aus", bemerkte Diane, die auf das Sofa schlüpfte und auf den Platz neben sich klopfte. „Wenn ich sie dir mal entführen darf, Luke, würde ich mir gern deine Frau ausborgen."

„Wir sollen doch nach unten gehen, Süße", warnte sie Jack.

Diane seufzte dramatisch, aber sie zwinkerte Kelli zu. „Der Mann hat recht. Komm schon, Freundin. Ziehen wir unsere Tanzschuhe an und sehen wir nach, welchen Unfug wir stiften können."

Kelli warf Luke einen Blick zu, nicht ganz sicher, was los war. Auf dem Plan hatte nur der Name des Raums gestanden, und sie war sich nicht sicher, ob sie von ihm getrennt sein wollte, aus mehr als nur einem Grund.

Er nickte kurz, zog sie dicht zu einer Umarmung heran. „Jack und ich kommen mit euch Mädchen mit", versprach er.

Sie hätte schwören können, dass er ihr einen Kuss oben auf

den Kopf gab, ehe er sie losließ. Sicher war auf jeden Fall, dass er ihren Hintern tätschelte, während sie ging. Sie warf ihm einen übertriebenen Blick über die Schulter zu und brachte ihn zum Grinsen.

Jack lachte. „Das wird spaßig", sagte er, nahm Luke fest an der Schulter, bevor die beiden Männer sich Schuhe und leichte Jacken schnappten und sie herumreichten. „Ich bin mir nicht sicher, welche mehr Ärger macht, deine oder meine."

„Zwei sind immer besser als eine", erklärte Kelli, „besonders wenn es ums Ärgermachen geht."

„Armen, Freundin." Diane hob eine Faust hoch in die Luft und Kelli stieß mit den Knöcheln daran.

Lockere Gespräche und gemütliches Gelächter trieben um sie herum, während sie sich zum zweiten Stock begaben, wo der Raum für den Abend gemietet war.

Das war der beste Teil daran, bereits jemanden getroffen zu haben. Im Raum war schon eine ganze Ansammlung brandneuer Leute. Das Hotel hatte sein Bestes gegeben, um den Ort einladend zu gestalten, doch es war viel Trubel. Nicht gerade tausend geschäftige Leute, aber Trauben von Fremden, und Kelli ging dichter an Lukes Seite, ehe ihr klar wurde, was sie getan hatte.

Es war erstaunlich gemütlich, zu spüren, wie seine Hand an ihren Rücken glitt, sie verankerte und verwurzelte. „Du schaffst das", sagte er, beugte sich hinab, bis seine Lippen gleich neben ihrem Ohr waren.

Sie neigte den Kopf, um eine Antwort zu geben, ihr Mund nur weniger als einen Zentimeter von seinem entfernt. „Kinderspiel, Baby."

Ein amüsiertes Schnauben entschlüpfte ihm, Luft strich über ihre Wange, und sie musste sich sehr beherrschen, um nicht einfach die Lücke zwischen ihnen zu schließen.

So, wie er sie anschaute, verriet er, dass sie nicht die

Einzige mit diesem Gedanken war, und plötzlich löste sich die Anspannung in ihr ein kleines bisschen.

Es spielte nicht wirklich eine Rolle, wie viele Fremde sie würde beeindrucken müssen. Luke Stone beobachtete sie mit einem Blick, der sagte, dass diese ganze Achterbahnfahrt des Ratens und Zweifelns wegen ihrer sexuellen Anspannung vielleicht zu einer Entgleisung unterwegs war.

„Kelli, hier drüben ist jemand, den du unbedingt treffen musst." Diane hatte sie an der Hand gepackt, zerrte sie von Luke weg, ohne sie um Erlaubnis zu fragen, doch es war schon in Ordnung.

Kelli wackelte mit den Fingern in die Richtung zweier offensichtlich amüsierter Männer.

„Kümmere dich für mich um sie", rief Luke ihnen nach.

„Schon in Ordnung. Ich habe Geld für die Kaution zur Seite gelegt", verkündete Jack, ihr Gelächter verklang in der Ferne, während Diane sie wegzerrte.

Der Wirbelwind fing an. In den nächsten vier Stunden wurde Kelli von einer Gruppe Leute zur nächsten getrieben. Manchmal stellte Diane sie vor, Luke mischte sich wieder unter sie, um sich neben sie zu stellen und sie in die Unterhaltung mit den Leuten zu holen, die er bereits aus seinen Jahren des Reisens kannte, um Verkäufe zu liefern oder Besamungsdienste zu überwachen.

Es war aufregend, an einem Ort mit so vielen Leuten zu sein, die die Branche aufrichtig liebten. Es dauerte nicht lang, und Kelli stellte fest, dass jede noch anhaltende Nervosität, die sie empfand, weil sie mit den großen Nummern redete, verschwunden war wie Löwenzahnsamen in einem starken Wind. Sie wurde an unbekannte Orte mitgerissen, und ließ sich schlussendlich in einem Stuhl gegenüber einer Frau nieder, deren Haare auftoupiert waren bis zum Himmel, ihr texanischer Akzent brachte Kelli zum Lächeln.

Ihre Freunde aus der Mädelsabendtruppe in Heart Falls hätten die Augen verdreht, wenn sie sie jetzt sehen könnten, denn der Abend hatte sich ein wenig in einen Himmel für Kelli verwandelt. Sie sprach pausenlos über Pferde und hörte, was in einer Welt los war, die weit jenseits ihrer Reichweite lag – perfekt.

Nicht einmal das Gefühl, dass sie beobachtet wurde, und zwar ganz genau, von mehr als nur Luke, war genug, um sie aus ihrer Euphorie taumeln zu lassen. Die Beobachter waren nicht unheimlich. Sie waren einfach nur ...

Neugierig auf sie? Fragten sich, wer Lukes neue Partnerin war?

Timothy Carlyn war einer von ihnen. Der ältere Herr hatte eine noble Aura um sich, mit den grauen Haaren und dem ordentlich gestutzten Bart und Schnurrbart hätte er als *Pferderennmilliardär des Monats* Modell stehen können.

Seine Aufmerksamkeit war eigentlich nicht schmierig, aber er starrte sie auf jeden Fall öfter an, als angemessen schien.

Die süße, fürsorgliche, herrschaftliche Diane hielt auch ein Auge auf sie, was Kelli auf vielerlei Art glücklich und neugierig machte. Nachdem sie von ihrer neuen besten Freundin in ein paar Unterhaltungen gezogen worden war, war an der Art, wie andere reagierten, klar geworden, dass Miss Jakarta in der Branche eine große Nummer war. Kelli juckte es, ihr Handy herauszuholen und auf Google los zu suchen, aber sie beschloss, dass das viel zu unhöflich wäre.

Stattdessen riss Kelli sich also zusammen und machte sich beliebt.

Der Raum enthielt kleine Gruppen von Sitzgelegenheiten und kleinen Tischen, wo Leute sich etwas zu trinken und einen Bissen zu essen holen konnten. Man redete eine Weile, und dann zog man zu einer neuen Gruppe mit neuen Leuten weiter. Die Aufstellung war einfach, und, wie es sich erwies, äußerst unterhaltsam für Kelli, denn bei ihr waren zwei wunderbare Dinge los.

Das Prahlen über Silver Stone war leicht. Sie liebte die Ranch, liebte alles daran. Wenn dazu noch die Tatsache kam, dass Luke die Augen nicht von ihr fernhalten zu können schien ...

Konzentrier dich, rügte sich Kelli, riss ihren Blick los, da sie ihn hilflos angestarrt hatte. Sie konzentrierte sich betont auf die Frau aus Texas vor ihr.

Sadie Petrie hielt inne, um einen Schluck von ihrem Tee zu nehmen, ein wissendes Lächeln zupfte an ihren Lippen, während ihr Blick zwischen Kelli und Luke hin und her ging. „Es ist schön, zwei junge Leute zu sehen, die sich so offensichtlich lieben."

Kelli würde nicht den Unterschied zwischen Liebe und erwachender Lust klarstellen.

Die Hitze, die ihre Wangen rot färbte, war wohl Antwort genug, um Mrs. Petrie zufriedenzustellen. Denn die Frau lachte, tätschelte Kelli die Finger. „Ich werde Sie nicht necken. Kommen Sie. Holen wir uns Ihren jungen Mann, und Sie beide können beim Essen bei mir sitzen. Ich werde Ihnen meinen Mann vorstellen."

Nette Leute, beschloss Kelli. Diane und Jack und die Petries und viele mehr. Sie hatte falschgelegen mit der Annahme, dass, nur weil sie Geld in der Tasche hatten, diese ganze Gruppe schrecklich oder verstaubt sein würde.

Andererseits hatte sie diese Annahme aufgrund der einzig wirklich reichen Person getroffen, mit der sie viel Kontakt gehabt hatte. Und *Pennys* Benehmen in der Vergangenheit besagte, dass man Kelli nicht wirklich einen Vorwurf zu machen konnte, weil sie zu bestimmten Schlüssen gesprungen war.

Während des restlichen Abends, sowohl beim Essen als

auch bei der Zeit danach, als sich zu ihrer großen Überraschung alle Gruppen aufteilten und Karten gezückt worden, um einige familienfreundliche Spiele zu spielen, wurde das Gefühl von Lukes Blick auf ihr stärker. Als würde er sie tatsächlich berühren.

Sie dachte, dass sie bei der Gala ihre Aufgabe gut erledigte, aber so viel Spaß es auch machte, und so wichtig das ganze Event auch war, sie konnte nicht verhindern, dass sie hoffte, ein wenig Magie würde auf den Rest ihres Abends abfärben.

Was würde passieren, wenn sie in ihr Zimmer hinaufgingen?

LUKE WAR NICHT MEHR SICHER, was er da tat.

Die Gala – fantastisch. An diesem Teil hatte er null Zweifel. Wie er vermutet hatte, war Kelli in ihrem Element, sobald sie vergessen hatte, dass sie nervös war. Sie zu beobachten, wie sie ihre Magie wirkte, während sie aufgeregt über alles und jeden plauderte, der auch nur annähernd mit Pferden zu tun hatte, na ja, nach einer Weile hatte er sich nicht die Mühe gemacht, noch etwas anderes zu tun, außer kurz einzuschreiten, um sicherzustellen, dass sie nicht zu lange von nur einer Partei beansprucht wurde. Die Leute schienen sie mit nach Hause zu nehmen und als ihr Haustier adoptieren zu wollen.

Es gab einige Paare, denen man aus dem Weg gehen musste, aber Diane hatte Kelli auch unter ihre Fittiche genommen, was bedeutete, dass es noch zwei mehr von ihnen gab, die einschritten. Es war großartig.

Wo man gerade von Diane sprach – Lukes Kinnlade war beinahe auf den Boden gefallen, als ihm klar geworden war, bei wem genau sie sich eingenistet hatten. Die Jakartas waren

Partner oder gleich die Besitzer eines halben Dutzends der besten Gestüte im Süden.

Darunter, wie es sich erwies, Jacks Familienbetrieb.

Er hatte seinen Freund schockiert angestarrt, als Jack ihn schließlich über die ganzen verworrenen Einzelheiten in Kenntnis gesetzt hatte.

Jack hob eine Augenbraue, Erheiterung trat auf sein Gesicht. „Das hast du ehrlich nicht gewusst?", fragte er.

Luke schüttelte den Kopf. „Letztes Mal, als wir geredet haben, warst du der Vorarbeiter im Stall deiner Familie. Du hast gesagt, du wärst mit jemandem zusammen – aber du hast nicht gesagt, mit wem, oder dass es ernst war. Du hast aber schnell gemacht."

„Dianes Eltern haben meinen Eltern alles abgekauft, ohne es vor einem von uns zu erwähnen, bis alles unter Dach und Fach war. Gott sei es gedankt, dass ich Diane bereits gesagt hatte, dass ich sie liebe, bevor die letzten Papiere unterschrieben wurden."

Luke verstand, wie das zu Problemen hätte führen können. „Wann ist die Hochzeit?"

Jack zuckte mit den Schultern. „Ich habe sie gefragt, aber sie hat gesagt, selbst wenn sie mich auch liebt, ist sie noch nicht bereit. Und ich hätte nur zu gerne den Ring am Finger, aber was immer sie glücklich macht, ist das, was ich tue."

Er schlug Jack auf den Rücken, während sie in eine weitere Unterhaltung gezogen wurden.

Lukes Blick war hinübergeglitten, wo Kelli neben Diane saß, die beiden lachten wild, als die jüngste Frau im Zimmer, die siebzehnjährige Enkelin und Erbin einer der erfolgreichsten Dynastien, die bei diesem Event vertreten war, ihre Karten mit einem Quietschen vor ihnen auf den Tisch legte, bevor sie die Arme in die Luft stieß.

Nein, der Abend hatte sich nicht so gestaltet, wie er erwartet hatte. Er war besser geworden.

Und nun, Stunden später, öffnete Luke die Tür zur Suite, und Kelli schlüpfte vor ihm hinein, und eine neue Reihe von Hoffnungen auf etwas, das besser war als erwartet, wagte es, sich zu entfalten.

Als sie ihn konfrontiert hatte mit ihrem ...

Er war nicht mal sicher, wie er es nennen sollte. *Vorschlag? Antrag?*

Radikal neue Denkweise?

Er war nicht dafür bereit gewesen. Aber nach dem Abend und etwas Zeit, um sie in einem neuen Licht zu sehen, änderten sich die Dinge. Er hatte sich immer wieder in Erinnerung gerufen, dass das nicht Kelli war, die Ranchhelferin, die lauschte und scherzte und neben ihm arbeitete, weil sie eine Angestellte war.

Es war Kelli. Die Frau, die ihn verletzt und schmutzig und erschöpft gesehen hatte. Diejenige, die manchmal ihr Äußerstes gegeben hatte, wie ihm schließlich klar wurde, um ihn an Tagen zum Lächeln zu bringen, an denen er nicht viel zu lächeln gehabt hatte.

Sie war eine Frau, die, nun, da er von ihr als Frau dachte, verdammt hübsch anzusehen war.

Jack und Diane waren nirgends zu sehen. Sie hatten die Versammlung verlassen, nachdem sie von Zeitzonen und Jetlag gesprochen hatten. Mindestens eine weitere halbe Stunde war vergangen, bevor Luke Kelli von dem viel zu lebhaften Whist-Spiel weggeholt hatte, dass sie gegen drei silberhaarige Gentlemen bestritten hatte.

Er warf einen Blick auf seine Uhr. Es war noch nicht spät genug, um ins Bett zu gehen. Nicht mal mit der Fahrt an diesem Tag und der ganzen restlichen Aufregung.

Um die Wahrheit zu sagen, er hatte Angst davor, schon ins

Schlafzimmer zu gehen, denn er war sich nicht sicher, wie er sich dieser Nacht stellen sollte.

Abermals kann Kelli zu seiner Rettung. Sie zog ihre Stiefel aus, dann schlenderte sie durch das Zimmer zu dem immer noch brennenden Gas-Kamin. Sie fiel davor auf die Knie und stieß ein glückliches Seufzen aus.

Er tat es ihr nach, zog die Schuhe aus, ehe er durch den Raum ging, um sich ihr anzuschließen.

Luke hielt an ihrer Seite inne und schaute nach unten, um festzustellen, dass sie die Beine übereinandergelegt hatte und in der vertrauten, verdrehten Position dasaß, in der er auch schon seine Ziehschwester entspannen gesehen hatte. „Ich würde mich dir anschließen, aber ich glaube, so flexibel ist meine Hose nicht."

Ein Lächeln krümmte ihre Lippen. „Zieh sie aus."

Verlockend, aber nein. „Ich glaube, so flexibel bin *ich* nicht."

Stattdessen ließ er sich neben ihr nieder, lehnte sich an das Sofa, das praktischerweise in seinem Rücken war.

Draußen fiel weiterhin Schnee. Große weiße, lockere Flocken trieben sanft herab, ein Wunderland. Die Außenscheinwerfer des Hotels strahlten in verschiedene Richtungen. Drinnen machte das Feuer den Raum warm und gemütlich.

„Die Hitze ist schon schön, aber Gas-Kamine klingen nicht richtig und riechen nicht richtig", beschwerte Kelli sich, lockerte den Nacken, indem sie den Kopf zur Seite legte.

Sie hatte die Augen geschlossen, also war es möglich, sie problemlos zu betrachten. Den Blick über die lange Linie ihres Nackens wandern zu lassen, in dem sich das Glühen des Feuerlichts spiegelte. Die Wölbung ihrer Brüste unter der schimmernden gelben Bluse zu bewundern.

Er rückte weit genug vor, um der Versuchung nachzugeben

und mit dem Finger ihren Ärmel hinabzustreichen, um noch einmal den weichen Stoff zu genießen. „Ich wollte dir schon vorhin sagen, wie sehr mir dieses Oberteil gefällt."

„Es gehört Rose. Du solltest mal sehen, wie gut es auf ihrer dunklen Haut aussieht."

Er schnaubte. Sie wich schon wieder aus. „Es sieht an *dir* gut aus."

„Danke."

Sie saßen schweigend da. Luke war verführt, nach vorne zu rutschen, bis er gleich hinter ihr saß. Dicht genug, damit er seine Wange an ihre legen konnte. Vielleicht die Lippen auf diese Stelle unter ihrem Ohr pressen, die sie, als er sie heute Nachmittag berührt hatte, in seinen Armen zum Beben gebracht hatte.

Dicht genug, dass er nach vorne greifen und die Knöpfe dieser Bluse öffnen könnte, einen nach dem anderen, bis der Stoff auseinanderglitt und mehr von ihrer Haut offen vor dem tanzenden Licht der orangefarbenen und roten Flammen lag.

Er war nicht mal mehr sicher, was ihn aufhielt, außer, dass sie in einem halb öffentlichen Raum waren, ein Problem, das sich lösen ließe, indem man rasch den Aufenthaltsort wechselte.

Ihre Augen öffneten sich langsam, und sie drehte sich zu ihm. „Erzähl mir von Penny."

Okay, das töte seine Libido sofort ab. Er hob eine Augenbraue. „Jetzt? Ich dachte, du hättest mir gesagt, ich solle ihren Namen nicht erwähnen."

„Wir waren mitten in einem Streit, und es war kein guter Zeitpunkt. Aber im Laufe des Abends haben ausreichend Leute ihren Namen erwähnt, dass mir klar wurde, dass ich vermutlich ein bisschen mehr wissen sollte."

„Ich glaube nicht, dass die meisten Männer Einzelheiten über ihre Ex-Verlobte mit ihrer derzeitigen Verlobten besprechen", sagte Luke langsam, verschränkte die Arme hinter dem Kopf. „Wenn dich jemand nach ihr gefragt hat, dann hat derjenige sich daneben benommen."

„Das merke ich mir, und doch, weil ich *ich* bin, bin ich neugierig." Sie öffnete die Beine und schlang die Arme um die Knie. „Warum warst du mit ihr zusammen? Ich meine, ich habe gesehen, wie Caleb sich verliebt. Es gibt viele gute Gründe, weshalb Tamara ihm die Füße weggerissen hat. Und ich verstehe, warum Walker mit Ivy zusammen ist, aber ich habe niemals verstanden, warum du mit Penny zusammen warst."

„Das ist der Grund, warum wir wohl nicht mehr zusammen sind, schätze ich", beichtete Luke. Aus irgendeinem Grund war es leichter, als er erwartet hatte, weiterzusprechen. „Teile davon kennst du doch. Wir haben uns bei der Stampede kennengelernt. Tatsächlich wurde sie von so einem Typen belästigt. Ich bin dazwischen gegangen und habe so getan, als wäre ich ihr Freund, damit er sich trollt."

Kelli verdrehte die Augen. „Lieber Gott, sag mir bitte nicht, dass diese ganze Sache mit der gespielten Beziehung bei dir eine Gewohnheit ist."

„Zweimal in über dreißig Jahren. Ich glaube nicht, dass es eine Gewohnheit ist."

Aber sie lächelte. „Red weiter."

Er starrte ins Feuer. „Sie war ganz aufgeregt wegen Silver Stone und den Dingen, die sie angeblich von mir lernte, aber wenn ich zurückdenke, lag das wohl vielleicht mehr daran, dass sie wegen irgendetwas aufgeregt sein wollte. Damit wirkte sie auf ihren Vater ernsthafter, damit er zustimmen würde, dass sie in ihr Familiengeschäft einsteigen konnte. Ich war ganz praktisch, und nach einer Weile war sie das auch."

Die Lichter auf dem Plastikholzscheit drehten sich wieder, ein Muster, das viel zu leicht vorherzusagen war. Gefälscht, nicht voller Leben und unerwartet, wie ein echtes Feuer flackern würde.

Wie die Beziehung, die er mit Penny geführt hatte, wenn er ehrlich war.

„Mit ihr zusammen zu sein – mit ihrer Familie in Verbindung gebracht zu werden – war nicht schlecht für Silver Stone", gab er zu.

Ein leiser Fluch kam von Kelli. „Darum ging es solange. Das ist der Teil, den ich nie rausbekommen habe."

Er hob den Blick langsam zu ihren. „Also, verstehst du, es ist nicht so, als wäre sie die Einzige gewesen, die einen Fehler gemacht hat. Sie ist kein schrecklicher Mensch, aber am Ende waren wir füreinander nicht die Richtigen. Ich wünsche ihr alles Gute."

Sie beobachtete ihn genau, bevor sie betont das Kinn senkte. „Du bist ein guter Mann, Luke Stone."

„Ich mache Fehler, genau wie jeder andere. Manchmal spektakulärer als andere", sagte er trocken, was ihr ein Lächeln entlockte.

Sie rieb mit den Handflächen über ihre Oberschenkel, dann richtete sich sie sich hoch auf, schaute auf ihn herab. „Ich werde mal rasch duschen und dann ins Bett kriechen. Gute Nacht."

Luke sah ihr nach, beobachtete, wie ihr herzförmiger Hintern wackelte, während sie durch den Raum marschierte und hinter der Schlafzimmertür verschwand. Er blieb, wo er war, versuchte verzweifelt, nicht daran zu denken, dass sie nackt unter dem Wasser stand. Sich nicht vorzustellen, wie heiße Ströme über ihre Haut hinabliefen, oder ihre Hände, die sich über ihre Brüste bewegten, zwischen ihre Beine ...

Er schloss die Augen und rang mit sich. Blieb dort, während die Zeit verging, um ihr mehr Gelegenheit zu geben, sich gut unter der Decke einzuwickeln, denn es gab da eines, was ihm gerade mit völliger und äußerster Sicherheit klar wurde. Es spielte keine Rolle, dass sie ihn vor nicht mal dreißig Minuten einen guten Mann genannt hatte.

Die Dinge, die er mit Kelli James anstellen wollte, waren verdorben.

10

Das Zimmer war dunkel, als die Tür schließlich einen Spalt weit aufging und Luke hereinschlüpfte. Kelli lag auf ihrer Seite des Bettes zusammengerollt, die Augen geschlossen, damit sie nicht verführt war, zu gaffen.

Die Tür zum Bad öffnete und schloss sich, Wasser lief, und genug Zeit verging, dass sie unter jeglichen anderen Umständen eingeschlafen wäre.

Das war keine normale Nacht. An einem normalen Abend wartete sie nicht darauf, dass Luke zu ihr ins Bett kam.

Seine Schritte waren beinahe geräuschlos, als er über den Teppichboden auf sie zukam, und als er sich hinsetzte, stellte sich die Matratze als so groß und fest heraus, dass sie sich kaum verschob.

Er legte sich nach hinten, den Kopf auf dem Kissen, richtete die Decke und lag dann reglos.

Ziemlich enttäuschend nach all ihren hoffnungsfrohen Erwartungen.

Nur dass, je länger sie dalag und versuchte, sich zu

entspannen, und je länger er dalag und so tat, als würde er schlafen – denn auf gar keinen Fall konnte jemand so reglos bleiben, außer es war Absicht oder man hatte ihm etwas über die Rübe gezogen –, desto erheiterter wurde sie.

Sie öffnete die Augen.

Durch den offenen Vorhang fiel genug Licht, um zu sehen, dass er an die Decke starrte.

„Ich bin verführt, ‚Buh!' zu sagen", gestand sie leise, „aber vielleicht tust du dir weh, wenn du aus dieser starren Haltung hochschießt, in die du da verfallen bist."

Seine Lippen zuckten, und er rollte sich herum, seine braunen Augen bewegten sich, als sein Blick über ihr Gesicht wanderte. „Sehr zuvorkommend also, dass du dich zurückgehalten hast."

Sie sahen einander an, bis Kelli auffiel, dass ihre Atmung im Gleichklang war. Die Atemzüge waren langsam und gleichmäßig, was äußerst seltsam war, wenn man bedachte, wie panisch ihr Herz hämmerte.

Sie griff über die Lücke zwischen ihnen, strich mit den Fingern über seine Wange. Die rauen Stoppeln an einem Kinn kratzten kurz an ihrer Handfläche, ehe sie die Finger in die Locken an seinem Nacken schob.

Sein Gesicht spannte sich an. Nicht wütend, sondern als hätte er Schmerzen. Sie machte sich nicht die Mühe, zu fragen, was los war, denn es war ziemlich offensichtlich, was da vor sich ging. Durch ihren Körper wogten dieselbe Leidenschaft und derselbe Schmerz.

Wäre sie klüger gewesen, hätte sie die perfekten Worte gefunden.

Wäre sie mutiger gewesen, hätte sie sich überhaupt keine Mühe mit Worten gemacht. Sie hätte sich einfach auf ihn gerollt und es zum nächsten Schritt kommen lassen.

Luke erwischte ihr Handgelenk mit den Fingern, und sie

dachte, dass gleich hier und da alles enden würde. Stattdessen zog er ihre Hand näher. Öffnete ihre Finger und drückte ihr einen Kuss auf die Handfläche.

Ihr Herz schoss über zu einem noch panischeren Rhythmus, als er ihre Hand drehte, um an die Innenseite ihres Handgelenks zu gelangen. Wo er auch die Lippen auf sie presste. Auf gar keinen Fall konnte sie jetzt noch verbergen, wie schnell ihr Puls raste. Nicht, wenn er sich mit der Zunge auf ihrer Haut langsam an der Innenseite ihres Unterarms bis zum Ellbogen hinauf arbeitete. Verstohlen, mit Lippen und Zähnen, als ob er Angst hätte, sie würde flüchten.

Weglaufen? *Nein.* Zusammenbrechen womöglich, völlig aufgelöst wegen des wirbelnden Verlangens, dass durch sie hindurchraste.

Luke zupfte an der Decke, zog sie zurück, um näher zu rutschen, und im nächsten Augenblick stützte er sich über ihr auf, seine Lippen leckten an ihrer Schulter, und weiter nach oben, streiften die kitzlige Stelle an ihrem Halsansatz.

„O mein Gott", flüsterte sie.

Es gab zu viel, über das sie nachdenken konnte. Zu viel, das sie erfahren musste. Sie entschied sich, sich auf die Art zu konzentrieren, wie sein Mund Schockwellen durch ihren Körper schickte, während seine Küsse Zentimeter um Zentimeter ihren Hals hinauf bis unter ihr Ohr wanderten.

Sein Körper lag über ihrem, sein Oberkörper nackt, wie sie herausfand, als sie unwillkürlich die Hände hob. Heiße Haut lag straff über angespannten Muskeln, und sie ließ zu, dass sie auf Erkundung ging, wonach sie es schon so verdammt lange verlangt hatte.

Sie wanderte mit den Fingerspitzen seinen Rücken hinauf, ihre Nägel kaum lang genug, um seine Haut zu kratzen, aber es war so befriedigend, als ein gequältes Stöhnen von seinen

Lippen kam, sein Mund sich dort löste, wo er mit ihrem Ohrläppchen gespielt hatte.

Ihre Beine saßen zwischen seinen fest, und er hielt seine Lende über ihr erhoben. Wenn man an ihre Vorgeschichte früher am heutigen Tag dachte, würde sie ihre Knie auf keinen Fall irgendwo in die Nähe bewegen.

Und dann musste sie keine Entscheidungen mehr treffen, denn er traf sie für sie. Richtete sein Gewicht ein wenig neu aus, ging auf ein Knie zwischen ihren Oberschenkeln und schob sie auseinander, damit er sich dazwischen niederlassen konnte.

Luke zog sich weit genug zurück, um ihr ins Gesicht zu schauen, während er seinen Körper auf sie herabsenkte.

„Kelli?", fragte er.

Sie hob die Hände, legte sie ihm um den Nacken und brachte ihren Mund zu seinem. Küsste ihn heftig, nahm die Hitze auf, mit der er es erwiderte.

Sie hob die Beine und schlang sie mit einem Stöhnen um ihn herum, während er sich an ihrer Mitte anspannte. Seine dicke, lange Erektion lag an ihr, und in ihrem Kopf drehte sich bereits alles nur bei dem *Gedanken* an diesen Kontakt.

Sie wusste nicht, ob sie fluchen oder dankbar sein sollte, dass sie einen Schlafanzug ins Bett angezogen hatte. Er trug auch etwas, was bedeutete, dass sie untenrum zwei Schichten Stoff zwischen sich hatten, zwischen ihren Oberkörpern nur ein Tanktop.

Nichts zwischen ihren Lippen. Nichts zwischen ihren Zungen, nur einen wilden Tanz aus sexuellem Verlangen und Dringlichkeit.

Er stützte sich auf einen Ellbogen. Küsste sie noch immer, neckte immer noch mit seiner Zunge ihre, während seine andere Hand zu ihrer Taille hinabging. Mit einem heftigen Zupfen riss er ihr Tanktop aus ihrer Schlafanzughose, dann schob er eine Hand unter den Saum, seine Finger glitten über ihren Bauch nach oben.

Sie brauchte Luft. Sie brauchte ...

„Mein Gott, Kelli. Du fühlst dich so gut unter mir an. Was ich mit dir anstellen möchte ...“

Seine Hand war an ihrer Brust angekommen, und ohne zu zögern legte er sie fest darüber. Ein tiefes Grollen kam aus seiner Brust, und sein ganzer Körper bebte leicht.

„Gleichfalls“, war alles, was sie herausbrachte, ehe er sich wieder bewegte. Ihr Oberteil nach oben schob, um ihre Brust bloßzulegen.

Nachdem sie sich so langsam bewegt hatten, war es schockierend, dass er das Tempo änderte, denn nur eine Sekunde später hatte er ihre beiden Brüste entblößt, seine Hände legten sich um sie, während er sie bewundernd ansah.

Es fiel gerade genug Licht über die Decke, um ihr das perfekte Bild zu geben, das sie in ihren Erinnerungen ablegen konnte: Luke Stone – der über ihren Brüsten gaffte.

Er schüttelte leicht den Kopf. „Es ist eine Sünde, dass du die so lange bedeckt und versteckt gehalten hast.“

Kelli lachte. „Denk bloß nicht, dass ich bald meine Pflichten nackt erledige. Stroh ist kratzig, und es würde überall Staub hinkommen.“

Er ließ ein kurzes Lächeln aufblitzen, als er ihrem Blick begegnete. „Ehrlich? Ich will nicht, dass du in der Scheune nackt herumläufst. Ich will nicht, dass irgendjemand sonst die hier sieht, denn verdammt ...“

Er kniete sich über sie, seine starken Oberschenkel stützten ihn und verhinderten, dass er sie unter sich begrub, während er beide Hände hob, um ihre empfindliche Haut zu streicheln. Unter ihm versteiften sich ihre Nippel, die rauen Schwielen an seinen Händen waren perfekt, genauso, wie sie es sich immer vorgestellt hatte.

Seine quälende Berührung wurde intensiver, als er die Spitzen zwischen die Finger nahm und sanft rollte.

„O Gott, ja. Genauso." Sie bog den Rücken durch, Lust erfasste ihren ganzen Körper.

Er brummte zustimmend. „Empfindlich?"

„Manchmal. Gerade jetzt ..." Sie hörte auf zu sprechen, denn es war unmöglich, wenn er den Mund auf ihr hatte. Er saugte ihren Nippel in den Mund, hart und dann weich, schnalzte mit der Zunge an die gereizte Spitze.

Aber als er das aufgab, um weiter an ihrem Körper hinab zu gleiten, sich bis zu ihrem Nabel mit Küssen vorarbeitete, vergaß Kelli das Atmen.

Er lachte leise, das Geräusch war unpassend und doch perfekt.

Kelli richtete sich auf die Ellbogen auf.

Luke Stone, zwischen ihren Beinen. Das war ein Anblick, der sich gewaschen hatte. „Worüber lachst du denn?"

Er zupfte an ihrer liebsten Schlafanzughose, der roten mit schwarzen Linien, die schon abgetragen und weich vom vielen Waschen war. „Warum bin ich nicht überrascht?"

„Lach bloß nicht über meinen Spidey-Anzug", sagte sie, so ernst sie nur konnte, wenn gerade Luke Stone zwischen ihren Beinen war und so.

„Ich lache doch nicht darüber", sagte er, hob eine Augenbraue, während er einen Finger unter den Rand des Bundes schob und sie dann langsam nach unten zog. „Ich glaube, sie passt perfekt zu dir. Das erklärt eine Menge."

Er beließ es dabei, als der Stoff sich um ihre Schienbeine gerollt hatte, aber er hatte sich einer besseren Aufgabe angenommen, darum schätzte Kelli, dass es nicht der richtige Zeitpunkt war, um ihn abzulenken. Nicht, wenn er einen dicken Finger zwischen ihre Beine gleiten ließ. Mit der

Fingerspitze über ihre Klitoris rieb, dann tiefer. Wieder nach oben, und wieder tiefer.

Luke holte beherrscht Luft, während er sie weiter streichelte, höchstes Verlangen prickelte und erhob sich bei jeder Bewegung. Während er sprach, war seine Stimme tiefer und rauer geworden, als hätte er eine Menge Kies verschluckt. „Wenn ich schon zur Hölle fahre, dann kann ich dich auch erst noch in den Himmel schicken."

Er legte den Mund auf sie, nahm sich ihre Klitoris. Zur gleichen Zeit drehte er die Hand und ließ zwei Finger skrupellos in ihr Geschlecht gleiten.

„Ja", stöhnte Kelli. Er machte schneller, sowohl mit dem Mund als auch mit den Fingern, trieb sie weiter. Sie war schon von Anfang an nicht weit vom Abgrund entfernt gewesen, aber mit jedem entschlossenen Stoß reizte er all die Stellen in ihr, die gefüllt werden mussten. Nahm Zunge und Finger, um sie zu quälen, und beide zusammen waren, als hätte er einen Ballon auf das Ventil eines Heliumstanks gesetzt und es ganz geöffnet.

Zwischen einem Atemzug und dem nächsten rauschte sie von der Vorfreude in den Höhepunkt, stieß die Fersen in die Matratze und bäumte die Hüfte zu ihm auf.

Erst da fiel ihr auf, dass ihre Finger in seine Haare vergraben waren, während sie ihn von ihrer zu empfindlichen Klitoris wegzog. „O mein Gott, das war perfekt."

Er legte den Kopf nach hinten, um zu ihr aufzuschauen, wischte sich mit dem Handrücken über den nassen Mund, um ein breites Grinsen zu zeigen. „Das höre ich gerne. Ich hatte Spaß."

Sie nahm seine Schultern und versuchte, ihn heraufzuziehen, zurück über ihren Körper.

„Ich habe Kondome ...", setzte sie an, aber der Rest des

Satzes wurde unter dem Ansturm seines Mundes begraben, als er sie heftig küsste.

Sie schlang Arme und Beine um ihn, wollte sich herumrollen, damit sie den Abend zu seinem logischen Abschluss bringen konnte.

Stattdessen verlangsamte er sie. Er nagelte sie mit seinen Körper fest, noch während er den Kuss weicher werden ließ. Neckend jetzt, eine Berührung, dann war er weg. Noch eine Berührung, bis klar wurde, dass er, trotz der harten Erektion, die sich an sie drückte, nicht vorhatte, mit dem Sex weiterzumachen.

Keine Ahnung, warum, aber sie schätzte, dass er auch dabei ein Erwachsener war. Sie entspannte sich unter ihm. Nicht, als würde sie aufgeben oder wütend sein oder einschlafen. Eher schon, als würde sie ihn die Führung übernehmen lassen.

Ihn weiter die Führung übernehmen lassen, denn in den letzten Minuten war es nur darum gegangen, dass er das Sagen hatte.

Aber sie drückte ihm die Hände an die Wangen, legte so viel Zärtlichkeit in ihren Kuss, wie sie konnte, bis er sich neu ausrichtete, nach unten griff, und ihr half, ihre Kleider wieder anzuziehen, bevor er zurückkam, um an ihrer Seite zu liegen.

Dass sie sich an ihn drückte, war so ziemlich perfekt. Ja, er war immer noch steif, aber obwohl sein Körper weitermachen wollte, war sein Gehirn an seine Grenzen gelangt.

Die Kelli, die er acht Jahre lang kannte, von dieser brandneuen Frau zu trennen, war nichts, was er in unter zwölf Stunden hinbekam.

Die Tatsache, dass er der Versuchung nachgegeben hatte,

sie zu berühren, hatte damit zu tun, dass sie etwas Besonderes verdient hatte dafür, dass sie die Größe besaß, mit seiner Dummheit auf eine reife und positive Art umzugehen.

Ein Orgasmus, weil sie sich wie eine Erwachsene benommen hatte. Er lachte leise, während er sie neu ausrichtete, sie an sich zog, während er an ihrem Rücken lag.

Sie richtete seinen Arm unter ihrem Kopf, bis er dort war, wo sie ihn wollte, woraufhin er nur wieder lachte.

„Du gewöhnst dich viel zu sehr daran, mich herumzuzerren", neckte er sie.

„Ich bin zu pingelig, um Kompromisse zu machen, wenn es darum geht, es gemütlich zu haben." Sie holte tief Luft und stieß sie langsam aus, schob sich näher an ihn. Ihr weicher Hintern schmiegte sich verführerisch an seinen Schwanz, aber es war klar, dass sie nicht versuchen würde, die Pläne für die heutige Nacht weiter zu treiben. Sie machte es sich wirklich gemütlich.

Kelli strich mit einer Hand über seinen Unterarm, wo seine Hand auf ihrem Bauch lag. Es war verführerisch gewesen, unter ihr Oberteil zu schlüpfen, aber während sie an seinen Fingern entlang nach oben und unten strich, beugte er sich vor, um die Nase an ihren Nacken zu drücken, und atmete tief ein. Mehr brauchte er nicht.

Langsame, lockere Atemzüge folgten. Kelli war eingeschlafen.

Luke lag lange Zeit da, dachte nach.

Seine Gedanken spielten ein Durcheinander aus Erinnerungen ab. Kelli, die auf der Ranch herumhing, auf dem Pferderücken, die einen Traktor fuhr und einen Mähdrescher schleppte.

War das Teil des Problems? Dass sie immer da gewesen war?

Vielleicht war das Teil des Grundes, weshalb sich das so

richtig anfühlte. Kelli war schon sehr lange Zeit Teil seines Lebens. Und mehr noch, sie war eine Freundin. Jemand, dem er vertraute. Sie wusste, wie man ihn zum Lächeln brachte, und sie wusste genau, wie man sein Temperament anfachte, und doch schien sie immer so unerschütterlich.

Sie war einfach – Kelli.

Ein leises Schnarchen kam von ihr, was er absolut liebenswert fand. Und dann wand sie sich so sehr, dass er locker ließ, ihr Raum gab, um sich anders hinzulegen.

Sie rollte sich sofort herum, Arme und Beine schossen vor. Ein Arm schlug ihm ins Gesicht, ein Fuß erwischte ihn hart am Schienbein. Er drehte sich instinktiv, viel zu spät, als dass es etwas genutzt hätte, wenn sie unabsichtlich wieder auf seine Eier gezielt hätte.

„Du bist eine höllisch gefährliche Frau", murmelte er, schaute ihr ins Gesicht. Er strich ihr die Haare aus der Stirn und beobachtete sie, bis der Schlaf ihn erfasste.

Zweimal weckte sie ihn in dieser Nacht mit um sich schlagenden Armen und kickenden Beinen. Beim zweiten Mal war er zu müde, um noch erheitert zu sein, packte ihren der Welt gegenüber völlig selbstvergessenen Körper und zog sie an sich, um sie festzuhalten.

Sie mochte ja klein sein, aber ein ungünstiger Tritt von ihr würde ihr grünes Licht direkt auf Rot stellen, was seine Seite der Gleichung betraf.

Luke erwachte in einem leeren Bett, die Tür zum Bad bewegte sich noch, während er das Zimmer auf der Suche nach seiner vermissten Bettgefährtin musterte.

„Kelli?"

Ihr Kopf schob sich eine Sekunde später aus der Tür, ihre Augen funkelten, während sie den Finger krümmte und ihm bedeutete, sich ihr anzuschließen. „Beeil dich."

Er zögerte zu lange, denn sie verdrehte die Augen, dann

marschierte sie heraus, um die Decke wegzuziehen und ihn an der Hand zu packen. „Keine Sorge, ich werde mich nicht in der Dusche an dir vergehen oder so was. Du musst dir das anschauen."

Diesmal folgte er ihr, weil die Neugier siegte. Sie führte ihn zu der tiefen Badewanne, die in der Ecke des Bades stand, trat in die leere Wanne, damit sie sich auf die gegenüberliegende Seite setzen und auf die Berge deuten konnte. „Schau."

Es war ein wenig seltsam, in die leere Wanne zu steigen. Er beugte sich über sie, und Glück breitete sie in seinem Inneren aus, als ihr Lachen laut wurde.

Der heftige Schneefall war an diesem Vormittag bereits gut genutzt worden. Jemand hatte ein Feld voller Schneemänner gebaut, mit den typischen Ästen als Arme und Karotten als Nasen. Hier und da gab es auch Hüte und Schals.

Eine Herde Hirsche äste am Waldsaum. Ein paar der Hirschkühe hatten Kitze dabei, inzwischen ein Jahr alt, aber immer noch neugieriger als üblich. Zwei der Jungen waren zwischen die Schneemänner gelaufen, schnüffelten und kratzten am Schnee an der Basis der runden Schneebälle.

Ein Kitz war besonders versessen auf den Schal um den Hals einer Schneefrau, packte ein Ende und knabberte zögerlich daran. Das Kitz zerrte zu fest, und der Schal wurde enger, zog sich um den Hals der Schneefrau und köpfte das arme Geschöpf.

Der lose Kopf rollte auf das Kitz zu, und es folgte Chaos.

Schwänze wurden gehoben, weiße aufblitzende Warnungen machten die Runde. Tiere sprangen zurück, stießen weitere Schneemänner um. Innerhalb von Sekunden hatte die Herde das verschneite Feld zertrampelt, und der Großteil der Schneemann-Armee lag zerstört da.

Kelli lachte so heftig, dass sie nicht atmen konnte. Sie wandte sich zu ihm, nahm ihn am Arm und zog ihn mit sich in die Wanne, wo sie zwischen ihren Lachanfällen nach Luft rang.

Er fühlte sich selbst ziemlich schwindelig.

Wie war es ihm entgangen, das zu sehen? Wie war es ihm entgangen, Kelli zu sehen?

11

Bis es Nachmittag geworden war, brauchte Kelli unbedingt eine Pause. Es war nicht so, dass etwas schief gegangen wäre, aber vom Frühstücksbuffet, einem Vormittag mit weiterem Kennenlernen und einem Filmevent zum Mittagessen, wo sie Burger verspeisten und *Hidalgo* schauten, war sie ziemlich fertig.

Sie saß jedoch geduldig da, als Aufnahmen vom Kentucky Derby des letzten Jahres anfingen, und plante ihre Flucht, als eine sanfte Stimme in ihrem Ohr erklang.

„Bereit zum Wegschleichen?"

Sie fand Diane an ihrer Seite, die schöne schwarze Frau hob einen Finger an die Lippen, dann bedeutete sie Kelli, sich ihr anzuschließen.

Wenn sie schon nicht ihre erste Wahl bekam, die gewesen wäre, sich nach oben zu schleichen, um mit Luke ein Nickerchen zu halten, klang ein Davonstehlen mit Diane nach einer soliden zweiten Wahl.

Wenn man bedachte, dass sie nicht wusste, wo Luke war,

war sie äußerst bereit dazu, Diane auf den ersten Platz zu befördern.

Außerdem musste sie die Wahrheit zugeben – die Chancen, dass es zu einem Nickerchen kam, wenn sie den Mann gefunden hätte, waren klein.

Zum Glück gestatteten ihnen der Lärm und das Chaos in dem Konferenzsaal, dass sie ungesehen davonkamen. Diane schob freundschaftlich ihren Arm durch den von Kelli, während sie ins Hauptfoyer marschierten.

„Hast du Spaß?", fragte Kelli, ehe ihr klar wurde, dass diese Frage vielleicht ein wenig zu unreif war.

Eine zarte Augenbraue hob sich zu einem perfekten Bogen. „Was sollte man denn daran nicht mögen, in alle möglichen Pferdethemen versenkt zu sein?"

Okay, Diane war ja vielleicht reicher als Gott, aber verdammt, Kelli mochte sie. „Genau meine Rede, aber manchmal ist es so, dass meine Freundinnen anscheinend glauben, dass es noch etwas anderes gibt."

Diane blieb abrupt stehen, legte sich einen Finger an die Lippen und wirkte, als würde sie tief nachdenken. Dann schüttelte den Kopf, ihre Locken wippten begeistert. „Nein. Mir will überhaupt nichts einfallen."

Sie lachten beide immer noch, während sie wieder nach oben gingen, ihre Stiefel auszogen und es sich gemütlich machten.

„Jack hat mir vorher eine Nachricht geschickt. Er hat ein paar Snacks geholt und sie für uns im Mini-Kühlschrank deponiert." Diane ließ Tüten mit Kartoffelchips, Dip und Schokoladenriegeln auf einen Beistelltisch fallen, ehe sie sich auf einem Sofa ausstreckte. „Wenn ich es mir genau überlege, habe ich vorhin gelogen. Es gibt mehr, was man auf dieser Welt genießen kann, als nur Pferde."

Kelli schnappte sich ein KitKat vom Tisch, schlug die Zähne in die Schokolade und stöhnte glücklich. „Essen."

„Die vier Nahrungsgruppen", erklärte Diane. „Chips, Bacon, Schokolade und noch mehr Schokolade."

„Dein Jack ist ein guter Mann", sagte Kelli, die einen Chip mit Dip hochhob, um anzustoßen, bevor sie begeistert kaute.

Die Augen ihrer neuen Freundin funkelten. „Es gibt ein weiteres Ding, was man der Liste erfreulicher Beschäftigungen hinzufügen kann. Männer. Ich mag deinen Luke."

Kelli gefiel, wie es klang, dass sie ihn *ihren* nannte, selbst wenn es nur für kurze Zeit war. „Er ist ein Guter", sagte sie ehrlich.

Diane beäugte sie genau. „Ich bin neugierig, aber wenn das etwas ist, über das du nicht reden willst, sei so frei und sag mir, dass ich mich um meine eigenen Angelegenheiten kümmern soll."

Das klang bedrohlich. „Was für eine Frage hast du denn?"

„Du bist doch bestimmt Penny Talisman begegnet, wenn man bedenkt, dass du schon sehr lange auf Silver Stone arbeitest."

„Das ist kein Geheimnis. Natürlich bin ich ihr begegnet."

„Wird es unbehaglich werden, wenn du sie in Zukunft triffst? Ich meine, unsere Welt ist nicht wirklich so groß", erklärte Diane.

„Trotzdem sehe ich nicht, weshalb das ein Problem sein sollte", sagte Kelli aufrichtig, noch während sie ein wenig mehr darüber nachdachte.

Sie und Penny würden niemals beste Freundinnen sein, aber da sie wusste, dass Luke keinen Groll hegte, hieß das, dass Kelli sich nicht an sehr viel mehr Eifersucht klammern konnte, als dass diese Frau ihn auf eine Weise hatte erleben dürfen, die ihr noch fehlte.

Eifersucht war allerdings ein dummes Gefühl. Es war Vergangenheit. Penny hatte keine Zukunft mit Luke ...

Kelli hob ihren Blick zu dem von Diane. „Ich glaube nicht, dass sie wusste, was sie da hatte."

Die Tür schwang hinter ihnen auf, aber Diane nickte langsam, in ihrer Miene etwas, das sehr stark nach Zustimmung aussah, bevor sie sich umdrehte und ihrem Mann einen Kuss zuwarf.

„Ich dachte doch, dass wir euch schöne Damen hier finden", neckte Jack.

Luke trat hinter Jack in den Raum und grinste, während er sich zu dem Sofa begab, wo sich Kelli ausgebreitet hatte. Er ließ sich so fest neben ihr fallen, dass sie hüpfte, nutzte ihre kurzzeitige Ablenkung aus, um sich den Beutel mit Chips zu klauen.

„Hey, das ist mein Tüte Junkfood", beschwerte sich Kelli.

„Jetzt ist nicht die Zeit zum Streiten." Luke faltete das obere Ende der Tüte zu und ließ sie auf den Tisch fallen. „Zieh deinen Badeanzug an, wir gehen zum Pool."

„Wir haben uns entspannt", beschwerte sich Diane. „Und hatten eine Mädchen-Unterhaltung."

Jack zog sie zu einem Kuss heran. „Das heißt, ihr habt über uns geredet. Das ist wie ein Zauber. Ihr habt uns heraufbeschworen, und jetzt hängt ihr mit uns fest."

„Oh", sagte Kelli, die wissend vor Diane mit dem Finger wackelte. „Ist das einer dieser Flüche. Du weißt schon, man sagt die falschen Zeilen auf und steckt für immer im Fegefeuer fest. Oder man sagt dreimal *Bloody Mary* ..."

Luke zog sie in seine Arme, achtete nicht auf ihre Schreie, während er aufstand und sie über die Schulter legte, bevor er zu ihrem Schlafzimmer ging. „Wir treffen uns hier wieder in fünf Minuten, Jack", erklärte er.

Ein Kreischen erklang hinter ihnen, und dann Dianes Lachen. „Du Höhlenmensch", beschwerte sie sich.

„Ughs Frau braucht Badeanzug", knurrte Jack. „Zehn Minuten, Luke. Ich werde versuchen, mich nicht ablenken zu lassen."

Kelli stemmte die Hände in Lukes Rücken und schob sich weit genug vor, um zu sehen, dass Diane weggeschleppt wurde. Sie lag in den Armen ihres Freundes, die beiden küssten sich, während Jack blind weiter stolperte.

Das letzte, was Kelli sah, ehe sie keine Sicht mehr darauf hatte, war, wie er in eine Wand krachte. Dianes Lachen erklang laut.

Dann flog Kelli durch die Luft, prallte vom Bett ab. Eine Sekunde später wurde sie von einem starken, männlichen Körper festgenagelt, Lukes Lippen auf ihren.

Oh, ja.

Leider war der Kuss kurz, rasch, aber schmutzig genug, dass sie keuchte, während er sich herumrollte und sie allein und verlassen zurückließ.

Sie rollte sich zum Sitzen hoch, um zu beobachten, wie er in seiner Kommodenschublade wühlte und eine Surf-Shorts herausholte.

Zehn Minuten waren rasch vorbei.

Kelli schnappte sich den Badeanzug, den Ivy ihr nicht nur geliehen, sondern direkt geschenkt hatte, weil sie behauptet hatte, er wäre zu schön, um ihn zurück an den Laden zu schicken. Jemand hatte es total versaut, denn das Kleidungsstück war drei Größen zu klein für Ivy, was es für Kelli beinahe perfekt passend machte.

Es war auch weit entfernt von dem Einteiler, den sie normalerweise trug, wenn sie im Big Sky Lake oder unten in Heart Falls schwimmen ging.

Es war keine Zeit, um schüchtern oder scheu zu sein,

darum wandte sie Luke den Rücken zu und zog sich ganz aus, zog den Boxershorts-Teil des Badeanzugs an, und wand sich dann in das Bikini-Oberteil.

Sie beugte sich vor, um ihre Brüste in den Cups zu richten, wie Tansy es ihr beigebracht hatte, und hinter ihr erklang ein lautes Stöhnen.

Kelli fuhr hoch, warf einen Blick über die Schulter, um festzustellen, dass Luke ihren Hintern anstarrte, eine Hand fest vorne auf seine Badehose gedrückt.

„Dein Hintern ist ein herrlicher Anblick", knurrte er. Die Worte waren tief und rau. Sie drehte sich zu ihm um, und sein Blick schoss hoch zu ihren Brüsten. Wieder fluchte er leise, während er die Hand auf seiner Erektion auf und ab bewegte. „Bitte begrab mich jetzt, denn ich sterbe bestimmt gleich."

Es war schwierig, etwas zu sagen. Ihr Mund war trocken geworden, weil sie ihm einfach nur zusah. Wie standen die Chancen, dass Jack und Diane tatsächlich rechtzeitig fertig waren?

Oder vielleicht war die echte Frage, weshalb glaubten Leute, dass Pünktlichkeit überhaupt so ein wichtiges Konzept war?

Sie stieg auf das Bett, bewegte sich zu ihm wie eine Katze. „Willst du einen Wecker stellen?"

„Kelli", warnte sie Luke, aber er bewegte sich nicht weg. Nahm auch den Blick nicht von ihr, obwohl er sich nicht entscheiden zu können schien, ob er sie oben oder unten begaffen wollte.

„Wir machen das jetzt. Willst du meinen Mund oder meine Hand?", fragte sie, die Worte kamen atemlos und leise.

Luke fluchte wieder, bevor er die Hand weit genug hob, um sie unter den Bund seiner Shorts zu schieben. Er passte seinen Griff an, seine Finger nun deutlich sichtbar um seinen Schwanz gelegt, den er schnell auf und ab rieb.

Kelli kroch näher. „Luke?"

„Berühr mich." Die Worte kamen als kehliges Flehen heraus, und sie richtete sich auf den Knien auf, damit sie den elastischen Bund so weit herabziehen konnte, dass sie ihn bei der Arbeit sah.

Er rieb weiter über seinen Schwanz, die violette Spitze rage aus seiner Faust wie ein erotischer Springteufel. Kelli legte ihre Finger auf seine angespannten Bauchmuskeln, die ein Gittermuster erzeugten, jeder seiner Muskeln felsenfest, während er sie anschaute.

Sie strich über die Ränder seines Sixpacks, nach unten zu seiner Hüfte und dann an der Linie zwischen Bein und Lende. Das schnelle Pumpen ging weiter, und er stöhnte wieder, als er sie die zarte Haut unter seinem Schwanz berührte, über seine festen Hoden streichelte.

Und dann kam er, strich nach vorne, seine Augen geschlossen und sein Oberkörper durchgebogen. Er legte die andere Hand über die Spitze seines Schwanzes, fing die Samenflüssigkeit auf, die herausspritzte.

Kelli war wie ein Kind im Süßwarenladen – sie wusste nicht, wo sie hinschauen sollte.

Doch, sie wusste es. Denn so faszinierend es war, seinen schönen Körper zu sehen, war es doch der Ausdruck auf seinem Gesicht, der sie zum Lächeln brachte. Schmerz, der sich in Lust verwandelte. Befriedigung ... und doch unerreichtes Begehren.

Seine dunklen Augen trafen ihren Blick, und sie erbebte vor Vorfreude.

Das war erst der Anfang.

Sie waren schon über dreißig Minuten im Swimmingpool, und Kelli hatte nicht aufgehört zu grinsen.

Luke legte die Arme um den Rand des Whirlpools, wo er und Jack sich zurückgezogen hatten, aber sein Blick blieb auf die dunkelhaarige Fee gerichtet, die entschlossen schien, bei jeder Gelegenheit seinen Verstand durcheinanderzubringen.

Wer hätte denn geahnt, dass unter den Schichten aus Jeansstoff eine so kurvige Schönheit wartete?

Er schätzte, er musste sich dazu gratulieren, dass er seinen Verstand von allem Schmutzigen ferngehalten hatte, was in den letzten paar Jahren sie betroffen hatte. Aber die Veränderung bedeutete, dass er es jetzt wirklich genoss, dieses neue geistige Terrain zu erkunden. Kelli stieg aus dem Pool, um einer lachenden Gruppe älterer Kinder zu entgehen, und er ließ den Blick mit Vergnügen über sie wandern.

Fit, und doch kurvig genug, dass es, als er sie im Bett unter sich gehabt hatte, viel zu schwer gewesen war, aufzuhören. Viel zu vergnüglich, fortzufahren.

Vielleicht war er wirklich so schlau, wie er sich immer vorgestellt hatte, denn es lag vierundzwanzig Stunden zurück, dass sie die Bombe hatte platzen lassen, und nun, da er darüber hinweg war, schockiert zu sein, war er mehr als nur bereit, ihrer Bitte nachzukommen.

Dieses Gefühl, dass etwas sehr richtig war, breitete sich weiter aus.

„Ich wollte dich nach ein paar weiteren Einzelheiten fragen, was dich und Kelli betrifft, aber ich kann die Hälfte der Fragen von meiner Liste streichen." In Jacks Stimme lag eine gewisse Erheiterung.

Luke löste den Blick zögerlich von Kellis Brüsten. Sie waren wie verspätete Weihnachtsgeschenke, verpackt mit einer kirschroten Schleife.

Jack grinste noch breiter, und Luke machte sich darauf bereit, verspottet zu werden.

„Was?", fragte er.

„Ich muss dich nicht fragen, was du in ihr siehst, außer dem Offensichtlichen."

Jacks wertschätzender Blick ließ Luke die Borsten aufstellen. „Nimm deine Augen zurück in deinen Kopf. Du hast doch eine eigene Frau."

„Die ich liebe und bewundere, aber das heißt ja nicht, dass ich dein Glück nicht wertschätzen kann. Und ich habe von mehr gesprochen als nur der Verpackung." Jack drehte sich zu ihm, seine Miene wurde ein wenig ernster. „Ich habe sie noch nicht bei der Arbeit gesehen, aber sie klingt, als würde sie wissen, was sie tut."

„Kelli ist die beste", bestätigte Luke.

„Wann ist die Hochzeit?", fragte Jack. „Denn wenn es dir nichts ausmacht, dass ich das sage, glaube ich, es wäre klug, sie so bald zu der Deinen zu machen, wie du nur kannst."

Es war viel zu einfach gewesen, sich zurück zum Pool zu wenden und sie mit den Kindern zu beobachten, während sie und Diane mit ihnen Tretze spielten. Die Hitze in seinem Bauch kam von mehr als nur körperlicher Anziehungskraft. Etwas, das ihm bisher nicht klar gewesen war.

Kelli stellte sich toll mit Kindern an. Sie bewunderte seine Nichten und war wunderbar mit ihren Freundinnen, selbst wenn es darum ging, bei Geburtstagsfeiern und so was zu helfen.

Ein Bild blitzte in seinen Gedanken auf, wie sie ein eigenes Kind hielt, und es versetzte ihn nicht in Panik. Vielleicht lag es an dieser Sache, dass sie bereits *beinahe Familie* war, aber es war ein weiterer Teil ihrer Beziehung, der einfach richtig schien.

„Erde an Luke, bitte kommen."

Verdammt, er starrte sie schon wieder an.

Er wandte sich zurück an Jack und versuchte, sich an seine letzte Frage zu erinnern, aber sie war ihm entfallen. „Was hast du mich gefragt?"

Sein Freund tätschelte ihm die Schulter. „Du bist so was von verloren."

Diese Anmerkung hätte Luke in Panik versetzen sollen, und trotzdem fühlte es sich richtig an. „Wir brauchen etwas Zeit. Die Veränderung in unserer Beziehung ist neu, und obwohl es gut läuft, müssen wir noch eine Menge Dinge klären."

Nichts an dieser Antwort war eine Lüge, und diese Entdeckung brachte Luke Hoffnung. Vielleicht konnte er diese ganze Situation von der Katastrophe abwenden, zu einem positiven, perfekten Ausgang, ohne viel Mühe zu haben.

Jack hob eine Augenbraue. „Ich gebe dir einen Rat. Sie ist jetzt auf dem Radar von über einem Dutzend Ranchen, und obwohl nur ein paar davon passende Mitbewerber haben, die ein Interesse daran haben könnten, gegen dich um einen Platz in ihrem Bett buhlen, wollen sie alle sehen, was sie mit ihren Beständen anfangen kann."

Es war eine angemessene Warnung, aber keine, mit der Luke Zeit verbringen wollte. Nicht, wenn ein Gefühl der Dringlichkeit aufstieg, sie wissen zu lassen, dass er nicht nur gesehen hatte, wie sich die Ampelfarbe änderte, sondern dass er bereit war, mit Höchstgeschwindigkeit auf den Highway zu rasen.

„Was das angeht, glaube ich, wir müssen unsere Frauen einsammeln." Luke stand auf, Wasser lief von ihm herab. Jack schloss sich ihm an, und die beiden gingen das Stück zum Hauptpool.

Kelli war aus dem Wasser, jagte einem Ball nach, der auf die Fliesen gerollt war, unter einen Stuhl. Sie war auf Händen und Knien, während er näherkam und höflich der Frau zunickte, die auf dem Stuhl saß, in Straßenkleidung einer Winterjacke.

„Entschuldigung." Er nahm Kelli um die Taille, hob sie in die Luft, während sie überrascht kreischte.

„*Was ...? Luke?!*"

Er schlug ihr den Ball aus den Händen zu Jack, genoss die Wärme ihres Körpers an seinem, während er zum Wasser ging. „Hast du jemand anderen erwartet?"

Sie schlang die Arme und seine Schultern, hielt sich fest. Mit großen Augen sah sie ihm ins Gesicht. „Vielleicht. Ich habe einen batteriebetriebenen aufblasbaren Freund bei Amazon bestellt."

Ein Lachen brach aus ihm hervor. „Ich bin besser. Ich bin lebensgroß und mir geht nicht so schnell die Luft aus."

Was immer sie im Gegenzug antworten wollte, ging verloren in ihrem Kreischen, als er sie beide nach vorne warf. Sie stürzten in das tiefe Ende des Pools. Er schob sich vom Grund weg und brachte sie an die Oberfläche, drehte sie in seinen Armen, während er so weit ins flache Wasser ging, dass er stehen konnte.

Wasser lief von ihren Wangen herab, und einer ihrer Zöpfe lag über ihren beiden Schultern.

Sie hielt ihn fest, während sie ihn anstarrte. „Du sorgst dafür, dass mein Team verliert", warnte sie ihn.

„Das können wir nicht zulassen", erwiderte er, noch während seine Hände zu ihren Hüften glitten, und tiefer. Kurz fasste er um ihren Hintern, zog ihre Körper aneinander, nur um sich zu quälen.

„Luke", murmelte sie, deutete mit dem Kopf über die Schulter. „Kinder. Benimm dich."

„Ich weiß", versprach er, doch er ließ nicht los. Drehte sie nur in seinen Armen und hielt sie fest, ein Arm um ihren

Bauch geschlungen, um Kontakt zu ihr zu halten. Er hob eine Hand in die Luft und winkte Diane zu. „Hier. Wirf ihn hier rüber."

Diane stand im flachen Ende des Pools, schätzte den Abstand zwischen ihr und der Gruppe aus einem Dutzend Kindern, die rasch näherkamen.

„Der wird lang", rief sie, bevor sie den Beachball mit einer Faust traf.

Kelli riss die Arme in die Luft, während Luke sie hochhob und ihr die zusätzliche Höhe verlieh, die sie brauchte, um das Spielzeug auf Abwegen zu fangen.

Sie jubelte, als sie ihn zu fassen bekam, warf ihm ein entzücktes Lächeln zu, ehe die Panik sich breitmachte. „Ups. Jetzt sind sie hinter uns her."

Die nächsten fünfzehn Minuten waren ein Ansturm aus Energie und Chaos. Kinder riefen, Wasser spritzte, Gelächter ertönte. Die Teams waren ziemlich wechselhaft, denn jeder, der den Ball hielt, stand zum Abschuss frei.

Das einzig Beständige war, dass Luke auf Tuchfühlung blieb, denn jeder Schritt weiter weg von Kelli wäre für ihn zu weit gewesen.

Er hob sie hoch, die Hände auf ihrer Taille oder den Hüften. Zog sie an seinem Körper hinab und ließ ihre weiche Haut über seine streichen. Drehte sich an ihr vorbei und tastete sich insgeheim bei ihr vor – doch er sorgte dafür, das nicht zu oft zu machen, denn das war gefährlich. Er musste sich nicht noch mehr antörnen, als er es ohnehin schon war.

Bis die Mütter, die geplaudert hatten, in die Hände klatschten und ihre Kinder in Kenntnis setzen, dass es Zeit war, sich zum Abendessen vorzubereiten, war Luke hart wie ein Stein und bereit, etwas dagegen zu unternehmen.

Kelli war kurzzeitig von einem Rudel Mädchen umringt,

die alle eine Umarmung wollten, bevor sie aus dem Wasser stiegen und mit ihren Müttern aufbrachen.

Jack und Diane hatten sich in den Whirlpool zurückgezogen. Kelli drehte sich um, senkte das Kinn leicht, während in ihren Augen Hitze aufblitzte. „Ich sollte dich gleich jetzt aus dem Pool steigen lassen, als Bestrafung dafür, dass du mich ganz heiß und aufgekratzt machst."

Er schloss den Abstand zu ihr wieder, hielt sie dicht dann seinem Körper. „Du willst, dass ich mit einem Handicap laufe?"

Gerissene Frau. Sie ließ eine Hand um seinen Nacken gleiten, schüttelte leicht den Kopf. „Wessen Schuld ist es denn, dass du leiden musst? Ich dachte, wir hätten in *dieser Sache* was unternommen, bevor wir runterkamen."

Luke sah sich um, aber alle anderen hatten den Pool und die Kühle des Wassers verlassen. Jack und Diane blieben im Whirlpool, wo sie damit beschäftigt waren, sich zu küssen. Er schnappte sich Kellis freie Hand und ließ sie an seinem Körper hinabgleiten, damit ihre Handfläche sich an seinen harten Schwanz drückte. „Ich habe dir doch gesagt, dass ich besser bin als so ein aufblasbarer Freund."

Sie kicherte. „Ist das so was wie diese Scherz-Geburtstagskerzen, die man niemals ausblasen kann? Hol dir deine endlose, sich selbst wieder aufstellende Erektion. Ganz gleich, wie oft du dich drum kümmerst, es kommt immer wieder eine neue nach."

Das Gefühl ihrer Hand auf ihm trieb ihn in den Wahnsinn. Aber das würden sie nicht noch einmal machen. Nicht, wenn es so viele bessere Optionen gab.

„Wir müssen los", sagte er zu ihr.

Selbst für ihn klang seine Stimme unheimlich. Fast schon gefährlich und auf jeden Fall notgeil.

Sie schob sich zurück, und er ließ sie los, folgte ihr langsam.

Er marschierte die Stufen am Ende des Pools hinauf und achtete nicht auf seine Erektion, die unter seinen Shorts deutlich sichtbar war und sie aufrichtete wie ein Zelt.

Er zog seinen Bademantel an, beobachtete, wie Kelli es genauso machte. Er unterbrach sie, als sie den Gürtel binden wollte, schloss den Stoff selbst über ihrem Körper. Strich mit den Fingern über die Wölbung ihrer Brüste, während er so tat, als würde er den flauschigen Stoff richten.

Er band ihren Gürtel zu, während er ihr ins Gesicht sah. Ihre Wangen waren gerötet, als hätte sie stundenlang im Whirlpool verbracht, und als sie sich die Lippen leckte, war er erledigt.

Falls sie es zurück in ihr Schlafzimmer schafften, wäre es ein verdammtes Wunder.

12

———

Sie war ganz benommen, als Luke ihre Finger in seine Hand nahm und sie vom Poolbereich wegführte. In der Ferne war Glockenläuten zu hören, das leise Summen der Aufzüge und andere Geräusche hinter den Kulissen, alle ruhig und friedlich.

Im Inneren war sie Feuer und Eis.

Das Blut, das an ihrem Trommelfell rauschte, war das lauteste Geräusch. Sie standen Seite an Seite vor dem Aufzug, die beleuchteten Zahlen stiegen langsam ab zu ihrem Warteplatz im Erdgeschoss. Luke nahm ihre Hand in seine, streifte mit dem Daumen immer wieder ihre Knöchel.

Sie hatte Angst, zu ihm aufzuschauen. Angst, seinem Blick im Spiegel zu begegnen, wenn das der letzte Tropfen sein sollte, der das Fass ihrer Selbstbeherrschung zum Überlaufen brachte.

All die Berührungen hatten den Druck im Inneren wachsen lassen, bis – trotz all des Geredes vom aufblasbaren Freund – *sie* diejenige war, die prall war wie ein Ballon kurz vor dem Platzen. Alles, was es brauchte, war eine grobe

Andeutung, und sie würde ihn bespringen. Gleich hier und jetzt.

Sie schob die freie Hand in die Tasche ihres Bademantels und unterdrückte ein Keuchen, als ihre Finger sich um ein Viereck schlossen, das bei der Berührung knisterte.

„O mein Gott", flüsterte sie.

„Was?" Seine Stimme – heiser und lüstern und eiserne Selbstbeherrschung.

Die Fahrstuhltür öffnete sich, und er zog sie hinein und nahm sein Armband, um auf den Knopf zu ihrem Stockwerk zuzugreifen.

Anstatt zu antworten, schaute sie auf, prüfte die Ecken des Aufzugs.

Ein Hauch Erheiterung schwang bei ihm mit. „Ich bin ziemlich sicher, dass sie hier drin Überwachungskameras haben."

Sie drehte sich zu ihm. „Dann schätze ich, ich sollte keinen Skandal herbeiführen, indem ich das da benutze."

Sie schob ihre Hand weit genug nach oben, um die Ecke des Kondoms zu zeigen.

Er schloss die Augen und stieß einen langen, langsamen Atemzug aus, seine breiten Schultern spannten sich an, seine Finger waren an seiner Seite fest geballt. „Führe mich nicht in Versuchung."

„Ich mache gar nichts", behauptete sie.

Luke trat an sie, zog sie an seinen Körper. „Du bist du. Damit könntest du auch einen Heiligen verführen."

Scheiß auf den Anstand. Kelli schlang sich um ihn, schob ihm die Finger in die Haare, um ihre Lippen zusammenzubringen.

Oder das war zumindest ihr Plan. Er kam ihr auf halbem Weg entgegen, küsste sie hungrig. Seine Finger kniffen fest ihren Hintern. Seine Zunge rang mit ihrer, machte sie vor Lust so wild, dass sie nicht mal mitbekam, wie die Aufzugtüren sich öffneten.

Sie mussten sich aber geöffnet haben, denn plötzlich waren sie im Gang, und sie wurde an die nächstbeste Wand gepresst, Lukes dicke, harte Erektion rieb sich durch die dünnen Schichten ihrer Badekleidung an ihrer Klitoris. Ihre Brüste wurden an ihn gequetscht, was gut war, aber nicht annähernd genug.

Es war einfach er. *Luke*, der sie küsste, der sie verzehrte. Ihren Kopf ganz wirr werden ließ. Sich weit genug zurückzog, um sie ein wenig weiter die Wand entlang zu tragen, bevor er die Kontrolle verlor, sich auf der Stelle drehte und sie an die nächstbeste senkrechte Fläche nagelte.

Beim dritten Mal, als er das tat, spürte sie endlich Holz im Rücken, nicht mehr die Trockenbauwand. Kelli streckte den Arm blind nach unten, drehte verzweifelt ihr Armband vor dem Sicherheitsschloss, während seine Zähne sich in ihren Nacken gruben.

Ein Piepen erklang, und sie riss am Türgriff. Die Tür in ihrem Rücken bewegte sich, dann war er zwei Schritte im Zimmer, und sie konnte nicht mehr länger warten.

Sie riss wild an seinem Bademantel, schob den Stoff zur Seite, noch während er mit ihr dasselbe machte.

Stoff fiel auf den Boden, seine Hände gingen zu ihrem Bikini-Oberteil. Sie packte den oberen Rand seiner Surf-Shorts und zog sie seine Oberschenkel hinab. Sein Schwanz sprang heraus, und sie griff ...

„Verdammt." Kelli wirbelte zurück, schnappte sich ihren Bademantel im selben Augenblick, in dem Luke den oberen Teil ihres Bikini-Höschens erwischte und es ihr auszog.

Er hob sie erneut auf. Ihr blieb gerade noch Zeit, sich das Kondom aus ihrer Tasche zu schnappen, bevor er das letzte Stück zu ihrem Schlafzimmer stolperte.

So viele Möglichkeiten lockten nun, da sie ein Bett und alle Privatsphäre hatten, die sie sich wünschen konnten, aber die Dringlichkeit blieb. „Gleich jetzt", verlangte Kelli, hob das Kondom.

Lust blitzte in seinen Augen, aber er schüttelte den Kopf. „Du musst erst bereit sein ..."

Verdammt sei dieser Mann. In dem Augenblick, in dem er seinen Griff lockerte, wand sie sich frei, fand wieder ihr Gleichgewicht, ehe sie die Finger fest um ihn legte.

Luke stöhnte, während sie die Hand langsam nach oben zog. „*Kelli.*"

Er hatte eine Hand auf ihrer Brust, die er fest drückte, ehe er den Griff betont lockerte.

„Jetzt", fuhr sie ihn an. „Verdammt, Luke. Jetzt fick mich schon."

Als wäre ein Damm gebrochen, bewegte er sich. Drängte sie an die Wand, nagelte ihre Hüfte fest, und griff nach ihren Brüsten, um den Mund auf sie zu legen. Saugte und biss und arbeitete sich mit den Zähnen über ihre Haut und ihren Hals hinauf vor.

Schaffte es irgendwie, im Multitasking zu arbeiten, denn als er eine Sekunde später ihr linkes Bein über seine Hüfte legte und sie weit öffnete, hatte er bereits das Kondom dran.

Er rieb seine Erektion zwischen ihren Falten auf und ab, an ihrer Klitoris wurde es feucht, als ihre Schamlippen sich öffneten. Sie um ihn legten, ihn nass machten.

Seine Zunge schob sich im selben Rhythmus in ihren Mund. Ahmte den Sex nach, trieb sie noch weiter an.

Luke zog sich weit genug zurück, um ihr in die Augen zu schauen, als er sie etwas höher hob. Die dicke Spitze seines Schwanzes glitt etwas tiefer hinein. War nun an ihrer Öffnung.

„Ja", hauchte sie.

Langsam, langsam, und dann, während sein Gesicht sich

verspannte, stieß er die Hüfte vor und drang tief in sie ein. Füllte sie mit nur einem Stoß völlig aus.

O mein Gott, es fühlte sich gut an. Kelli bohrte die Finger in seine Schultern und keuchte, wartete darauf, dass ihr Körper aufhörte zu prickeln, aber das würde in nächster Zeit nicht passieren. Nicht, wenn er sie berührte, sie reizte.

Die Hände über ihre Oberschenkel rieb, als könne er nicht aufhören.

Sie wollte ihm gerade sagen, er solle loslegen, als er ihre Gedanken las, einen Arm unter ihr Knie gleiten ließ und ihre Schenkel so weit öffnete, dass es nicht funktioniert hätte, wenn sie nicht sehr beweglich gewesen wäre.

Eine neunmalkluge Bemerkung lag ihr auf der Zunge, aber bevor sie dazu kam, fickte er sie. Zog sich langsam genug zurück, dass jeder ausfüllende Zentimeter sich an ihren hypersensitiven Nerven rieb.

Stieß auf eine Art vor, dass der Ansatz seines Penis an ihre Klitoris prallte, ehe sein fester Bauch auf ihren traf. Jede Bewegung quetschte ihre Brüste an ihn, und sie hatte keinen Platz, um zurückzuweichen.

Zurückziehen, vorstoßen. Zurück, dann wieder vor. Fester jetzt, seine Atemgeräusche rau in ihren Ohren, als er den Kopf neben ihr an die Wand lehnte. Finger bohrten sich in ihre Arschbacken, während er die Bewegung steuerte, unnachgiebig tief in sie eindrang. Wieder und wieder, während die Anspannung völlig außer Kontrolle geriet.

Ein schwacher Chlorgeruch haftete an ihrer Haut, aber in ihrer Nase lag nur Luke. Sein Geschmack war in ihrem Mund. Sie spürte ihn über ihr, auf ihr und in ihr.

Verbunden und so köstlich schmutzig, als er immer schneller wurde. Harte, kurze Stöße, um sie über den Abgrund zu schicken. Er änderte seine Position, um ihr Gewicht auf einen Arm zu legen. Als er die freie Hand an seinen Mund führte und sich die Finger leckte, hielt Kelli den Atem an.

Er ließ die Hand über ihren Bauch gleiten und berührte ihre Klitoris, rieb sie fest, während er tief in sie hineinhämmerte.

Sie wiegte sich nach hinten, die hochschießende Lust fiel wie eine Woge wieder auf sie herab. Ihr Geschlecht schloss sich fest um ihn, und sie stöhnte seinen Namen.

Luke fluchte, lehnte sich an sie. Seine Stöße wurden unregelmäßig, arrhythmisch, als er den Kopf nach hinten warf und kam.

Sie zuckten beide wild, als wären sie an einen Elektrozaun gepresst. Ruckelten. Zitterten. Keuchten.

Lange Zeit drehte sich der Raum, und, bis die Welt wieder fest wurde, blieb sie einfach dort, Befriedigung wogte durch ihren Körper.

Wow.

Schließlich löste Kelli ihren Griff, lockerte einen Finger nach dem anderen, die sie in seine Schulter gebohrt hatte.

Luke drehte den Kopf, bis er die Lippen an ihre Wange drücken konnte. Sie wandte sich zu ihm, und sie berührten einander wieder. Sanfter jetzt, ein weiterhin unstetes Einatmen, während sie versuchten, ihre Körper zu beruhigen.

Er war immer noch in ihr.

Allein der Gedanke war riesig, und Kelli ließ die Finger über eine Seite seines Gesichts wandern, sah ihm in die Augen und fühlte sich etwas zerbrechlich.

Es war perfekter gewesen, als sie erwartet hatte. Nach so vielen Jahren, in denen sie diese Fantasie hatte perfektionieren können, gab es eine Menge, dem er gerecht werden musste.

Sie fuhr mit einem Finger über seine Lippen, schaute ihn an. „Wir räumen vielleicht lieber im Wohnzimmer auf", flüsterte sie. „Bevor Jack und Diane wiederkommen."

„Gute Idee. Ich übernehme das, sobald meine Beine wieder funktionieren." Er knabberte an ihren Fingerspitzen, ein sanftes Lächeln spielte um seine Lippen. „Hat das Spaß gemacht?"

Sie summte, als würde sie darüber nachdenken. „Ich denke schon, aber um ganz sicher zu sein, probieren wir es lieber noch mal."

„Natürlich. Übung macht den Meister." Er zog sich langsam aus ihr zurück, achtete nicht auf ihre Beschwerde. Als er sie zur Dusche trug und sie abstellte, ein Versprechen von Hitze im Gesicht, merkte Kelli, dass es nicht viel gab, worüber sie sich beschweren konnte.

„Schon wieder?", fragte sie.

Sein sexy Grinsen beantwortete diese Frage.

Es war verführerisch, den ganzen Grund zu vergessen, weswegen sie hier waren, und einfach mit Kelli im Bett zu bleiben. Nur die Tatsache, dass sie zu wund zum Laufen sein würde, wenn er so weitermachte, brachte Luke dazu, sich dem Bedürfnis zu widersetzen, ein drittes Mal in kurzer Folge zurückzugehen.

Die Dusche war eine tolle Gelegenheit gewesen, um zu erkunden und zu spielen, bis sie einander so wild gemacht hatten, dass er dankbar war, nur zum Badezimmerschrank gehen zu müssen, um sich ein Kondom zu holen.

Auch wenn er Lisa nicht verraten würde, dass ihr Geschenk praktisch gewesen war.

Er brachte Kelli zurück zu ihrem Bett und trocknete sie ab, ihr erheiterter Gesichtsausdruck sagte ihm, dass sie um seinetwillen mitspielte.

„Grinse nur so weiter, mir ist das nicht peinlich." Er warf

das Handtuch weg, streckte sich neben ihr aus, damit er weiter mit den Händen über ihre Haut streichen konnte.

„Du bist sehr viel gefühlsduseliger, als ich erwartet habe, das ist alles."

Er strich mit der Rückseite seiner Handknöchel über ihre Brüste, kreiste um die Nippel. Lächelte, als sie steif wurden. „Wieso sagst du das?"

„Keiner von euch Stone-Jungs umarmt gern andere", erklärte sie. „Außer vielleicht Dustin, und ich glaube, er versucht, es zu verstecken, weil er nicht will, dass einer von euch ihn dafür tadelt."

„Vielleicht hat es damit zu tun, dass wir dauernd Zeug anfassen, wenn wir unsere Arbeit erledigen." Er runzelte die Stirn, als er blassblaue Flecken an ihren Unterarmen sah. „Du bist doch verletzt worden."

Kelli stützte sich auf die Ellbogen. „Das merkst du erst jetzt?"

Luke zuckte mit den Schultern, lehnte sich vor, um sanft ihre Haut zu küssen. „Ich habe mir vorhin deine Arme nicht angesehen. Es gab ablenkendere Stellen."

Wie ihre Brüste, die gleich da waren, nur wenige Zentimeter von seinen Lippen entfernt ...

Ehe er der Versuchung nachgeben konnte, schob er sich hoch und küsste sie auf die Nasenspitze. „Zieh dich an."

Sie seufzte. „Okay. Ich mache mich ausgehbereit."

Sie kümmerten sich um die Spur aus Kleidung, die sie von der Eingangstür bis zu ihrem Schlafzimmer hinter sich gelassen hatten, die Beweisstücke waren schon fast eingesammelt, als Kellis Handy läutete.

Sie warf mit einem Stirnrunzeln einen Blick darauf. „Unbekannte Nummer." Sie ging ran, ihre Augen wurden sofort groß. „Ja, Ma'am. Ich habe Zeit. Wo möchten Sie sich denn treffen?"

Kelli reckte einen Daumen nach oben, als Lukes Handy gerade losging, und er danach griff, um die Nachricht anzusehen.

Walker.

Im Hintergrund war Kelli immer noch am Telefon. „Ich kann in fünf Minuten da sein", bot sie an. „Okay, wir sehen uns dann."

Sie legte auf, ihr Mund stand in einem lautlosen Schrei offen.

Luke hob eine Augenbraue. „Ich nehme an, du verlässt mich?"

„Ein wenig. O mein Gott, Luke. Mrs. Petrie will reden. Sagt, sie muss mehr über Silver Stone erfahren, und ob ich Zucker in meinen Tee mag oder nicht."

Kelli hüpfte vor Aufregung. Er zog sie an sich und drückte sie fest, ehe er den Kopf neigte. Ihr fest in die Augen schaute. „Ich hab doch gesagt, du bist ein Superstar."

„Ich glaube nicht, dass Superstars so viel Spaß haben", entgegnete sie, stellte sich auf die Zehenspitzen und küsste ihn begeistert, ehe sie aus seinen Armen schlüpfte und die Füße in die Stiefel schob. Eine Sekunde später hatte sie eine Jacke an und war unterwegs durch die Tür. „Falls du Diane vor mir begegnest, sag ihr, wir sind später zurück. Oh, und schreib eine Nachricht, falls du mich brauchst."

„Ebenfalls", rief er ihr in Erinnerung.

Sie war weg, ehe er noch etwas sagen konnte. Es blieb keine Zeit, um ihr zu erzählen, wie viel Spaß er gehabt hatte, und wie perfekt die letzten Stunden gewesen waren.

Vielleicht war das etwas Gutes, denn sein Verstand drängte wirklich zu schnell voran, weil sich dieser neue Status quo so völlig richtig anfühlte. Verdammt, Kelli war das Beste, was ihm jemals passiert war, und endlich wurde er sich dessen bewusst …

Anstatt seinem Bruder eine Nachricht zurückzuschicken, rief Luke an und hoffte, dass Walker irgendwo war, wo er Empfang hatte.

„Hey, ich wollte dich nicht unterbrechen, falls du gerade mitten bei einem Abschluss warst", begrüßte ihn Walker. „Bist du beschäftigt?"

Kurzzeitig machten sich Schuldgefühle breit, denn die letzten paar Stunden hatte Luke nichts getan, um die finanziellen Interessen von Silver Stone weiter zu treiben.

Andererseits konnte er auch nicht die ganze Zeit unter Leute gehen. „Ich mach nur gerade Pause. Es ist nicht, als würde man zum Rodeo gehen oder auf ein Presseevent. Wir reden über Pferde, und über Silver Stone, aber es geht auf jeden Fall mehr darum, Leute kennenzulernen."

Walker machte ein wenig begeistertes Geräusch. „Ich will ja keinen Druck ausüben oder so was, aber schien von diesen Leuten jemand daran interessiert, Geld in unsere Richtung zu werfen?"

„Kelli ist gerade raus zu einer Einladung mit der Grande Dame vom Trafalgar-Gestüt." Luke grinste, während er sprach. „Kelli zaubert noch die Vögel aus den Bäumen, Walker. Es ist so verdammt cool, sie zu beobachten."

Einen Augenblick lang antwortete sein Bruder nicht, und als er es dann tat, klang er erheitert. „Ich nehme an, du bist froh, dass du sie gebeten hast, mitzukommen?"

Scheiße. Hatte er die Lage falsch eingeschätzt? „Ja, sie wirkt hier richtige Wunder, aber es tut mir leid. Ich hätte fragen sollen, ob du mitwillst."

„Ach, Teufel, nein. Das war doch kein Tadel, weil du mich außen vor gelassen hast. Ich bin froh, dass du mich nicht wieder ins Scheinwerferlicht gestellt hast. Davon hatte ich bereits genug. Ich habe mich nur gefragt, wie die Dinge zwischen dir und Kelli laufen."

Es lag Luke auf der Zunge, alles zu beichten, aber das war eine potenzielle Katastrophe, da er immer noch nicht genau wusste, was los war, oder los sein würde, wenn er nach Hause kam.

Wenn *sie* nach Hause kamen.

Ja, die Tatsache, dass er und Kelli miteinander ins Bett gestiegen waren, war nichts, was man schnell in einem Anruf ausplauderte. Er wäre lieber zu Hause, um mit allen Problemen persönlich umzugehen. *Falls* es Probleme gab.

Vielleicht gab es gar keine, wenn ihre Affäre vorbei war.

Ich bin nicht bereit dafür, dass sie vorbei ist ...

Himmel, er wusste nicht, was los war. Es war das klügste, den Mund zu halten.

„Es ist toll. Wir haben eine tolle Zeit." Er dachte darüber noch mal etwas mehr nach und fügte eilig an: „Tatsächlich schuften wir Tag und Nacht. Du weißt schon, es war total erschöpfend. Ich brauche vielleicht ein wenig Urlaub, wenn ich nach Hause komme."

Walker lachte leise. „Du Arsch."

„Bruder. Du hättest sehen sollen, wie groß das Steak war, dass ich gezwungen war, gestern Abend zu essen."

„Weil die Ehre von Silver Stone davon abhing?"

„So ziemlich." Sein Handy summte. „Ich bekomme noch einen Anruf. Wir reden später."

„Viel Glück."

Luke wechselte die Leitung, seine Augen wurden groß, als er den Namen auf dem Display sah. Arabian Treasures. Das war Timothy Carlyns Nummer.

Der Mann kam direkt zur Sache. „Haben Sie Zeit für einen Kaffee?"

„Natürlich. Wo würden Sie sich gern treffen?"

Timothy gab ihm eine Anweisung. Luke legte auf, und das Gefühl märchenhafter Magie stellte sich ein. Dafür, dass er ihnen eine Einladung zu diesem Event besorgt hatte, würde Bertram keine Flasche mit dem guten Zeug bekommen, sondern eine ganze Kiste.

Luke schaute noch mal in den Spiegel, ehe er zu seinem Treffen ging, beeilte sich, zum Erdgeschoss zu kommen, und hielt Ausschau nach Kelli. Nicht, dass man sich um sie kümmern musste, aber es würde ihm einen richtigen Kick geben, zu sehen, wie sie mit Mrs. Petrie per Du war.

Timothy Carlyn stand auf und schüttelte Luke die Hand, doch sein Blick wanderte zur Seite. „Ich hatte gehofft, Kelli würde bei Ihnen sein."

Etwas Winziges, Dunkles und Gefährliches klammerte sich an seine Eingeweide, bevor Luke es abwürgen konnte. „Sie ist bei den Damen. Ist das ein Problem?"

Carlyn deutete zum Rand des Raumes. Gemütliche, gepolsterte Ledersessel waren auf jeder Seite eines kleinen Tisches aufgestellt, auf dem eine Kaffeekanne und ein Tablett mit Süßkram standen. „Überhaupt nicht. Ich wollte nur, dass Sie wissen, dass sie immer willkommen ist. Ich halte nichts davon, die Frauen auszuschließen, wenn wir übers Geschäft reden."

Als Ausrede machte seine Erklärung schon irgendwie Sinn, aber sie war auch seltsam, wenn man bedachte, dass sie nicht wirklich hier waren, um übers Geschäft zu reden. Außer, das waren sie ...

Luke gab es auf, es erraten zu wollen.

Carlyn war ausgesprochen professionell, führte die Unterhaltung, um das Gespräch auf die neuesten Nachzuchten von Silver Stone zu lenken, die ziemlich stark aussahen. Luke verfiel auf Informationen und Zuchtpläne, und die Dinge liefen glatt, bis Carlyn das Thema wechselte.

Zurück zu Kelli.

„Also ist das was ganz Neues, Ihre Verlobung?"

Luke spannte das Rückgrat an. „Sehr."

Graue Augen beobachteten ihn, ehe der Mann aus dem Fenster schaute, den Kaffee hielt er auf halbem Weg zum Mund. „Waren Sie nicht ein paar Jahre lang mit Miss Talisman verlobt?"

Eine offene Frage, nachdem alle anderen das Thema umschifft hatten. Trotzdem war es nichts, was Luke verstecken musste. „Waren wir, aber wir haben es im August abgeblasen. Das beruht auf Gegenseitigkeit, und wir sind immer noch befreundet."

„Und jetzt sind Sie mit Kelli zusammen." Timothy stellte seine Tasse ab. „Entspannen Sie sich, mein Freund. Ich werfe ihnen doch nichts vor. Ich finde es interessant, dass Kelli so lange Zeit auf Silver Stone war, und Sie erst jetzt feststellen, wie gut Sie zusammenpassen."

„Manchmal ist es schwierig, Dinge zu sehen, die man direkt vor Augen hat", gab Luke völlig aufrichtig zu.

Etwas in seinem Tonfall hatte das wohl klargemacht, denn Carlyn nickte langsam. „Wissen Sie irgendwas über Kellis Familie? Sie erinnert mich an jemanden."

Das war ein Schuss ins Blaue. Luke öffnete den Mund, dann schloss er ihn wieder.

Verdammt. Er wusste gar nichts über Kellis Familie. Das würde er allerdings auf gar keinen Fall zugeben.

Er suchte hektisch nach irgendetwas, was er sagen konnte. „Ich bin mir nicht sicher, wo es eine Verbindung geben sollte. An wen erinnert sie Sie denn? Vielleicht können wir herausbringen, ob es einen Grund dafür gibt."

Plötzlich richtete Timothy sich auf, nestelte an seinem Mantel herum. „Ach, das war nur ein zufälliger Gedanke. Nichts, worüber man sich Sorgen machen muss. Ich werde noch etwas mehr darüber nachdenken. Sehen, ob ich es selbst herausbringe."

Der Mann stand abrupt auf, erwischte Luke auf dem völlig falschen Fuß.

Er musste sich rasch erheben, als Timothy ihm bereits einen Handschlag zum Abschied anbot. „Tut mir leid, ich muss los. Ich habe vergessen, dass ich einen Anruf erwarte."

„Kein Problem", versicherte ihm Luke.

Doch Timothy Carlyn war bereits weg, seine eckigen Schultern völlig steif, während er rasch sich entfernte.

Luke sah ihm nach, ganz verwirrt, und jetzt auch neugierig.

Weshalb hatte er Kelli noch niemals nach ihrer Familie gefragt?

13

───────

Als der Samstag zu Ende ging, war es schon spät. Jack und Diane waren am Feuer zusammengekuschelt, was bedeutete, dass sie und Luke sich in ihr Schlafzimmer zurückgezogen hatten.

Sie setzten sich auf das Bett, und sie konnte Luke schließlich all die Dinge erzählen, über die sie mit Sadie Petrie geplaudert hatte. Luke war still, während sie erzählte, aber er nickte an allen passenden Stellen.

Dann schaltete er das Licht ab, und sie liebten sich, neckten um berührten sich, bis sie sich vor Verlangen wand. Befriedigung machte sich breit und schlang sich so fest um sie wie der Griff, mit dem er sie an sich zog.

Die nächsten beiden Tage vergingen schnell, und Kelli hätte sich erschöpft fühlen sollen. In Wahrheit aber wurde sie vor Aufregung und durch den Sex von reinem Adrenalin angetrieben.

Es war nicht so, als hätte sie noch nie rund um die Uhr gearbeitet, aber sie wollte auf keinen Fall etwas versäumen.

Am Montag schlossen sie und Luke sich den Petries zum

Abendessen an. Joseph Petrie entschuldigte sich dafür, sie so umfassend in Anspruch zu nehmen, aber Kelli machte es nichts aus. Sadie war der absolute Knaller, und keines der Paare blinzelte auch nur, als Kelli sich ein Steak bestellte, das so groß war wie das von Luke, und dann auch noch ein paar Stücke von seinem Teller stibitzte.

Sie waren wieder zurück in ihrem Zimmer, als Diane ankündigte, dass sie alle vier an diesem Abend zum Tanzen gehen würden. Kelli war verführt, Luke mit einem erfreuten Quietschen anzuspringen.

Stattdessen tätschelte sie ihm schelmisch die Wange. „Ich hatte doch gesagt, dass wir unsere Jeans brauchen werden."

Jack lachte. Diane zog ihn aus dem Zimmer, aber niemand verschwendete Zeit, bevor sie sich wieder trafen und nach unten gingen.

„Das ist kein Teil des Hotels, der für die Gala und unseren All-inclusive-Aufenthalt gebucht wurde", warnte sie Jack. „Es ist die normale Hotelbar, aber es klingt, als würde sie eine Menge Leute anziehen."

„Also wird da kein hartes Zeug ausgeschenkt." Kelli zuckte mit den Schultern. „Kein Problem. Ich will nicht trinken, ich will tanzen."

Der Ort war seltsam voll für ein Hotel, das sich zwischen den Bergen versteckte. Als sie darüber etwas zu Luke sagte, zuckte er mit den Schultern.

Sein Arm lag um sie, während sie sich in den vollgestopften Raum begaben. „In Läden wie dem *Palisade* arbeiten eine Menge Leute. Ich stelle mir vor, wenn sie Zeit haben, um sich etwas zu entspannen, ist es schön, wenn man es nicht weit hat."

Sie schaute sich um, erspähte Paare, die bereits auf der Tanzfläche waren. Sah sich an, welche Typen wirkten, als könnten sie den Takt halten.

Völliges Entsetzen traf sie, als Luke sie mit sich zog, und

einen kurzen Augenblick stand sie einfach nur da, sah ihn verwirrt an.

Er lachte, während er ihre Finger zusammenbrachte, die Hand auf ihrer Hüfte nutzte, um sie an seinen Körper zu ziehen. „Hast du dich wirklich nach einem Tanzpartner umgesehen?"

„Alte Gewohnheiten sind nur schwer totzukriegen", sagte sie zur Entschuldigung. „Vielleicht können wir gar nicht tanzen", neckte Kelli.

Die Hitze in Lukes Blick vertiefte sich. „Meine Liebe, wir haben bereits getanzt. Wir werden das richtig gut machen."

Er wirbelte sie herum, und er hatte recht. Es gab keine Merkwürdigkeiten, keine unbehaglichen Schritte. Es war, als wären sie füreinander geschaffen. Kelli entspannte sich in seinen Armen und ließ ihn die Kontrolle übernehmen.

Sie waren mit einem halben Dutzend Liedern durch, ehe er sie zur Seite winkte. „Zeit für eine Pause."

„Ich brauch was zu trinken", stimmte sie zu, „und eine kurze Generalüberholung."

Er wies sie zur Damentoilette. Sie ging auf die Zehenspitzen und küsste ihn auf die Wange, ehe sie aufbrach. Ein rascher Blick über ihre Schulter zeigte ihr, dass er ihr auf den Hintern starrte, ein Lächeln spielte um seine Lippen. Kelli wackelte ein wenig heftiger mit den Hüften, während sie weghüpfte.

Ganz oben, dort war sie gerade. Am allerhöchsten Punkt.

Sie betrat die Toilette, pfiff glücklich, kam dann abrupt zum Stillstand, als eine Frau von ihrem Platz vor dem Spiegel zurückzuckte.

In Kellis Kopf leuchteten die Warnlämpchen. Sie bewegte sich langsam, achtete nicht auf die Kabinen, als wäre der einzige Grund, weshalb sie im Raum war, ihr Make-up zu überprüfen – was ziemlich weit hergeholt war, wenn man bedachte, dass sie nicht mehr trug als einen Lippenbalsam.

Ihre Täuschung war wohl jedoch überzeugend genug, denn die andere Frau flüchtete nicht.

Kelli spielte ein wenig mit ihren Haaren, schob sich ein paar lockere Strähnen hinter die Ohren, ehe sie ganz nebensächlich in den Spiegel schaute, um ihre Nachbarin zu mustern. Die Frau hatte sich Tränen getrocknet. Vermutlich noch eine Extraschicht Make-up auf einen blauen Fleck aufgetragen.

Das war doch scheiße. Obwohl sie wusste, dass sie etwas sagen musste, wusste Kelli auch, dass sie vorsichtig vorgehen musste. „Manchmal ist es einfacher, einen Fremden um Hilfe zu bitten, als die eigenen Freunde.“

Die Frau blinzelte, zuckte zurück wie eines der Kitze auf dem verschneiten Feld früher in der Woche. „Was?“

Kelli drehte sich langsam, hob einen Finger zu ihrem Gesicht. „Manchmal kommt es zu Unfällen, das verstehe ich. Aber manchmal brauchen wir eine helfende Hand.“ Sie holte tief Luft und versuchte Blickkontakt herzustellen. Beugte sich nach vorne, damit sie klein und so wenig einschüchternd wie möglich wirkte. „Brauchst du eine helfende Hand, Liebes?“

Die Frau zögerte, während sie Kelli betrachtete. Ihr Mund öffnete und schloss sich.

Dann schließlich neigte sie ganz leicht das Kinn. „Ich könnte eine Mitfahrgelegenheit brauchen.“

Kellis Gedanken rasten. Eine Mitfahrgelegenheit war auf jeden Fall machbar. Wenn sie das Taxi bezahlen musste, sollte es so sein. „Wird das reichen, um dich in Sicherheit zu bringen?“

Ein weiteres nachdenkliches Nicken. „Ich habe Mitbewohnerinnen. Sie werden nicht zulassen, dass noch etwas passiert. Ich habe ihn erst vor ein paar Wochen kennengelernt, und bis heute war er wirklich nett."

„Sie sind alle nett, bis sie es nicht mehr sind. Die Arschlöcher auf jeden Fall." Kelli ging näher. „Es gibt aber draußen auch gute. Hi, ich bin Kelli."

„Gina."

„Ist er draußen in der Bar und wartet auf dich?"

Gina nickte.

„Wie lange glaubst du denn, wird er noch warten, ehe er sich auf die Suche nach dir begibt?"

Die Frau zuckte mit den Schultern. „Er trinkt was. Keine Ahnung."

Okay. Das lief vielleicht einfacher, als sie gedacht hatte. „Kannst du hierbleiben, während ich etwas Hilfe hole?"

Die Augen der Frau wurden groß. „Ruf nicht die Bullen."

Manchmal war das das Richtige, aber Kelli war es wichtiger, Gina heil hier rauszubringen. „Das mache ich nicht, aber ich muss meinen Verlobten holen. Er ist einer von den Guten. Von denen ich dir erzählt habe. Wir bringen dich nach Hause."

Gina zögerte, oder zumindest tat sie das, bis sie in den Spiegel schaute. Sie verzog das Gesicht. „Ich weiß nicht, weshalb du mir helfen willst, aber ich werde dich nicht abweisen."

Kelli nickte rasch. „Bleib hier. Versteck dich in einer Kabine, wenn du möchtest. Ich komme zurück und sage meinen Namen, wenn wir bereit sind. Ich mache, so schnell ich kann."

Sie rannte zurück zur Tanzfläche, suchte hektisch nach Luke. Er und ihre Freunde standen auf einer Seite, und sie schlüpfte zu ihm, ihr Herz hämmerte.

Luke legte einen Arm um sie, sein Lächeln verblasste. „Was ist los?"

„Ich brauche deine Hilfe."

~

EINE STUNDE später waren sie auf dem Nachhauseweg, und Luke hatte mit den seltsamsten Gefühlen zu kämpfen.

Jack und Diane hatten geholfen, die Frau aus der Bar zu bringen, ohne dass ihr Date sie sah, dann hatte sich Kelli auf den Mittelsitz in Lukes Truck gesetzt und den Arm um Gina gelegt, während er sie alle drei zur nach Hause zu Gina in Canmore gefahren hatte.

Sie hatten beide darauf bestanden, sicherzugehen, dass Ginas Mitbewohnerinnen zu Hause waren, bevor sie aufbrachen. Sie hatten sich in einer Reihe von Umarmungen von lauter dankbaren Frauen wiedergefunden, nachdem sie Gina die vorderen Stufen ihres Stadthauses hinaufgeleitet hatten.

Wenige Minuten, nachdem sie zurück in den Truck gekommen waren, schickte Kelli eine Nachricht an Diane, um sie wissen zu lassen, dass alles gut gegangen war, dann las sie die Erwiderung laut vor.

„Sie sagt, ‚Gott sei es gedankt. Habt eine sichere Fahrt, und wir sehen euch morgen. Wir lassen den Abend ausklingen.'" Kelli schmiegte sich an Lukes Seite, die Finger um seinen Bizeps gelegt, während sie den Kopf an ihn lehnte. „Nicht das Ende des Abends, mit dem ich gerechnet hatte."

Vielleicht war das der Grund, weshalb sich ein solcher Kampf in seinem Kopf abspielte. Luke war stolz darauf, dass Kelli jemandem geholfen hatte, und irgendwie gerührt, dass sie dieses Mal aufrichtig genug gewesen war, um zu kommen und ihn zu holen.

Aber ein großer Teil von ihm war völlig entgeistert, dass es so häufig auf ihrem Radar auftauchte, in gefährliche

Situationen wie diese hineinzugehen. Sie war wie ein Magnet für Ärger, und das konnte sie eines Tages ernsthaft verletzen.

Er nahm ihre Finger in seine und hob sie an den Mund, drückte ihr einen Kuss auf die Knöchel. „Du hast was Gutes getan."

„Falls der Idiot, der sie geschlagen hat, nicht zurückkommt. Wenn sie stark genug ist, um zu sagen, er soll sie in Ruhe lassen." Kelli holte tief Luft und stieß sie langsam aus. Sie saßen in der Dunkelheit, die Scheinwerfer leuchteten auf die Straße, die sich zurück nach Kananaskis schlängelte.

Das war keine Unterhaltung, die er mit ihr führen wollte, während er sich auf die Straße konzentrieren musste. Darum drückte er ihr einen raschen Kuss auf die Schläfe und legte einen Arm um ihre Schultern, hielt sie an sich gedrückt, während sie schweigend da saßen.

Behaglich, und doch nicht. Sie brauchten keinen Lärm, um den Raum zu füllen, nicht nach all den Jahren, die sie zusammen bei der Arbeit verbracht hatten. Aber es gab so viele Fragen, die Luke stellen wollte, Dinge, die er besser verstehen wollte als jemals zuvor.

Er hielt sie fest an sich gedrückt, während sie sich zurück zu ihrer Penthouse-Suite begaben. Jack hatte den Kamin laufen lassen, und die Wärme hing noch in der Luft.

Luke strich mit einem Finger über ihre Wange. „Willst du was trinken?"

Sie griff nach ihm, zog ihn zum Boden. „Ich muss mich entspannen."

Er half ihr, sich auf dem weichen Teppich vor den Flammen niederzulassen, wich aber ihren Händen aus. „Damit kann ich helfen. Bin gleich wieder da."

Als er aus dem Bad zurückkam, schaute sie ins Feuer, ein trauriger Ausdruck in den Augen.

Er ließ sich ihr gegenüber nieder, zog ihr die Socken aus und beobachtete, wie ihre Augenbrauen immer höher gingen.

„Was machst du denn da?"

Er hob die Flasche mit Bodylotion, die er vom Tresen im Bad geholt hatte. „Fußmassage?"

„O Gott, ja bitte." Sie griff nach hinten über den Kopf und holte sich ein Kissen vom Sofa. Sie steckte es sich hinter den Rücken, damit sie sich gemütlicher zurücklehnen konnte.

Ihre Augen schlossen sich, während er mit dem Daumen über ihren Rist fuhr. Immer wieder, eine geschmeidige Bewegung, und er massierte ihr die Fersen und Zehen. Sie saßen schweigend da, bis auf das falsche Knistern des Kamins.

Was sollte er fragen? Denn das würde eine unangenehme Unterhaltung werden, egal, was er tat.

Sie durchbrach das Schweigen. „Ich bin froh, dass du da warst und mir geholfen hast. Ich meine, um Gina zu helfen."

„Ich auch, aber es macht mir Sorgen", gab er leise zu. „Ich weiß, dass es da draußen eine Menge schlimmer Situationen gibt, Kelli, und ich bin froh, dass wir Gina helfen konnten. Aber wenn ich nicht da gewesen wäre, hättest du ihr trotzdem geholfen. Oder?"

Sie drehte sich, um ihm in die Augen zu schauen. „Ja."

„Selbst wenn es bedeutet, dass du vielleicht verletzt wirst?"

„Wenn ich nicht helfe, weil ich mich zu sehr fürchte, was, wenn sich sonst niemand findet? Was dann, Luke?"

Darauf gab es keine Antwort, denn sie hatte recht.

Aber er hatte auch recht damit, sich richtig in die Hosen zu machen, dass es eines Tages schlimm enden könnte. „Du bist schon mal ernsthaft verletzt worden, oder nicht? Letzten Sommer."

Sie zögerte nur kurz, bevor sie nickte. „Als du so sehr ausgeflippt bist, weil ich ein paar blaue Flecken hatte. Ich bin dazwischen gegangen, und er war nicht sonderlich erfreut darüber."

„Ich will immer noch wissen, wer es war", knurrte er. „Aber wenn du mir das nicht sagen willst, verrätst du mir, warum?"

Sie rollte sich zusammen und legte die Hände in seine, sprach mit völliger Überzeugung. „Weil es das Richtige ist."

Er schüttelte den Kopf. „Das reicht nicht. Ich meine, ich stimme zu, dass es etwas ist, was man tun muss, aber warum nimmst du diesen Kampf auf?"

Sie wurde reglos, was unheimlich war, wenn es um Kelli ging. Ihre Finger legten sich um seine, als würde sie sich in seiner Berührung verankern. „Meine Mom."

Es war an Luke, die Luft anzuhalten. Zu warten, bis sie bereit war.

Sie leckte sich nervös die Lippen, bevor sie leicht nickte, als hätte sie ihren Mut zusammengenommen. „Ich rede nicht viel über sie." Er gab ein Geräusch von sich, und sie seufzte genervt. „Okay, gut. Ich habe noch *nie* über sie geredet. Ich glaube nicht, dass sie sonderlich mutig war, oder sonderlich klug, wenn es ans Eingemachte ging. Und doch kenne ich nicht die ganze Geschichte, wie also sollte ich mir ein Urteil erlauben?"

„War sie mit jemandem zusammen, der sie misshandelt hat?", fragte er leise. *Mein Gott.* Er ließ die Finger unter ihr Kinn gleiten, hob ihren Blick, damit sie seinem begegnete. „Hat *dir* jemand wehgetan?"

„Ich bin weg, bevor mich irgendjemand verprügeln konnte. Und ich wollte, dass sie auch geht, aber sie hat sich geweigert." Kelli wirkte besorgt. „Du flippst jetzt nicht aus, oder? Oder verlierst den Verstand?"

„Gibt es einen Grund, weshalb ich das tun sollte?"

Sie rümpfte die Nase. „Bevor ich dir noch was

Schockierendes erzähle, werde ich deine erste Frage zu Ende beantworten. Ich glaube, deswegen nervt es mich so, dass ich das Gefühl habe, ich muss etwas tun. Als Fünfzehnjährige konnte ich meine Mutter nicht retten, aber vielleicht kann ich jemand anderen retten."

Zu verdammt mutig und zu verdammt stark, als gut für sie war. „Ich habe kein Problem damit, dass du die Welt rettest, solange du dir von mir helfen lässt. Du musst in Sicherheit bleiben, Kelli. Versprich es mir."

Sie nickte.

Und dann wurde ihm etwas anderes klar.

„Fünfzehn?" Luke schaute sie von oben bis unten an. „Erklär mir das."

„Ich bin weggelaufen. Er war nicht mein Dad. Der Typ, mit dem meine Mutter zusammenlebte, brachte für mich einen falschen Ausweis nach Hause. Er sagte, das wäre, damit ich Bier und Zigaretten für ihn und seine Kumpels holen kann, aber ich traute ihm nicht. Und ich traute der Art nicht, wie seine Freunde, die bei uns herumhingen, mich beäugten – ich bezweifle, dass sie das Beste für mich im Sinn hatten, wenn du weißt, was ich meine."

„Also bist du weg."

„Das schien mir die sicherste Möglichkeit." Zum ersten Mal, seit sie angefangen hatte zu reden, sah Kelli schuldbewusst aus. „Ich habe alle ihre Brieftaschen ausgeräumt und das Geld im Gefrierfach genommen, als ich gegangen bin. So viel war es nicht, aber es reichte mit dem, was ich bereits gespart hatte, um nach Silver Stone zu kommen."

Moment. Lukes Gehirn entgleiste schon wieder. „Du warst fünfzehn, als du bei Silver Stone aufgetaucht bist? Du nimmst mich doch auf den Arm."

Ihre Lippen zuckten. „Mein Gott, ich erinnere mich so deutlich an diesen Tag. Ihr habt Kälber gebrandmarkt. Totales

Chaos, denn einige der Helfer von Onkel Frank, die hätten auftauchen sollen, haben das nicht getan. Es war perfekt, denn ich musste nur auf ein Pferd steigen und mit der Arbeit beginnen. Bevor wir fertig waren, war Ashton bereit, mich zu adoptieren."

Luke war völlig verblüfft. „Okay, jetzt hast du mich mit dem Ganzen völlig durch den Wind geschossen, hilf mir doch mal mit den Zahlen. Wie alt bist du?"

„Dreiundzwanzig. Fast vierundzwanzig", erklärte sie. „Was drei Jahre jünger ist, als du ursprünglich gedacht hast, also mach jetzt bloß keinen Aufstand wegen unseres Altersunterschieds. Wenn du das vorhattest, spar dir die Mühe."

„Weiß sonst jemand davon?", fragte er.

Sie schüttelte den Kopf, dann nickte sie einmal zögerlich. „Tansy schon. Sonst niemand, denn das braucht niemand zu wissen, und ich bin mir nicht mehr sicher, warum ich dir das erzähle, außer ..." Sie holte tief Luft, dann richtete sie sich neu aus, um zu ihm hinüber zu krabbeln. Nahm seine Hüfte zwischen ihre Beine, damit sie sich auf seinen Schoß setzen konnte, um sich dicht an ihn zu schmiegen. Ihre Hände legten sich an seine Wangen. „Es scheint das Richtige zu sein, es dir zu erzählen."

„Ich kann nicht glauben, dass ich dich nie nach deiner Familie gefragt habe."

„Ich hätte nichts rausgerückt", erklärte sie.

Das minderte die Schuldgefühle nicht, oder die Dummheit seiner versäumten Taten.

„Mom hat ihr Zuhause verlassen, gleich nachdem sie die Highschool abgeschlossen hatte. Sie sagte, ihre Eltern wären nervig gewesen. Hätten sie immer herumkommandiert und ihre Freunde nicht gutgeheißen, oder die Typen, die sie mochte." Kelli schnaubte heftig. „Wenn man bedenkt, was ich über meinen Dad weiß – nämlich, dass er abgehauen ist, als sie schwanger wurde – und die Scheißhaufen, mit denen sie später zusammen war, lagen ihre Eltern vermutlich nicht falsch."

„Also hast du deine Großeltern nie getroffen?"

„Nein. Ich glaube nicht, dass sie wissen, dass es mich gibt. Meine Mom hatte die doppelte Staatsbürgerschaft, und ich weiß, dass ihre Leute in den USA lebten. Sie hat mir ein paar Dinge über sie erzählt, üblicherweise, wenn sie betrunken war oder krank."

Kelli hatte die Finger in seine Haare geschoben und strich sanft darüber. Immer wieder, als wäre er ihr Halt.

„Das tut mir leid." Er sagte es leise, aber er spürte es bis in die Zehen hinab. Sie hatte mehr verdient.

Sie schüttelte den Kopf. „Wie ich aufwuchs, und die Tatsache, dass ich damals weggegangen bin, ist nicht wirklich was Trauriges. Es ist nicht wie damals, als ihr eure Eltern verloren habt. Meine Mom hat Entscheidungen getroffen. Es waren die falschen, aber sie hatte immer noch die Kontrolle. Deine Eltern haben nicht gewählt, was ihnen passiert ist."

„Ich glaube nicht, dass wir bewerten müssen, wie schlimm die Tragödien in unserem Leben sind, damit sie verheerend wirken", erklärte Luke. „Aber ich bin froh, dass du es mir erzählt hast. Ich fühle mich geehrt, dass du mir vertraust, und ich werde es mit niemandem teilen. Das verspreche ich."

Sie beugte sich vor und küsste ihn, ihre Lippen weich und zart an seinen. Und obwohl es einfach gewesen wäre, weiterzumachen und die Hitze anzufachen, wirkte es nicht richtig.

Die Chemie stimmte auf jeden Fall, und falls sie weiter herumgeknutscht hätten, wäre es nur natürlich und logisch gewesen. Aber er drängte nicht, hielt seinen Kuss sanft, und nach ein paar Augenblicken brach Kelli den Kontakt mit ihrem Mund ab und beugte sich vor, umarmte ihn fest.

Er streichelte sie, öffnete ihre Zöpfe und fuhr mit den Fingern durch ihre Haare, bis sie wie ein weicher Vorhang über ihrem Rücken lagen. Zärtliche Berührungen, die sie so intim miteinander verbanden, als wäre er in ihr gewesen.

Sie saßen da, hielten einander fest, bis Kelli kurz davor stand, in seinen Armen einzuschlafen. Er brachte sie ins Schlafzimmer und packte sie in ihren Spider-Man-Schlafanzug, ehe er ins Bett kroch und sich um sie legte.

Was immer er für Fehler in der Vergangenheit gemacht hatte, es fühlte sich an, als wäre er um eine Ecke gebogen. Er war immer noch nicht sicher, wie Kelli ausgerechnet in Silver Stone gelandet war. Das war eine Geschichte für ein andermal, aber das Schicksal hatte sie hergebracht, und nun, nach so vielen Jahren, hatte das Schicksal sie in seine Arme geführt.

Wohin sie auch gehörte ...

... und war das nicht genug, um ihn von seinen logischen, ordentlichen, einfachen Füßen zu holen?

Doch es machte einfach Sinn. Es fühlte sich perfekt an, sie neben sich zu haben.

Vielleicht war es krass, so zu denken, da sie nur eine Affäre vorgeschlagen hatte, aber was zwischen ihnen entstand, war so viel tiefer als eine Affäre. Es war etwas Richtiges.

Er würde kein Geschenk ablehnen, das direkt vom Schicksal kam.

14

Die nächsten paar Tage vergingen in einem Rausch. Es gab immer wieder Geschäftigkeit zwischen den stillen Augenblicken, in denen mit allen Gala-Teilnehmern geredet wurde. Kelli war fasziniert und unterhalten und erfreut und erschöpft.

Letzteres lag am Sex. O mein Gott, der Sex.

Luke hatte sie in beiden Nächten aufgeweckt. Sagte, es wäre ihre Schuld, weil sie um sich getreten und ihn überhaupt erst aus dem Schlaf geholt hätte, und dass er seine Finger nahm und sie zum Siedepunkt brachte, war nur seine Art, einen Ausgleich zu schaffen.

Sex mitten in der Nacht war eine Art Gerechtigkeit, mit der sie null Probleme hatte.

Der Morgen-Sex war auch ziemlich spektakulär. Es gefiel ihr, ganz warm und gemütlich im Bett mit ihm aufzuwachen, seine Erregung an ihr zu spüren, wenn sie näher rückte.

Er hatte sie gereizt und gequält, bis sie bebte, und dann unter ihm festgenagelt und sie auf der Matratze hart genommen, in sie hineingestoßen, bis sie bereit war, zu brüllen.

Sie hatte das Gesicht an seiner Brust bergen müssen, um zu verhindern, dass sie das ganze Hotel weckte – ja, das würde sie vermissen, wenn es vorbei war.

Die süßen kleinen Augenblicke der Wertschätzung außerhalb des Schlafzimmers waren aber diejenigen, die ihr Herz in Aufruhr versetzten wie ein heranrasender Güterzug. Wie er sie an sich zog, oder einfach so ihre Finger nahm, während sie mit anderen Teilnehmern sprachen ...

Kelli ermahnte sich, dass sie jeden Augenblick davon genießen sollte, aber bloß nichts hineininterpretieren, nur zwei Menschen, die zwar auf jeden Fall zusammenpassten, aber vor allem ein gemeinsames Ziel hatten. Sie waren weit an ihrem ursprünglichen Problem vorbei, dass Luke den Anstand wahren wollte. Sie glaubte nicht, dass jemand seinen Fehler bemerkte, sie als seine Partnerin ausgegeben zu haben. Sie zwang sich dazu, sich um Silver Stones willen sehr glücklich damit zu fühlen.

Die Rückkehr in die Wirklichkeit würde nerven.

Es gab andere Dinge, über die man sich für Silver Stone freuen konnte. Inzwischen hatte sie mit jedem darüber plaudern können, wie fantastisch es bei ihnen war. Vermutlich, bis es ihnen wirklich langweilig wurde, wenn sie ehrlich war.

Der letzte Tag kam schließlich, und sie und Diane gingen allein zum Frühstück, die Kerle hatten die Gelegenheit ergriffen, Langlaufski zu fahren oder irgend so einen Unsinn.

Sie teilten sich die Mahlzeit mit den Besitzern eines weiteren kleineren Stalls, die zur Gala eingeladen worden waren. Das junge Paar hoffte, den Familienbetrieb auf die nächste Stufe zu bringen. Sie waren auch gerade dabei, ihre Familie auf die nächste Stufe zu bringen, da die Frau etwa im sechsten Monat schwanger war, und ihr Mann kümmerte sich um den Zweijährigen, der fest in einen Hochstuhl geschnallt war, damit er nicht herumlief.

Kelli grinste, als die junge Familie ging, und sie griff über den Tisch nach ihrem dritten und besser mal letzten Donut zum Frühstück. Diane schenkte weiteren Kaffee in ihre Tasse und lehnte sich zurück, schaute nachdenklich über den Rand, während sie nippte.

Ihre neue Freundin schien sich auf alles zu konzentrieren, insbesondere auf Kellis Gesicht.

„Ist was? Habe ich noch Frühstück im Gesicht?", fragte sie.

Diane schüttelte rasch den Kopf. „Ich habe darüber nachgedacht, wie traurig es ist, dass wir morgen zurück in die Wirklichkeit kehren müssen."

Na, das war ja mal ein ernüchternder Gedanke. Ihre idyllische Flucht in die Fantasie kam zu einem Ende. Trotzdem …

„Es gibt eine Menge, auf das man sich zu Hause freuen kann. Ich bin echt wild darauf, diese Methode, die du vorgeschlagen hast, bei Chili Pepper auszuprobieren."

„Ich muss Jack überreden, mich rauf nach Silver Stone zu bringen, damit ich dich selbst mit ihr arbeiten sehen kann."

Wäre das nicht aufregend? „Ihr seid doch immer willkommen."

Entsetzen fuhr in Kelli hinein, als ihr ihr Fehler klar wurde.

Es war gewissermaßen derselbe, für den sie Luke die Hölle heißgemacht hatte, was bedeutete, dass sie es hätte kommen sehen sollen. Es war ihre eigene verdammte Schuld, dass sie überhaupt erst der Täuschung zugestimmt hatte.

Jack und Diane würden kommen und Silver Stone besuchen, was wunderbar und fantastisch war. Und wenn man bedachte, dass Kelli inzwischen wusste, was Diane für die Zukunft geplant hatte, könnte das für die Ranch wunderbare Dinge bedeuten.

Aber es bedeutete auch, dass sie erwarten würde, sie und Luke zusammen zu sehen.

Der Gedanke wühlte alles in ihr auf und zerriss Kellis Glück in kleine Fetzen.

Sie bemühte sich darum, etwas zu sagen, bei dem sie nicht mit der Wahrheit herausplatzte, denn obwohl es das war, was sie teilen wollte, konnte sie das nicht. Nicht, ohne erst mit Luke zu reden.

Also hielt sie den Mund. Aber ihr Donut schmeckte nicht mehr annähernd so süß. Er war auf ihrer Zunge zu Sägemehl geworden, und es war beinahe unmöglich, an dem Kloß ihre Kehle vorbei zu schlucken.

Ihre neue Freundin – die nette Frau, die Kelli getäuscht hatte, nun, da sie ihren Irrtum erkannte – beugte sich vor, in ihren Augen stand Sorge.

Kelli nahm ihre Tasse fester. Hatte sie unabsichtlich etwas gesagt, ohne es zu wollen?

„Heute Abend ist die große Party“, setzte Diane langsam an. „Ich habe zufällig etwas herausgefunden, von dem ich denke, du solltest es wissen.“

Ein unangenehmes Gefühl, das sich in Kellis Eingeweiden breitmachte, war eine feste Erinnerung daran, weshalb sie sich normalerweise an die Wahrheit hielt. Ihre Vorstellungskraft legte Überstunden ein und brachte entsetzliche Enthüllungen hervor.

Abermals hatte ihr Gesicht sie wohl verraten, denn Diane ließ beruhigend die Zunge schnalzen. „Ach, meine Liebe. Ich wollte dir doch keine Angst machen. Es ist nichts Schreckliches, aber ich wollte dich vorwarnen, dass die Talismans bei dem Event auftauchen werden. Mein Vater hat es vor mir erwähnt, denn es gibt etwas Geschäftliches, das ich Sean Talisman fragen soll, und das ist die einzige Gelegenheit diese Woche.“

Erleichterung machte sich breit. „Also wird Penny da sein …“

„Das schätze ich."

Verdammt, das waren die besten Neuigkeiten, relativ gesehen, wenn man bedachte, was für weitere Katastrophen Kelli sich vorgestellt hatte. „Das ist echt kein Problem."

„Du hast das schon mal gesagt, und ich glaube dir", erwiderte Diane rasch. „Es ist nur, dass ich weiß, wenn ich es wäre, die auf ein Event geht, wo Jacks Ex-Verlobte einen Auftritt hinlegen soll – nicht, dass er eine hat, aber du weißt ja, wie ich es meine – dann würde ich es wissen wollen."

Kelli nickte. „Eine Vorwarnung, dass sie da sein wird, rettet mich vor ein paar unangenehmen Augenblicken. Danke, dass du es mir sagst, aber wirklich, alles ist in Ordnung."

Diane riss ihren Donut auseinander, steckte sich ein Stück in den Mund und beäugte Kelli genau. „Hast du ein Kleid?"

„Eines, das dir die Socken auszieht", sagte Kelli stolz. „Eine Freundin hat mich versorgt, denn wie wir schon mal besprochen haben, bin ich mehr so ein Mädchen für Jeans und Flanell."

„Kleider machen keine Leute." Obwohl, als Diane mit den Fingern auf den Tisch trommelte, während sie das sagte, sich ein schelmisches Lächeln auf ihrem Gesicht ausbreitete. „Aber ein hübsches Gefieder ist schön, und es gibt nichts, bei dem sich eine Frau mehr wie der pure Luxus fühlen kann, als wenn sie ein umwerfendes Outfit trägt." Sie schaute auf die Uhr. „Heute ist der Terminplan ziemlich dünn besetzt, mit dem offiziellen Ball am Abend. Ich werde im Spa anrufen und uns am Nachmittag ein wenig aufhübschen lassen."

Kelli zögerte.

„Ich gebe es aus", fügte Diane an. Sie hob eine Hand, als Kelli widersprechen wollte. „Du würdest mir einen Gefallen tun. Wir können mehr Zeit zusammen verbringen, und offen gesagt, selbst wenn du zu nett bist, um es Penny unter die Nase reiben zu wollen, bin ich ein wenig einfacher gestrickt. Ich habe gesehen, wie Luke dich an einem normalen Tag ansieht. Ich will ihr Gesicht sehen, wenn sie sieht, wie er auf dich reagiert, wenn du herausgeputzt bist."

Verdammt, Luke musste einen Preis fürs Schauspielen gewinnen oder so was, wenn er dieses „ich stehe auf sie"-Ding so überzeugend abzog.

Kelli sagte über diesen Teil jedoch nichts. Sie machte sich bereit, das Angebot anzunehmen, nicht wegen Penny an sich, sondern wegen dieses weichen Bademantels, und wie sehr ihre Freundinnen sich ins Zeug gelegt hatten, um ihr zu helfen.

Hannas übervolles Gefäß mit Glück, weil sie Brad gefunden hatte – vielleicht war ein wenig von dieser Magie übergelaufen, denn dass sie in dieser letzten Woche mit Luke hatte zusammen sein dürfen, war eine Erinnerung, die Kelli immer schätzen würde.

Sie nickte Diane zu. „Ich wäre gerne die Cinderella für deine gute Fee, aber ich warne dich jetzt, ich bin nicht sonderlich begeistert von Make-up."

Die Frau trat hinter dem Tisch hervor. Sie wartete darauf, dass Kelli sich ihr anschloss, ehe sie einen Arm um Kellis Taille legte und sie aus dem Raum geleitete. „Das lass nur meine Sorge sein. Gute Feen haben so eine Verbindung zur Magie."

Die Kerle waren wieder da, und zu viert verbrachten sie den Rest des Vormittags und das Mittagessen zusammen, ehe Diane Kelli entführte, um gereinigt und poliert zu werden. Ihre Nägel wurden gemacht, und ihre Haare ein wenig gekürzt. Als sie gegen die schicke Hochsteckfrisur protestierte, die Diane anberaumte, blieb ihre Freundin abrupt stehen, stemmte die Hände in die Hüften, damit sie ihr besser einen betonten Blick zuwerfen konnte.

„Du trägst deine Haare *nicht* in Zöpfen", erklärte ihr Diane fest. „Neunundneunzig Prozent der Zeit und bei den Aufgaben, die du machst, sind sie perfekt für dich. Und wenn ich in Zöpfen süß aussehen würde, würde ich das auch so machen, aber nicht heute Abend. Heute Abend lasse ich meine Locken zähmen, also wirst du auch aufgemöbelt."

„Ich mag deine Haare", erklärte ihr Kelli ehrlich.

Diane zog an einer der langen Spiralen, und sie lächelten beide, als sie wieder zurücksprang.

„Sie sind lebendig und voller Energie. Passt zu dir. Ich bin nur einfach nicht so fürs Aufhübschen", beharrte Kelli.

Dianes Augen leuchteten, aber sie blieb herrschaftlich. „Gib mir dein Handy."

Kelli war nicht sicher, was los war, aber sie zog es heraus und öffnete es.

Diane tippte rasch. Kelli schätzte, sie würde nach einer Frisur suchen, die sie vorschlagen wollte, obwohl ihr nicht klar war, weshalb sie nicht ihr eigenes Handy benutzte ...

Einen Augenblick später erklang das vertraute Geräusch einer Textnachricht.

Diane las vom Bildschirm ab, dann reichte sie das Handy mit einem zufriedenen Leuchten in den Augen zurück. „Siehst du? Wir sind einer Meinung."

Der Messenger war offen, und es war ein Text an *und* von Tansy.

Diane hatte erst geschrieben: *hey. Hier ist Diane, und ich bin bei Kelli. Sie sagt, du wärst eine ihrer besten Freundinnen, also hilf mir mal und sag, dass sie zu einem offiziellen Ball keine Zöpfe tragen kann.*

Tansy: *Hi, Diane. <3 dass du dich um mein Mädchen kümmerst.*

Tansy: *Hi, Kelli? Sei kein Idiot, hör auf Diane. Du bringst*

Hanna zum Weinen, wenn du diesem Kleid nicht gerecht wirst. Außerdem – mach ein Bild, oder wir glauben es dir nicht.

Und deshalb arbeitete Kelli eine Stunde später hart daran, das Lächeln auf ihrem Gesicht zu halten, denn Diane hatte alles übernommen und dann die Frechheit besessen, zu verhindern, dass Kelli beobachtete, was immer die Friseurin mit ihr machte.

Das Glitzern in Dianes Augen wurde heller und heller, während Kelli darum kämpfte, nicht herumzuzappeln wie eine Zweijährige.

„Das ist perfekt", erklärte Diane schließlich der Friseurin. „Ich bringe sie nach oben, damit ich sie schminken kann."

Der Stuhl wurde wieder zum Spiegel gedreht, und Kelli sah ihr Abbild zum ersten Mal. Sie fluchte leise. „Bin das ich?"

Diane trat hinter den Stuhl, ihre Haare waren zu einer glatten Hochsteckfrisur mit einem herrlichen, bunten Halbturban frisiert, der darum geschlungen war. „Unsere Typen werden gar nicht wissen, was sie da erwischt."

Kelli hob die Hand an die geringelten Locken, die an ihren Schläfen herabhingen. Es war nichts, womit sie sich jeden Tag die Mühe gemacht hätte. Aber es war gut, zu wissen, dass man sie schön herausputzen konnte. „Sieht gut aus. Danke, Diane."

Ihre Freundin hob einen Finger, das Handy in der Hand. „Hey, Liebling. Wir sind fertig vorbereitet, aber wir müssen unser Make-up und die Kleider fertigmachen. Seid ihr Jungs schon angezogen?"

Diane hatte ihr Telefon auf Lautsprecher gestellt, und Jacks tiefe Stimme trug deutlich durch die Luft. „Fast fertig. Willst du, dass ich ihn raus schaffe?"

„Du kannst meine Gedanken lesen, mein Lieber. Wir treffen euch auf dem Ball."

Ein tiefes Lachen kam über die Leitung. „Was hast du denn vor, Frau?"

„Ärger, von der guten Sorte", versprach Diane. „Jetzt raus mit euch."

Er warf ihr einen Kuss zu, dann legte er auf.

Diane lächelte sie an. „Komm schon, Cinderella. Wir haben ein wenig Arbeit, bevor wir die Burg stürmen."

DIE WOCHE WAR ERSTAUNLICH GEWESEN, aber als sie zu Ende ging, war Luke verführt, das letzte Event einfach sausen zu lassen und sich vor dem Kamin mit Kelli zusammen zu kuscheln.

Der einzige Grund, weshalb er das nicht getan hatte, war, weil sie tatsächlich von dem Gedanken an einen schicken Ball fasziniert schien, und inzwischen war es für ihn unterhaltsamer, sie zu beobachten, als sich in der reinen Lust ihres maßlosen Kurzurlaubs zu ergehen.

Er achtete nicht auf die Weingläser auf dem Tisch und schnappte sich stattdessen eine Bierflasche, drehte sich, um die Menge, die immer größer wurde, zu beobachten. „Es wird ein völliger Schock werden, nach Hause zu fahren", gestand er Jack.

„Das ist doch nur Gerede", erwiderte Jack. „Du bist genauso scharf darauf wie ich, zurückzukommen und herauszufinden, was los war, während wir weg waren. Draußen im Feld zu sein hat etwas, was einem Mann guttut."

„Dazu sage ich Amen."

Sie stießen mit den Flaschen an, grinsten einander an.

Im Hintergrund spielte leise Musik, und ein paar Leute waren bereits auf der Tanzfläche. Das war noch etwas, worauf man sich freuen konnte, rief Luke sich in Erinnerung. Das

Tanzen bot einen Grund, Kelli in den Armen zu halten, und er war dankbar darum.

Mit ihr ins Bett zu steigen war großartig. Sie an sich zu schmiegen, oder in ihrer Nähe zu sein und einfach mit ihr zu reden, hatte sich als beinahe genauso süß erwiesen.

„Wir denken darüber nach, euch im Mai in den Süden einzuladen." Jack ließ die Bombe platzen, als wäre es nichts. Luke wischte sich Bier aus dem Mundwinkel und versuchte, ruhig zu bleiben.

„Wir wollen, dass ihr euch mal anseht, was wir haben, und ob das vielleicht mit den Zuchtlinien funktioniert, die ihr entwickelt."

Luke nahm Jacks Hand und schüttelte sie dankbar. „Es wäre uns eine Freude."

„Noch keine Garantien." Jack schien zögerlich, das klarzumachen. „Aber du und Kelli haben Diane höllisch beeindruckt. Und sie ist nicht leicht zu beeindrucken."

„Sie ist eine gute Geschäftsfrau. Keine Erwartungen, aber wir wissen die Gelegenheit auf jeden Fall zu schätzen, enger mit euch zusammenzuarbeiten."

„Luke?"

Die vertraute Frauenstimme ließ die aufkeimende Aufregung in seinem Bauch nur zu schnell schwinden.

Jacks Augen wurden in dem Moment größer, in dem Luke herumwirbelte, um Penny Talisman vor sich stehen zu sehen.

Ihre Eltern waren weiter hinten, betraten den Saal. Sean nickte kurz, während er Lukes Blick begegnete. Dann ignorierte er ihn, trat vor, um Timothy Carlyn die Hand zu schütteln.

Luke riss sich zusammen und konzentrierte sich auf die Frau vor ihm. „Penny. Wie ist es dir denn ergangen?"

Sie zuckte mit den Schultern, strich sich die langen, blonden Haare zurück und schob sie sich hinters Ohr. Alles war exakt an Ort und Stelle. „Ich bleibe beschäftigt, so wie immer. Mein Vater lässt mich mit dem europäischen Markt handeln. Die Kontakte, die ich im letzten Sommer geknüpft habe, stellen sich als sehr profitabel heraus."

„Schön für dich."

Sie wirkte unbehaglich, griff um ihn herum, um sich Jack vorzustellen.

Das hätte vermutlich Luke tun sollen. Aber andererseits war ihm nicht wirklich danach. Ihm war nicht danach, ihr noch einen Gefallen zu tun oder sich die Mühe zu machen, unhöflich zu sein, oder ... irgendwas. Er brachte so ziemlich gar keine Emotionen zustande, wenn es um sie ging. Was interessant war.

Er warf einen Blick auf die Uhr und fragte sich, wann genau die Frauen denn auftauchen würden. Er dachte darüber nach, Kelli eine Nachricht zu schicken, dass Penny hier war, aber noch ehe er etwas tun konnte, kam ein schmaler Mann in einem sehr teuren Anzug näher, um sich ihnen anzuschließen.

Luke erkannte den Fremden nicht, aber als der Mann neben Penny stehen blieb und ihre Hand nahm, hob Luke eine Augenbraue.

Es war *keine* Eifersucht. Alles, was er für Penny empfand, war ein verbleibendes geschäftliches Interesse, weil ihre beiden Ranchen immer noch miteinander zu tun hatten.

Trotzdem wurden Pennys Wangen rot. Sie riss sich zusammen und stellte den Mann vor. „Dimitri Zabou. Aus Italien."

„Und jetzt von hier", sagte er mit dem Hauch eines Akzents, hob Pennys Hand an den Mund und küsste sie auf die Handknöchel, während er ihr in die Augen schaute. „Penny und ich sind verlobt."

Ach, *wirklich?* Luke ging kurz die Zahlen durch und brachte faszinierende Informationen heraus.

Dimitri entschuldigte sich. „Dein Vater hat versprochen, mich jemandem vorzustellen. Komm nach, sobald du kannst, *Cara Mia*."

Jack zog los, nachdem er Luke einen besonders bedeutungsschweren Blick zugeworfen hatte. Penny war hin und her gerissen, stand nicht sonderlich stabil auf ihren eleganten hochhackigen Schuhen, auf eine Art, wie er es in ihren gemeinsamen Jahren noch niemals gesehen hatte.

Er warf einen Blick zur Tür, fragte sich wieder, wo zum Teufel Kelli blieb. „Ich gratuliere. Ich wünsche dir und Dimitri alles Gute."

Zum Glück meinte er das ernst. Es war gut, keinen bleibenden Groll auf sie zu spüren.

Penny glitt zur Seite, um seine Aufmerksamkeit zu bekommen. „Das klingt vielleicht dumm, aber ich wollte mich bei dir bedanken. Danke, dass du geholfen hast, dass wir zu Sinnen kommen und unsere Verlobung auflösen."

Er zuckte mit den Schultern. „Gern geschehen."

Sie drängte weiter, tippelte auf der Stelle herum, als wäre sie nur zu gerne weg, aber entschlossen, zu sagen, was sie sagen wollte. „Ich bin froh, dass du mit Kelli zusammen bist. Ich bin froh, zu wissen, dass du jemanden hast, der dich glücklich macht. Denn ich weiß, dass ich das nicht war. Und es mag zwar voreilig wirken, aber ich bin wirklich in Dimitri verliebt. Unsere Beziehung ist anders als das, was du und ich hatten. Vielleicht ist das der Grund, weshalb es so gut ist, zu sehen, dass du dasselbe gefunden hast. Mit Kelli."

„Das erkennst du an nur fünf Minuten und ein paar Zeilen Unterhaltung?" Er wollte nicht, dass diese Anmerkung so unhöflich wirkte, aber so sollte es eben sein.

Ihre Lippen krümmten sich zu einem Lächeln. Einem sehr viel ehrlicheren als allem, woran er sich aus all ihren gemeinsamen Jahren erinnern konnte. „Das konnte ich schon im ersten Augenblick erkennen. Du bist sehr viel glücklicher, als ich dich je gesehen habe, Luke. Und das freut mich. Ich wünsche dir das Beste."

Penny legte ihm die Finger oben auf den Arm und trat näher, beugte sich heran, um ihn auf die Wange zu küssen. Sie hätte auch verschwunden sein können, denn in diesem Moment öffnete sich die Tür und Kelli kam herein.

Lichter schimmerten auf ihrem cremefarbenen Kleid. Wie üblich waren ihre Haare aus dem Gesicht zurückgenommen, aber diesmal waren sie, anstatt in der Form von Zöpfen weit über ihre Schultern hinab zu fallen, von irgendeiner Magie wie eine Krone auf ihrem Kopf gehalten.

Ihre Blicke trafen sich, er konnte nicht wegschauen. Es war nicht nur, dass sie schön war, obwohl sie das war. So viel Glück leuchtete in ihren Augen, dass seine Knie sich in Pudding verwandelten, während er nach vorne ging, um sich ihr anzuschließen.

Sie bewegte sich langsam, glitt über den Boden, als würde sie sich an ein neugeborenes Fohlen anschleichen. Unter dem Kleid bewegten sich ihre Hüften, der Stoff funkelte, während sie sich bewegte. Der Halsausschnitt klaffte auf, bildete einen Halbkreis, der die obere Wölbung ihrer Brüste offenlegte. Anständig und doch verrucht und sexy.

Sie trafen sich mitten im Raum, und er nahm ihre Finger in seine. „Ich würde dich küssen, aber ich will dich nicht verunstalten."

Kelli grinste. „Mir gefällt es, wenn du mich verunstaltest, aber ja, wenn man bedenkt, wie lange Diane gebraucht hat, um meinen Lippenstift aufzutragen, solltest du dich vielleicht einen Augenblick zusammenreißen."

Das würde sehr viel mehr Willenskraft benötigen, als ihr vielleicht klar war. „Du siehst unfassbar aus."

Sie wirbelte auf der Stelle herum, der Rock weitete sich an

ihren Oberschenkeln, ihre cremefarbenen Cowboystiefel waren das einzige gewissermaßen Vertraute an ihrem Outfit.

„Es fühlt sich komisch an und doch wirklich, wirklich gut." Sie drehte sich zurück und ließ eine Hand an seinem Jackettkragen hinaufgleiten. „Und wow. Schicker Mann."

Er zog sein Handy heraus und ließ einen Arm um sie gleiten. „Lächle", drängte er sie.

Sie lachte und lehnte sich an ihn, während er ein Selfie machte.

„Stillhalten", sagte jemand und hob eine riesige Kamera, um zu erklären, was los war. „Ich mache offizielle Fotos für die Gala."

Luke steckte sein Handy weg, dann posierten sie ein bisschen vor dem Mann, der ihnen anschließend seine Karte reichte. Luke ließ sie in seine Tasche gleiten, ehe er Kelli auf die Tanzfläche führte.

Sie an sich geschmiegt zu halten, während sie sich zu einem langsamen Tanz bewegten, war beinahe perfekt.

„Habe ich da Penny gesehen?", fragte Kelli.

Er konnte den Blick nicht von ihren Lippen wenden. „Schätze schon."

Sie lachte, das Geräusch schien bis ganz von ihren Zehen herauf zu rollen, bis es über sie beide hereinbrach wie helles Sonnenlicht. „Gute Antwort."

„Nicht, dass ich eine Menge Zeit damit verbringen möchte, über sie zu reden, aber nur, damit du es weißt, sie ist mit jemandem verlobt, den sie letzten Sommer getroffen hat."

Kellis Augen wurden groß, dann machte sich Wut auf ihrem Gesicht breit.

„Nicht. Schau nicht so empört drein. Sie und ich sind schon längst vorbei. Ich dachte nur, ich sollte dich das wissen lassen."

„Sie hat echt Glück, dass du nicht der rachsüchtige Typ ist", sagte Kelli.

„Sie hat Glück, dass du mir glaubst, wenn ich sage, dass es okay ist, denn ich bin sicher, du hättest ihr zu meiner Verteidigung das Leben zur Hölle gemacht, oder etwa nicht, meine wilde Frau?"

Kelli knurrte, ihr Lächeln war wieder da, während sie sich insgeheim an ihm wiegte, auf eine Art, die dazu angetan war, seinen Verstand zu sprengen und seine Selbstbeherrschung in Fetzen zu reißen.

Sie tanzten, wechselten die Partner, als andere kamen, um sie von ihm zu entführen. Er tanzte auch mit anderen, den Frauen oder Töchtern, aber durch all das hindurch konnte er den Blick nicht von Kelli lassen.

Er hatte ihre Woche zusammen ohne einen Hintergedanken angefangen, aber irgendwie war seither Magie geschehen. Die Scheuklappen waren abgenommen, und er hatte endlich festgestellt, was die ganze Zeit da gewesen war.

Kelli war wirklich perfekt für *ihn*, nicht nur für Silver Stone.

Während der Ball weiterging, klickten die Kameras. Unterhaltungen wanderten vom Allgemeinen zum Konkreteren, Einladungen wurden angedacht, und Luke wusste, dass das ein Wendepunkt seines ganzen Lebens war.

15

Kelli hatte nie richtig darüber nachgedacht, was in der Nacht, nachdem Cinderella den Ball verließ, mit ihr passierte.

Ach, sie wusste schon alles über die Flucht die Treppen hinab und den verlorenen Schuh. Selbst wenn Märchen in ihrem Repertoire als Kind keine sonderlich große Rolle gespielt hatten, hatte sie Calebs Mädchen genug vorgelesen. Obwohl Disney es herunterspielte, war Kelli ziemlich sicher, dass zu den Stunden gleich nach dem Ball eine Tonne Tränen und Reue gehörten, dass das schöne Abenteuer vorbei war.

Diese Gefühle lagen auch in ihrer Zukunft, doch als Luke sie in ihr Schlafzimmer führte, schob sie die drohende Traurigkeit beiseite und konzentrierte sich auf das Hier und Jetzt.

Sie war heute Abend eine Prinzessin gewesen. Etwas, nach dem sie sich nie gesehnt hatte, aber verdammt, einmal im Leben war der Abend wirklich magisch gewesen.

Morgen ging es zurück in die Realität, aber heute Nacht würde sie sich an die ausgedachte Welt klammern und sich von

Luke in der Privatsphäre ihrer abgedunkelten Räume wieder in die Arme nehmen lassen.

Er summte eines von Walkers Liedern, wenn Kelli es richtig erkannte, während die beiden barfuß auf dem weichen Teppich vor dem Fenster tanzten. Licht strömte über sie, ein Funkeln, das hin und wieder gespiegelt und dann vom Kleid zurückgeworfen wurde.

Seine Hände hielten sie so fest. Sie legte den Kopf an seine Brust und seufzte glücklich. „Ich hatte eine tolle Zeit. Vielen lieben Dank, dass du mich mitgenommen hast."

Er lachte leise. „Wir passen beide gut hierher. Ich wusste, dass du hier richtig sein würdest."

„Ich weiß nicht, ob das wirklich ich bin", scherzte Kelli, wechselte die Position, damit sie ihm die Hände um den Nacken legen konnte, sich an seinem Körper wiegen. „Ich bin eine Ranchhelferin, keine Debütantin."

„Du bist *Kelli*. Du bist stark, du bist schön, und ich kann es verdammt noch mal nicht erwarten, wieder in dir zu sein."

Ein Prickeln schoss durch ihren ganzen Körper. „Okay."

Die Magie des Abends setzte sich fort, und Kelli griff mit beiden Händen genauso stark zu, als sie seine Schultern fasste.

Luke küsste sie, und ihre Gedanken stahlen sich davon. Nichts verankerte sie auf dem Boden bis auf seine Hände, die sie wiegten, sich unter ihren Hintern legten, bevor er mit einer Hand über die nackte Haut ihres Rückens hinauf und in ihre Haare strich.

Seine Lippen neckten ihren Mundwinkel, bevor sie über ihre Wange zu ihrem Ohrläppchen wanderten. „Gott sei es gedankt, dass ich dich jetzt verunstalten darf. Ich konnte mich den ganzen Abend lang nicht entscheiden, ob ich dich aus diesem Kleid schälen wollte, oder nur den Rock heben und dich gleich an Ort und Stelle ficken."

Ein Beben erfasste sie, und noch eines, als er ihr

Ohrläppchen in den Mund saugte und aller Sauerstoff aus dem Raum wich. „Das wäre vielleicht mitten auf der Tanzfläche ein Skandal gewesen."

Er summte, drehte ihr Gesicht zum Fenster. Die Dunkelheit draußen machte das Glas zu einem Spiegel, der ihr Abbild zeigte, während sie zusammen weiter die Hüften wiegten. Seine dicke Erektion reizte sie.

„Tun wir so", flüsterte er. „Sag, dass du mich willst."

Sie hob eine Hand, nutzte das Spiegelbild vor ihr, um ihr zu helfen, sie um seinen Hals zu legen. Dieses Gefühl, wie er an ihrem Rücken war, eine Wand aus Verlangen.

Ein Teil der Wahrheit platzte heraus. „Unbedingt."

Was sie bei diesem Geständnis zurückhielt, waren die Teile *immer und ewig*, denn auf keinen Fall würde sie etwas so schrecklich Schönes wie heute Nacht zerstören.

Er küsste ihren Nacken. Seine Hände legten sich kurz fest auf ihre Hüfte, ehe er den Stoff mit den Fingern packte, den Rock langsam höher schob, während er über ihre Schulter zusah und langsam mehr von ihren Beinen freilegte.

Stück um Stück, bis seine Fingerspitze über ihre Oberschenkel strich, und ein seltsames Keuchen über ihre Lippen kam.

Ein fröhliches Brummen grollte zu ihr zurück. „So verflixt sexy."

Himmel.

Seine Hände glitten zwischen ihre Beine und legten sich über ihr Geschlecht, und das zustimmende Geräusch wurde lauter. „Du bist feucht, Kelli. Das spüre ich durch dein Höschen."

Er drückte einen Finger an den Stoff und schob ihn zwischen ihre Schamlippen. Weiß glühende Blitze trafen sie, als er absichtlich Kontakt zu ihrer Klitoris herstellte.

Luke ließ einen der Schulterriemen von ihrem Kleid

herabgleiten, und der Stoff fiel so sehr in sich zusammen, dass eine Brust offenlag. „Gottverdammt. Wenn ich gewusst hätte, dass du da drunter größtenteils nackt bist, hätten wir schon vor Stunden den Saal verlassen."

„Vorfreude gehört doch zum Vergnügen", neckte sie, bewegte die Hüften etwas heftiger, während sie nach hinten griff, um eine Hand auf seinen Schwanz zu legen. Die dicke Schwellung mit der Hand zu drücken.

Er schob den Zwickel ihres Höschens zur Seite und ließ einen Finger hineingleiten. Reizte sie, hinein und hinaus, gerade so viel Empfindung, dass ihr Körper sich nach mehr sehnte.

Jetzt mit zwei Fingern, etwas tiefer. Kelli stellte sich breitbeiniger hin, packte sein Handgelenk, während er arbeitete.

Seine linke Hand glitt über ihre Brust, die Handfläche schmiegte sich an die nackte Haut. Hob sie und drückte sie, seine Hände bewegten sich im Gleichklang, bis sie unbedingt alles ausziehen und das riesige Bett neben ihnen nutzen wollte.

Er ließ sie nicht zurückweichen. Er schob zwei Finger tief in sie und stand dann reglos da, hielt sie an Ort und Stelle, während sie sich wand. „Ich brauche dich", warnte er sie. „Muss meinen Schwanz in dich stecken." Seine Finger zogen sich zurück, dann stießen sie wieder hinein. „Tief in dich, damit du dich wie wild um mich zusammenziehen kannst."

Sie schob sich an ihn. „*Ja.*"

Seine Hände verschwanden, und sie wimmerte wie ein Welpe, den man in der Scheune allein gelassen hatte.

Aber er bewegte sich, griff zwischen sie, um seinen Reißverschluss zu öffnen und seinen Schwanz herauszuholen. Schob ein Kondom darauf und nahm sie wieder, während er mit der linken Hand ihren Körper an seinem stützte.

Er schob den Rock hinten nach oben und zog ihre

Unterwäsche zur Seite, und dann war sein Schwanz an ihr, und er glitt in sie, während er ihr Gesicht im Spiegelbild vor ihnen ansah.

O *Gott*, es fühlte sich gut an.

Es fühlte sich unmöglich an, seine angeschwollene Größe aus diesem Winkel sehr viel beeindruckender. Er hielt sie hoch genug, dass ihre Zehen kaum den Boden berührten, während er die Knie beugte und sich den Rest des Weges hineinschob.

„*Luke.*" Das Wort platzte aus ihr heraus, während sie sich an sein Handgelenk klammerte. Er sorgte dafür, dass sie nichts tun konnte außer zu empfinden. Zu spüren.

In der Lust zu schwelgen, die er ihrem Körper auferlegte.

Das Spiegelbild war so schmutzig, dass es sie wild machte, ohne dass er auch nur etwas tat. Aber als er zu pumpen begann, so fest, dass ihre Brüste hüpften, glitten seine Finger über sie, bis er wieder in Kontakt mit ihrer Klitoris kam.

„Schau uns an", befahl er. „Gottverdammt, schau dich an. Du bist perfekt, wie du dich nach hinten schiebst, als könntest du nicht genug von meinem Schwanz bekommen. Wie ein Engel, der geflirtet hat, bis der Teufel rauskommt, um dich so richtig hart ranzunehmen."

Sie stöhnte, kurz vor dem Abgrund wegen seiner unnachgiebigen Stöße und dem Dirty Talk.

„Fester", forderte sie. „Mach schon."

Luke drehte durch. Mit einem Brüllen drehte er sich auf der Stelle und stieß ihren Bauch auf das Bett hinab. Ihre Beine hingen zum Boden, ihr Körper wurde in die Matratze gedrückt. Er legte ihr die Hand mitten auf den Rücken, nagelte sie fest und ließ seine Hüften machen. Schneller jetzt, spießte er sie heftig auf, seine Größe öffnete sie weiter, bei jedem Stoß stieß er an ihre Schamlippen.

Die Matratze hüpfte, und seine Finger packen sie fest

genug an den Hüften, um sie dort zu halten, wo sie sein musste, als ein Orgasmus anrauschte und sie mit sich wegtrug.

„Luke ..."

Er hämmerte in sie hinein, sein Körper auf ihrem wie ein Hengst über einer Stute, während er den Mund an ihren Nacken legte und verdammt noch mal zubiss.

Nachbeben wogten durch sie hindurch, als er kam. Sein Schwanz zuckte in ihr. Der Stoff seiner Hose rieb an ihren nackten Schenkeln. Ihre Körper bäumten sich auf, ihre Atmung war unregelmäßig. Lange Minuten, nachdem sie fertig waren, bebte die Matratze immer noch.

Er nahm nur einen Teil seines Gewichts von ihr, hielt sie fest, als würde er sich ihr einprägen wollen.

In der Zwischenzeit speicherte Kelli jede mögliche Erinnerung. Irgendwann endeten die magischen Augenblicke immer, aber bis zu dieser letzten Sekunde würde sie nichts davon ungeschätzt verstreichen lassen.

„Das war verdammt schmutzig, und verdammt gut", flüsterte sie.

Luke lachte leise, hob sich weit genug hoch, um ihr einen Kuss auf den Nacken zu geben, ehe er sich zur Seite rollte und von ihr löste. „Für eine Debütantin siehst du ordentlich liederlich aus."

Sie war zu gelöst, um sich zu bewegen. „Wenn das eine Annehmlichkeit ist, die der Job mit sich bringt, werde ich in der Zukunft weitere Beschäftigungsmöglichkeiten suchen müssen."

Er strich mit den Fingern ihren Oberschenkel hinauf, reizte ihr feuchtes Geschlecht. „Ich bin bereit, meine liederliche Art zu üben", erklärte er. „Nur, um sicherzugehen, dass du richtig ausgebildet bist. Aber ich bin mir ziemlich sicher, du wirst ein Superstar, ganz gleich, was du tust."

Sie zwang sich von seinen reizenden Fingern zurück.

Rollte sich auf die Seite, während sie die Beine anzog. Er saß auf der Bettkante und schaute vor sich hin, schien sich nicht darum zu kümmern, dass er völlig angezogen war, während nur sein Schwanz aus dem offenen Hosenstall seiner Anzugshose hing.

Und so beeindruckend dieses Körperteil auch war, sein Schwanz war nicht mehr das, was sie sich anschaute. Es war sein Gesicht – seine Augen und der zufriedene Ausdruck dort. Das waren die Dinge, an die sie sich erinnern wollte. Das waren die Dinge, die sie vermissen würde.

Er nahm ihre Finger in seine und hob sie an den Mund. „Duschst du mit mir?"

Eine weitere Sache, die Cinderella niemals abgelehnt hätte. „Lass schon mal das Wasser laufen, ich bin gleich da."

Er lehnte sich über das Bett und drückte ihr einen raschen Kuss auf die Lippen, stand auf und ging, sein perfekter Arsch bewegte sich unter der Hose.

Kelli lag im Mondlicht da, ihr Herz hämmerte, während die Euphorie immer noch durch ihren Körper rauschte. Mitten in dieser Perfektion suchte sie nach dem nächsten Weg, den sie einschlagen musste. Den Weg, der ihr gestatten würde, sich zurückzuziehen, Sicherheit zu finden und einen festen Ort, der ihr Halt gab.

Die Magie hatte länger gehalten als eine Nacht, aber sie ließ bereits nach. Allzu bald würden sie zurück in Silver Stone und der gewöhnlichen alltäglichen Magie sein, die sie dort heraufbeschworen.

Und das war für Kelli in Ordnung. Das war es wirklich. Sie war froh, dass sie für kurze Zeit etwas hatte erfahren dürfen, das weit über die Träume einer Ausreißerin hinausging.

Sie stand da und betrachtete ihr Spiegelbild ein letztes Mal. Eine Prinzessin? Eine Debütantin? Die Frau vor ihr hob eine Hand an ihr wirres Haar und lächelte schwach. Als Kelli aus dem geliehenen Kleid stieg, sagte sie Lebewohl zu der geliehenen Persönlichkeit im Spiegel.

Es war okay. Kelli James, leitende Helferin auf Silver Stone, war eine Frau, die in Ordnung war, mit einer überzeugenden Bandbreite an Fähigkeiten und einer Menge Freunde.

Das Einzige, was sie nicht haben würde, war Luke Stone.

Nicht nach heute Abend.

Der Frühstücksraum war voller Leute. Manche waren in Eile, um sich eine letzte Tasse Kaffee zu holen, bevor sie zum Flughafen hetzten. Manche bewegen sich langsamer – diejenigen, die nicht so weit reisen mussten oder spätere Flüge hatten.

Alle nutzten die Gelegenheit, um sich zu verabschieden und Kontaktinformationen noch einmal zu überprüfen.

Jack schlug Luke ein paar Mal die Hand auf die Schulter, bevor er sie fest drückte, sein strahlendes Lächeln war hundertprozentig aufrichtig. „Ihr werdet in Kürze von mir hören", versprach der Mann, „aber ich bin mir ziemlich sicher, die Mädchen werden diejenigen sein, die uns erzählen, wann und wo wir uns als nächstes treffen."

Luke erwischte seine Hand und drückte sie noch einmal besonders fest. „Das weiß ich zu schätzen, Mann. Und danke für das Teilen eurer Suite, und dass ihr euch so gut um Kelli gekümmert habt. Sowohl du als auch Diane."

„Hey, mit ihr kommt man doch super klar. Genau wie mit dir." Jack machte eine Geste. „Diane, Liebling. Wir müssen los."

Diane gab Kelli eine große Umarmung, dann wedelte sie mit dem Finger vor Kellis Gesicht.

Kelli lächelte, aber sie wirkte ein wenig traurig. Sie war wieder von Kopf bis Fuß in Jeansstoff gekleidet, ihre Zöpfe waren wieder da, Stiefel an ihren Füßen.

Er war so damit beschäftigt, sie anzustarren, dass er beinahe umfiel, als Diane ihm ihre Arme um die Schultern legte und ihn enthusiastisch an sich zog.

„Wir melden uns", versprach sie. Dann senkte sie die Stimme. „Mein Mädchen hier hat irgendwas auf der Seele, aber sie sagt mir nicht, was es ist. Kümmere dich gut um sie, okay?"

„Das habe ich vor", versprach er.

Es gab kurz Aufruhr, und dann wurde es leise im Foyer. Er wandte sich an Kelli, die gerade damit fertig war, sich von Mrs. Petrie zu verabschieden, und nun vor dem riesigen Kamin im Wartebereich stand, wo sie in die Flammen starrte.

Luke zog an einem von Kellis Zöpfen, um ihre Aufmerksamkeit zu bekommen. „Wir sollten auch losfahren", erklärte er. „Jetzt ist alles frei, aber man weiß nie, wann dieses Hochdruckgebiet reinzieht."

Kelli nickte. „Ich bin bereit."

Sie stieg ein, ließ sich in den Beifahrersitz fallen und stellte ihre Reisetasche auf den Sitz zwischen ihnen. Als sie ein paar Papiere herausholte und anfing, sie durchzugehen, lachte er leise und ließ sie machen.

Es war eine lange Woche gewesen, und er hatte ihr nicht viel Raum für sich gelassen.

Luke schaltete Musik an und entspannte sich, genoss die lockere Fahrt zurück zur Ranch. Er ging im Geiste ein paar Checklisten durch, aber noch während er das tat, machte sich Zufriedenheit breit. Ihre Zeit bei der Gala war ein voller Erfolg gewesen.

Sein Fehler hatte sich als so ziemlich das Beste erwiesen, was er jemals getan hatte.

Morgen. Morgen würden sie sich hinsetzen und gemeinsam eine Liste von jedem erstellen, dem sie eine E-Mail oder einen Anruf zukommen lassen sollten, aber in den nächsten zwölf Stunden würde er sie nach Hause fahren, heiß duschen und dann ins Bett fallen. Irgendwo dazwischen würden sie der Familie ein hoffnungsvolles Update mit Neuigkeiten geben, aber auf jeden Fall standen Dusche und Bad an erster Stelle.

Vielleicht würde er gleich zu seinem Haus fahren. Sie würden sich Kellis Sachen aus ihrem Zimmer in der Schlafbaracke schnappen müssen, aber das musste man ja nicht gleich machen. Es gab keinen Grund, warum er nicht all ihre Schmutzwäsche bei sich zu Hause in die Wäsche werfen sollte.

Er freute sich darauf, sie in einem seiner T-Shirts zu sehen, wie sie durchs Haus ging. Obwohl ihr Spider-Man-Schlafanzug schon einen gewissen Charme versprühte.

Als sie in den Außenbereichen von Heart Falls ankamen, klappte Kelli ihre Arbeit im Schoß zusammen und packte sie weg, warf ihm einen Blick zu. „Bitte halt bei der Reinigung an. Ich sollte Hannas Kleid dort abgeben."

Er war nur einen Atemzug davon entfernt, ihr anzubieten, ihr ein Duplikat zu kaufen, aber irgendetwas an ihrem Gesicht warnte ihn, dass sie zu müde war, um sich necken zu lassen. „Gute Idee. Ich gebe die Sachen ab, die Josiah mir geliehen hat."

Ein paar Minuten später waren sie wieder unterwegs und fast zu Hause.

Kelli drehte sich zu ihm, ein wenig von ihrer alten Begeisterung war wieder da. „Danke für alles. Ich glaube, das ist wirklich gut gelaufen. Alle dachten, dass Silver Stone fantastisch klingt, und ich wette, es kommen bald Bestellungen rein."

Er griff um die Tasche auf dem Sitz zwischen ihnen und

nahm ihre Finger, rieb mit dem Daumen über ihre Handknöchel. „Alle fanden dich fantastisch. Ich hab dir doch gesagt, sie würden dich lieben."

Sie machte ein unwirsches Geräusch. „Ja, na ja, das ist besser gelaufen, als ich erwartet habe, aber es ist keine Umgebung, in der ich regelmäßig auftreten möchte." Er wollte sie gerade fragen, ob es irgendetwas gab, was sie aus ihrem Zimmer unbedingt brauchte, als sie auf das Haus deutete. „Alle sind da. Ist irgendwas passiert?"

Er ließ ihre Hand los, machte sich plötzlich Sorgen. Es waren eine ganze Menge Trucks vor dem Haus geparkt. „O mein Gott, was, wenn was mit Tamara ist?"

Sie waren nur eine Minute vom Haus entfernt, aber Kelli schrieb bereits Nachrichten.

Anspannung machte sich breit, als er auf den freien Platz neben Walkers Truck fuhr, stellte sein Auto ab, während sie erleichtert ausatmete. „Tamara geht es gut. Mein Gott, aber ich werde sie umbringen."

„Was ist denn los?"

Kelli schob die Tür auf, las immer noch auf ihrem Handy. „Sie sagt, es ist ein Familientreffen. Sie haben auf dich gewartet."

Die Furcht wurde von Ärger vertrieben. „Wäre schön gewesen, wenn sie mir heute Vormittag Bescheid gesagt hätten", grollte er.

Er machte sich zur Hintertür auf, hielt zwei Schritte entfernt an, als ihm klar wurde, dass Kelli nicht bei ihm war. Er drehte sich um, um festzustellen, dass sie resolut die verschneite Straße hinabmarschierte, den Koffer in der Hand.

„Hey. Was machst du da?"

Sie blieb stehen, ihre Schultern sichtlich starr, selbst aus dieser Entfernung. „Ich will auspacken."

Irgendwas war auf jeden Fall los. „Du musst mitkommen."

Ihr Gesicht spannte sich an. „Luke, es ist ein Familientreffen. Geh. Sie warten auf dich.“

Etwas brannte durch. Er stapfte durch den Schnee an ihre Seite und packte ihren Koffer, riss ihn ihr aus der Hand. „Was zum Teufel stimmt denn nicht mit dir?“

„Gar nichts. Ich habe dir gesagt, ich muss auspacken, ich muss mich duschen und an die Arbeit gehen.“

„Echt?“

Kelli wirkte verwirrt. „Klingt das seltsam?“

„Verdammt seltsam.“

Bevor er ihr die Hölle heißmachen oder sie an der Schulter packen und etwas Vernunft in sie hineinschütteln konnte, erklang sein Name.

Sie wirbelten beide zum Haus herum, wo Caleb auf der hinteren Veranda stand. „Hey. Tut mir leid, dass ich dich nicht früher vorgewarnt habe, aber es ist der einzige Zeitpunkt, an dem wir alle versammeln konnten. Rauf hier, wir müssen reden.“

Es war ja nicht, als könne Luke sich beschweren. Nicht, nachdem er eine Woche lang weg gewesen war, aber das war ja wohl mal ein beschissenes Timing.

Er hob eine Hand, um kundzutun, dass er es gehört hatte. „Bin gleich da.“

„Du auch, Kelli“, fügte Caleb an.

Dieser Befehl ließ Kelli zusammensinken wie ein Strauß Margeriten, der zu lange in der heißen Sonne gestanden hatte. „Bist du sicher?“, fragte sie.

Caleb hatte sich bereits umgedreht und war wieder ins Haus gegangen. Kelli stieß ein tiefes Seufzen aus, ehe sie sich an Luke vorbei schob und zum Haus marschierte.

Er folgte ihr und hielt den Mund. Aber im Inneren rang er damit, die letzten fünf Minuten zu verstehen.

Was zum Teufel war schief gelaufen?

16

on einem sauberen Schlussstrich war das so weit entfernt, wie es nur sein konnte.

Kelli ging durch die Tür der Garderobe, blieb weit genug vom Eingang entfernt stehen, damit auch Luke eintreten konnte. Dann merkte sie, dass das ein Fehler war, denn anstatt sein Zeug auszuziehen und sich dann dem Rest der Familie anzuschließen, blieb er neben ihr, funkelte sie an, als wolle er die Unterhaltung fortführen, der sie draußen hatte aus dem Weg gehen wollen.

Sie wandte ihm den Rücken zu und zog ihre Stiefel aus, schlich sich davon zu einer Stelle, die näher bei Tamara war. Sie stahl sich von der Kücheninsel im Vorbeigehen einen Keks und hoffte, die Kalorienzufuhr würde ihr die Energie verschaffen, um durch dieses Chaos durchzukommen.

Es hätte einfach sein sollen. Sie hätte weggehen können sollen.

Tamara schaute sie von oben bis unten an und nickte knapp. „Der Urlaub hat dir gutgetan."

Kelli öffnete den Mund, dann schloss sie ihn wieder. Sie

schaute zu Luke, der sich einfach hingestellt hatte, nachdem er die Stiefel ausgezogen hatte. Er schien nur eine Sekunde davon entfernt, zu explodieren wie eine Gewitterwolke.

Auf keinen Fall die Richtung, in die sie schauen sollte. Sie zwang sich zu einem Lächeln und nickte knapp. „Ich glaube, es war ein Erfolg. Aber was ist denn los?"

Caleb erhob sich, trat direkt vor den Kamin. Er nahm sich Zeit, die versammelte Familie zu betrachten, was neben Luke Tamara, Walker und Ivy einschloss, und Dustin, der auf der Rückenlehne des Sofas saß.

Ashton war auch da, was Kelli ein etwas besseres Gefühl gab, anstatt die einzige im Raum zu sein, die keine Stone war.

Luke kam und stellte sich neben Kelli, verschränkte jedoch die Arme, anstatt sie zu berühren. Sie starrte Caleb an, bemühte sich sehr, um nicht auf den Zehenspitzen zu wippen.

„Ich bin froh, dass die Dinge gut gelaufen sind, und wir wollen alles darüber hören, aber Tamara und ich haben geredet und uns wurde klar, dass wir die Dinge auf den Tisch bringen müssen, und zwar früher und nicht später. Ihr wisst alle, dass wir einen Kampf ausfechten, um aus den roten Zahlen zu bleiben. Es braucht nicht sonderlich viel, aber die Wahrheit ist, dass es auch nicht sonderlich viel braucht, um uns in die andere Richtung zu schicken."

„Ist es wirklich so schlimm?", fragte Ivy, ihre Finger in die von Walker verschränkt, und sie saßen beide ganz am Rand des Raumes.

„Möglich. Wie ich gesagt habe, es könnte so oder so laufen. Die Sache ist die, einige der Maßnahmen, die wir vornehmen können, bringen uns auf neue Wege, und einige von denen müssen schon in diesem Frühling passieren." Caleb bewegte sich nach rechts, griff nach unten, um die Hand zu nehmen, die Tamara ihm hingestreckt hatte. Als ob er aus dem Kontakt Kraft ziehen würde.

Er wandte sich wieder an seine Familie. „Ich weiß, dass wir alles Silver Stone lieben, aber wir müssen tun, was für die ganze Familie das vernünftigste ist. Für uns alle, und das bedeutet letztlich, dass wir alle mit der neuen Richtung glücklich sein müssen, falls das möglich ist."

„Man kann sein Leben nicht nach einem Komitee führen", sagte Ashton offen. „Und man kann nur selten eine ganze Gruppe Menschen glücklich machen, wenn man etwas verändert."

„Sehe ich auch so", sagte Walker. „Aber wollen wir doch mal sehen, welche Optionen es gibt, und machen von da an weiter."

Caleb nickte. „Nur damit ihr es wisst, Tamara und ich haben mit Ginny geredet. Sie hat ein paar Ideen mit uns geteilt, aber sie weiß, was los ist."

„Hat sie vor, früher heimzukehren und diese CSA-Gartensache ins Rollen zu bringen?", fragte Dustin. „Denn wenn uns das Geld fehlt, macht es mir nichts aus, doppelt so viel zu arbeiten, um dafür zu sorgen, dass wir das zum Laufen kriegen."

Caleb nickte. „Ginny hat es angeboten, aber sie hat eine unfassbare Gelegenheit erhalten. Wenn sie abbricht und ihre Ausbildung jetzt nicht fertigmacht, wird sie niemals wieder eine Chance bekommen. Das will ich nicht für sie."

„Aber was, wenn das bedeuten würde, dass sie gar nichts hat, zu dem sie zurückkehren kann", beharrte Dustin.

Tamara hob eine Hand, um ihn zu beruhigen. „Es steht auf der Liste, Dustin. Vertraue mir, wir denken an alles."

Dustin verschränkte die Arme vor der Brust. Seine Miene war sehr viel sturer, als Kelli es je bei ihm gesehen hatte. Es musste schwer sein, an dieser Stelle zwischen einem Jungen und einem Mann vor der Möglichkeit zu stehen, das einzige Heim zu verlieren, das er je gekannt hatte.

„Wir teilen euch die Einzelheiten später mit", sagte Luke, „aber ich habe das Gefühl, unser Einkommen wird nach dieser Woche in Kananaskis wachsen."

„Gibt es schon Bestellungen?", fragte Walker.

Kelli und Luke wechselten einen Blick, mussten aber den Kopf schütteln. „Vielleicht bald."

„Es steht auf der Liste", versprach Tamara.

Warum klang das so schwach und bevormundend, wo sie doch genau dasselbe zu Dustin gesagt hatte?

„Wir haben Familie im Süden. Wenn wir am Ende Silver Stone verkaufen, haben wir genug Geld, um uns bei Onkel Frank einzukaufen." Caleb funkelte Dustin an, der ein unhöfliches Geräusch machte. „Sei höflich, oder ich versohle dir den Hintern, bis du vor der Tür stehst, und gebe dir am Schluss eine Zusammenfassung, wie wir es bei den Mädchen machen."

Dustin wirkte leicht beschämt bei Calebs Tadel, aber das hinderte ihn nicht daran, einen Kommentar abzugeben. „Ich werde nicht bei diesem Mann wohnen."

„Ist notiert", sagte Caleb.

„Wir können vielleicht nach Norden ziehen", bot Tamara an. „Da die Coleman-Familie alles zusammenlegt, ist es möglich, dass wir uns vielleicht irgendwo dort einkaufen können. Uns würde kein Land gehören, aber wir würden immer noch auf einer Ranch arbeiten können."

Walker nickte langsam, doch er und Ivy wechselten einen Blick. „Wenn wir am Ende Silver Stone verkaufen müssen, werde ich mir irgendwas anderes zu tun suchen. Ivy und ich werden hier in Heart Falls bleiben, um bei ihrer Familie zu sein."

Dustin fluchte.

Alle Köpfe fuhren zu ihm herum, als er von der Rückenlehne der Couch auf die Füße sprang. Die Fäuste in die

Hüften gestemmt, funkelte er jeden im Raum an, als wäre er nicht sicher, mit wem er seinen Frust austragen sollte. „Also war es das. Das ist das Einzige, was euch einfallen will? Die Ranch verkaufen, wegziehen. Das ist ein Haufen *Scheiße*", begehrte er auf.

Caleb öffnete den Mund, aber Ashtons Erwiderung war sehr viel direkter und schneller. Der Vorarbeiter erwischte Dustin am Ohr, zog ihn auf eine Seite, als wäre der junge Mann nicht zehn Zentimeter größer als er. „Wenn du vor den Damen noch einmal so redest, dann ist es mir egal, ob du glaubst, dass du erwachsen bist. Ich wasche dir den Mund mit Seife aus und lass dich einen Monat lang die Boxen ausmisten."

Dustin klappte den Mund zu, die Lippen zu einer schmalen Linie zusammengekniffen, aber er nickte rasch, und Ashton ließ los.

Dustin trat einen vorsichtigen Schritt zurück, noch während er leicht beschämt wirkte, als er Tamara in die Augen schaute. „Wir können nicht verkaufen", sagte er, seine Stimme belegt, als würde er gegen Tränen ankämpfen. „Wir *müssen* als Familie zusammen bleiben. Ich habe es versprochen. Silver Stone ist die einzige Verbindung, die ich zu Mom und Dad habe."

Er ging weg, huschte durch den Flur. Einen Augenblick später öffnete sich die Eingangstür und knallte dann wieder zu, und im Zimmer wurde es still.

Tamara stieß ein Seufzen aus. „Er hat recht. Silver Stone zu verlassen, hieße, eine Menge Erinnerungen zurückzulassen."

„Gute und schlechte, wenn wir ehrlich sind", sagte Luke. „Aber ich stimme Dustin zu, dass wir alles tun müssen, was wir können, und versuchen müssen, zu bleiben."

Weitere Ideen wurden vorgebracht. Caleb überbrachte ihnen das neueste über die Suche nach Öl und Gas – was mehr oder weniger im Tiefschlaf war, da die wenig zerstörerischen Testmethoden, für die sie sich entschieden hatten, noch nichts Positives ergeben hatten.

Sie konnten einen Teil des Landes verkaufen. Sie konnten Land verpachten. Das waren Optionen, aber niemand von ihnen redete darüber, wie die Ranch zu führen war oder wie man das Unternehmen robuster gestaltete.

„Kelli, du hast noch nichts gesagt", erklärte Tamara.

Kelli blinzelte. „Warum fragt ihr denn mich? Ich gehöre nicht zur Familie."

Ein verärgertes Geräusch platzte aus Luke heraus, und er legte ihr eine Hand auf die Schulter und zog sie zu sich. „Du bist seit über acht Jahren da. Du gehörst auf jeden Fall zur Familie. Außerdem sind du und ich ..."

Sie schnitt ihm das Wort ab, schlug seine Hand von ihrer Schulter, bevor er etwas sagen konnte, das er später bedauern würde. „Ich lebe ja vielleicht hier, aber das macht mich nicht zu *Familie*."

Der ungläubige Ausdruck in seinen Augen war brutal. „Beantworte die verdammte Frage."

„Pass bloß auf, was du sagst, Luke Stone, oder Ashton ist gleich hier drüben und zieht dich am Ohr", fuhr sie ihn an. Sie drehte sich zu Tamara. „Ich glaube, dass Luke recht hat, dass bald gute Dinge mit den Pferden passieren. Nicht nur wegen der Kontakte, die wir in Kananaskis gemacht haben, sondern ehrlich, ich glaube, sobald die Rennsaison um ist, werden wir weitere Hengste haben, die ein Einkommen in Deckgebühren einbringen."

„Sonst noch was?"

„Ich schätze, ihr könntet weiteres Land rund um die Heart Falls verkaufen", schlug sie vor. „Obwohl mir das das Herz brechen würde, ist es vermutlich das wertvollste nicht-kommerzielle Land, das euch gehört."

„Wozu verkaufen?", fragte Ivy, die leicht die Stirn runzelte.

„Häuser. Riesige Wohnanlagen – oder kleinere. Ihr seid nahe genug an Calgary, dass ihr eine Wohngegend sein könntet, oder ein hübscher, stiller Rückzugsort für Leute, die Kunst machen."

Tamara nickte langsam. „Leute, die von zu Hause arbeiten, stört es nicht, wenn sie etwas weiter draußen wohnen. Ich schreibe mir das auf. Daran habe ich noch nicht gedacht, meine erste Wahl ist es nicht, aber wir sollten alles bedenken."

Die Unterhaltung setzte sich fort, aber bei der ersten Gelegenheit, die Kelli fand, trat sie aus dem Raum, stahl sich weg, als wäre sie zum Klo unterwegs. Sie schnappte sich unterwegs ihre Stiefel, schlich sich durch den Gang, durch den Dustin weggestapft war.

Sie schloss vorsichtig die Eingangstür, damit sie nicht zuknallte, und blieb auf den Eingangsstufen nur lang genug stehen, um die Füße in die Stiefel zu schieben. Sie schnappte sich ihren Koffer dort, wo Luke ihn hinten in seinem Truck abgestellt hatte, dann überquerte sie den Hof zu ihrem Zimmer.

In der Ferne verließ Dustin die Scheune. Er hatte sein Pferd gesattelt und war unterwegs in die Hügel. Sie schätzte, sie wusste, wie er sich fühlte. Dieses Gefühl, die Kontrolle verloren zu haben, war nicht angenehm.

Ihr Zimmer war kalt und leer, als wäre all das Glück der letzten Woche in einer Schachtel und ganz, ganz weit weg verstaut. Sie hatte einen kurzen Augenblick der Vollkommenheit gehabt, aber der war vorbei, und nun musste sie weiterziehen.

Sie stellte den Koffer in einer Ecke ab, schnappte sich ihre Sachen und war unterwegs zur Dusche. Nachdem sie ihr Spa-Schild aufgestellt hatte, um die anderen zu warnen, zog sie sich aus und trat unter das Wasser.

Und wenn sie zu diesem Zeitpunkt womöglich ein paar Tränen in den Augen hatte, würde es niemand je erfahren. Das Wasser, das über ihr Gesicht lief, kam einfach aus dem Hahn.

Das war ihre Geschichte, und daran hielt sie sich.

HIN UND HERGERISSEN ZWISCHEN EINEM, wie er wusste, wichtigen Treffen, das seine volle Aufmerksamkeit verdient hatte, und seinem tiefen Bedürfnis, Kelli zu suchen – schob sich Luke auf der Stelle hin und her wie ein ruheloses Kind.

Ihm war erst aufgefallen, dass Kelli weg war, als er zu Tür geschaut und festgestellt hatte, dass ihre Stiefel fehlten. Caleb stellte eine Frage, und Lukes Drang, zu gehen, wurde weitere zehn Minuten lang gezügelt.

Bis seine Ruhelosigkeit zu auffällig wurde.

„Was zum Teufel ist mit dir los?" Walker beugte sich dichter heran und sprach leise. „Hast du dir Flöhe geholt, während du weg warst? Hör auf, herumzuzappeln."

„Es ist nur ..." Verdammt. Was sollte er denn sagen? Die Wahrheit auszuplaudern, darin lag eine Gefahr.

Walker rückte leicht nach vorne, runzelte die Stirn, während er sich umschaute und schnell eins und eins zusammenzählte. „Wo ist Kelli?"

„Ich weiß es nicht." Was Luke noch mehr anpisste, als es sollte.

Sein Bruder funkelte ihn noch fester an.

„Warum fragst du mich?", wollte Luke wissen, der seine Lautstärke senkte, als Tamara ein Stirnrunzeln in seine Richtung warf. Ashton und Caleb gingen weiter die Notizen des Vorarbeiters durch, die er zusammengeschrieben hatte, darum zischte Luke Walker eine wütende Erwiderung zu.

„Vielleicht hat Kelli etwas anderes zu tun, hast du dir das mal überlegt?"

„Habt ihr beiden ein Privattreffen?", unterbrach Caleb. „Denn wisst ihr, es ist ja nur unser Überleben, das wir hier sichern wollen."

Verdammt.

Luke fuhr sich mit der Hand durch die Haare. „Tut mir leid", stieß er hervor.

Tamara beäugte den Raum, neigte den Kopf, während sie um ihn herumschaute. „Wo ist Kelli?"

„Sie war doch gerade noch da." Ashton schaute von seinen Papieren auf und wandte sich an Luke. „Wo ist sie hin?"

Das war der letzte Tropfen, der das Fass zum Überlaufen brachte. Luke knurrte die Antwort mehr oder weniger. „Woher zum Teufel soll ich das denn wissen? Die verdammte Frau scheint in den letzten beiden Stunden verflixt noch mal den Verstand verloren zu haben. Ich bin doch offensichtlich der Allerletzte, den ihr fragen solltet, denn ich kann nicht mal rauskriegen, was ich getan habe, dass sie den Schwanz einzieht und wegläuft, wo ich doch ..."

Plötzlich wurde ihm klar, dass er nicht nur plapperte, sondern dass er sich über Dinge aufregte, die er sehr wahrscheinlich nicht in der Öffentlichkeit ansprechen sollte. Vor seiner Familie.

Vor dem Mann, von dem Kelli gesagt hatte, dass er sie mehr oder weniger adoptiert hatte. Pseudo-Vater-Figuren neigten dazu, sehr beschützerisch zu sein, und seine Brüder waren das nicht weniger ...

Lisa Coleman schlug sie alle, und sie war beim letzten Mal, als er nachgesehen hatte, nicht mal im Zimmer gewesen.

Die Frau stand direkt vor ihm, packte die Vorderseite seines Hemdes fest in der Faust. „Luke Stone, hast du irgendwas getan, was Kelli aufregt?"

„Nein", erwiderte er, nahm ihr Handgelenk und löste sich von ihr. „Ich meine, vielleicht. Ich meine, Teufel, wenn ich es nur wüsste."

„Luke, was ist denn los?", wollte Tamara wissen. „Ich dachte, die Dinge sind auf der Gala gut gelaufen."

„Oder sind Dinge auf der Gala so *richtig* gut gelaufen?", fragte Lisa, eine Augenbraue gehoben.

Luke ignorierte sie beide und konzentrierte sich auf seinen ältesten Bruder. Er schaute Caleb in die Augen. „Tut mir leid, aber ich muss gehen. Nicht, weil das nicht wichtig ist, aber weil etwas mit Kelli los ist, und ich muss herausfinden, was es ist."

„Weil du und sie ...?" Die Frage in Calebs Augen ging nicht weg.

„Ja, ich und sie", fuhr Luke ihn an, rückte näher an die Tür, denn scheiß drauf, er würde nicht länger warten. „Jeder, der damit ein Problem hat, kann es später mit mir austragen."

Dann sollte Caleb doch verdammt sein, denn er verdrehte die Augen. Er zog seine Börse heraus und reichte Lisa einen Zwanziger, bevor er wieder zu Luke schaute. „Und? Was machst du denn dann noch hier? Los jetzt und finde raus, was du falsch gemacht hast."

Luke wirbelte auf dem Absatz herum und fluchte leise, während er zur Tür unterwegs war. „Weil es ja natürlich meine Schuld sein muss."

„Komm schon, Bruder, du weißt doch, wie es ist. In Wahrheit ist es immer unsere Schuld", sagte Walker fröhlich. „Ivy und ich müssen los. Wir reden später wieder, dann kannst uns erzählen, was du getan hast", rief er, ehe die Tür hinter Luke zufiel.

Luke liebte seine Familie. Jeden sich einmischenden, nervenden, viel zu gut beobachtenden Teil davon. Und obwohl sie ein großes Problem mit der Ranch hatten, das sie lösen mussten, hatte er erst sein eigenes Rätsel zu lösen.

Kelli hatte ihr Zimmer nicht abgesperrt, ihr Koffer stand verlassen. Ihre Lieblingsstiefel waren in einem unordentlichen Haufen abgelegt, und ihre Reitjacke hing immer noch am Haken, darum bezweifelte er, dass sie in die Scheune gegangen war.

Luke schnappte sich den einzigen Gegenstand, von dem er dachte, dass er ihn aus ihrem Zimmer brauchen könnte, dann stapfte er um das Gebäude. Sein Verdacht wurde bestätigt, als er das Schild mit *Kellis Spa* sah.

Sein innerer Zwiespalt dauerte weniger als drei Sekunden lang. Luke nutzte den Universalschlüssel in seiner Tasche, sperrte die Tür hinter sich wieder ab.

Das Wasser war voll aufgedreht, rauschte im hinteren Duschraum. Die Kleider, die Kelli getragen hatte, hingen an der Wand der Umkleide. Er warf seine Jacke weg, ignorierte alles andere, während er über den Kachelboden und durch den Eingang lief.

Kelli stand unter dem Wasser, den Rücken ihm zugewandt, den Kopf geneigt. Ihre Haare hingen in dunkelbraunen Bändern über ihren Schultern, Wasser strömte über ihren nackten Körper. Sie hatte eine Hand an die Wand gestützt, als würde sie ihr helfen, aufrecht zu bleiben.

Er wog das Seil in den Händen, das er aus ihrem Zimmer mitgenommen hatte, schlang es sich um eine Hand, während er es langsam rotieren ließ, damit es Schwung aufbaute. Noch eine Schlinge, noch eine, und dann ließ er es los.

Das Hanfseil flog auf sie zu und über ihren Kopf. Sobald es an ihren Schultern vorbei war, zog er vorsichtig.

In dem Augenblick, in dem das Seil ihre Haut berührte, wirbelte Kelli herum. Ihre Augen gingen auf. „Was ...?"

Er zog daran, trat rasch vor, ließ die Hände um das Seil gleiten, um die Schlingen festzuhalten, damit sie nicht fliehen konnte. „Versuch bloß nicht, wegzulaufen, oder ich schwöre, ich reiße dich zu Boden und binde deine Beine zusammen."

Sie funkelte ihn an, während sie ihre Brüste mit den Händen bedeckte. „Verpiss dich verdammt noch mal von hier. Ich habe das Schild aufgestellt, um allein sein zu können."

„Dieses Schild ist für Kelli, die Ranchhelferin. Es funktioniert aber nicht bei *nur Luke*, oder *nur Kelli*, und es funktioniert verflixt noch mal nicht mehr jetzt, da wir verdammte Geliebte sind. Also", Luke zog sie an seinen Körper, achtete nicht auf das Wasser, das herabströmte und alles durchnässte, „du kannst fertig duschen, nachdem wir unsere Unterhaltung geführt haben."

„Welche Unterhaltung?" Feuer blitzte in ihren Augen, ihr Temperament genauso aufgebracht wie seines.

„Die, die ich führen *wollte*, als du einfach davongelaufen bist. Vielleicht war es ein schlechter Zeitpunkt für die Familie, um ein Treffen einzuberufen, aber das erklärt nicht, weshalb du von mir weggegangen bist."

„Weil wir zu Hause sind", knurrte sie. „Wir können jetzt Schluss machen."

Luke zuckte überrascht zurück, drückte sie unwillkürlich. „Du *willst* Schluss machen? Du willst, dass das vorbei ist, was wir haben?"

Zweifel – und Hoffnung? – zogen über ihre Miene. „Wir haben gesagt, es wäre nur kurzzeitig. Wir haben gesagt, dass wir als Paar nur für die Dauer der Gala Bestand hätten."

„Das hast du vielleicht gesagt. Ich erinnere mich nicht an diesen Teil. Ich war verdammt noch mal ziemlich sicher, dass ich dieser zeitlichen Abfolge nicht zugestimmt habe."

„Du hast nicht Nein gesagt."

„Wenn du davon redest, als du mir auf dem Weg zur Gala die Leviten gelesen hast, konnte ich kein einziges Wort einbringen", brüllte er.

„Weil du dich wie ein Idiot verhalten hast." Auch sie war laut, genauso wie er, aber der Hauch eines Lächelns spielte um ihre Mundwinkel.

„Und du bist jetzt einer", warf er zurück. „Also sind wir quitt, und ich vergebe dir, genauso wie du mir vergeben hast. Aber das. Ist. Nicht. Vorbei."

Dann küsste er sie. Er riss sie an seinen Körper, ließ das Feuer, das in seinen Eingeweiden tobte, nach oben strömen, hinaus, über sie beide hinweg.

Er war sofort völlig durchnässt, als er weiter unter das Wasser trat. Luke richtete sie in seinen Armen. Kelli schlang die Beine um ihn, klammerte sich fest, als würde sie niemals loslassen.

Dann bewegten sie sich zusammen, ihre Hände rissen sein Hemd auf, Knöpfe flogen weg und sprangen über die Kacheln. Luke löste das Seil weit genug, um es an ihren Hüften vorbei und aus dem Weg rutschen zu lassen, als er sie auf die Füße stellte, nur lange genug, um den Rest seiner Kleider auszuziehen.

Kelli half ihm, seine Jeans nach unten zu ziehen, zerrte ein Kondom aus seiner Gesäßtasche. Riss es auf und zog es über seinen sehnenden Schwanz, ihre Hände waren fest, doch zart. Seine Hose lag ihm um die Knöchel, wo sie von seinen Stiefeln gehalten wurde. Er schob sie zu der gekachelten Bank in der Ecke und setzte sich, zog sie hinter sich her.

Sie kroch auf die Kante, setzte sich rittlings auf seine Oberschenkel. Als sie sich sofort auf ihn bewegen wollte, übernahm Luke. Er hob sie auf die Füße, sodass sie direkt über ihm stand, dann drückte er ihr den Mund aufs Geschlecht, damit er sie wahnsinnig machen konnte.

So, wie sie ihn fühlen ließ – schmutzig und bedürftig und sehr lebendig.

„*Luke.*" Sein Name war ein lustvolles Stöhnen und eine

Forderung nach mehr, darum beantwortete er sie auch. Er beschleunigte das Tempo seiner Zunge, ließ eine Hand unter ihren Oberschenkel gleiten, damit er ihre Pussy reizen konnte, während er ihre Klitoris quälte.

Mit seiner anderen Hand hielt er sie an sich fest. Finger pressten sich fest in ihren Arsch. Ihre weiche Haut, die Anspannung ihrer Muskeln, ihr Geschmack an seiner Zunge …

Sie bebte, und er brüllte mehr oder weniger, als er sie nach unten holte, seinen Schwanz hob und sie ausrichtete.

Kelli packte seine Schultern unter ihren Händen und glitt vor, als würde sie sich auf ihr Lieblingspferd setzen. Sie richtete leicht ihre Hüften, und sein Schwanz sank tief in sie ein. Sie seufzte zufrieden, als wäre sie bereit für einen langen, harten Ritt.

Er konnte ihr da entgegenkommen. Er konnte ihr verdammt noch mal entgegenkommen.

Sie bewegten sich gemeinsam. Luke stieß nach oben, zerrte ihre Hüften in einen schnellen Rhythmus; Kelli beugte sich vor, um dafür zu sorgen, dass ihre Brüste bei jeder Gelegenheit über die nackte Haut seines Oberkörpers rieben.

Er nahm wieder ihren Mund, schob die Zunge an ihren Zähnen vorbei und fickte sie hart, während sie die Finger in seine Haare vergrub und die Hände zu Fäusten ballte. Sie drückte ihn auch in ihrem Inneren, und das Prickeln in seinen Eiern raste seine Wirbelsäule hinauf, unterwegs zu einer Detonation.

Sie kamen im selben Augenblick. Kelli rieb mit der Hüfte an seinem Körper, stieß eine Reihe von Geräuschen aus, die ihn zum Grinsen brachten, während sie ihn gleichzeitig über den Abgrund schoben. Er spritzte in das Kondom, ziehende Glückseligkeit raste durch seinen Schwanz und brachte seinen ganzen Körper zum Taumeln.

Nachbeben wogten durch ihn hindurch, ihr Körper bebte

immer wieder, bis ihm ein leises Lachen entschlüpfte. Sie wimmerte leicht, das Geräusch wurde zu einem Lachen, als sie ihn wieder küsste, mit der Hand über sein Gesicht strich und sich zurückzog, um ihm in die Augen zu sehen.

Er holte tief Luft. „Wir sind nicht vorbei", setzte er sie in Kenntnis.

„Das sehe ich."

„Und du darfst nicht weglaufen und mir nicht sagen, was los ist." Er konnte ja auch gleich alle Regeln aufstellen, die er auf einmal hinbekam.

„Du darfst keine Annahmen treffen", gab Kelli zurück.

Luke kämpfte, um seine Stiefel auszuziehen, ohne sie aus seinen Armen zu lassen, kickte sie weg und wurde seine Jeans los, damit er wieder auf die Bank gleiten und sie gemütlicher an sich schmiegen konnte. „Das sagt die Richtige."

Sie verzog sarkastisch das Gesicht. „Okay, wir haben es beide vermasselt."

„Aber wir haben es richtiggestellt", erklärte er. „Sind wir wieder gut?"

Kelli nickte, strich mit der Hand seine Brust hinauf und über seinen Kopf. Ihre nackten Brüste hüpften vor seinem Gesicht auf eine furchtbar ablenkende Art.

„Deine Familie denkt bestimmt ..." Ihre Augen wurden groß, dann schauten sie panisch in seine. „Luke, du musst ganz schnell hier raus. Was hast du deiner Familie gesagt?"

„Dass wir *wir* sind", gab er zu, bereit, sich zu ducken, falls sie zuschlug. „Nicht viel mehr – ich musste eine Frau aufspüren, bevor ich Einzelheiten klärte."

Einen schrecklichen Augenblick lang dachte er, sie würde widersprechen, aber stattdessen zuckte sie langsam die Schultern, sie hoben sich leicht, während sie die Hände wieder an die Wand legte.

Ihre Brüste tanzten auf *sehr* ablenkende Weise.

„Meinst du ...?“

„Meine Familie liebt dich“, erklärte Luke, ehe er ihr gestattete, dass sie ihre Sorgen zu Ende aussprach. „Wenn jemand in Schwierigkeiten ist, bin ich das.“

„Na, das ist für mich in Ordnung“, gab sie zu. „Denn man muss dich trotzdem noch bestrafen. Wenn auch für nichts anderes, als dass du mich gerade unterbrochen hast.“

Dann, ehe er sich ihre Zustimmung holen konnte, dass sie in sein Haus zog, oder sonst etwas, dessen er sich hundertprozentig sicher sein wollte, drehte sie einen Arm und lehnte sich zurück ...

Eiskaltes Wasser schoss von oben herab, durchnässte ihn sofort, während er überrascht brüllte.

Kelli kletterte von ihm herab, aber es half ihr nicht bei ihrem Fluchtversuch. Er hob sie hoch und hielt sie in den Armen. „Das war nicht sonderlich nett. Jetzt bist du dran, dich ein wenig abzukühlen.“

Sie klammerte sich an ihn, kreischte, als er sie beide unter das eisige Wasser stellte. Als sich das Wasser erwärmte und jeder bleibende Ärger weggewaschen wurde, breitete sich Gelächter aus.

Er war nicht sicher, was die Antwort auf vieles in der Zukunft war, aber diesen Teil kannte er.

Er, Kelli ... ein leeres Duschhaus.

Runde zwei stand an.

17

Kelli tat ihr Bestes, um nicht zu grinsen, aber sie war sich ziemlich sicher, dass ihre Erheiterung deutlich war, als sie zurück in ihr Zimmer marschierten. Ihr Körper war an allen richtigen Stellen wund, weil Luke so begeistert betont hatte, wie ihr Beziehungsstatus aussah.

Aber noch unterhaltsamer? Luke trug zum Großteil nasse Kleidung, war unter seiner Jacke von der Taille aufwärts nackt, denn das Hemd, das er im Duschhaus getragen hatte, ließ sich nicht mehr retten.

Mit ihm dicht auf den Fersen hielt sie inne, die Hand an der Tür zu ihrem Zimmer, um ihm einen warnenden Blick zuzuwerfen. „Da drin fangen wir nichts an."

„Nein", pflichtete er bei. „Wir schnappen uns was von deinem Zeug, damit wir rüber zu mir können."

Sie hatte sich nie als einen Typ gesehen, der Schmetterlinge im Bauch bekam, aber etwas flatterte auf jeden Fall in ihren Eingeweiden, als sie seine ernste Miene sah. „Hältst du das echt für eine gute Idee?"

Luke verschränkte die Arme vor der Brust, sein Bizeps

drückte sich an die gesteppte Jeansjacke. „Ich dachte, wir hätten diesen ganzen Schwachsinn im Duschhaus geradegerückt.“

„Meine Frage hat nichts damit zu tun, ob du und ich zusammen sind“, beharrte sie. „Aber wenn wir ...“

Meine Güte, wie sollte sie das denn nennen? Als sie auf der Gala gewesen waren, war es nur zu einfach gewesen, es als Affäre zu bezeichnen, aber jetzt, da es mehr war?

O mein Gott, es war mehr ...

Noch eine Runde Insekten hob in ihrem Bauch ab.

Luke öffnete die Tür, legte eine Hand weit unten auf ihren Rücken und geleitete sie hinein. „Kein Grund, so starr zu werden, während du rausfindest, was für eine Laus dir über die Leber läuft.“

„Es ist doch nur, dass ich hier wohnen kam, wie ich das schon immer getan habe“, setzte Kelli an, ging rückwärts von ihm weg, während seine Augenbrauen immer höher gingen. „Wir fangen doch gerade erst an, zu ...“

Nein. Sie hatte immer noch keine Ahnung, wie sie das nennen sollte.

Ein leises Brummen entschlüpfte ihm. „Ah, ich verstehe.“

Luke ließ eine Hand in ihren Nacken gleiten, warf dabei das Handtuch ab, das sie sich um die Haare geschlungen hatte, während er die Finger um sie legte. Er neigte ihren Kopf, um ihr Gesicht genauer zu begutachten.

„Du hast recht. Wenn wir vor einem Monat angefangen hätten, zusammen zu sein, verstehe ich schon, dass du in deinem Zimmer ‚wohnen‘ möchtest und hin und wieder bei mir vorbeischauen.“ Er schloss den Abstand zwischen ihnen, streifte mit seinen Lippen ihre, bevor er näher an ihr Ohr kam. „Aber, Zuckerschnute, jetzt, da ich dich fast eine Woche lang durchgehend im Bett hatte, besteht überhaupt keine Chance, dass ich dich irgendwo anders schlafen lasse außer direkt neben mir.“

„Du kommandierst mich ganz schön herum“, beschwerte sich Kelli.

Er zog sie an sich, ganz warm und hart und perfekt. „Genau, wie du es magst.“

Verdammt sollte er sein, wenn er da nicht recht hatte. Außer etwas …

Ein hartes Klopfen erklang an der Tür, und sie schnaubte, bevor sie sich wieder unter Kontrolle brachte.

„Ich glaube, das ist für dich“, sagte sie, verbarg ihre Erheiterung nicht.

Luke runzelte die Stirn, aber er ließ sie los, ging rückwärts zur Tür. Er warf erst einen Blick aus dem Fenster, dann fluchte er leise, als er Kelli einen warnenden Blick zuwarf. „Es ist Ashton.“

Sie neigte den Kopf. „Ich habe gesehen, dass er hierher unterwegs war, gleich bevor du mich hier hereingedrängt hast.“

„Du bist echt fies, Kelli James“, knurrte Luke.

Er schob die Tür auf.

Ashton stand dort, sein Gesicht richtig zornig. Aber er verpasste Luke keine Ohrfeige, was Kelli als positiven Einstieg betrachtete.

Der Vorarbeiter warf einen Blick auf Kelli, sah sie sich von oben bis unten an, und zwar ganz genau, bevor er sich wieder an den Mann wandte, der allem Anschein nach eigentlich als sein Boss zu betrachten wäre.

Nur dass Ashton schon seit den Tagen von Lukes Eltern da war, und er war mehr als nur ein Angestellter. Und in diesem Augenblick sah er überhaupt nicht begeistert aus.

„Ich muss mit dir reden“, knurrte er, stellte sich direkt vor Luke. Ashton straffte die Schultern, als würde er sich auf einen Schlag vorbereiten, falls es nötig war.

Das war die eine Sache, um die Kelli sich keine Sorgen machte. Luke war nicht hitzköpfig. Er würde nicht halb durchdacht ausflippen, aber sie hoffte auf jeden Fall, dass er einigermaßen höflich sein würde. Ashton *war* immerhin auch ihr Boss.

Und verdammt sollte Luke dann sein, denn es wirkte, als würde er einfach brav den Anweisungen folgen.

Kelli seufzte dramatisch, schnappte sich Luke am Arm, um ihn zurückzuhalten, bis sie nach vorne treten konnte.

Sie warf ihm einen schiefen Blick zu, als sie vorbeiging. „Du weißt doch, wie man streitet. Du hast es in der letzten Woche oft genug mit mir gemacht. Teufel auch, in der letzten Stunde. Also weiß ich nicht, weshalb du bereit bist, diesmal ohne einen Streit zu verschwinden."

Lukes Lippen zuckten.

Sie konzentrierte ihre Aufmerksamkeit auf Ashton. „Und wenn ich hier nicht zu einem voreiligen Schluss springe und du hier bist, weil du über private Ranchangelegenheiten mit Luke reden musst, dann solltest du vielleicht mit mir *und* Luke reden. Falls du vorhast, dich in meine Angelegenheiten einzumischen auf jeden Fall."

Ashton hob eine Augenbraue. „Also gut. Machen wir es hier." Er fixierte Luke, in jedem Quadratzentimeter seines stämmigen Körpers war Empörung zu sehen. „Du glaubst, du hast Respekt und Anstand vor einer Frau gezeigt, die unter meinem Schutz steht? Oder soll ich dich direkt von einem Ende zum anderen von Silver Stone prügeln, weil du ein dummer Hund warst und dich aus dem Fenster gelehnt hast, ohne an die Konsequenzen zu denken?"

Luke drückte Kelli die Schulter, bevor er sie leicht zur Seite schob. „Ich war gedankenlos und dumm jenseits aller Vorstellung, bevor Kelli und ich zu der Gala gefahren sind. Aber ich kann ehrlich sagen, dass sie mir einen solchen Tritt verpasst hat, dass ich den Kopf aus dem Hintern bekommen habe. Außerdem hat der Fehler mir geholfen, mir über etwas klar zu werden, das ich schon vor sehr langer Zeit hätte herausbringen sollen."

Ashton runzelte immer noch die Stirn, die Augen zusammengekniffen, den Körper angespannt, aber er wartete, ohne anzubieten, Luke umzubringen, daher ...

So weit, so gut.

Luke ließ eine Hand um Kellis Taille gleiten und zog sie an seine Seite. „Ich werde nicht sagen, dass du Kelli um Erlaubnis bitten kannst, meine Leiche auf der hinteren Weide vergraben zu dürfen, denn du brauchst nicht meine oder ihre Erlaubnis, um das zu tun, was du für richtig hältst. Aber ich glaube, sie hat mir vergeben, dass ich dumm war", er zuckte mit den Schultern, „und außerdem geht dich das nichts an."

Okay, so hatte Kelli sich nicht vorgestellt, dass diese Unterhaltung laufen würde.

Genauso wenig offensichtlich Ashton, dessen Augen groß wurden.

„Ich respektiere dich wie der Teufel, Ashton", fuhr Luke leise fort. „Ich weiß zu schätzen, dass du für uns da warst, nachdem Dad gestorben war, mehr, als du ahnst. Aber ich respektiere auch Kelli. Sie braucht deine Erlaubnis nicht, oder deinen Schutz, außer sie bittet darum. Teufel, ich wünschte, sie würde dich zur Unterstützung mitnehmen, wenn sie beschließt, wieder mal ohne mich einen ihrer völlig an den Haaren herbeigezogenen Rettungspläne umzusetzen. Aber dass ich und sie zusammen sind?" Er schüttelte den Kopf. „Geht dich nichts an, außer sie sagt es."

Ashton schaute Kelli in die Augen. „Na, Mädchen?"

Sie rückte ein wenig herum und lehnte sich fester an Luke. Es fühlte sich äußerst merkwürdig an, das vor Ashton zu tun, aber vielleicht hatte die Übung während der Gala ausgereicht, um ihr das Selbstvertrauen dafür zu geben. „Ich muss mir keine Schaufel ausleihen. Nicht diese Woche zumindest."

Neben ihr gab Luke ein leises erheitertes Geräusch von sich. Ashton nickte, beäugte Luke immer noch, als wäre er ein übrig gebliebenes Stück Mist in einem ansonsten sauberen Stall. „Lass mich wissen, falls du es dir anders überlegst."

Er richtete sich den Hut und machte auf dem Absatz kehrt, schloss die Tür fest hinter sich.

So gut es sich angefühlt hatte, zu hören, dass Luke ihr das Steuer überließ, war es die Tatsache, dass sie das erste Hindernis überwunden hatten – dass Leute von ihnen wussten –, die für eine Woge der Erleichterung sorgte.

Sie sank an Luke.

„Das war peinlich." Sie drehte sich zu ihm, legte ihm die Arme um den Hals. „Und es war wunderbar. Sobald du beschlossen hast, es nicht mehr zu versauen, war es toll."

Er rieb ihre Nasen aneinander. „Ich fürchte, die Gewohnheit gebietet mir, dass ich weiterhin immer wieder mal alles versaue, aber ich werde versuchen, den Kurs so rasch möglich zu korrigieren."

„Das weiß ich zu schätzen."

Er sah nach unten, seine Lippen zuckten. „Bist du bereit, dir ein bisschen Zeug zu schnappen? Denn ich meine es ernst, dass du mit zu mir kommst."

Sie würde nicht lügen. Die Gelegenheit zu bekommen, immer noch in seinem Bett zu sein – das war nichts, was man als Mädchen ablehnen wollte.

„Ich komme mit, aber dieses Zimmer behalte ich", setzte sie ihn in Kenntnis.

Er widersprach nicht. Er wartete nur, bis sie ein paar weitere Sachen in eine Tasche gepackt hatte, dann hob er ihren Koffer auf und ging mit ihr hinaus.

Es ging schnell, und doch war es, nachdem sie so viele

Jahre lang Kollegen und Freunde gewesen waren, wie Luke gesagt hatte, der nächste logische Schritt, sich Zeit zusammen zu verschaffen, auf eine körperliche Art.

Genauso wie es nur der erste Schritt in einer langen Reihe von Herausforderungen gewesen war, sich Ashton zu stellen.

Luke hatte einiges zu erledigen, darum nahm sie am Ende ihr Abendessen mit den anderen Helfern ein. Sie stellte sich ihren Fragen über die Gala, hielt aber vorerst den Mund, was sie und Luke betraf. Zum Teil, weil es nicht das war, worauf sie neugierig waren, und zum Teil, weil ...

Einfach nur darum.

Nachdem sie fertig war, begab Kelli sich zum Ranchhaus, klopfte zögerlich an der Hintertür, weil sie hoffte, dass sie Tamara bei ausreichend guter Gesundheit erwischte, um sie besuchen zu können. Es war wichtig, dass sie hinging und ihr mitteilte, was los war, bevor sie in eine Ecke gedrängt wurde. Logisch, aber ...

Logik nervte.

Lisa öffnete die Tür, ihr freundliches Gesicht zeigte ein riesiges Grinsen. „Ach sieh mal einer an."

„Ist Tamara hier?", fragte Kelli.

Lisa wies mit dem Daumen über die Schulter. „Willst du was zum Abendessen?"

„Ich habe bereits in der Kantine gegessen. Aber danke."

Kelli zog die Stiefel aus, dann ging sie durch das Wohnzimmer. Sie blieb stehen, hielt ihre Erheiterung zurück.

Caleb saß in seinem gemütlichen Sessel, und es wirkte überhaupt nicht gemütlich. Die jüngere seiner kleinen Mädchen kämmte ihm die Haare. Emma zog den Großteil davon in winzige Strähnen zusammen, damit sie um die Enden Gummibänder wickeln konnte. Dieses Vorgehen sorgte dafür, dass Strähnen wie wild überall auf seinem Kopf abstanden.

Sasha war rechts von ihm, trug Nagellack auf. Seine Augen

waren geschlossen, als würde er so tun, als wären sie nicht da, und davon würde die Folter verschwinden, oder zumindest schneller vorübergehen.

Kelli schaute nach rechts. Tamara war in ihrer üblichen Ecke des Sofas zusammengeringelt, lachte leise, während ihr Tränen die Wangen hinabliefen. Sie hatte sich eine Hand auf den Mund geschlagen, damit kein Geräusch herauskam.

„Ich hoffe, ich störe hier nicht", sagte Kelli so ausdruckslos wie möglich.

Caleb zog eine Grimasse, hielt die Augen fest geschlossen. „Wenn ich dich nicht sehe, heißt das, dass du nicht da bist. Und wenn du nicht da bist, kannst du auf keinen Fall wissen, was hier los ist, oder?"

„Klingt logisch", stimmte Kelli zu. „Der Trick, den Kopf in den Sand zu stecken, hat eine lange und ehrenhafte Tradition."

Sasha schaute nicht auf, weil sie gerade schwarze Punkte auf die roten Nägel ihres Vaters malte. „Kelli sagt, wenn man nicht fliegen kann, soll man wie ein Vogelstrauß sein und mit dem Wind laufen."

„Das ist ein sehr guter Kelli-ismus", versicherte Tamara ihrer Tochter, wischte sich die Tränen ab. Sie schenkte Kelli ein Zwinkern, dann klopfte sie auf den Platz neben sich. „Du. Setz dich gleich hier hin."

Sie hatte keine Familiendiskussion geplant, darum war sie dankbar, als einen Augenblick später Emma und Sasha herüberliefen und ihrer Mutter Umarmungen gaben, bevor sie Caleb aus dem Zimmer zerrten.

„Nacht, Mommy. Nacht, Kelli", sagte Sasha.

„Nacht, Mama. Kelli", wiederholte Emma, die ihr einen Kuss zuwarf, ehe sie zurückkehrte, um Sasha zu helfen, Caleb wegzuzerren.

Lisa war noch in der Küche, doch Tamara redete leise, sodass man nicht lauschen konnte. „Ich will nur sagen –

versprichst du mir, dass du daran denkst, dass du Teil dieser Familie bist? Ganz gleich, was passiert."

Wärme strömte in Kellis Herz. „Das habe ich Luke gesagt, als er sich arschig benommen hat. Also glaube ich, das ist eine Wahrheit, die sich gut etabliert hat."

Tamara grinste. „Gut gemacht."

Sie schloss die Augen und schlang die Arme um ihren Bauch.

Kelli legte ihr eine Hand aufs Knie. „Kann ich irgendwas tun, um dir zu helfen?"

„Mir ist nur übel. Schon wieder. Oder immer noch, je nachdem, wie du es siehst."

Tamaras Schwester stand neben ihnen, bückte sich, um sie sanft an der Schulter zu fassen. „Mehr Flüssigkeit."

„Vor dir gibt es kein Entkommen", beschwerte sich Tamara, doch sie öffnete die Augen und nahm die Tasse an.

„Ich habe von der Besten gelernt", sagte Lisa. „Ich habe eine Schwester, und die war früher mal Krankenschwester. Sie war ganz furchtbar, wenn man krank wurde. Sie sagte immer, dass es wichtig wäre, zu tun, was richtig ist, ganz gleich, wie sehr sich Leute beschweren, wenn man sie herumkommandiert."

„Schnauze", murmelte Tamara mit einem Lächeln. „Es ist nicht erlaubt, dass du mir meine eigenen Lektionen vorhältst."

Lisa schenkte Kelli ein Zwinkern. „Schön, dich wiederzusehen, und dass du so fröhlich wirkst. Hattest du eine schöne Zeit bei der Gala?"

Mein Gott, stand es ihr auf die Stirn geschrieben, was Luke und sie getrieben hatten? Auf gar keinen Fall war dieser unschuldige Ausdruck auf Lisas Gesicht irgendwas anderes als gespielt. „Was hat Luke getan, nachdem ich das Zimmer verlassen habe? Fotos oder Videos von allem vorgeführt, was wir getan haben?"

Lisa hob eine Augenbraue. „Nein, gibt es Aufnahmen? Verdammt noch mal."

Tamara schnaubte.

Nun wusste Kelli nicht mehr, wem von ihnen sie einen schiefen Blick zuwerfen sollte. „Heißt das, dass es öffentlich bekannt ist, dass Luke und ich ...?"

Sie wusste immer noch nicht, wie man es nennen sollte.

Zum Glück schien Tamara keine Schwierigkeiten bei der Wortfindung zu haben. „Was miteinander habt? Ja, das wissen wir irgendwie alle. Caleb war ahnungslos, als gestern dieser Gedanke aufkam, darum hat Lisa sich seine Naivität zunutze gemacht, um ein paar Kröten zu verdienen."

„Meine Güte, ihr seid ja schrecklich", beschwerte sich Kelli. „Zu allem anderen, worum ich mir Sorgen gemacht hatte, dachte ich, ihr wärt zumindest einigermaßen empört. Ich habe versucht, mir vorzustellen, wie viel mehr Schwierigkeiten diese Beziehung machen könnte, falls die Dinge nicht funktionieren."

„Ihr seid doch beide erwachsen", erklärte Lisa. „Keiner von euch wird etwas furchtbar Dummes anstellen, wie fremdgehen oder sich rächen. Ihr scheint einander doch aufrichtig zu mögen." Sie hob eine Augenbraue. „Das ist keine schlechte Art, eine Beziehung anzufangen."

Kelli schätzte, das stimmte. „Ich mag ihn schon. Sehr", gab sie zu.

Lisa und Tamara wechselten Blicke, ehe sie sich wieder an sie wandten, sie grinsten. „Meine Liebe, erzähl uns doch was, was wir noch nicht wussten."

„Ernsthaft? Das wusstet ihr nicht."

Tamara hob eine Augenbraue.

Lisa zuckte mit den Schultern. „Er wirkt wie ein echt toller Typ. Also genieße es, aber du weißt, dass wir dir den Rücken stärken."

„Nur, wenn ihr versprecht, nicht mehr auf der Basis meiner Beziehung zu wetten", entgegnete Kelli. „Denn das ist einfach nur falsch."

Ein tiefes Seufzen entschlüpfte Lisa, als würde man ihr ganz übel mitspielen. „Du ruinierst meinen ganzen Spaß", beschwerte sie sich.

„Keine Wetten", beharrte Kelli.

„Okay, gut." Die Frau ging in die Küche, rief über die Schulter: „Lass mich schnell Tee und Kekse holen. Denn gerade jetzt ist der beste Zeitpunkt, dass du auspackst über deine Woche bei der Gala."

„Was Silver Stone und die Pferde angeht, und außerdem deine persönliche Schmutzwäsche", sagte Tamara rasch.

„Aber nicht unbedingt in dieser Reihenfolge", warf Lisa ein.

Kelli brachte sie wegen der Gala auf den neuesten Stand, sang ein Loblied auf Diane, und irgendwie schaffte sie es, zu verhindern, etwas allzu Intimes zu teilen, was alles betraf, was zwischen ihr und Luke passiert war.

Aber sie wurde rot, und zwar ziemlich oft.

Als der Besuch zu Ende war und sie den langen Weg zwischen dem Haupthaus und Lukes Haus entlang ging, berührte die eiskalte Luft sie gar nicht. Kelli war zu sehr in die Wärme der Freundschaft dieser Frauen eingehüllt.

Der Anblick, wie Luke im Fenster seines Wohnzimmers stand, sie mit einem Lächeln auf seinem attraktiven Gesicht näherkommen sah, nun ja …

Sie wusste ja vielleicht nicht genau, wohin das alles laufen würde, aber sie hatte vor, sich mit beiden Händen festzuklammern, solange sie konnte.

18

D iese Nacht war für Luke ein erstes Mal.

Es war nicht so, dass seine Ex-Verlobte niemals in seinem Haus gewesen wäre, aber als er zurückdachte, wurde ihm klar, dass sie kaum je über Nacht geblieben war, kaum mehr als ein paar Stunden da gewesen war oder nur unterwegs zu einem Event Halt gemacht hatte.

Kelli? Sie füllte sein Haus mit sehr viel mehr Leben und Energie, als ein einzelner Mensch besitzen sollte.

Es war richtig, sie hier zu haben, sie gleich um die Ecke am Tisch sitzen zu lassen, als sie ihre Notizen aus ihrer Zeit bei der Gala verglichen. Sie stellten eine Liste möglicher Folgeanrufe für den nächsten Tag zusammen und für die nächste Woche und den nächsten Monat.

Sie arbeiten zusammen wie Partner, und vielleicht war das das Größte, was er in seiner vorherigen Beziehung vermisst hatte. Zeit mit Kelli zu verbringen, war richtig und natürlich, und auf eine gute Art mühelos.

Es fiel ihm schwer, sich das Grinsen darüber zu verkneifen, wie gut und richtig und mühelos es war.

Und die sexuelle Chemie, die zwischen ihnen wirkte? War jenseits jeder Skala. Von einem Atemzug auf den nächsten flammte Lust auf, ließ entgleisen, was immer sie vorhatten, und ihre Pläne liefen in eine völlig andere Richtung.

Etwa, als er sich über ihre Schulter gelehnt hatte, um zu sehen, was sie auf ihren Block geschrieben hatte. Es war viel zu leicht, sich ein wenig weiter zu bücken und an ihrem Nacken zu knabbern.

Erregt und abgelenkt hatte er diese eine Stelle küssen müssen. Was zum nächsten Kuss führte, und noch einem, bis Kelli es aufgab, so zu tun, als würde sie arbeiten, und sich umdrehte. Als nächstes wusste er, dass sie zum Schlafzimmer unterwegs waren, die Papiere bis zum nächsten Tag vergessen.

In dieser Nacht schlief sie in seinen Armen, und er stellte fest, dass er den Geräuschen ihres Atems lauschte, und es war einfach, das Gefühl zu bekommen, hier zu Hause zu sein. Das war richtig.

Sie hatte trotzdem noch Schichten zu arbeiten, die Ashtons Plan folgten, was bedeutete, dass sie am nächsten Tag diejenige war, die ihm um vier Uhr früh einen süßen Kuss gab, bevor sie sich ihm entzog und aus dem Bett schlüpfte.

Kelli ließ ihn sein Versprechen wahr machen und übernahm die Ausbildung von Chili Pepper. Drei Tage später stützte Luke die Arme auf das Geländer und beobachtete, wie sie sich über den Sattel beugte, die Arme locker zu beiden Seiten des Halses der Stute, während sie im Sattel hing wie eine kaputte Puppe.

„Ich schätze, wenn man sich so hinsetzt, wird es etwas leichter, auf dem Boden aufzuschlagen", neckte er.

Kellis Kopf war in seine Richtung gewandt, und sie streckte ihm rasch die Zunge heraus, blieb aber still, tätschelte Pepper vorsichtig den Hals, ehe sie sie sanft mit den Fersen anstieß, damit das Pferd sich wieder in Bewegung setzte.

Einer der Helfer, der Kelli im Auge behalten hatte, während sie arbeitete, kam näher und schloss sich ihm am Geländer an. Alex beäugte Kelli, ehe er Luke mit großer Neugier betrachtete.

„Also", sagte Alex.

Das war es. Witzig, wie viele Fragen man in ein Wort legen konnte, je nachdem, wie man es aussprach. In diesem lag sowohl eine Warnung als auch ein *was zum Teufel?*

„Ja?" Luke hatte gesehen, wie die Helfer sie interessiert beobachteten, sich fragten, was genau los war. Er hatte nicht vor, ihre Beziehung zu verbergen, aber wie er Ashton dargelegt hatte, ging das niemanden etwas an außer ihn und Kelli.

Alex stützte einen Ellbogen auf den Zaun. „Ich schätze, da du noch am Leben bist, ist Kelli einverstanden, aber nur damit du's weißt, wir behalten dich im Auge. Ich, und die restliche Crew."

Luke war verführt, Kellis Lieblingssatz zu nutzen und ein *Meine Güte* zu rufen, aber er war eher erheitert als genervt.

Außerdem war es sinnlos, sich empört zu zeigen. Ob es ihm gefiel oder nicht, er und Kelli hatten die Starrollen in der Silver-Stone-Romanze des Jahres.

Darum schob er den Hut nach hinten und schaute Alex von oben bis unten an, ließ seine Miene so ausdruckslos wie möglich. „Schön für dich."

Alex' Lippen zuckten. „Falls sie beschließt, dass sie lieber was anderes will, gibt es da etwa ein Dutzend Kerle, die bereit sind, ein tiefes Loch zu graben." Kelli hatte ja vielleicht keine Eltern in der Gegend, aber sie hatte auf jeden Fall jede Menge Familie auf ihrer Seite.

Luke bot Alex seine Hand. „Falls du jemals das Gefühl hast, du musst dieses Loch graben, werde ich kommen und mich freiwillig hineinlegen."

Alex lachte, während er Luke auf die Schulter schlug. Er

warf einen Blick auf den Reitplatz, wo Kelli immer noch auf Peppers Rücken saß.

„Übrigens, was hast du denn mit ihr angestellt? Sie gefickt, bis sie nicht mehr sitzen kann?", fragte Alex.

„Das habe ich gehört", sagte Kelli betont, während sie von Peppers Rücken glitt, sich anmutig drehte, bis sie neben dem Pferd stand, die Zügel in der Hand.

„Das hoffe ich doch. Ganz gleich, was für Zeug ihr getrieben habt, deine Ohren sollten daran nicht beteiligt gewesen sein."

Sie kicherte, bevor sie sich zu einem finsteren Blick zwang. „Pass bloß auf, wie du mit jemandem redest, der weiß, mit welcher Frau du zusammen bist", warnte sie ihn.

„Und was das angeht, wenn du mit der Ausbildung für heute fertig bist, habe ich eine Liste mit Aufgaben so lange wie mein Arm, zu denen du zurückkehren musst." Alex tippte sich vor Kelli an den Hut, bevor er rasch zur Scheune aufbrach.

Kelli führte Pepper zum Geländer, das Pferd streckte den Kopf vor, um an Luke zu knabbern, sodass es ihm seinen Hut vom Kopf schlug, weil es ihn so begeistert begrüßte.

Kelli bückte sich, um ihn sich zu schnappen, ehe sie auf den Zaun stieg und nach oben griff, um ihm den Hut auf den Kopf zu setzen. Wie ein kleines Kind saß sie oben auf dem Geländer, in ihren Augen stand Freude. „Hey."

Er beugte sich vor, eine Hand auf jeder Seite ihres Körpers, während ihre Lippen nur wenige Zentimeter voneinander entfernt waren. „Hey. Interessante Ausbildungstechnik, aber sie sieht aus, als könnte sie funktionieren."

„Könnte funktionieren? Hast du etwa meinen Hintern auf dem Boden gesehen, so wie deinen beim letzten Mal, als du versucht hast, sie zu reiten? Ich glaube doch wohl nicht." Ihre Miene verzog sich leicht, ehe sie zugab: „Diane hat mir ein paar Ideen in den Kopf gesetzt, und sie helfen auf jeden Fall."

Luke ließ eine Hand über ihren Rücken hinaufgleiten, während er herumrückte, um ihr näher zu kommen. „Sie ist eine verdammt gute Freundin. Es wird alles in Ordnung kommen."

Er wusste, dass Kelli sich Sorgen machte, Diane und Jack angelogen zu haben, und er hatte sein Bestes getan, sie zu beruhigen, ohne Kommentare zu machen, die sie ausflippen lassen würden.

Ihre gespielte Beziehung war bereits zur Wirklichkeit geworden. Er schätzte, sie waren einen Schritt näher daran, dass es sogar noch mehr wurde. Es war allerdings viel zu früh, um Kelli zu bedrängen.

Aber in seinem Kopf? Pläne und Vorstellungen entwickelten sich mit so hoher Geschwindigkeit, dass er ein wenig Angst bekam. Die Wahrheit war, dass sie zusammen waren, ergab schon Sinn. Dass er so lange gebraucht hatte, das herauszufinden, war ein Fehler, den er nicht wiederholen würde.

Er hatte allerdings aus seinem früheren Fehltritt gelernt und würde nichts mehr annehmen. Nein. Sie musste diese Abmachung hundertprozentig unterstützen können, und eine weitere Komponente fehlte noch. Etwas juckte in einem der hintersten Winkel seines Verstandes, das sie in die nächste Phase führen würde.

Luke musste nur herausfinden, was es war.

KELLI KAM bei Tansy und Rose an, wurde mit Umarmungen hereingebeten wie üblich, und mit einer Reihe völlig unauffälliger Fragen bombardiert. Ihre Freundinnen zeigten erstaunliche Zurückhaltung, fragten nach Einzelheiten über das Gala-Hotel, wie das Essen gewesen war, und all die schicken Outfits, die sie in der Nacht des Balls gesehen hatte.

Aber ihre Geduld hatte ihre Grenzen.

Nun, da sie in eine weiche Decke gewickelt war, eine Tasse mit heißer Schokolade in der Hand, schauten sie zwei Gesichter an, in beiden stand wilde Neugier.

„Mir gefällt, dass ihr den Laden am Dienstag schließt", sagte Kelli. „Am Montagabend so lange aufzubleiben, da fühle ich mich ganz unartig, als würde ich gegen ein Ausgehverbot verstoßen."

Tansy und Rose schauten einander an.

„Sie wechselt das Thema", sagte Rose. „Es ging nicht mal annähernd über die Gala oder Luke oder sonst irgendwas Interessantes."

„Jemand will vermeiden, schmutzige Einzelheiten zu teilen", erwiderte Tansy offen.

„Ich weiß nicht, warum sie Ausflüchte sucht. Es ist ja nicht so, als würden sich Nachrichten in dem Augenblick ausbreiten wie ein Waldbrand, in dem jemand sie unklugerweise in der Scheune hat knutschen sehen." Rose drehte sich zu Kelli. „Alex hat mir erzählt, dass Luke auch voll einen auf Alpha-Mann und besitzergreifend und so macht. Grrrr, fauch, und so weiter, wenn andere Typen da sind."

„Ach, das ist doch nur Schwachsinn." Kelli schoss hoch. „Luke benimmt sich überhaupt nicht besitzergreifend. Und wir haben nicht geknutscht. Meine Güte, wie alt seid ihr denn, zwölf?"

„Tu doch so als ob, und du kannst uns ein paar Lektionen erteilen. Was genau ist passiert, als ihr weg wart? Denn ..."

Die Klingel läutete. Rose schoss hoch.

„Verflixt. Du warst zu spät, und mein Date kommt genau rechtzeitig." Sie schnappte sich ihren Mantel und ihre

Geldbörse, die auf der Armlehne des Sofas lagen. „Irgendwann bekomme ich aber schon die guten Sachen zu hören, oder?"

„Vielleicht", gab Kelli zurück. „Wenn ich mir auch ganz genau anhören darf, was du und Alex vorhaben."

Rose war gerade mitten dabei gewesen, die Tür aufzuziehen, und er hatte wohl mitgehört, denn der dunkelhaarige Mann schenkte dem ganzen Zimmer ein breites Grinsen.

„Tanzen. Mehr sage ich nicht." Alex konzentrierte sich auf Rose, pfiff wohlwollend, während er sich beeilte, ihr in den Mantel zu helfen. „Du siehst hübsch aus."

„Danke." Rose legte ihm eine Hand auf die Brust, schob ihn zurück in den Gang. „Wir müssen jetzt los, bevor die beiden Neugierigen ihre Zähne in dich hinein schlagen können."

„Bis dann, die Damen", sagte Alex mit einem Lachen.

„Bis dann, Alex. Bis dann, Rose. Macht bloß nichts, was ich nicht ... Ach, egal", sagte Tansy trocken. „Ich habe vergessen, mit wem ich da rede."

Rose bückte sich, um sich einen Stiefel zu schnappen. Tansy duckte sich, als das klobige Teil an ihrem Kopf vorbeiflog.

Kelli lachte leise. Wie üblich warfen sich die Schwestern noch einen raschen Luftkuss zu und wackelten mit den Fingern, ehe Rose die Tür schloss.

Was sie und Tansy in einem plötzlich stillen Zimmer zurückließ.

Es wäre leicht gewesen, etwas von dem zu teilen, was zwischen ihr und Luke vorgefallen war, als die beiden Fields-Schwestern da gewesen waren – die beiden, die einander liebevoll Zwillinge nannten, obwohl sie von völlig unterschiedlichen Orten adoptiert worden waren.

Aber obwohl sie alle drei befreundet waren, hatten Kelli

und Tansy etwas gemein, auf einer sehr viel vertrauteren Ebene als jemand sonst. Diese Unterhaltung würde sich nicht nur darum drehen – *heilige Scheiße, du bist jetzt mit Luke zusammen* –, sie würde tiefer gehen.

Das war unheimlich, ganz gleich, wie sehr Kelli sie herbeisehnte.

Tansy lehnte sich wieder in ihrem Sessel zurück, ehe sie Kelli ein wissendes Lächeln zuwarf. „Willst du mir erzählen, was los ist?", fragte sie. „Wenn du Nein sagst, stochere ich nicht danach. Das weißt du. Deine Geheimnisse gehören dir. Selbst wenn du sie mir erzählst, werde ich sie niemals teilen. Ich bin das Fort Knox der Geheimnisbewahrung."

Was auch stimmte. Bis letzte Woche und ihrem Geständnis vor Luke war Tansy die einzige gewesen, die jemals die ganze Geschichte von Kellis Vergangenheit gehört hatte – sie wusste *alles*, darunter auch, dass sie Geld gestohlen hatte und weggelaufen war. Das Einzige, was Kelli ihr nicht direkt mitgeteilt hatte, war ihre Schwärmerei für Luke.

Rückblickend schien es, als hätte sie sich nicht ganz so clever dabei angestellt, den Teil mit Luke so geheim zu halten, wie sie gedacht hatte. Zumindest nicht vor dem weiblichen Anteil der Bevölkerung.

Zum Glück hatte Luke niemals etwas geahnt.

Kelli blieb wie üblich bei der Wahrheit. „Ich will dir davon erzählen, nur dass alles echt durcheinander und verdreht in meinen Gedanken ist."

„Sprich darüber", schlug Tansy vor. „Ich komme mit verdreht zurecht."

Worte strömten aus Kelli heraus, als hätte sie einen Damm gebrochen.

„Ich bin auf dieses Event gegangen und dachte, wir könnten vielleicht eine geheime, kurzzeitige Affäre haben, aber die Leute dort dachten, wir wären verlobt. Luke hat uns als Paar angemeldet. Darum war ich wütend auf ihn, aber ich habe ihn dazu gezwungen, uns trotzdem zu einem Paar zu machen, und er wurde nicht wütend auf mich. Und wir hatten eine ganz tolle Zeit, nur nicht den Teil mit der Affäre – obwohl, *o mein Gott*, die war wild –, aber die Leute waren so nett, und Diane war fantastisch. Du würdest sie lieben, und sie würde dich lieben, aber sie glaubt, dass Luke und ich verlobt sind, doch das sind es nicht, nur", Kelli holte tief Luft, „als wir zurückkamen, sagte Luke, wir *wären* zusammen, und ich bin in sein Haus gezogen, was unmöglich klingt, wenn ich es so ausspreche. Es kann nicht echt sein, und doch ist es das."

Tansys Miene war nicht zu deuten, doch ihre Augen leuchteten, und sie nickte heftig, ehe sie antwortete. „Verdreht trifft es schon. Und ich kann sehen, dass du mitten dabei bist, auf die Suche nach den ganzen Knoten zu gehen, damit du diesen Wirrwarr auseinanderzupfen kannst. Es alles ordnen. Aber es spielt wirklich keine Rolle, weißt du."

Kelli hielt inne. „Was spielt keine Rolle?"

„Wie durcheinander die ganze Lage ist. Denn die wichtigen Dinge sind klar." Tansy beugte sich vor, ihr aufmerksamer Blick war bohrend klar. „Du siehst glücklich aus. Und zwar *super*glücklich. Und du bist eigentlich schon grundsätzlich eine glückliche Person, also ist das, was immer mit Luke los ist, nicht schmerzhaft für dich."

„Ich verabscheue es, dass wir Leute angelogen haben. Du musst mir versprechen, dass du kein Wort über diese Sache mit der Verlobung zu irgendwem sagst. Wir müssen auf jeden Fall rauskriegen, wie wir das am besten klären." Kelli spürte, wie ihre glückliche Blase verblasste. „Wie ich sagte, es ist verdreht und ein totaler Schlamassel. Wie kann ich so glücklich sein und mich trotzdem so miserabel fühlen?"

„Weil Leute kompliziert sind, und auch dazu fähig, mehr

als ein Gefühl auf einmal zu spüren?" Tansy zuckte mit den Schultern. „Ich meine, wirklich. Das nervt mich total."

Normalerweise wäre das auch bei Kelli so gewesen.

Sie hielt inne. Überlegte. Diesmal sprach Kelli langsamer, aber mit so viel Aufrichtigkeit wie bei ihrem vorherigen Herausplatzen. „Ich habe so getan, als wäre alles, was ich wollte, eine Affäre, aber das war nur zu meinem Schutz, für den Fall, dass ich nicht bekommen sollte, was ich wirklich wollte. Aber ich weiß nicht, ob das, was ich glaube, dass ich will, das ist, was ich wirklich will, und bis ich diesen Teil entwirrt habe, werde ich weiterhin verwirrt bleiben."

„Du willst keine Affäre." Tansys Gesicht wurde vor Konzentration ganz starr. „Du willst mehr. Du willst so richtig mit Luke zusammen sein? Du willst mit den Sto... *Oh*."

Ihre Freundin war viel zu aufmerksam. Kelli ließ ihr Elend heraus. „Tamara sagt, dass ich bereits wie Familie bin. Und ich *habe* schon ewig für Luke geschwärmt. Aber wie viel an der Tatsache, dass er mir wichtig ist, liegt daran, dass ich wie verrückt in Silver Stone und die Familie Stone verliebt bin? Wie viel liegt daran, dass ich es mir nicht vorstellen kann, irgendwo anders zu leben? Weil sie schon solange meine Familie sind? Ich habe unbedingt eine Familie gebraucht, als ich hier ankam."

„Natürlich war das so. Das tun wir doch alle." In Tansys Augen blitzte Empörung. „Die Frau, die dich geboren hat, war keine Familie. Es geht nicht um Blut. Familie geht um Entscheidungen. Hundertprozentig. Das weißt du."

„Deine Familie ist ein gutes Beispiel, ich weiß. Es ist nur, dass ..." Kelli hielt inne. „Ich schätze, ich will das für niemanden vermasseln. Mich, ihn oder Silver Stone."

„Ach, meine Liebe." Tansy rutschte über den Platz zwischen ihnen. Sie setzte sich auf den Beistelltisch und nahm Kellis Hände in ihre. „Liebst du ihn?"

„Ich weiß nicht, ob ich mich traue, ihn zu lieben", gab Kelli zu. „Denn wenn er die Liebe nicht erwidert ..."

Sie konnte den Satz nicht beenden.

Tansy ließ das nicht auf sich beruhen. „Denn wenn er die Liebe nicht erwidert ... Dann *was*?"

„Bleibe ich vielleicht trotzdem bei ihm, weil es bedeutet, dass ich auch bei der Familie Stone sein kann." Ihre Worte waren ein Flüstern. Ein Geständnis all ihrer Ängste. „Und obwohl das nicht genau dasselbe ist wie meine Mom, die mit Typen zusammengeblieben ist, die sie verletzt haben, wäre ich trotzdem nicht aus den richtigen Gründen da."

„Ach je." Tansy drückte ihr leicht die Finger, ehe sie losließ und sich zurücklehnte. „Du hast dich da ziemlich in was verstrickt, meine Liebe."

„Eine Aufgabe richtig toll erledigen, ist etwas, auf das ich stolz bin", zwang Kelli als Scherz hervor.

Sie sahen einander mit verzogenen Gesichtern an. Dann stand Tansy auf. „Weißt du was? Du bemühst dich zu sehr. Diese Beziehung ist für dich brandneu, und für Luke auch, und obwohl es kompliziert ist, weil du bei ihm arbeitest und eine Beziehung zu seiner Familie hast, hör doch auf, dich auf diese Teile zu konzentrieren."

Das war leichter gesagt als getan. „Und was soll ich tun?"

„Konzentriere dich auf ihn. Darauf, ein Paar zu sein." Tansy stemmte die Fäuste in die Hüfte und sah nach unten, mit einem Gesicht, als würde sie eine Predigt halten. „Glaubst du wirklich, du würdest von jemandem schwärmen, der ein Arschloch ist? Denn das glaube ich nicht. Dafür bist du zu klug."

„Meine Mutter ist bei den Arschlöchern geblieben ..."

„Verdammt, nein, Mädchen. Das machst du nicht. Das Einzige, was du mit deiner Mutter gemein hast, ist ein wenig Erbgut. Du warst klug genug, um da rauszukommen."

„Ich schätze schon." Kelli holte tief Luft, fühlte sich allmählich wieder hoffnungsvoll.

Tansy nutzte das aus. „Du weißt, was richtig ist, und was falsch, was der Grund ist, weshalb du damals weggelaufen bist. Gib der Sache Zeit. Genieße sie und bringt die nächsten Schritte zusammen heraus. In Wahrheit hast du eine Menge Familie um dich, für die du dich entschieden hast. Du hast die Stones, du hast mich und die Fields – also ganz gleich, was passiert, du bist nicht allein. Aber du verdienst es auch, auf eine Art geliebt zu werden, die wir dir nicht geben können, aber vielleicht kann Luke das."

„Ich will das auch. Glaube ich." Kelli rümpfte die Nase. „Okay, ich werde geduldig sein und mich von jetzt an auf uns konzentrieren, als Paar. Das kann ich."

„Natürlich kannst du das. Ich habe nur kluge Freundinnen."

Kelli lachte. „Wir müssen dir einen Freund suchen."

„Das hat Zeit. Ich habe Spaß als Single." Tansy nickte fest. „Ich meine es ernst, Kelli. Ich weiß aus Erfahrung, dass echte Liebe mehr ist, als das Richtige zu tun. Echte Familie, die Menschen, die echte Liebe in sich tragen – das sind die wenigen, die dich trotz deiner Fehler lieben. Sie wollen dich und lieben dich weiter, selbst wenn du es vermasselst. Das hast du verdient, und ich hoffe, dass Luke derjenige ist, der dir das geben kann."

„Ich auch." Kelli brach auf dem Sofa zusammen. „Es reicht. Ich bin emotional durch. Du musst mir was Süßes geben und mir all die neuen Gerüchte erzählen, die ich in der letzten Woche verpasst habe."

Tansy holte die Leckereien hervor, und Kelli schwelgte in Glück der Freundschaft. Und am Ende des Abends, als sie die Teilchen und Chips gegessen und ausgiebig geredet und gespeist hatten, war sie unterwegs nach Hause, mit einer Saat der Hoffnung, die gelegt war.

Obwohl sie sich immer noch Sorgen wegen der Schwierigkeiten machte, die man lösen musste, war es etwas Gutes, etwas Neues zu haben, auf das sie sich konzentrieren konnte. Sie konnte das schaffen. Sie würde versuchen, die Liebe zu finden, in der Hoffnung, dass es sich am Ende lohnen würde.

Sie wünschte, ihr möge ein guter Kelli-ismus in den Sinn kommen. Etwas, das sie als persönliches Mantra immer wieder wiederholen konnte, aber sie kam nur auf Dianes Ratschlag, wie sie mit Pepper arbeiten sollte. Sich zu entspannen und über die Zeit Vertrauen aufzubauen.

Zeit. Kelli musste warten.

Und darum, wie sie es bereits seit sehr vielen Jahren getan hatte, wartete sie.

19

Am Samstag platzte Kelli in die Scheune und rannte zu Luke, unterbrach sein Gespräch mit Caleb. „Tut mir leid, aber das müsst ihr euch *sofort* anschauen."

Sie schob ein Blatt Papier in Calebs Hände.

Er beäugte es argwöhnisch. „Was ist das?"

„Ein Vertrag für Deckgebühren." Sie strich mit dem Finger über die oberste Zeile, als wäre es offensichtlich.

Luke schlang einen Arm ihre Taille und beugte sich über Calebs Schulter, um den Zettel zu lesen.

Caleb flüsterte leise, während er auf eine Zahl deutete, die zusätzliche Nullen zu haben schien. „Ist das ein Tippfehler?"

„Kein Tippfehler." Kelli fächerte ein paar zusätzliche Blätter aus, um zu zeigen, dass es ein halbes Dutzend mehr gab, die genauso aussahen. „Schau es dir an. Schau sie dir alle an", sagte sie und hüpfte vor Aufregung.

„Aber das ist doch gar nicht unsere Gebühr für Nemo."

Ihr Grinsen wurde größer. „Dir sind die Ergebnisse des Pegasus World Cup entgangen."

„Kelli, da haben wir doch gar keine Pferde, die uns

vertreten", erklärte Caleb, der auf die Uhr schaute. „Und das Ganze ist noch gar nicht gelaufen."

„Wurde vor eineinhalb Stunden beendet. Du vergisst die Zeitzonen. Und wir wissen nicht, warum, aber aus irgendeinem Grund war einer der Vierjährigen, die angetreten sind, ein Fohlen von Nemo. Erinnerst du dich noch an Outside Darling? Sie kam von ganz hinten, total unwahrscheinliche Gewinnchancen, und wurde zweite. Tamara und ich haben live auf YouTube zugesehen, und sobald die Ergebnisse da waren, hat Tamara Lisa aufgetragen, Nemos Gebühren anzupassen. Und die Webseite ging es trotzdem noch ab."

Luke schaute auf die Blätter, fluchte leise über die außergewöhnlichen Zahlen auf jedem der Verträge. „Wenn die rechtens und verbindlich sind, werden wir einen Riesenhaufen Geld verdienen."

„Völlig rechtens", versicherte ihm Kelli. „Du weißt doch, dieses automatische System, das Lisa auf der Webseite eingerichtet hat? Für das kommende Jahr sind beinahe alle offenen Deck-Daten gebucht, und zwar zum höheren Preis. Diese Seiten sind nur für die Leute, die Silver Stone bereits vorher akkreditiert hat. Du musst immer noch die neuen Stuten zulassen, Luke, aber die Gestüte wollen Nemo unbedingt. Gestüte mit unglaublich viel Geld in der Tasche." Kelli hüpfte noch ein paarmal, ihr Blick schoss zwischen seinem und Calebs Gesicht hin und her. „Hilft das? Hilft das, damit Silver Stone ein wenig länger mit den Finanzen durchhält?"

Caleb packte sie, überraschte Freude entschlüpfte ihr in einem Kreischen, als er sie im Kreis wirbelte. „Das hilft", stimmte er zu, während er sie wieder auf den Boden stellte. „Das hilft verdammt viel."

Dann war es an Luke, sie hochzunehmen, doch nachdem er sie rasch herumgewirbelt hatte, hielt er sie an sich, ließ ihre

Nasen aneinander reiben. „Ihr Mädchen wart genial." Er senkte die Stimme. „Und schon wieder hast du mehr getan, als du eigentlich tun musst, wenn man bedenkt, dass die Leute, die ich vorab zugelassen habe, die Züchter waren, die wir in Kananaskis getroffen haben, und die du dazu überredet hast, auf diese Liste zu kommen."

Ihr Gesicht erhellte den ganzen Raum. „Ich will es Ashton zeigen, kann ich das? Ich bringe die Papiere wieder zurück ins Haus, wenn ich fertig bin."

Sie küsste Luke gleich an Ort und Stelle vor Caleb, drückte ihm den Nacken fest, bevor sie ihn losließ und rennend verschwand.

Luke sah ihr nach, Glück ... und noch etwas anderes ... sprudelte in seinem Inneren.

Es dauerte ein wenig, ehe es ihm klar wurde. Tatsächlich war es erst zwei Tage später, als sein Gehirn schließlich den Informationsfetzen preisgab, der ihm entgangen war. Aber als er es verstand, zögerte er nicht.

„Ich habe es endlich raus", erklärte er Caleb, als er ihn später abends in Ashtons Büro aufspürte. „Wir müssen über Nemo reden."

Ashton schaute auf, sein Lächeln wurde größer. „Er bringt jetzt wirklich was ein, oder? Guter alter Junge. Bin ich froh, dass wir das abgewartet haben."

„Ich auch, aber wir haben ihn doch beinah verkauft, oder nicht?"

Ashton lehnte sich in seinem Stuhl zurück. Eine Falte bildete sich zwischen seinen Augenbrauen, als er zurückdachte. „Jetzt, wo ich es mir überlege, hast du recht. Er war irgendwann mal ziemlich schlecht gelaunt. Kelli war überzeugt, dass sie ihn ausbilden konnte, damit er sich benimmt, und hat uns überredet, ihn noch eine weitere Saison zu behalten."

Caleb nickte. „Das hatte ich vergessen."

Also hatte er sich diese Dinge nicht eingebildet. Luke holte tief Luft. Was er vorschlagen würde, war eine große Veränderung, und es ging um die Höhe der Gewinne für Silver Stone, aber es musste getan werden. „Ich glaube, Kelli sollte auf den Besitzerpapieren aufgelistet werden."

Caleb ließ alles liegen. Er wandte seinen aufmerksamen Blick Luke zu, musterte ihn sorgsam.

Ashton war auch still geworden.

„Das bedeutet, sie bekommt einen Anteil an jeder Zahlung", erklärte Caleb. „Einerseits habe ich damit kein Problem, aber ...?"

„Es ist das Richtige", beharrte Luke.

Caleb dachte einen langen, stillen Augenblick lang nach.

Luke kannte seinen Bruder. Er *wusste*, was in Calebs Kopf vorging, während er die Bedürfnisse der Familie gegen das aufwog, was anständig war.

Früher als erwartet zuckte sein ältester Bruder mit den Schultern. „Das hätten wir schon vor Jahren tun sollen, aber ich schätze, besser später als nie. Es ist nicht das Richtige, wenn wir das ganze Geld behalten, wo wir ohne sie doch eigentlich gar nichts hätten."

Ashton legte Caleb eine Hand auf die Schulter. „Dein Dad wäre stolz auf dich."

Caleb machte ein unwirsches Geräusch. „Er würde den Kopf schütteln, dass es so lange gedauert hat, bis sich die Wahrheit einstellt. Mom hätte gelacht – sie hätte Kelli gemocht."

„Sie sind beide klug und stur – keine schlechten Eigenschaften für eine Frau, insbesondere, wenn sie bei uns ungezähmten Cowboys wohnt." Ashton ließ einen Blick zwischen den Brüdern hin und her gehen. „Müsst ihr mit dem Rest der Stones reden?"

„Sollten wir." Caleb schaute auf seine Uhr. „Luke, du rufst Walker an. Ich maile Ginny, dann spüren wir Dustin für seine Entscheidung auf, aber ich sehe nicht, dass jemand von ihnen damit ein Problem haben sollte. Selbst wenn wir Kelli einen Teil der höheren Gebühren geben, ist Silver Stone wirklich dicht daran, das Blatt zu wenden."

„Lasst mich wissen, wann ihr bereit seid, und ich rufe unseren Anwalt an. Er kann einen richtigen Vertrag aufsetzen." Ashton verschränkte die Arme, der Hauch von Silber an seinen Schläfen und die Falten in seinem Gesicht waren das Einzige, was zeigte, dass er kein junger Mann mehr war. „Ich habe das schon mal gesagt, und ich sage es jetzt wieder, Kelli war ein Zugewinn für Silver Stone, seit dem Tag, an dem sie ankam."

Da er ein bisschen mehr über Einzelheiten dieses Tages wusste, und dass sie uneingeladen auf die Ranch gekommen war, ließ Luke zu, dass sein Lächeln breiter wurde, ohne dass er sagte, weshalb.

Er und Caleb ließen Ashton allein, gingen in angenehmem Schweigen über den Schnee dorthin, wo der niedrige Trampelpfad sich in zwei Richtungen aufspaltete.

Sie blieben stehen, als hätten sie das so geplant, sahen beide nach oben. Die Luft war eiskalt, Sterne glitzerten im tiefschwarzen Himmel.

Caleb gab ein zustimmendes Geräusch von sich. „Das wird man niemals satt. Selbst wenn es mir das Gefühl gibt, klein zu sein wie ein Floh, ist es so verdammt schön, und mir ist es echt egal, dass ich ziemlich unbedeutend im großen Verlauf der Dinge bin."

„Tiefe Gedanken für eine Januarnacht", scherzte Luke.

„Es ist gut, hin und wieder welche zu haben", gab Caleb zu. Er schaute Luke direkt in die Augen. „Ich habe das ein wenig langsam mitbekommen. Dass du und Kelli zusammen seid, ist nichts Schlimmes, aber es machte die Dinge ... kompliziert.

Wenn man ihr zum Teil den Besitz an Nemo überträgt, bekommt sie ein wenig mehr Macht in die Hände. Sie wird Geld haben, das nicht von dir oder ihrer Stelle hier in Silver Stone abhängig ist."

Es war die Antwort auf so viele verbliebene Sorgen. Luke atmete heftig aus. „Danke, dass du das verstehst."

„Manche könnten sagen, wir sind töricht", erklärte Caleb.

„Kelli ist mir wirklich wichtig." Luke wählte seine Worte mit Bedacht. „Und ich werde nicht viel mehr als das sagen, weil wir immer noch alles klären, aber ich will nicht, dass sie auf Silver Stone bleibt, weil sie nirgendwo anders hinkann. Teufel, ich will nicht, dass sie bei mir bleibt, weil sie keine Optionen hat."

Ein leises Lachen entschlüpfte seinem Bruder. „Ich denke, du bist eine viel größere Attraktion, als du dir selbst zugestehst."

Es war an Luke, die Schulter zu zucken. „Okay, nenn es doch einen Hebel, für das nächste Mal, dass ich was vermassle. Jetzt hat sie was, das sie mir über den Schädel ziehen kann."

„Vertrau mir. Du wirst Dinge anstellen, bei denen es sich lohnt, dir was über den Schädel zu ziehen."

Luke widersprach nicht. „Darf ich es ihr sagen?"

Caleb grinste. „Natürlich. Einer Frau gute Nachrichten zu überbringen, wird immer am besten von jemandem erledigt, der das Fest zu schätzen weiß, das dann folgt."

Was so ziemlich genau das war, was Luke sich ausmalte.

„Ich schreibe dir, sobald ich was von Ginny und Dustin höre", versprach Caleb.

Luke drückte Caleb die Schulter, dann brach er auf, hoffte, dass die Bestätigung eher rasch als später kam, damit er Kelli das Geheimnis nicht zu lange vorenthalten musste.

Er rief Walker an, während er durch die Dunkelheit zu seinem Hintereingang ging, aber wie sie erwartet hatten, hatte

Walker keine Probleme mit der Vorstellung. Eine weitere Stufe der Erleichterung trat ein, als nur Augenblicke, nachdem Luke seine Jacke aufgehängt hatte, Caleb eine Nachricht schickte.

Caleb: *Ginny ist aus irgendeinem irren Grund wach und hat bereits geantwortet. Sie sagt, und ich zitiere: „wurde aber auch verdammt noch mal Zeit" ich weiß nicht, ob sich das auf Nemos Anteile bezieht oder dass du mit Kelli zusammen bist. Von Dustin habe ich noch nichts gehört, aber ich weiß, dass er sie als Familie betrachtet. Mach schon und sag es Kelli, wenn du magst.*

Luke: *Bist du sicher?*

Caleb: *Ja. Wir sind vier der fünf Leute mit Anteilen, die zustimmen. Falls Dustin irgendwelche Sorgen hat, werde ich sie mit ihm besprechen.*

Sein Bruder hatte recht. Es machte Luke nicht weniger dankbar, dass er grünes Licht erhalten hatte.

Luke: *Danke. Für alles.*

Caleb: *Hast du nichts anderes zu tun? Ich hab genug davon, auf diesem dummen Handy mit dem Daumen zu tippen.*

Kelli hatte sich in einer schrägen Yoga-Position vor seinem Kamin drapiert. Der Anblick machte ihn glücklich, eine Erinnerung daran, wie sie während der Gala miteinander geplaudert hatten.
Ihre Position ließ ihn das Gesicht verziehen.

～

Kᴇʟʟɪ ʜᴀᴛᴛᴇ ɢᴇᴡᴜssᴛ, dass er da war, in dem Augenblick, in dem er einen Stiefel auf die hinteren Stufen gesetzt hatte. Sie hatte ihre Atmung dazu gezwungen, langsam und gleichmäßig zu gehen, und, bis er das Zimmer betrat, war sie der Ruhe so nahe, wie es möglich war.

Ihr Puls war bei ihm immer unregelmäßig – sexy, gefährlicher Mann.

„Du wirst dir noch was brechen", warnte er sie, seine tiefe Stimme süß und verführerisch wie heiße Schokolade mit Schlagsahne.

„Nur, wenn du dich mir anschließt", scherzte sie, löste ihre Beine und wandte sich ihm zu. „Mr. Unbeweglich."

„Ich bin sehr beweglich. Ich ändere meine Ansichten, wann immer mir danach ist." Er ließ sich neben ihr auf den Boden fallen, streckte die Beine aus, während er sich zurück an das Sofa lehnte. Er hatte seine Socken ausgezogen, seine Füße waren bloß.

Das sollte eigentlich nicht so verdammt sexy sein, doch das war es.

Sie ignorierte das Summen der Hitze, die aufflammte, wenn sie ihn einfach nur anschaute. „Du hast lange gearbeitet. Lässt Ashton dich die Boxen wieder zweimal putzen?"

Ein Lachen brach aus ihm hervor. „Mein Gott, du kennst viele Geheimnisse. Nein, es gab keine doppelt erledigten Pflichten, weil ich beim ersten Mal unordentlich war. Ich war allerdings bei Ashton. Und Caleb."

Sie nickte wissend. „Geschäftliches Treffen."

„Ja, auf jeden Fall. Wir haben über Nemo geredet. Und dich."

Kelli zog die Füße unter sich, setzte sich neben ihn. „Mich?"

„Wie gut du deinen Job machst. Dass du diejenige warst, die uns vor all den Jahren überzeugt hat, ihn zu behalten."

Und dann ließ er wieder mal ihre Gedanken explodieren.

Bis er mit der Erklärung fertig war, was die Ranch in Bezug auf Besitzer und Beteiligungen beschlossen hatte, wirbelten ihre Gedanken. „Ich ... ich weiß nicht, was ich sagen soll."

Luke strich ihr die Haare hinter die Ohren, sein Blick auf ihr Gesicht gerichtet. „Es gibt nicht viel zu sagen. Wenn überhaupt, dann tut es uns leid, dass wir so lange gebraucht haben, herauszukriegen, dass dir mehr Anerkennung zusteht."

„Aber Silver Stone ..."

„Wird es gut gehen", versprach er. „Nemo ist noch da, er gehört zum Betrieb. Und er ist nicht der einzige aufstrebende Star. Außerdem warten wir noch darauf, von Jack zu hören, und den Petries und einer Reihe anderer von der Gala. Du und ich wissen beide, dass das noch ungeschliffene Diamanten sind, die bald glänzen werden."

„Aber noch ist es nicht so weit", warnte sie ihn.

Er zuckte mit den Schultern. „Wir sind Rancher, Kelli. Wir wissen doch, dass es keine Garantien gibt. Du hast Anerkennung verdient, und genau darum geht es. So einfach ist das. Es ist nur logisch."

Kelli war verführt, weiter dagegen zu halten, doch seine Miene und diese letzte Anmerkung reichten aus, sie vom Gegenteil zu überzeugen. „Danke."

Es reichte nicht, aber es war alles, was sie hervorbrachte.

Luke grinste. „Es ist zu spät, um rauszugehen und zu feiern, aber ich habe was als Überraschung zurückgelegt. Hast du in dieser bodenlosen Grube deines Magens noch Platz?"

Das klang schon besser. „Ist da irgendwie Schokolade beteiligt?"

Luke stand auf, streckte eine Hand hin, um auch sie hochzuziehen. „Sehe ich wie ein Mann aus, der keine Schokolade auf Vorrat hat, wenn es an der Zeit ist, etwas zu feiern?"

„Nö, du bist zu schlau, um so etwas Blödsinniges zu versuchen." Sie folgte ihm in die Küche und wartete, während er etwas aus dem Gefrierfach zog. Er packte eine Reihe kleiner Kreise und eine kleine Schale mit dunkelbrauner Soße aus und steckte alles in die Mikrowelle. Sie fing an zu sabbern. „O mein Gott, das sind Tansys Orgasmus-Bissen."

Luke blinzelte überrascht, ehe er heftig zu lachen begann. „Himmel, als ich sie gekauft habe, hießen sie noch Mini-Donuts mit Himbeer-Schoko-Dip, aber dein Name ist besser."

„Das habe ich Tansy auch gesagt, aber sie meinte, die Verstaubteren unter ihrer Kundschaft kriegen einen Anfall, wenn sie das auf die Speisekarte setzt."

„Alle anderen würden ihr die Regale leerräumen, sobald sie die Tür öffnet."

Fünf Minuten später stellte er den siedend heißen Schokoladendip und einen Stapel Mini-Donuts und Oreo-Kekse auf einen Teller, und sie setzten sich nebeneinander auf die Kücheninsel und vernichteten zur Feier des Tages eine Million Kalorien.

Dreißig Minuten später hatte er sie nackt ausgezogen unter sich im Bett für die nächste Stufe der Festlichkeiten.

Dieser Abend war aus so vielen Gründen großartig.

Kelli blieb ein paar Tage lang bei bester Laune. Sie bildete Chili Pepper aus und arbeitete neben Ashton und den anderen. Vertraute Aufgaben, aber irgendwie leuchteten diese Tage mehr, denn sie verbrachte die Abende mit Luke und genoss die Stunden träger Unterhaltung und des Lachens, ehe sie unausweichlich im Bett endeten.

Am Dienstag nutzte sie ihre Kaffeepause, um einer der Scheunenkatzen hinterher in den Heuboden zu klettern. Sie folgte dem Tier am Ende zur Seite, wo ein Sonnenstrahl sich auf den Heuballen fing, wodurch ein perfektes Bett entstand, auf das sie sich auf den Rücken legen, in die Balken hinauf sehen und Tagträume von Luke haben konnte.

Tansy hatte recht gehabt. Ihrer Beziehung die Zeit zu geben, zu wachsen, war gar nicht schwer.

Es war warm und gemütlich, und der Geruch der Scheune hatte sie fast einschlafen lassen, als Stimmen ihre volle Aufmerksamkeit erforderten. Calebs tiefes Grollen und Dustins jüngere Version hallten von den stillen Wänden wieder.

Sie überlegte sich, zu rufen, um sie wissen zu lassen, dass sie da war, aber die Sonne auf ihren Gliedern machte sie schwer und ihre Reaktionen langsam.

„Alles in Ordnung?", fragte Caleb.

Metallisches Klirren erklang – das vertraute Geräusch von Futtereimern, die zusammen schlugen. Dustin hatte normalerweise drei in jeder Hand. „Ja. Ich … wollte nur, dass sich das alles beruhigt. Alles mit Silver Stone und den Finanzen. Ich hasse es, nicht zu wissen, was los ist. Ich hasse es, dass ich nichts tun kann, um es zu reparieren."

„Du machst doch was", versicherte ihm Caleb. „Jeden Tag, wenn du kommst und mit der Familie arbeitest, heißt das, dass du was machst, auf das es ankommt."

Dustin hatte wohl die Eimer auf den Boden fallen gelassen, denn ein Klappern wurde laut, scharf und durchdringend. „So fühlt es sich nicht an. Die Pflichten erledigen, mit den Tieren zu arbeiten – das sind alles Aufgaben, die immer wieder erledigt werden und keine verdammte Kleinigkeit ändern. Ich bin in nichts besonders gut. Nicht wie du oder Luke oder Walker. Alle arbeiten härter, nur weil sie den großen Rodeo-Star beeindrucken wollen. Du siehst, was erledigt werden muss, und wer es am besten erledigt. Luke lässt die Pferde verdammt noch mal für sich tanzen. Teufel, Kelli hat mehr zur

Familie beigetragen als ich, und sie ist noch nicht mal offiziell Teil davon."

„Hör auf, dich mit anderen zu vergleichen."

Es war ein scharfer Tadel. Schärfer, als Kelli von Caleb erwartet hätte, und scharf genug, um ihr Entsetzen, dass sie erwähnt worden war, in den Hintergrund zu drängen.

Aber dann fuhr Caleb auf die Art fort, die sie auch erwartet hatte, in jedem Wort lagen Sorge und sturer Humor. „Wir brauchen keinen weiteren Luke, keinen weiteren Walker und keinen weiteren Caleb in unserer Familie. Jeder von uns reicht aus, vielen Dank aber auch. Manchmal ist ein Luke mehr als das, was wir brauchen."

Dustin schnaubte leise.

„Ich meine es ernst. Ich verstehe, wie es dir geht. Diese frühen Tage, nachdem Dad weg war, du würdest ja nicht glauben, wie oft ich mich mit dem Hintern auf den Boden hätte setzen können und wie ein verdammtes Baby heulen, weil ich es so sehr vermasselt habe. Ich konnte überhaupt nichts so tun wie er – und unser Vater war ein verdammt guter Mann, darum fühlte ich mich wie ein Scheißhaufen, dass ich nicht seinen Standards gerecht werden konnte."

„Du warst doch toll", beharrte Dustin.

„Silver Stone hat Schwierigkeiten, und ich bin dafür verantwortlich. Ich habe irgendwo alles vermasselt, dass es dazu kommt", sagte Caleb träge.

„Ist doch nicht deine Schuld. Du hast alles richtig gemacht. Du hast die Überschwemmung nicht ausgelöst, oder den Ausbruch bei den Nachbarn, der dazu geführt hat, dass wir die Herde dezimieren mussten." Dustins Empörung, während er sein Idol verteidigte, war deutlich. „Du hast immer dein Bestes getan. Du hast getan, was getan ..."

Mitten im Satz brach er ab.

Ein leises Lachen kam von Caleb. „Da hast du es. Jetzt verstehst du, wovon ich rede. Unser Bestes ist alles, was wir geben können, Dustin. Manchmal funktioniert es und manchmal nicht. Das Einzige, wofür wir die Verantwortung haben, ist das, was wir tun, jeden Tag. Vielleicht hast du recht. Vielleicht hast du nichts Besonderes, in dem du extrem gut bist, das du Silver Stone schon geben kannst. Noch nicht. Als ich zwanzig war, hatte ich das auch nicht. Finde heraus, was du liebst, und arbeite daran. Aber in der Zwischenzeit mach den besten Job, den du mit diesen langweiligen, sich wiederholenden Aufgaben machen kannst, die für Silver Stone überlebenswichtig sind. Vertrau mir, du machst einen Unterschied.“

Kelli sah nach oben, blieb ruhig, als eine Katze über sie lief und sich auf ihrer Brust niederließ.

„Ich verstehe schon. Wirklich, aber was, wenn ...?“ Er brach ab. Senkte die Stimme. „Was, wenn es nicht funktioniert. Was, wenn die Verkäufe ausbleiben, oder Lukes Hoffnungen auf neue Verbindungen scheitern? Was, wenn Kelli und Luke streiten, und sie sich von ihm trennt und gehen will, und darum ihre Rechte an Nemo geltend macht, und wir müssen sie ausbezahlen? Was dann?“

„Dann kümmern wir uns darum“, sagte Caleb ruhig. „Aber ich bezweifle, dass es dazu kommt. Du hast da ziemlich morbide Gedanken, Bruder. Du solltest Krimis schreiben oder so was.“

„Sie könnte alles zugrunde richten“, warnte Dustin.

„Falls sie jemand wäre, der so was macht, würde ich mir Sorgen machen. Aber das ist sie nicht. Wäre sie allerdings Penny ...“

Kelli schlug sich eine Hand über den Mund, um ihre Würgegeräusche zu unterdrücken.

Dustin würgte laut genug für sie beide. „Gott sei es

gedankt, dass Luke zu Sinnen gekommen ist. Du hast recht, Kelli ist toll. Bisher."

Caleb lachte leise. „Geht es dir jetzt besser?"

„Ja." Dustin räusperte sich. „Caleb? Danke. Du warst echt immer der Beste. Das meine ich ernst."

Kelli konnte sich die Szene unter ihr anhand der Geräusche sehr gut vorstellen. Eine männliche Umarmung, mit sehr viel Rückenklopfen. Caleb marschierte weg, und Dustin hob seine Eimer auf, das Klirren, wie sie zusammen schlugen, wurde leiser, während er auf die entfernten Boxen zuging.

Die dreifarbige Katze, die sie als Kissen benutzt hatte, stand auf und streckte sich, bog den Rücken durch, ehe sie wegging, den Schwanz hoch erhoben. Kelli sah ihr nach, während sie über das nachdachte, was sie erfahren hatte.

Luke hatte sie immer aufgezogen, dass sie eines Tages bedauern würde, zu lauschen, aber diese Unterhaltung war besonders informativ gewesen. Ihr waren die Folgen nicht klar gewesen, die daraus entstanden, dass Silver Stone Nemos Rechte mit ihr geteilt hatte.

Ein Plan kam ihr in den Sinn. Etwas, das nicht das Gute wegwerfen würde, was ihr zuteilgeworden war, aber das gleichzeitig Silver Stone helfen würde. Ein Schachzug, der allen den positiven Beweis liefern würde, dass Luke nicht nur an ihr interessiert war, weil es Sinn für sie machte, zusammen zu bleiben.

Den Beweis, dass ihre Liebe zu Silver Stone und ihre Liebe zu Luke zwei unterschiedliche Dinge waren.

Es bedeutete, denselben Anwalt anzuheuern, der die Papiere für die geteilten Besitzrechte überhaupt erst aufgesetzt hatte. Sie musste es hintenrum machen, aber in der Zwischenzeit machte ihr die Ausbildung wirklich Spaß, die zu ihrer Aufgabenliste dazugekommen war. Luke hatte sie gebeten, ein weiteres der neuen Pferde zu übernehmen, was toll war.

Aber Chili Pepper war immer noch ihre oberste Priorität.

Luke hatte sich ihr am Mittwochnachmittag angeschlossen. Die Ausbildung war gut gelaufen, und sie führten das Pferd zurück in die Box, als auf seinem Handy eine Nachricht summte, und Pepper sich nervös wand.

Luke gab Kelli einen raschen Kuss und ließ sie absteigen. Er ging neben ihr zur Scheune, schaute auf das Handy, während sie unterwegs waren.

Seine Schritte kamen ins Stocken, und Kelli ließ ihn dort stehen, während sie Pepper in ihre Box brachte.

„Das ist der Hammer." Luke hielt seinen Kommentar leise, damit er den Pferden keinen Schrecken einjagte, aber er war aufgeregt.

Kelli tätschelte Pepper den Rücken und schloss den Verschlag hinter ihr, als Luke vor sie trat.

„Was ist los?", fragte sie, denn seinem Gesicht nach zu urteilen, war es etwas Großes.

Luke las die Nachricht laut vor.

Ich hoffe, Ihnen geht es gut.

Ich würde gern irgendwann nächste Woche raus auf Silver Stone kommen, um über eine wichtige Sache zu reden.

Mit freundlichen Grüßen, Timothy Carlyn

20

───────

Luke war ziemlich sicher, dass irgendwo irgendwer einen Fehler gemacht hatte. Die Hölle war nicht brennend heiß, verzweifelt und dauergeil, denn das klang schrecklich nach dem, was passierte, wenn er und Kelli sich auf die Laken schmissen.

Die Hölle war Warten.

Tag um Tag ging vorbei, und es gab nichts, was Luke tun konnte, um sie schneller vergehen zu lassen und nach vorne zu stürmen. Es gab Aufgaben zu erledigen, Tiere, um die man sich kümmern musste. Rechnungen zu bezahlen und lange Unterhaltungen voller Sorge und Problemen.

Und Hoffnung – denn das war das einzig Auffallende, als er die Tage im Kalender abstrich, bis Timothy Carlyns Besuch auf Silver Stone anstand.

Der Mann war endlich im Hof angelangt, mit seinem ausladenden Hut und allem, ganz und gar ein Gentleman aus dem Süden. Walker stand neben Luke, schüttelte Carlyn die Hand und nahm Lobesworte für seine Leistungen beim Bullenreiten entgegen.

Timothy wandte sich an Luke, sein Lächeln wurde breiter. Sie schüttelten sich herzlich die Hände, aber noch während sie das taten, schaute der Mann an ihm vorbei, als wäre er enttäuscht. „Wo ist Ihre wunderbare Verlobte?"

Walker versteifte sich sichtlich, und Luke beeilte sich, eine Antwort zu geben, bevor irgendetwas Gefährliches gesagt wurde. „Sie ist draußen auf den Weiden und sieht sich an, wohin man das Vieh bringen könnte, falls der Sturm eintrifft, der vorausgesagt ist."

Timothy sank zusammen und runzelte dann die Stirn. „Ich habe Ihnen doch gesagt, dass ich kein Problem habe, übers Geschäft zu reden, wenn sie dabei ist."

„Das weiß ich noch", versicherte ihm Luke. „Aber ich bin nicht für ihren Terminplan verantwortlich. Ich stelle nicht unseren Vorarbeiter infrage, wenn er die Aufgabe der am besten geeigneten Person überträgt."

Luke war sich nicht sicher, ob das irgendeine Art Test gewesen war und ob Silver Stone gescheitert war, ohne auch nur zu wissen, dass sie beurteilt wurden.

Doch Carlyn nickte fest. Er schaute zwischen Luke und Walker hin und her. „Das ist nicht die einfachste Unterhaltung, aber sie ist wichtig. Ich vertraue darauf, dass das, was ich Ihnen sage, unter uns bleibt. Die Teile davon, die geheim bleiben müssen."

Das wirkte alles sehr viel mehr nach einer verdeckten Operation und nicht einfach nur nach einem Einkauf aus dem Bestand von Silverstone.

„Sie können offen reden", versicherte ihm Luke.

Walker warf Luke bedeutungsschwangere Blicke zu. Ihm war diese Sache mit der Verlobten auf jeden Fall aufgefallen, und er würde Luke bei der ersten Gelegenheit, die er bekam, die Hölle dafür heiß machen.

Dann machte sich Luke keine Sorgen mehr um Walker, den Timothy Carlyn zog ein Foto heraus und zeigte es ihnen.

„Sieht das vertraut aus?"

„Das ist Kelli, vom Abend der Gala", setzte Luke an, ehe seine Worte verklangen.

Sie war es nicht, denn die Frau trug nicht das, was Kelli an jenem Abend getragen hatte. Kellis Kleid hatte ganz dünne Riemen und klare Linien gehabt, und das hier bestand aus schmalen Streifen und Rüschensäumen, mit einer Corsage an der Brust, wo ein Riemen auf das Kleid traf.

Carlyns Gesicht war starr geworden. „Sie sehen es auch."

Walker schaute zwischen den beiden hin und her. „Das ist nicht Kelli?"

„Ist sie nicht." Carlyn zog ein zweites Bild heraus und hielt die beiden nebeneinander. Beinahe identisch, aber nun eindeutig zwei unterschiedliche Frauen. Ihre Haare waren leicht anders, und das Funkeln in Kellis Augen ließ sie sehr viel glücklicher als diese Frau wirken.

„Ich verstehe das nicht", sagte Luke aufrichtig.

„Das von Kelli habe ich vom offiziellen Fotografen für das Event bekommen." Carlyn hob das ältere Bild hoch. „Das? Das ist meine Tochter am Abend ihres Schulabschlusses."

„Scheiße." Walker machte einen Schritt näher zu Luke und legte ihm eine Hand auf die Schulter.

Es war unmöglich. Luke schaute Carlyn in die Augen und sah die Frage dort. Er erinnerte sich daran, dass der Mann nach Informationen über Kellis Familie geangelt hatte. „Sie glauben, Kelli ist mit Ihnen verwandt?"

„Ich glaube, da besteht mehr als nur eine Wahrscheinlichkeit", gab der Mann zu. „Tatsächlich bin ich ziemlich sicher, dass Kelli meine Enkelin ist, und ich bin bereit, zu tun, was immer nötig ist, um sie wieder in meinem Leben zu haben. Es war schon schlimm genug, ihre Mutter zu verlieren, aber wenn das echt ist – wenn das, was ich vermute, wahr ist – ist sie das einzige Familienmitglied, das ich noch habe."

Walker drückte Luke in schweigender Unterstützung die Schulter.

„Ich werde Ihnen nichts verderben", sagte Carlyn. „Ich muss es nur wissen."

„Wir verstehen das", versicherte Walker ihm.

Carlyn sprach kurz, teilte ihnen Informationen über seine Tochter mit, und es ergab alles einen Sinn. Doch während Luke verblüfft zuhörte, war er dankbar, dass er nichts sagen musste, da er auf gar keinen Fall Worte zustande gebracht hätte.

In seinem Kopf drehte sich alles, und es schien keine einzige Richtung zu geben, in die er sich drehen konnte ...

Doch diese Art Verwirrung war nicht akzeptabel. Das war nicht das, was Kelli von ihm brauchen würde, darum schüttelte er sich, um seine Aufmerksamkeit zu steigern.

„Ruf Kelli her", befahl er Walker.

Sein Bruder nickte fest. Er zog das Handy heraus und wandte ihnen den Rücken zu, um Kontakt mit dem Team auf den Weiden herzustellen.

Luke stellte sich Carlyn, in seiner Stimme war überhaupt nicht Nachgiebiges. „Ich werde erst mit ihr reden. Das wird für sie ein großer Schock, und ich muss herausfinden, was sie will."

Kurz sah Carlyn aus, als würde er sich gleich beschweren, ehe er mit einem Seufzen einbrach. „Sie schützen sie, und ich möchte Ihnen das nicht übel nehmen. Das würde ich mir für jede Frau wünschen, nicht nur für jemanden, der mit mir verwandt ist."

„Übernachten Sie in der Stadt?"

Carlyn nickte. „Rufen Sie mich an, wenn Sie bereit sind.

Ich kann wieder herkommen, oder Sie können rauskommen. Was immer Ihnen lieber ist."

„Vielen Dank." Luke nahm die beiden Fotos entgegen, ließ sie in seine Brusttasche gleiten und schüttelte Carlyn ein letztes Mal die Hand, ehe er auf dem Absatz kehrtmachte und zurück zum Parkbereich ging.

Luke sah dem Mann nach, sein Hirn hatte Schwierigkeiten, mitzuhalten.

„Ich habe so viele Fragen, und ich weiß nicht mal, wo ich anfangen soll." Walker trat vor ihn, Sorge stand auf jeden Quadratzentimeter seines Körpers geschrieben. „Aber erst mal, Bruder, was zum Teufel? *Verlobte?*"

Schuldgefühle machten sich breit. „Ich habe einen Fehler gemacht, okay? Kelli hat mich bereits dafür gescholten, und obwohl wir gewissermaßen nicht in einer perfekten Situation gelandet sind, hätte es nicht besser laufen können, dafür, dass ich erst einmal ein Idiot war."

„Er hält sie für deine gottverdammte *Verlobte*", knurrte Walker. „Und obwohl ich glaube, dass es toll ist, dass ihr beiden beschlossen habt, nicht mehr um eure gegenseitige Anziehungskraft herumzutänzeln, von null zur Ehe ist ein wenig übertrieben, sogar für dich."

Luke schüttelte den Kopf, warf einen Blick auf die Uhr. „Da gab es kein Herumtänzeln. Ich war mir der Tatsache überhaupt nicht bewusst, dass sie die ganze Zeit direkt vor meiner Nase war."

„Vielleicht willst du dir das einreden, aber für mich war es ziemlich klar, dass sie einem Teil von dir bereits letzten Sommer sehr wichtig war, als du völlig ausgeflippt bist, weil sie zusammengeschlagen wurde." Walker seufzte schwer, aber seine Körpersprache entspannte sich schließlich. „Wir können uns um den Rest später kümmern. Du hast genug vor dir."

„Kommt sie her?", fragte Luke.

Walker nickte. „Ashton schickt sie auf einem Quad zurück. Wenn du dich mit ihr treffen willst, kannst du sie vermutlich an den Heart Falls abfangen."

Der Tag war warm genug, dass sie sich nicht den Arsch abfrieren würden. „Tolle Idee."

Walker legte ihm eine Hand auf die Schulter. „Sei sanft", warnte er. „Ich glaube nicht, dass sie das auf dem Radar hatte."

„Das weiß ich. Ich werde nichts tun, was ihr wehtut." Luke fluchte. „Sieh mal, unsere Beziehung hat vielleicht angefangen, weil ich gehandelt habe, ohne nachzudenken, aber mit ihr zusammen zu sein, ist das Richtigste, was mir jemals passiert ist."

Was das Gefühl sehr viel schlimmer machte, als es mit einem heftigen Ruck bei ihm ankam. Es schien, als würde alles, worauf er zu hoffen begonnen hatte, wieder einmal außerhalb seiner Reichweite verschwinden.

KELLI FAND eines der Allradfahrzeuge der Ranch neben dem Pfad geparkt, wo es ihr im Weg stand.

Sie kam zum Stillstand und schaltete den Motor ab, folgte den Fußabdrücken durch den Schnee zu den Felsen unten am Teich der Heart Falls.

Ihr unwillkürlicher Ärger ließ nach, als sie Lukes hochgewachsene Gestalt über das gefrorene Wasser hinaus starren sah.

Seine Arme waren vor der Brust verschränkt, sein Blick über die eisige Oberfläche auf den schmalen Flecken mit offenem Wasser gerichtet. Das Plätschern aus den Wasserfällen, die den ganzen Winter weiterflossen, war ausreichend, dass die ganze Oberfläche zu dünn blieb, um darauf Schlittschuh zu fahren.

Es war wunderschön und faszinierend. Das fallende Wasser weit links war zu einem Vorhang aus tiefem Blau bis hin zu schimmerndem Weiß gefroren.

Sie wartete, bis sie nahe genug kam, um zu reden, ohne zu schreien. „Ich habe mir Sorgen gemacht, dass es einen Notfall gab, als Ashton mir sagte, ich solle nach Hause fahren, aber ich glaube nicht, dass du hier draußen wärst und dich entspannen würdest, wenn was mit der Familie los wäre."

Er drehte sich um und schenkte ihr ein Lächeln, das seine Augen nicht erreichte. „Allen geht es gut", versicherte er ihr. „Aber wir müssen reden."

Eine Million verschiedene schreckliche Sorgen rasten durch ihr Gehirn. „Ich hole mir jetzt kein Magengeschwür, indem ich es zu erraten versuche, also spuck es schon aus."

Luke nahm ihre Hand und zog sie zu sich auf den Wildwechsel. „Weißt du noch, wie du mir erzählt hast, dass du vor deiner Mom weggelaufen bist? Dass sie in schlimmer Gesellschaft war und schlechte Entscheidungen getroffen hat, und dass du daran nicht beteiligt sein wolltest?"

Alles, worum sie sich Sorgen gemacht hatte, verblasste mehr oder weniger zu nichts, als er das eine erwähnt hatte, das sie nicht im Traum für möglich gehalten hätte. „O mein Gott. Ist meine Mutter aufgetaucht?"

Er drückte ihr fest die Finger. „Nein. Und wenn sie das getan hätte, wäre ich versucht gewesen, sie wegzuschicken, ohne es dich wissen zu lassen. Aber etwas ..."

Er blieb stehen, ließ sich auf einen umgefallenen Baumstamm nieder und zog sie zwischen seine Knie, damit sie sich Angesicht zu Angesicht gegenüber waren.

So viel Sorge stand in seinem Gesicht. „Du machst mir

Angst und lässt mütterliche Instinkte aufkommen, von denen ich gar nicht wusste, dass ich sie habe. Ich will tun, was immer ich kann, damit du nicht mehr so traurig bist."

„Es scheint, als würden wir dasselbe wollen, denn ich versuche, dich zu schützen", gab Luke zu. „Ich habe heute eine Information erhalten, von der ich nicht weiß, wie du sie aufnehmen wirst."

„Führt sie dazu, dass ihr mich aus Silver Stone rausschmeißt?"

Da er so ernst wirkte, war es überraschend, zu hören, dass ihm ein leises Lachen entschlüpfte. „Da du mir bereits mitgeteilt hast, dass ich dich nicht rauswerfen *kann*, ist das offensichtlich nicht der Fall." Er ließ eine Hand um ihren Rücken gleiten, hielt sie nahe an sich. „Eines der Bilder, die wir auf der Gala gemacht haben, ist wirklich toll geworden. Du siehst wunderschön aus. Du siehst auch fast genauso aus wie eine andere Frau, die jemand kennt. Und der hat sich gefragt, ob es möglich ist, dass ihr beide verwandt seid."

Sie versuchte, das zu verstehen. „Jemand behauptet, eine Frau zu kennen, die wie ich aussieht? Ich habe keine Schwestern, Luke. Ich bin ein Einzelkind."

„Ich habe das falsch ausgedrückt. Du siehst jemandem furchtbar ähnlich, und zwar vor zwanzig Jahren. Es ist möglich, dass es um deine Mutter geht. Du hast mir einen Teil ihrer Geschichte erzählt, aber nicht genug, dass ich sicher sein kann, ob ich dem, der das behauptet, sagen kann, dass er verschwinden soll oder nicht. Du hast gesagt, deine Mom hätte ihre Heimat verlassen, wäre niemals zurückgekehrt – sie hat sich über strikte Eltern beschwert. Aber hatte sie auch einen guten Grund, abzuhauen?"

Oh. Nun ergaben seine Sorgen einen Sinn. „Du versuchst rauszukriegen, ob sie aus einer schlimmen Situation geflüchtet ist, wie ich?" Kelli dachte zurück an jene frühen Tage und das, was sie vielleicht mitgehört hatte. Sie schüttelte sanft den Kopf. „Sie hat sich gern beschwert, dass man ihr übel mitgespielt hat, aber selbst für mich als Teenager klang das nach einer Ausrede. Als ob sie gehofft hatte, das Leben würde leichter werden, wenn sie die Verantwortung hatte, aber stattdessen war es nicht ganz das, was sie sich erhofft hatte. Sie war vermutlich zu stolz, um zuzugeben, dass sie einen Fehler gemacht hat, und nach Hause zu gehen. Aber ehrlich, Luke, obwohl ich ein paar gute Erinnerungen ans Aufwachsen habe, bin ich mir sehr bewusst, was für eine *schlimme* Mutter sie war, und das war ihre Entscheidung. Hundertprozentig. Ich will nichts mit ihr zu tun haben."

Luke nickte langsam. „Lass mich dir folgende Frage stellen. Wenn es möglich wäre, deinen Großvater zutreffen, ist das etwas, das du gern tun würdest?"

Sie lehnte sich an ihn, hatte Schwierigkeiten, ihre Zunge zu bewegen. Wow. Das war ja mal unerwartet. „Ich weiß nicht, wie ich das beantworten soll. Das ist nichts, worüber ich schon mal nachgedacht habe."

Sie stellte fest, dass zwei starke Arme sie umfingen, als Luke sie an sich zog. Er nahm seine Hand, um ihren Kopf an sich zu schmiegen, drückte sie fest und hielt sie. Ihre Atmung wurde langsamer, noch während ihre Gedanken rasten.

Es gab jemanden da draußen, der vielleicht ihre Familie war? Es war schockierend und doch ...

Und doch war es nicht so lebensverändernd, wie es sich vielleicht anfühlen sollte. Wie sie und Tansy schon besprochen hatten, hatte Kelli bereits eine Familie – Leute, die ihr wichtig waren, und denen sie offensichtlich wichtig war.

Sie drehte sich um, bis sie zu Luke aufschauen konnte. „Was meinst du denn?"

„Nein, nein. Ich werde diese Entscheidung nicht für dich

treffen." Er wirkte viel zu ernst, wenn man bedachte, dass dies ein glücklicher Moment sein sollte.

Oder etwa nicht?

Er schob ihr die Finger unters Kinn und legte ihren Kopf nach hinten. Dann waren seine Lippen auf ihren, in einem zarten Kuss voller Sorge und etwas, das ziemlich süß schmeckte.

Er zog sich zurück, lächelte sie an. „Willst du die Bilder sehen?"

Kelli nickte.

Er reichte ihr das erste, und ihr Herz setzte einen Schlag lang aus, ehe sie hinsah und sich selbst erblickte. „Das war ja gar nicht lächerlich", gab sie zu. „Und verdammt, mein Vorbau sieht toll aus."

Von ihm kam ein lautes Lachen, das herausplatzte und sehr viel mehr das war, was sie von ihm erwartet hätte. „Dein Vorbau sieht immer toll aus", versicherte er ihr. „Hier ist das andere Bild."

Es war leicht, zu sehen, weshalb jemand darauf kommen sollte, dass diese rätselhafte Frau mit ihr verwandt war. Es war, als würde sie in einen etwas schrägen Spiegel schauen. Gerade ausreichend verändert, dass Kelli erkennen konnte, dass es nicht ihr Gesicht war, sondern das einer Doppelgängerin.

Dann fielen ihre Augen auf den Anhänger, der um den Hals der Frau hing, und alles in ihr wurde starr. „Heilige Scheiße. Das ist meine Mutter."

„Ernsthaft?" Luke richtete sich auf, drehte das Bild zu sich, als würde er versuchen, zu sehen, was sie so sicher machte.

Sie deutete auf den Anhänger. „Den hat Mom die ganze Zeit getragen. Sie hat ihn niemals abgenommen, bis ..." Eine Erinnerung brach über sie herein. „Er wurde an einem Tag zerbrochen, als ihr Freund grob mit ihr umsprang. Ich erinnere mich noch, wie ich ihn vom Boden aufhob und ihn versteckte, bis ich ihn ihr zurückgeben konnte."

Er versteifte sich, sein Körper spannte sich bei ihren Worten vor Wut an.

„Das war eine der wenigen Zeitpunkte, als ich sie tatsächlich weinen sah. Sie erzählte mir, dass es ein Weihnachtsgeschenk war, als sie dreizehn war."

Luke schaute ihr in die Augen, während sowohl Traurigkeit als auch Verwunderung in ihr ineinanderflossen. „Also ist er vermutlich dein Opa, der Mann, der sagt, dass er diese Frau kennt."

Kelli nickte.

„Willst du ihn treffen?"

Nein. Ja.

„Vielleicht? All die Jahre war ich nicht so verzweifelt dahinter her, die Vergangenheit zu finden. Ich habe versucht, ein gutes Leben im Hier und Jetzt zu führen."

Er hielt sie wieder dicht an sich, seine starken Arme verankerten sie. „Es liegt ganz an dir. Das tut es wirklich."

Etwas war immer noch falsch. Sie schob an seiner Brust, bis sie ihm ins Gesicht schauen konnte. „Was ist los? Du hast in der Regel doch eine stärkere Meinung", merkte sie an.

Luke versteifte sich. „Es ist dein Leben, es ist deine Entscheidung."

„Das verstehe ich, und so ist es auch. Aber das hat dich doch noch nie davon abgehalten, mir zu sagen, was du glaubst, dass ich tun sollte. Was hält dich jetzt ab?"

Er verzog das Gesicht. „Ich bin in einer schwierigen Position, um dir Rat zu geben, denn wie es auch ausgeht, ich werde dabei immer wirken, als wäre ich geldgierig."

Gerade als sie gedacht hatte, sie hätte alles verstanden, verlor sie den Faden wieder. „Geldgierig? Hast du vor, mich zurück an meine lang verschollene Verwandtschaft zu verschachern?"

In den Ausdruck des Entsetzens auf seinem Gesicht mischte sich zu viel Sorge.

„O mein Gott, sag mir doch einfach, wer es ist", forderte sie ihn auf.

„Timothy Carlyn."

21

Kelli wartete vor der Tür des Motel-Zimmers, warf einen Blick auf den heruntergekommenen Zustand des Ladens, während sie ihn mit dem übertriebenen Hotel verglich, wo sie dem Mann zum ersten Mal begegnet war. Das Motel wurde meistens von Straßenarbeitern benutzt, die nach einem Ort suchten, wo sie sich hinlegen konnten, und nicht von Leuten, die an Luxus oder auch nur Komfort gewöhnt waren.

Mr. Carlyn war es offensichtlich ernst damit, dass er willens war, es mit diesen Zuständen aufzunehmen.

Sie hielt sich etwas fester an Lukes Fingern. „Du hättest ihm sagen sollen, dass wir uns bei dir zu Hause treffen.“

Luke antwortete nicht, denn die Tür schwang vor ihnen auf, und die leicht vertrauten Züge des älteren Gentleman, den sie in Kananaskis getroffen hatte, waren zu sehen.

Timothy Carlyn starrte sie mit etwas in den Augen an, das verräterisch nach Tränen aussah. „Kelli. Vielen Dank, dass Sie zugestimmt haben, sich zu treffen.“

Er trat zurück und winkte sie herein.

Der Raum, den sie betraten, hatte eine kleine Küche und einen Wohnbereich mit einer abgewetzten Couch, einem älteren Fernseher und einem Küchentisch mit vier Stühlen.

Ein weiterer Mann stand auf, der am Tisch gesessen hatte, und trat vor, um ihnen eine Hand hinzuhalten. „Dean McCoy."

Kelli stellte sich vor, und Luke machte es genauso, bevor Timothy sie zu den Plätzen wies.

Luke zog einen Stuhl heraus und wartete, bis sie sich hingesetzt hatte, ehe er seinen Stuhl so rückte, dass er neben ihr war. Kelli nahm seine Finger, als wären sie ein Rettungsseil.

Mr. Carlyn starrte sie noch immer an, aber er schüttelte sich und deutete dann auf Dean. „Auf Silver Stone haben Sie Ihren Ashton, glaube ich? Das ist der Mann, der mir bei allen nötigen Dingen hilft, im Gelände, und auch außerhalb."

Kelli beäugte den Neuankömmling. Der zweite Mann ließ es ihr eiskalt den Rücken herunter laufen, sein aburteilender Blick war nur einen halben Zentimeter davon entfernt, die Nase zu rümpfen, als ob er den Mist an ihren Schuhen riechen könnte. Trotz ihrer Nervosität brachte sie seine Haltung gegen sich auf. „Ich bezweifle, dass Sie in diesem Anzug auch die Ställe ausmisten", sagte sie offen.

Luke versteckte sein schnaubendes Lachen hinter einem Husten.

Dean schaffte es irgendwie, noch missgünstiger zu wirken, doch er antwortete: „Es scheint, als hätten wir unterschiedliche Expertisen, Miss James."

Was zum Teufel?

„Das reicht jetzt, Dean. Ich wollte dich anfangs gar nicht dabei haben, aber du hast darauf bestanden. Noch ein klugschwätzerischer Kommentar oder eine unhöfliche Bemerkung zu einem unserer Gäste, und ich suche mir jemand neuen, mit dem ich arbeiten kann."

Also gut dann.

Kelli ignorierte Dean und konzentrierte sich stattdessen auf den Mann, der vielleicht ihr Großvater sein könnte. Das Wort allein reichte schon, um in ihrem Verstand einen unmöglichen Schlamassel anzurichten.

„Luke hat mir die Fotos gezeigt, und ich bin mir ziemlich sicher, dass das zweite Foto meine Mom ist."

„Das sagt sich leicht ohne Beweis ..." Dean unterbrach sich und hustete fest, ehe er neu ansetzte. „Entschuldigung. Es wäre wichtig, wenn Sie irgendeinen Beweis haben, dass Sie den mit uns teilen."

Mr. Carlyn griff vor, als wollte er Kellis Hand nehmen, ehe er sich dabei erwischte, stattdessen legte er die Finger am Tisch aneinander. „Wenn Dean sich nicht wie ein Esel benimmt, tut er sein Bestes, um meine Interessen zu schützen. Aber da ich derjenige bin, der sich Ihnen genähert hat, ist das, glaube ich, etwas völlig anderes, als wenn jemand, den ich nicht kenne, bei mir an der Tür auftaucht und behauptet, ein lang verschollener Verwandter zu sein."

„Ich weiß nicht, ob ich etwas habe, das ein Beweis wäre. Und ich weiß nicht, wo meine Mom inzwischen ist. Es ist viele Jahre her, seit ich sie zuletzt gesehen habe, und so gefällt es mir auch. Als ich gegangen bin, habe ich nichts von ihr mitgenommen." Das Geld würde nicht erwähnt werden. Kelli schob das Bild zurück über den Tisch. „Ich kann Ihnen sagen, dass im Inneren des Anhängers ein Stück violettes Glas war. Es war poliert ..."

Timothy Carlyns Gesicht wurde ganz weiß.

Luke stand halb auf. „Sir? Geht es Ihnen gut?"

Mr. Carlyn winkte, damit er sich wieder hinsetzte, drückte die Hände auf den Tisch und holte ein paar Mal zur Beruhigung Luft. „Tut mir leid. Bitte fahren Sie fort."

Kelli warf einen Blick auf Luke. Er nickte. „Das Glas war

poliert, nicht, dass es glänzte, sondern grob, wie Winterfrost. Es war herzförmig, und wenn der Anhänger geschlossen war, war der Stein klein genug, um sich darin zu bewegen. Ich habe den Anhänger manchmal geschüttelt, und Mom hat gelacht und gesagt, das wäre ihr Herzschlag."

Es war eine der wenigen süßen Erinnerungen, die ihr geblieben waren.

Der ernste Mann im Anzug fluchte leise, der strenge, unnachgiebige Ausdruck auf seinem Gesicht wandelte sich zu Ungläubigkeit.

Dean wandte sich an Mr. Carlyn. „Ich würde immer noch auf einen DNA-Test bestehen, nur wegen rechtlicher Belange, aber das ist ziemlich überzeugend."

„Ich glaube nicht, dass sie das gesagt hat, um zu versuchen, überzeugend zu sein", erwiderte Timothy Carlyn langsam. Er griff über den Tisch, und Kelli lehnte sich vor, um ein drittes Bild entgegenzunehmen. „Meine Frau. Sie ist letztes Jahr unerwartet verstorben."

Kelli war sich ziemlich sicher, dass sie so in weiteren vierzig oder fünfzig Jahren aussehen würde. „Wow. Es ist vielleicht ein wenig selbstgefällig, wenn ich sage, dass sie schön war."

„Sie war schön", sagte Mr. Carlyn.

„Du *bist* schön", erklärte Luke im selben Augenblick.

Mr. Carlyn griff in seine Tasche und holte etwas heraus, das er auf den Tisch legte.

Es war ein Anhänger. Der gleiche, an den sie sich aus ihrer Jugend erinnerte, und etwas in Kellis Kehle zog sich zusammen, als sie ihm einen Blick zuwarf, ob sie ihn aufheben durfte.

Als er ihr bedeutete, dass es in Ordnung war, ließ sie den Anhänger in ihre Hand gleiten, das glatte Metall ... das Echo einer Kindheitserinnerung. Sie schloss die Augen und hielt ihn sich ans Ohr, schüttelte das Handgelenk seitwärts.

In ihrer Handfläche erklang ein leises Klopfgeräusch – wie ein Herzschlag.

Sie holte Luft und bemerkte entsetzt, dass ihre Hände bebten, als sie den Anhänger vom Ohr wegnahm. Automatisch fand sie die Schließe, um die beiden Seiten zu lösen. Sie schaute nach unten und entdeckte kein violettes Herz, sondern eines, das blau war wie das Ei eines Rotkehlchens, wie der Himmel über Alberta an einem wolkenlosen Sommertag.

„Es ist schön."

„Es hat deiner Großmutter gehört." In der Stimme von Mr. Carlyn lag kein Zweifel, als er den Satz aussprach. „Ich habe meinen Mädchen zu Weihnachten passende Halsketten geschenkt. Sie haben sich die Farbe des Steins ausgesucht. Danielle sagte, sie wollte Lila, damit er zu den Glockenblumen passt, die früh im Frühjahr blühen. Und meine Toni wollte Blau, denn sie sagte, das wäre die Farbe der Freude."

Kellis Kehle zog sich noch fester zusammen, doch Lukes Arme lagen um sie, und sie war in seiner Umarmung sicher. „Sie klingt nach einer wunderbaren Frau. Es tut mir so leid, dass ich sie nie kennengelernt habe."

„Mir tut es auch leid", sagte Mr. Carlyn. „Wir hatten keine Ahnung, dass es dich überhaupt gibt. Als Danielle weggelaufen ist, schafften wir es anfangs noch, sie ein paarmal aufzuspüren. Sie hat mir vehement mitgeteilt, dass wir sie in Ruhe lassen sollen. Ich versuchte, mit ihr in Kontakt zu bleiben, falls sie es sich je anders überlegte ..." Er stieß einen langen, langsamen Atemzug aus. „Ich war eine Weile krank und habe ihre Spur verloren. Ich hätte niemals gedacht, dass sie nach Kanada gehen würde. Ich wünschte, ich hätte es hartnäckiger versucht."

Das Bedauern in seiner Stimme war echt, und das Gefühl wühlte Kelli nur noch weiter auf.

Sie schoss hoch. Alle Männer am Tisch beeilten sich, sich

ihr anzuschließen, aber sie schob sich vom Tisch weg, wollte plötzlich unbedingt fliehen.

„Ich brauche etwas Zeit", sagte sie. „Ich meine, das ist sehr aufregend, und ich bin froh, dass ich dich kennenlerne. Sogar Sie, schätze ich." Sie deutete auf Dean, ehe sie sich fester an Lukes Seite schmiegte. „Aber ich muss gehen."

„Auf jeden Fall, Liebes." Luke nickte Timothy Carlyn zu. „Reden wir morgen?"

„Rufen Sie an, wenn Sie bereit sind. Ich würde gerne raus auf Silver Stone kommen, wenn es passt. Ich bin schon interessiert an dem, was Sie dort vorhaben, abgesehen von der Tatsache, dass ich Kelli aufspüren wollte."

Luke drückte sie rasch, als er aus dem Fenster schaute. „Es schneit so richtig. Bleib kurz hier, und ich wärme den Truck auf und taue die Scheiben ab."

Luke wartete, bis sie zustimmend nickte, doch als er ging, verschwand Dean, sie war am Ende allein mit ihrem Opa.

„Ich werde keine Forderungen stellen" Mr. Carlyn redete leise. „Aber ich möchte, dass du weißt, wie sehr ich mir wünsche, dass du nach Hause kommst."

Nicht *Mr. Carlyn* – ihr *Großvater*, schätzte sie, obwohl es einige Mühen brauchen würde, von ihm auf diese Weise zu denken.

Kelli schaute ihn an, sah die Wahrhaftigkeit in seinen Augen, und die Hoffnung. „Du kennst mich nicht. Du weißt überhaupt nichts über mich, weshalb solltest du so was sagen?"

„Wenn ich dich ansehe, sehe ich Toni, darum. Ich sehe Danielle, bevor sie rebellisch wurde und beschloss, dass alles, was wir sagten, von ihr ins Gegenteil verkehrt umgesetzt werden würde. Ich sehe eine junge Frau voller Leben und Energie, und eine, bei der es einfach eine Freude ist, sie um sich zu haben, und mir würde es sehr gefallen, wieder Familie bei mir zu Hause zu haben. Also denk darüber nach, Kelli. Es ist eine Option. Dich und Luke, natürlich. Es gibt ein Heim, das auf euch wartet."

Kelli nickte langsam. Aber sie musste die Wahrheit sagen, und das war etwas, worüber sie keinen Augenblick länger nachdenken musste. „Ich habe bereits ein Heim, und ich habe eine Familie. Also werde ich nicht Nein sagen, aber ich sage, dass ich nicht aufgeben möchte, was ich bereits habe."

„Schon gut." Er wirkte ein wenig enttäuscht, nickte aber zustimmend. „Du bist vielleicht eine ganze Welt von uns entfernt aufgewachsen, aber du wärst schockiert, zu erfahren, wie sehr du mich an deine Großmutter erinnerst."

Hinter ihr öffnete sich die Tür, und Luke war da und brachte sie weg.

Ein Wirbel aus Schneeflocken mischte sich mit dem wilden Wirbel in ihrem Verstand. Kelli lehnte den Kopf an Lukes Schulter und versuchte nicht einmal, zu denken. Sie war innerlich betäubt, was komisch wirkte.

Luke saß still neben ihr, sein Körper ein Fels des Trostes. Als sie nach der langsamen Fahrt nach Hause durch den fallenden Schnee an seinem Haus ankamen, folgte sie ihm brav in die Garderobe.

Ihre Jacke verschwand, und ihre Stiefel, und sie landete auf dem Sofa, saß auf seinem Schoß, bevor sie wirklich wusste, was los war.

„Danke", setzte sie an, bevor sie abbrechen musste.

„Es gibt hier nichts, wofür du mir danken musst, meine Liebe. Jetzt still. Du bebst ja beinahe. Lass dich von mir halten."

Sie schmiegte sich an und kämpfte nicht dagegen. Sein starker Körper wurde ein Schutzkäfig rund um sie. Wie eine Wand, die sie vor den Dingen beschützte, die ihr vielleicht wehgetan hätten, Dingen, die sie in diesem Augenblick zu sehr herausgefordert hätten.

„Ich weiß nicht, warum ich mich wie ein Baby aufführe", beschwerte sie sich ein paar Minuten später. „Es ist etwas Gutes, schätze ich. Familie zu finden. Nur – ich habe nicht damit gerechnet. Und ich wollte es eigentlich nicht – ich meine, ich habe nicht danach gesucht."

„All das sind gute Gründe, nicht sicher zu sein, wo unten und oben ist", versicherte ihr Luke. Er strich mit den Fingern durch ihre Haare. „Auf der guten Seite steht, dass Carlyn ein solider Mann ist. Ich habe niemals irgendwas Negatives gehört."

„Ich auch nicht. Ich mochte ihn auf der Gala, obwohl ich schätze, das erklärt, weshalb er mich so angestarrt hat." Sie holte tief Luft, schmiegte sich fester an Luke. „Ich will jetzt nicht nachdenken", beschwerte sie sich.

Ihm entschlüpfte ein leises Lachen. „Echt? Gibt es irgendwas anderes, das bei dir höher im Kurs steht?"

Kelli schlang die Finger um den Kragen seines Hemdes, umkreiste jeden Knopf einzelnen. „Vielleicht. Wenn du zufällig Zeit hast."

Luke brummte, als sie den obersten Knopf öffnete, und dann den nächsten. „Zeit? Ein paar Minuten habe ich."

„Ist das alles? Wie schade ..." Sie ließ die Finger nach unten gleiten, bis ihre Fingerspitzen über den Knopf seiner Jeans schwebten. Sie hätte über seinen Schwanz gerieben, doch sie saß darauf. Was offensichtlich war, denn mit jedem verstreichenden Moment wurde die Schwellung unter ihrer Hüfte größer und härter.

„Vielleicht ein bisschen mehr als ein paar Minuten", knurrte Luke, der die Arme unter ihre Füße schob und sie hochhob. Sie legte ihm die Arme um den Hals und schmiegte sich fest an, küsste ihn und leckte ihn mit der Zunge, während er sie zu seinem Schlafzimmer trug.

Luke zog ihr die Bluse aus, schob ihr den Stoff von ihren

Schultern und hielt inne, um die Haut zu küssen, die er enthüllt hatte. „Ich muss dich nackt sehen", sagte er zu ihr. „Ich brauche dich unter mir, muss dich um mich spüren."

„Ich brauche dich auch", flüsterte sie zurück.

Sie schloss die Augen und spürte.

Mit jedem Quadratzentimeter, den er freilegte, nahm Luke sich Zeit, mit den Lippen zu erkunden. Mit der Zunge. Er küsste und leckte und neckte und knabberte, bis jeder Quadratzentimeter von ihr sich lebendig und so empfindsam anfühlte, dass sie beinahe spontan in Flammen aufging.

Etwas war anders. Etwas zitterte, war kurz davor, aufzuplatzen. Wie ein allzu warmer Frühlingstag, wenn die Sonne das Eis auf den Wasserfällen knirschen und knarren ließ, wenige Sekunden, bevor sich ein Spalt öffnete, und das ganze Ding zusammenbrach. Splitter flogen weg, brachen auseinander – lösten sich auf. Eine komplette Umkehr dessen, was nur Augenblicke zuvor noch da gewesen war.

Nur war es ein Zerbrechen, oder eine Erneuerung? Im Frühling kam es immer zu Wachstum, und als Luke sie berührte, spürte Kelli die Veränderung in jedem winzigen Stück von ihr kommen.

Er legte sie hin, entblößt vor seinem Blick, während er seine letzten Kleider auszog und dann zu ihr kam. Sich an ihrer Seite streckte und sie dicht an sich hielt, während er sie streichelte. Eine sanfte Berührung, die besitzergreifend und perfekt war.

Seine Finger tauchten zwischen ihre Beine, sein Mund war auf ihren Brüsten, löste sich, damit er sein Gewicht auf sie legen und sie besinnungslos küssen konnte.

Sie war bereits einmal geflogen, weil Luke sie in einen hochschießenden Orgasmus geschickt hatte, bevor er sich um sie legte und in sie hinein glitt. Sein großer Schwanz öffnete sie, und sie ließ die Beine aufklaffen, um ihn willkommen zu heißen. Körper rieben sich aneinander, Lippen küssten.

Luke murmelte sanfte Worte an ihrem Mund, während er sich langsam und tief bewegte. Jede Bewegung war absichtsvoll und notwendig, als würde er …

Als würde er nach Hause kommen.

Kelli kämpfte gegen die Tränen an, die sich einstellen wollten, aber es war zu perfekt, zu schön.

Er wurde langsamer. Hielt inne, tief in ihr, seine Finger streiften die Nässe von ihrer Wange.

„Kelli? Bist du in Ordnung?"

Sie nickte, nahm seine Finger und drückte sie sich an die Lippen. „Alles perfekt. Hör nicht auf. Bitte hör nicht auf."

Er veränderte seinen Griff, legte ihre verbundenen Hände auf der Höhe des Kopfes auf die Matratze, dann kehrte er zu den langsamen, sanften Bewegungen zurück, bei denen sie sich fühlte, als würde er jeden Quadratzentimeter von ihr lieben, eine Verbindung, die über das Körperliche hinausgingen.

Die Tränen liefen trotzdem noch, doch Kelli wollte zugeben, dass es gute Tränen waren. Sie handelten von Familie und der Tatsache, ein Zuhause zu haben, und obwohl sie die Worte noch nicht aussprechen konnte, ging es darum, dass sie sich liebten.

Denn sie liebte Luke. Vermutlich hatte sie das schon immer getan, und es war ein überraschend auftauchender Großvater nötig gewesen, um zu merken, dass ganz gleich, was auf Silver Stone geschah, Luke ihr Zuhause war.

Sie würde eine Möglichkeit finden müssen, ihm das zu sagen.

„Kelli", flüsterte Luke. „Du fühlst dich so richtig an. Du bist einfach …"

Sie öffnete die Augen und sah ihm ins Gesicht.

„Liebe mich", befahl sie, tat so, als wäre es nicht gleichzeitig Forderung und Wunsch und Traum und Versprechen.

Seine Finger spannten sich um ihre an, und er bewegte sich heftiger, ein wenig schneller. Dann ließ er eine Hand zwischen ihre Körper gleiten und berührte sie genau richtig, und sie brach zusammen. Wie der gefrorene Wasserfall löste sie sich auf, zerfiel in Einzelteile, die in seinen Armen gehalten wurden.

Bereit für den Frühling, damit er die Welt erneuerte. Ganz gleich, wie es aussah, sie konnte es schaffen. Sie wusste, dass sie das konnte.

Besonders, wenn Luke sie festhielt.

Er kümmerte sich rasch um das Kondom, dann schmiegte er sie an sich. Ihre nackten Körper lagen umeinander geschlungen, als wären sie Bäume, die am selben Ort gepflanzt waren.

Sie schlief in seinen Armen ein, immer noch waren Tränen auf ihrem Gesicht.

Wie war es möglich, dass sich alles so völlig veränderte, und sich trotzdem anfühlte, als wäre es das, was sein Leben schon immer hätte sein sollen?

Luke rückte herum, damit er Haarsträhnen aus Kellis Gesicht streichen konnte, sah auf sie hinab, mit diesem Gefühl in der Brust, das größer war als das Leben.

Sein ganzes Leben lang erinnerte er sich, dass er immer nur das Nächste getan hatte. Er hatte das als junger Mann getan, war unter der strengen Aufsicht seines Vaters aufgewachsen. Er hatte all die Aufgaben gelernt, die nötig waren, um den Laden am Laufen zu halten, und um sich um die Tiere auf der Silver Stone Ranch zu kümmern.

Mit seinem Vater und Ashton wusste Luke, dass er während der Jahre seines Aufwachsens starke männliche Vorbilder gehabt hatte. Er hatte gesehen, wie sein ältester Bruder mit einem gebrochenen Herzen fertig wurde, bis er sich schließlich in die perfekte Frau verliebt hatte. Er hatte gesehen, wie Walker sich durch Angst und Sorgen mühte, um felsenfest bei Ivy zu landen, die Jahre, die sie getrennt gewesen waren, ausgelöscht, als wären sie nie geschehen.

Während all dieser Zeit hatte Luke das Nächste getan. War am Morgen aufgestanden, hatte seine Arbeit erledigt. Die Pferde ausgebildet, sich um die Kunden gekümmert. Er hatte Spaß gehabt, war sogar stolz gewesen, aber darin hatte immer dieses Gefühl gelegen, einfach nur alles abzuarbeiten.

Es war nicht, als könne es nicht erwarten, am Morgen aufzustehen, er tat es einfach nur. Es war nicht, als könne er es nicht erwarten, mit den Pferden zu arbeiten. Obwohl ihm seine Aufgaben Spaß machten, hatte er kein dringendes Bedürfnis, das ihn begierig darauf machte, damit loszulegen. Selbst seine Beziehung zu seiner Ex-Verlobten hatte sich mehr um Erwartungen gedreht, als um ein wahres Verlangen nach Verbindung.

Das einzige – der einzige gemeinsame Nenner der Freude in den letzten Jahren – war die Frau, die jetzt in seinen Armen lag. Eine Frau, die sich, als er sie an den Wasserfällen mit erstaunlichen Neuigkeiten überrascht hatte, mehr Sorgen um sein Wohlbefinden als um ihres gemacht hatte.

Kelli war das einzige perfekte Element in seinem Leben, und nun, da er wirklich darüber nachdachte, war sie auch das einzig unersetzliche.

Er hatte bis jetzt gebraucht, um das herauszufinden.

Sie war der Grund, dass er begierig war, aufzustehen und loszulegen, um die Pferde auszubilden, denn ihre endlose Begeisterung und Aufregung griffen mit ihrer Freude auf sein

Leben über. Ihre Witze und ihre Gewohnheiten, wie etwa, von hohen Orten herabzuspringen oder zu lauschen, wenn es höchst ungelegen war – er wusste, was er von ihr erwarten konnte, aber niemals, wann es zu erwarten war. Sie brachte Spontanität in seine Welt, ob sie nun zusammenarbeiteten oder miteinander stritten, oder jetzt in dieser kurzen Zeit einander mit Einfällen im Bett wild machten.

Es gab nichts Gewohntes, wenn es um Kelli ging. Sie war so viel mehr als das.

Als er auf sie hinab sah, die langen Wimpern, die auf ihren Wangen lagen, traf es ihn so fest wie der Boden damals, als er von Chili Pepper abgeworfen worden war ...

Er liebte sie. Ganz und gar. Es war das wunderbarste, was ihm klar werden konnte, während gleichzeitig Eis sein Rückgrat hinab schoss.

Denn all die Männer in seinem Leben? Sein Vater, seine Brüder, seine Freunde? Sie hatten ihm alle beigebracht, wie wichtig es war, sich für das entscheiden zu können, was man wollte.

Es bestand keine Möglichkeit, dass Kelli das jetzt tun konnte. Sich für ihn zu entscheiden auf jeden Fall.

Sie hatte eine ganz neue Welt, die sich vor ihr öffnete, und es wäre nicht richtig, sie dazu zu zwingen, bei ihm zu bleiben. Nicht jetzt. Nicht, bis sie die Gelegenheit gehabt hatte, die Flügel zu entfalten und in Timothy Carlyns Welt zu treten.

Wollte er, dass sie ging? Teufel, nein. Und trotz der Schmerzen in seinem Inneren, während er damit kämpfte, das Richtige zu tun, wusste er, dass er sie auf keinen Fall gehen lassen konnte. Nicht für immer.

Aber gerade jetzt? Sie war so überwältigt, dass sie vermutlich keine Ahnung hatte, was genau es bedeutete, mit Timothy Carlyn verwandt zu sein. Die Ressourcen und Verbindungen zur Verfügung zu haben, die er hatte.

Luke musste sie vorübergehend ziehen lassen, damit sie das erfahren konnte. Damit sie ihre Talente an einem Ort vorführen konnte, der nicht Silver Stone war, wenn sie das wollte. Er hatte nicht das Recht, sie an seiner Seite zu halten, wo er endlich – *endlich* – herausgefunden hatte, dass er sie wollte.

Ihre Atmung war langsamer geworden. Abermals überraschte sie ihn, ihre Augen öffneten sich, um ihm ins Gesicht zu schauen. „Du denkst so laut, dass ich es hören kann."

Ihre Finger hoben sich an sein Gesicht, dann daran vorbei, strichen durch seine Haare, den Nacken hinab, immer wieder in einem anmutigen Kreis.

„Es war ein großer Tag. Gibt viel zum Nachdenken", gab er zu.

Ihre Lippen wölbten sich nach oben. „Es ist so spät, dass wir es bis morgen auf sich beruhen lassen können. Geh schlafen, Luke."

„Ganz schön gebieterisch", beschwerte er sich, obwohl das genau war, was er wollte. Kelli in seinem Leben, die ihn herumkommandierte und neckte und quälte.

Sie legte ihm eine Hand auf die Brust und schob, sodass er auf den Rücken fiel. Noch während sie aufwachte, bewegte sie sich, einen schelmischen Zug im Gesicht. „Wenn man bedenkt, dass wir praktischerweise nackt sind, brauchst du vielleicht etwas Hilfe beim Entspannen."

Gewisse Teile seines Körpers waren bei diesem Vorschlag ganz mit dabei, spannten sich an und versteiften sich, während sie sich wand, um die Hüfte über ihn zu bringen. „Wenn du zu müde bist ..."

Kelli hob eine Augenbraue. „Du sagst doch nicht nein zu Sex, oder? Das ist nicht der Luke, den ich in den letzten paar Wochen kennenlernen durfte."

Ihm gefiel es nicht, dass sie ihre Zeit zusammen einfach nur als Sex bezeichnete. „Du musst doch nichts tun, was du nicht tun willst", wandte er ein. „Es war ein schwieriger Tag."

Sie nickte nachdenklich. „Das war er, und ich stand vorhin auf jeden Fall neben mir. Aber etwas daran, hierher zurückzukommen, hat geholfen, mich zu verankern. Das weiß ich zu schätzen. Ich weiß dich zu schätzen."

Kelli drückte ihre Lippen auf seine, die Vorderseite ihres Körpers berührte seine nackte Brust. Es ließ sich nicht leugnen, was sie wollte. Es wurde durch ihren Kuss, ihre Berührung und die Bewegung ihres Körpers klar.

Luke konnte nicht Nein sagen. Und er würde keinen Augenblick des Hier und Jetzt verpassen, denn er wusste nicht, was morgen kommen würde. Vielleicht würde er sich vorübergehend von ihr verabschieden müssen, während sie aufbrach, um etwas Neues zu erleben.

Doch als er sich hinsetzte, um sich ihr anzuschließen, im Körper und im Geiste, schwor er sich wieder, dass es, falls sie wegging, nur für kurze Zeit sein würde. Während sie sich weiter ausbreitete, würde er ihnen Wurzeln schaffen. Er würde einen Ort bauen, an den sie zurückkehren konnte, und er würde verdammt noch mal sein Bestes geben, um sie zu überzeugen, dass sie nach Silver Stone gehörte.

Er würde ihr den Raum geben, damit sie das Gefühl hatte, sie könne gehen.

Doch jetzt? Jetzt würde er sie mit allem lieben, was er hatte. So, wie es ihm schon immer bestimmt gewesen war.

22

Kelli schlenderte am Sonntag durch die Scheunen, rätselte immer noch, wie der richtige Umgang mit Timothy Carlyns erstaunlichem Vorschlag aussehen könnte.

Es war nicht, als würde sie sofort aufbrechen und Silver Stone verlassen. Diese Option war da, aber es musste eine Möglichkeit für sie geben, den Mann besser kennenzulernen. Nicht wegen irgendetwas, das er ihr geben konnte, sondern weil es das Richtige war.

Doch allein der Gedanke an ihren Großvater brachte so viele Erinnerungen zurück, an eine Zeit mit ihrer Mom und allem, vor dem sie geflohen war.

Ja, ihr Kopf war im Augenblick ein wenig durch den Wind, und es gab keinen klaren Pfad, dem sie folgen konnte.

Normalerweise, wenn sie sich so fühlte, hätte Kelli Luke gesucht und den Vormittag damit verbracht, ihm hinterherzulaufen. Es war ein leichter Schock, zu merken, dass sie trotz ihrer harten Arbeit, die sie in all den Jahren darauf verwandt hatte, ihre Anziehung zu ihm zu verbergen, eine

Menge Gewohnheiten aufgebaut hatte, die mit dem Mann zu tun hatten.

Mit ihm zu reden, wenn sie ein Rätsel zu lösen hatte, war eine davon. Die auffällige Ausnahme davon war gewesen, sich um Frauen zu kümmern, die misshandelt wurden, denn das war zu dicht an dem Teil der Welt gewesen, über den sie mit niemandem reden wollte.

Sie hätte jetzt mit ihm geredet, nur dass der sture Mann mysteriöserweise nicht im Bett gewesen war, als sie erwacht war. Ein Teller mit Essen hatte im Kühlschrank gestanden, und die Kaffeemaschine war so eingestellt, dass man nur noch einen Knopf drücken musste, also hatte er sich um sie gekümmert, bevor er verschwunden war.

Verdammt sei dieser Mann. So süß das war, sie brauchte jetzt eine lange Diskussion, und er war nirgends zu sehen.

Sie wollte nicht mit Tamara reden, oder mit Ashton, und doch platzten die Gedanken in ihr fast aus ihr heraus, weil es so dringlich war, die Sache zu lösen.

Als der Tag verging, und dann der nächste, war Luke nervigerweise weiterhin nicht anwesend, und super nervigerweise außerhalb ihres Zugriffs. Er kam spät nach Hause und brach früh auf, war allen Unterhaltungen aus dem Weg gegangen, denn er hatte gerade „diese Sache, die er wirklich erledigen musste."

Er „vertraute ihrer Urteilskraft" und „war da, wenn sie ihn brauchte", doch verschwand dann stundenlang, ohne dass jemand wusste, wohin er gegangen war.

Sie war nicht blöd. Kelli hatte raus, was los war – Luke ging ihr aus dem Weg, obwohl sie nicht wusste, weshalb.

Außer, es war, um sie anzupissen, denn in diesem Fall hatte er Erfolg. Riesigen Erfolg.

Kelli marschierte am Mittwochnachmittag in die Scheune. Sie hatte ein weiteres Frühstück allein eingenommen, und die süße Notiz, die er hinterlassen hatte, hatte sie nur noch wütender gemacht, denn sie wollte ihn, keine Nachricht.

In der Ferne krachte eine Tür zu. Einen Augenblick später wurde Josiah Ryder sichtbar, seine Wangen rot, eine Falte zwischen seinen Augenbrauen. Er kam ruckartig zum Stillstand, als er sie sah.

Eine Sekunde später lächelte er und hatte völlig die Selbstkontrolle wieder. „Kelli. Schön, dich zu sehen."

Sie schnaubte. „Himmel. Du bist der beste Lügner, dem ich je begegnet bin. Ach, Moment – das nennt man ja nicht Lügen, richtig? Das ist *Schauspielern*."

Josiah hielt sich einen Finger an die Lippen. „Du bist eine der wenigen in der Stadt, denen ich von meiner Zeit am Theater erzählt habe, also lass mich bitte nicht auffliegen."

Also so wollte er es abziehen? Kelli beschloss, ihn diesmal vom Haken zu lassen. Zum Großteil. „Okay, Superman. Ich dachte nur, der wohlerzogene Held wäre bei Tag ein Reporter, kein Tierarzt." Sie spähte hinter ihn. „Wer hat dich denn angepisst?"

„Niemand." Er drückte sich an ihr vorbei. „Ich muss los. Sag Ashton, dass ich morgen für eine zweite Untersuchung von Thunderbolt wieder da bin."

„Kein Problem." Kelli sah, wie er weg eilte, Erheiterung machte sich breit, als sie sich umdrehte und merkte, dass Lisa Coleman zu ihr unterwegs war.

Es mochte ja ein Zufall sein, doch die Frau kam geradewegs aus der Richtung, aus der Josiah geflüchtet war, als wäre er von Drachen verfolgt worden.

Die Tatsache, dass Lisa damit beschäftigt war, in alle Boxen zu schauen, an denen sie vorbeikam, schien auch ein wenig verdächtig.

Kelli räusperte sich, und Lisas Kopf fuhr hoch, ihre Augen funkelten. „Hey."

„Hey, du." Kelli konnte nicht widerstehen. „Suchst du jemanden?"

„Josiah", gab Lisa zu, gewissermaßen zögerlich.

„Ist was los? Ich meine, ich habe ihn gerade gesehen. Ich könnte loslaufen und ..."

„Mach dir deswegen keine Sorgen. Ist schon gut." Lisas Blick wurde schärfer. „Was ist mit dir?"

So viel dazu, die Oberhand zu behalten. Lisa war niemand, den man auf den Arm nehmen konnte. „Ich habe nicht gesagt, dass was los ist."

„Natürlich nicht. Jetzt erzähl es mir."

Kelli verdrehte die Augen. „Also gut. Luke scheint mir aus dem Weg zu gehen. Er macht sozusagen buchstäblich auf dem Absatz kehrt und geht in eine andere Richtung, damit wir nicht reden."

„Ahh."

Na, das war ja nervig. „*Ahh?* Ist das wirklich ich alles, was du sagst?"

„Das ist doch weniger nervig als ‚heureka, so ist das!' Ich glaube, Luke gibt dir den Raum, um herauszufinden, was du willst."

„Was ich verflixt noch mal will, ist mit ihm über das reden, was ich will", beschwerte sich Kelli.

Lisa lachte. „Ja. Aber er ist ganz edel oder so was Nerviges. Habe ich recht?"

„Könnte sein. Ich weiß es nicht genau, da ich ihn nicht *finden* kann, um ihn zu fragen." Kellis Ärger ließ allerdings nach. „Es ist nicht so kompliziert, schätze ich. Ich will es einfach nur noch ein wenig mehr durchdenken. Was ist das Richtige?"

Lisa wirkte nachdenklich. „Klingt nach einer ganz einfachen Frage, oder? Man möchte meinen, das Richtige wäre obenauf, deutlich sichtbar und in Knallfarben. Die meiste Zeit ist es das Gegenteil. Die Wahrheit versteckt sich, nicht weil sie versucht, sich schwer auffindbar zu machen, sondern weil sie wichtig genug ist, um danach wühlen zu müssen. Man muss sie wirklich wollen."

Es war nur eine so kurze Zeit, und doch war Lisa in die Familie gekommen und hatte sich Silver Stone angeschlossen, als würde sie hierher gehören, was auch Sinn ergab, denn sie war ein vertrauter Teil von Tamaras Leben.

Nur dass sich Kelli jetzt fragte ...

Kelli schaute sie genauer an. „Was willst *du* denn, Lisa?"

Lisa blinzelte fest. Dann leuchtete ihr Gesicht, und ein großes Lächeln breitete sich darauf aus. „Ich wusste doch, dass ich dich aus gutem Grund mag."

Okay. „Das ist gut, aber keine Antwort."

Die Frau verschränkte die Arme vor der Brust und lehnte sich an die Bretter des Verschlags zurück. „Es gibt nicht viele Leute, die mich das fragen, weißt du. Ich hatte eine Menge Menschen, die mir sagen, was ich ihrer Meinung nach tun sollte, und weitere, die mir sagen, was ich ihrer Meinung nach nicht tun sollte."

„Das passiert mir auch häufig, aber du beantwortest die Frage nicht", erklärte Kelli. „Wenn ich da eine Grenze überschritten habe oder so was ..."

„Nein, definitiv keine Grenze, aber es ist etwas, über das ich zugegebenermaßen erst in den letzten paar Monaten richtig nachgedacht habe." Lisa zuckte mit den Schultern. „Ich will glücklich sein. Ich glaube, das wollen die meisten Menschen, aber für gewöhnlich war das, was mich bisher glücklich gemacht hat, *andere* Leute glücklich zu machen. Das ist nicht falsch, aber ab jetzt plane ich, mich ein wenig mehr auf mich zu konzentrieren. Ein paar der Geheimnisse zu lösen, die ich nicht nur vor anderen Leuten gehabt habe, sondern vielleicht sogar ein wenig vor mir selbst versteckt."

„Das geht tief.“

„Sehr. Ich glaube, ich werde auf eine Entdeckungsreise gehen, denn ich weiß nicht, was der Morgen bringt. Zwischen jetzt und der Ewigkeit liegt eine lange Zeit. Ich will, dass es sich lohnt. Was immer ich mache. Ich will, dass es sich für andere lohnt, aber besonders für mich.“

Etwas tun, das sich lohnte. Etwas tun, das Kelli wirklich glücklich machte.

Es war, als würde sie von einer Ziegelwand getroffen. Oder das eine Mal, als sie einen Tritt direkt in die Magengrube bekommen hatte, durch die Luft geflogen war und unter dem Aufprall eines Hufes auf die Erde geknallt war. „Du bist nicht ganz so einfach gestrickt, wie du andere glauben machen willst, oder?“ Kelli neckte sie mit einem Lächeln, damit die Worte nicht so hart klangen. „Ich bin froh, dass du glücklich sein willst.“

„Ich bin froh, dass du verstanden hast, dass alles, was ich gerade von mir gegeben habe, auf diese Wahrheit zusammenschrumpft.“

Die kleine Pforte der Scheune schwang auf, und Lisa deutete mit dem Kopf dorthin, wo eine große Gestalt auf sie zumarschierte. „Es scheint, er wäre aus dem Versteck gekommen. Wenn deine eine Wahrheit wie meine ist, dann willst du auch glücklich sein. Ich habe das Gefühl, dass jemand *anders* wirklich dasselbe will, besonders für dich.“

„Doch fühlt es sich an, als würde er alles Mögliche tun, um es mir leicht zu machen, zu gehen“, beschwerte sich Kelli.

„Männer.“ Lisa schaute ein Moment nach oben, dann strahlte ihr Gesicht beinahe gefährlich. „Ich wette um zwanzig Mäuse mit dir, dass er einen dummen Streit mit dir vom Zaun bricht, bevor …“

„Lisa Coleman. Ich habe dir doch gesagt, keine Wetten mehr, was meine Beziehung angeht.“ Kelli drückte sich die

Fäuste in die Hüfte und funkelte die Frau an, hielt die Lippen so lange geschürzt, wie sie konnte, ehe sie anfing zu lachen.

Luke war fast bei ihnen. Lisa ging rückwärts, schenkte Kelli ein Zwinkern. „Gut, ich nehme dein Geld nicht. Ich glaube immer noch, dass ihr innerhalb kürzester Zeit in der Sattelkammer landet. Denn ich weiß, was passiert, wenn ihr beide mit dem Streiten fertig seid und euch wieder vertragt."

„Kelli?" Luke trat um Lisa herum, die mit den Fingern wackelte, ehe sie wegtrabte.

Kelli glitt in die Box von Chili Pepper. „Bin gleich wieder draußen."

„Ich warte."

Sie hatte nichts zu tun. Nicht wirklich, aber der Augenblick, um ihre Gedanken zu sammeln, half. Kelli drückte die Stirn an die von Pepper. Sie sprach mit dem leisesten Flüstern, während sie ihren Mut zusammennahm. „Vielleicht kannst du ein wenig von deiner Sturheit teilen, um sicherzustellen, dass ich das richtig mache."

Die Stute schnaubte, brachte Kellis Zöpfe durcheinander, und sie lachte, drückte Chili Pepper voller Zuneigung, ehe sie aus der Box stieg und das Tor hinter sich schloss.

Luke löste sich von der Wand, an der er gelehnt hatte, und trat auf sie zu. „Wir müssen reden."

Luke hatte versucht, sich fernzuhalten. Das hatte er wirklich, aber es war immer unmöglicher geworden. Selbst der mehrstündige Ritt heute Morgen hatte nichts bewirkt, um die verdammten Läuse auf seiner Leber zu beruhigen.

Er hatte an dem Hügel angehalten, wo Mom und Dad begraben lagen, aber das Einzige, woran es ihn erinnert hatte, war, wie ausgiebig sie ihr Leben ausgekostet hatten. Jeden einzelnen Tag, bis sie fort waren, hatten sie gelacht und geliebt und waren der Familie gegenüber großzügig gewesen.

Er mochte Kelli ja gesagt haben, dass sie ihre eigenen Entscheidungen treffen musste und dass er sie unterstützen würde, bei was immer sie wollte, doch dieser Teil des Versprechens war eine Lüge.

Falls sie sich entschied, wegzugehen, würde er innerlich verenden. Er wollte nicht, dass sie ihn verließ.

Während er seine Tagträume gehabt hatte, war Kelli in die leere Box neben Chili Pepper getreten, den Rechen in der Hand, während sie den zusammengetrampelten Erdboden glättete. Arbeitete, während er redete, wie sie es schon seit Jahren zusammen taten.

Aber diesmal nahm er den Rechen aus ihren Händen und lehnte ihn an die Wand, brauchte ihre volle Aufmerksamkeit. „Dein Opa hat angerufen. Er will deine Telefonnummer, und ich wollte erst bei dir herausfinden, ob das in Ordnung ist. Er würde gern dieses Wochenende raus auf die Ranch kommen."

Sie nickte rasch, ehe sich ein ungläubiger Ausdruck auf ihr Gesicht legte. „Das geht nicht weg, wenn ich blinzle, oder?"

Er schüttelte den Kopf. „Nein. Das ist echt."

„Natürlich kannst du ihm meine Nummer geben. Es ist gut für ihn, dass er sich bei mir melden kann ..." Ihre Augen wurden groß wie Teller, und sie fluchte leise. „O mein Gott. Er glaubt immer noch, dass wir verlobt sind, oder?"

Sein Rücken spannte sich an. „Ja."

Ihr Gesicht verzog sich, und sie rümpfte die Nase. „Ich frage mich, was er machen würde, wenn wir ihm die Wahrheit erzählen."

Scheiß doch auf seine guten Absichten. Lukes Herz hämmerte so fest, dass er es bis in die Kehle spürte. „Du willst mich also gar nicht so sehr?"

Ihre Miene wurde völlig verwirrt. „Was?"

„Du willst mich einfach aufgeben."

„Was meinst du …?"

„Was, wenn es keine Lüge wäre?" Wut machte sich zusammen mit dem Gefühl breit, dass er die Kontrolle verloren hatte und alles umsonst war, und er fuhr sich mit der Hand durch die Haare, ging weg. Kam zurück. „Ich habe nichts, was ich tun kann, um dir zu beweisen, dass ich es wert bin. Es gibt nichts, was ich dir geben kann, um dir zu zeigen, dass du alles für mich bist. Du hast jetzt Geld, und du hast Verbindungen. Wir brauchen einander nicht mehr auf die Art, wie wir das taten, als wir zu der Gala gefahren sind. Aber wenn du nicht bei mir bist, an meiner Seite, ist das alles wertlos."

Die Worte sprudelten aus ihm hervor wie ein Chinook-Wind, der die Eiseskälte des Winters vertrieb. Unnachgiebig, hitzig und unaufhaltsam.

Kellis Augen waren immer größer geworden, und ihr Mund stand offen, aber es kam kein Geräusch heraus.

Was auch gut war, denn er war nicht mal annähernd fertig.

„Vielleicht ist es falsch, aber Silver Stone ist mir keinen Rattenarsch wert, wenn du nicht jeden Morgen an meiner Seite bist, wenn ich aufwache." Er wurde lauter, und er drängte sich an sie. „Teufel, ich würde nach Kentucky ziehen, wenn das nötig ist, damit ich dich jede Nacht in den Armen halten kann. Wenn du das Gefühl hast, dass du dort sein musst."

„Huch, Moment mal." Kellis Arm stemmte sich gegen seine Brust, und sie lehnte sich in seine Richtung, brachte ihn so aus dem Gleichgewicht, dass er über die eigenen Füße stolperte und rückwärts in die Wand des Verschlags torkelte. Das war der einzige Grund, wie sie ihr leichtes Gewicht einsetzen konnte, um ihn festzunageln.

Sie funkelte ihn jetzt mit einer solchen Entschlossenheit

an, dass ihm völlig klar wurde, wie sie die Pferde unter Kontrolle hielt.

„Du hattest heute Morgen wohl ein paar Tassen Kaffee zu viel, Luke Stone. Du musst verdammt noch mal langsamer machen."

„Wie kann ich mich dann beruhigen, wenn du vorhast, mich zu verlassen?" Gott, er klang, als würde er sie anflehen, bei ihm zu bleiben, was nicht weit von der Wahrheit entfernt war.

Zwischen ihren Augen bildete sich eine Falte. Feuer und Hitze funkelten zu ihm zurück. „Du hast versprochen, keine Annahmen zutreffen, also hör mal auf und halt mal kurz das Maul."

„Aber ich ..."

Ihr funkelnder Blick wurde härter, und er schloss die Lippen, wurde sich plötzlich bewusst, dass er wirklich nur den Mund bewegt hatte, ohne dass sein Gehirn eingeschaltet gewesen war.

Dann ließ sie ihn genau hören, was sie dachte, genauso laut, wie er es gerade eben getan hatte. „Warum musst du denn etwas aufgeben, nur um dir was zu beweisen? Geht es darum nicht gerade, wenn einem jemand wichtig ist, dass man für denjenigen Sachen macht, anstatt für denjenigen etwas *nicht* zu machen?"

Er wartete, bis er sicher war, dass er auch etwas sagen durfte. „Schätze schon."

„Ich weiß, dass du dich schon seit Jahren als Freund um mich kümmerst. Ich bin mir ziemlich sicher, dass du dich in diesen letzten Wochen um mich gekümmert hast, in denen wir ein Paar sind. Ich glaube, darum ging es doch bei diesem Gerede davon, mich in der Nacht in den Armen zu halten und am Morgen neben mir aufzuwachen."

„Was, wenn ich mehr will?"

Sie verschränkte die Arme vor der Brust. „Vielleicht solltest du mich fragen, ob es das ist, was ich will, wenn es das ist, was du willst. Denkst du wirklich, ich würde dir nicht glauben, wenn du sagst, du willst mehr?"

„Warum streitest du dann mit mir, Frau?", fuhr Luke sie an.

„Weil du damit angefangen hast", schrie Kelli.

„Du hast gefragt, was dein Opa sagen würde, wenn er herausfände, dass wir nicht wirklich verlobt waren."

„Das war eine rhetorische Frage, du Esel."

„Nicht für mich." Das Einzige, was in seinem Hirn aus den letzten paar Minuten ankam, war, dass sie sagte, *du solltest mich fragen.*

Und deshalb ging er vor ihr auf die Knie und nahm ihre Hände, sah sie gleich da in der Pferdebox an, während er sie festhielt, damit sie nicht weglief.

Während er sie festhielt, denn er konnte nicht loslassen. „Kelli James, heirate mich."

Sie war wieder sprachlos, starrte ihn mit offenem Mund an, als hätte er den Verstand verloren. Sie war so lange still, dass sich in seinen Bauch Angst breitmachte.

Hatte er *alles* total missverstanden?

„Warum?" Auf ihren Gesicht war so viel Hoffnung. „Und es ist lieber mal nicht, weil es logisch ist, dass ich du und ich zusammen sind."

Und schließlich – *schließlich* – verstand er, was gefehlt hatte.

„Verdammt, Kelli. Mir geht es nicht um Logik, es geht darum, wie sehr ich dich verdammt noch mal liebe und brauche ..."

Kelli warf sich auf ihn. Sie schlang die Arme und Beine um ihn, während sie sein Gesicht mit Küssen bedeckte, Gelächter legte sich um sie. Seine Knie wurden in die Erde gedrückt, als er sie dicht an sich zog.

Sie löste sich weit genug, um seine Wangen in die Hände zu nehmen, Erheiterung schmückte ihre Miene. „Das ist ein wenig verstörend. Dass wir hier sind, in einer Box, und du mir einen Antrag machst."

„Es ist kein Mist da, und im Augenblick ist das einzige Wort, das ich von dir hören möchte, *Ja*", murmelte Luke.

„Ich muss nicht wirklich antworten, oder?" Kelli holte tief Luft und stieß sie langsam aus. „Ich liebe dich auch."

Das war der Teil, den er bisher vergessen hatte, aber verdammt sollte sie sein, wenn sie nicht einfach weiterhin perfekt für ihn war. „Das ist doch schon lange, lange Zeit so, selbst wenn ich zu dumm war, es dir zu sagen. Ich liebe dich", wiederholte er, schob alles, was er hatte, in diese Worte. „Ich glaube, das habe ich schon immer getan."

„Ich bin äußerst liebenswert", erklärte sie.

Er lachte, als er sie aufhob, küsste sie hungrig, während er sie an die Wand der Box drängte.

Auf der anderen Seite des Holzes wieherte Pepper leise, und Kelli murmelte an seinen Lippen. „Sie gratuliert uns."

„Ich glaube dir."

Nur dass Luke kein Pferd brauchte, oder sonst jemanden, um zu bezeugen, was er als nächstes tun wollte.

Er trug Kelli durch den Gang, glitt in die Sattelkammer und schloss die Tür. „Wir müssen über so viele Sachen reden …"

Kellis Hände waren an den Knöpfen seiner Hose, so begierig wie er, ihre Schichten aus Kleidung auszuziehen. „Später. Nicht viel später, aber im Augenblick muss ich dafür sorgen, dass ich meine zwanzig Mäuse wert bin."

Er versteifte sich, ehe er eins und eins zusammenzählte. „Verdammt. Lisa hat mit dir gewettet."

„Du hättest mich auf den Heuschober bringen sollen", scherzte Kelli, und dann waren ihre Hände auf ihm, holten von irgendwo her ein Kondom, Gott sei es gedankt. Und dann bewegten sie sich zusammen. Voller Leben und Energie und Glück, während sie es sehr deutlich machte, dass ihre Antwort hundertprozentig, voll dabei, reine Kelli und ein begeistert annehmendes *Ja* war.

Ihre Fingernägel gruben sich in seine Schultern, und ihre Beine schlangen sich um seine Hüfte, während er die Hände unter ihren Hintern schob und sie an sich zog. Zusammen an einem Ort, an dem sie schon eine Million Mal gewesen waren.

Und obwohl er nicht wusste, was in der Zukunft passieren würde, würden sie irgendwo, ob hier auf Silver Stone oder einer anderen Ranch, ziemlich sicher Orte finden, um sich zu lieben, wo immer sie landeten.

„Ich liebe dich." Er flüsterte die Worte an ihren Ohren, während sie sich zusammen wiegten, körperlich verbunden. Ihre Augen leuchteten im trüben Licht, das durch das kleine Seitenfenster fiel. Er sagte es noch einmal, denn es schmeckte so perfekt auf seinen Lippen. „Ich liebe dich, Kelli James."

„Was für ein Glück", flüsterte sie zurück. „Denn es ist sehr viel leichter, dieses Lieben, wenn wir damit beide genau denselben Ärger haben."

23

Es war nicht, als würde sich alles über Nacht ändern, aber auf die wirklich wichtige Art tat es das schon.

Kelli wohnte in Lukes Zuhause. Nicht, weil es praktisch war, einen Ort zu haben, an dem sie einfach ins Bett fallen konnten, sondern weil es ihr gemeinsamer Ort war. Er hatte all ihre Sachen aus der Schlafbaracke geholt, was in den geräumigen neuen Wohnbereichen kaum einen Unterschied machte.

Dass sie ihr Zeug in einer Schublade neben seinem hatte, zauberte ihr jedes Mal ein Lächeln aufs Gesicht, wenn es ihr klar wurde.

Das war echt. Es war nicht nur ein Fiebertraum, in dem die Dinge in eine hitzige und lustvolle Katastrophe ausuferten, sondern es war ein Moment nach dem anderen, Tag um Tag, eine ganze Reihe von Tagen, die zu einem Jahr werden würden.

Jahren. Noch eines und noch eines, immer wieder, und das war für sie in Ordnung.

Schwierige Augenblicke regten sich schon, um sich in ihr

perfektes Glück einzumischen, aber sie wurden erleichtert dadurch, dass Luke da war, an ihrer Seite.

Wie jetzt. Timothy Carlyn stand auf der Schwelle, den Hut in der Hand, während er wartete, um nach drinnen gebeten zu werden.

Kelli hatte kurz gezögert, ehe sie die Arme öffnete und ihm eine Umarmung anbot, Gefühle hatten sie fest im Griff, genau wie seine Arme, ehe ihr Opa sie unbeholfen auf den Rücken klopfte und sich umdrehte, um Luke die Hand zu schütteln.

Sie sah, wie feucht die Augen des älteren Mannes waren.

Sie setzten sich im neuen Esszimmer an den Tisch, die breite Holzfläche leuchtete glänzend poliert. Sie stand im scharfen Kontrast zu den zufällig geformten Stühlen, die sie und Lisa am Tag zuvor in einem Secondhandladen vor Ort abgestaubt hatten.

Luke setzte sich auf den Sessel neben sie, sein Grinsen wurde größer. „Mach schon und sag es: *Ich habe es dir doch gesagt.*"

Ihr Opa hob fragend eine Augenbraue.

Kelli lachte. „So unterhaltsam ist das nicht. Ich habe Luke erst vor kurzem gesagt, da wir das zweite Haus auf dem Land von Silver Stone haben, ist es nur gerecht, wenn wir ein paar der Familienessen veranstalten. Dazu waren ein Tisch und Stühle erforderlich, und", sie deutete mit einer Hand auf ihn, „wir haben bereits einen Grund, dankbar zu sein, dass wir einen Platz zum Sitzen haben."

Er nickte fest. „Luke hat da einen kleinen Schatz mit dir gehoben, mein Mädchen."

Luke schlang die Arme um ihre Schultern, zog ihre Körper aneinander. „Da könnte ich gar nicht mehr zustimmen."

Das Treffen hätte sich nach Kummer anfühlen können, da Mr. Carlyn – ihr *Großvater* – dabei war. Dieses Wissen, was für einen Unterschied er machen konnte, auf so viele Weisen, doch Kelli hatte bereits beschlossen, was für sie am wichtigsten war.

Luke hatte zugestimmt, und ganz gleich, was geschah, sie waren gemeinsam dabei.

Kelli holte tief Luft. „Wir haben über deine Einladung gesprochen. Wir wären sehr froh, zu kommen und deine Ranch zu besuchen, aber das hier ist meine Heimat. Wir werden hier gebraucht, und hier werden wir die meiste Zeit verbringen.“

„Aber wir wollen, dass Sie wissen, dass Sie immer willkommen sind“, fügte Luke an. „Und es spricht nichts dagegen, dass Kelli Sie manchmal allein besucht. Hin und wieder.“

Ihr Großvater lachte. „Nicht zu allzu oft allerdings, wenn ich das richtig deute.“

Kellis Wangen wurden rot. „Es gibt eine Menge Arbeit zu erledigen“, setzte sie an, ehe sie einbrach und die Wahrheit gestand. „Und wir sind zwei Menschen, die sich lieben und nicht viel Zeit voneinander getrennt verbringen wollen.“

Um ihre Schultern drückte Lukes Arm sie fest, als könne er nicht damit aufhören. Als würde er sie niemals loslassen, und das war Kelli nur recht.

Timothy Carlyn hob einen Finger, dann griff er in die Tasche, um einen Umschlag herauszuholen. „Ich habe es vergessen. Dean wollte sicherstellen, dass du das bekommst. Ja, wir haben den Test eilig gemacht, aber es ist genug Beweis, dass du wirklich meine Enkelin bist. Nicht, dass ich daran gezweifelt hätte, aber alle, die sich mit dir anlegen wollen, können ihre Beschwerden nun anderswo vorbringen.“

Kelli nickte, nicht sicher, ob sie mutig genug für den nächsten Teil war. Aber sie hatte mit Luke darüber gesprochen, und es schien richtig.

Hart, aber sehr richtig.

Sie redete rasch, bevor sie die Nerven verlor. „Wenn du

willst, werde ich dir alle Einzelheiten erzählen, die ich über meine Mom weiß, falls du versuchen willst, sie aufzuspüren. Um es deutlich zu sagen, ich bin gar nicht interessiert an einer Zusammenkunft, aber das bedeutet nicht, dass du nicht die Gelegenheit bekommen könntest, sie zu finden."

Ihr Opa nahm ihre Finger in seine raue Hand und drückte sie fest. „Im Augenblick bist meine Sorge du. Wir haben viele Jahre aufzuholen. Das erwarte ich nicht über Nacht, aber ich hoffe, du lässt mich deine Gesellschaft so oft wie möglich genießen."

Kellis Welt wurde voller und hoffnungsvoller, mit jedem Augenblick, der verging. „Natürlich. Wie Luke sagte, du bist immer willkommen. Es ist nicht viel, aber Luke hat vorgeschlagen, dass wir ein Gästezimmer für dich einrichten, wenn du mal bleiben willst."

Opa Timothy, wie sie ihn von jetzt an würde nennen müssen, wirkte bei dieser Ankündigung höchst zufrieden. „Und ich weiß, dass das eine Menge ist, es zu erwarten, aber ich hoffe wirklich, dass ich an eurer Hochzeit teilnehmen kann."

Die tanzenden Schmetterlinge in ihrem Bauch schlugen einen neuen Rhythmus an.

„Wir müssen erst ein Datum festlegen, aber es wäre uns eine Ehre, wenn Sie dabei sind", sagte Luke leise.

Das war etwas anderes, das echt war. Echt verlobt, echt beim Planen, den Rest ihres Lebens zusammen zu verbringen.

Echt ein dauerhaftes Mitglied der Familie Stone zu werden.

Luke und Opa Timothy redeten über Zuchtlinien und eine anstehende Reise runter nach Kentucky. Kelli warf hier und da ein paar Anmerkungen ein, aber zum Großteil hörte sie zu, ihr Blick ging zwischen den beiden Männern hin und her. Einer aus ihrer unbekannten Vergangenheit, der andere auf jeden

Fall in ihrer Zukunft, auf eine Art, wie sie niemals zu träumen gewagt hätte.

Als ihr Opa ging, legte Luke den Arm um sie, und sie drehte sich zu ihm und küsste ihn, so süß sie konnte.

Er zog sich zurück, in seinen Augen stand ein Leuchten, während er lächelte. „Ich beschwere mich ja nicht, aber wofür war der denn?"

Kelli ließ die Finger in seine gleiten und hielt sich fest. „Weil ich vor all den Jahren, als ich zum ersten Mal einen Blick auf dich erhascht habe, nie geträumt hätte, dass dieser Tag kommen würde. Du hast auf deinem Pferd so großartig ausgesehen. Du hast gearbeitet und dich niemals beschwert. Du hast einfach getan, was getan werden musste, immer mit ermutigenden Worten für alle um dich herum. Und selbst nach all den Jahren, in denen ich dich beobachtet und mir gedacht habe, wie toll du bist und wie sehr ich dich bewundere – wächst dieses Gefühl in mir noch, als hätte ich irgendeine Quelle erschlossen, und sie überflutet alles."

Er zog sie an seinen Körper, hielt sie fest an sich gedrückt, während er sie angrinste. „Das freut mich. Es ist gut, zu wissen, dass ich nicht der Einzige bin, der sich da Hals über Kopf reinstürzt."

„Auf gar keinen Fall."

Ein Kälteeinbruch stand an. Winterliche Dunkelheit lag über den tiefen Schneewehen und füllte ihre Zeit draußen mit eiskalten Händen und Wolken, die sich um ihre Köpfe bildeten, wann immer sie atmeten.

Aber im Inneren der Scheunen war es warm. Und im Inneren des Hauses, vor dem Feuer, verbrachten Kelli und

Luke Stunden damit, über alles unter der Sonne zu reden. Ihre Mutter, seine Eltern, ihre Hoffnungen für die Zukunft.

Sie redeten, küssten sich und redeten noch mehr.

„Ich will immer noch wissen, wie du auf Silver Stone gelandet bist", sagte Luke, als sie gerade eine Pause vom Küssen machten.

„Geschwätz", setzte Kelli ihn in Kenntnis. „Womöglich habe ich gelauscht."

Er schnaubte. „Wirklich? Ich bin schockiert."

Sie streckte kurz die Zunge heraus, ehe sie fortfuhr. „Als ich weggelaufen bin, bin ich in einen Bus nach Calgary gesprungen. Ich wollte eine Weile in einem Hostel wohnen, während ich mir Stellenanzeigen überall in Alberta anschaute. Ich hatte einen Ausweis, auf dem stand, dass ich achtzehn war, darum sah das nicht schwierig für mich aus. Ich wusste, wie man reitet und Pflichten erledigt – das hatte ich schon seit Jahren auf der Ranch getan, auf der wir lebten."

„Du wusstest auf jeden Fall, was du tatest, gleich vom ersten Augenblick an, in dem ich dich gesehen habe", stimmte Luke zu.

„Ich mag Tiere", sagte sie mit einem Schulterzucken. „Ich war eine billige Arbeitskraft, aber ich war gut."

„Du bist *toll*", beharrte Luke, ehe er ihre Geschichte mit weiteren Küssen unterbrach.

In ihrem Kopf drehte sich alles ein wenig, als er sie wieder Luft holen ließ, und sein Grinsen sagte, dass er genau wusste, was er ihr antat. „Silver Stone? Nach der Bushaltestelle?", drängte er.

Sie nickte, fiel in Erinnerungen. „An der Bushaltestelle drängten sich eine Reihe Cowboys, als ich mit dem Nachtbus ankam. Ein paar von ihnen waren ziemlich ramponiert nach einer Nacht in der Bar. Sie haben besprochen, ob sie runter nach Silver Stone sollten, ohne die Typen, die sich immer noch ausschliefen.“

Lukes Augen wurden groß. „Onkel Franks Mannschaft, die nicht aufgetaucht ist.“

„Genau die. Sie haben sich nicht darauf gefreut, jemandem erklären zu müssen, weshalb sie zu wenige waren. Einer von ihnen erwähnte, dass sie Brandzeichen anbringen würden, und ich wusste, wie man das macht, darum habe ich die Gelegenheit genutzt und mir eine Fahrkarte für den Bus gekauft, auf den sie warteten. Mich in einen der Trucks zu schleichen, die Silver Stone geschickt hatte, war leicht – es gab andere Kurzzeitarbeiter von anderen Ranchen, die an der Bushaltestelle von Heart Falls warteten, also tat ich einfach so, als würde ich hergehören. Der Rest ist Geschichte.“

„Dreister Teenager“, sagte Luke liebevoll.

„Ja“, stimmte sie zu. „Bist du nicht froh?“

„Sehr froh“, erwiderte er.

Es war gut, diese Geschichte endlich mit ihm zu teilen.

Es gab andere Unterhaltungen. Speisen, die man mochte und nicht mochte, Filme und Musik. Kelli erfuhr mehr darüber, was Luke auf einer tieferen, vertrauteren Ebene antrieb ...

Nach all den Jahren, die sie im Beisein des anderen verbracht hatten, war es unfassbar, wie viel sie zu bereden hatten, das neu und frisch war, da sie von dem veränderten Standpunkt kamen, dass sie einander liebten.

Eine andere Ebene des Gesprächs zu Themen, die sie niemals wirklich angefasst hatten, bis sie sich einander verliebt hatten, veränderte alles.

Kelli sah zu ihm auf, während sie auf dem Rücken lag. Luke strich ihr mit einer Hand über die Rippen, und Verlangen stieg auf, als er ihre Haut streichelte, dass Feuerlicht fiel flackernd auf sie.

„Was ist mit Kindern?", fragte er.

„Früher oder später. Ich mag sie natürlich, du weißt doch, wie sehr ich Sasha und Emma vergötterte. Aber ich glaube nicht, dass Tamara und Caleb vorhaben, weitere zu kriegen, also müssen wir uns wohl kaum beeilen."

„Das ist für mich in Ordnung", stimmte er zu, „lass uns aber nicht zu lange warten."

Kelli kicherte. „Ja, ich schätze, wir sollten nicht zu lange warten, oder du wirst zu alt, um ..."

Er bedeckte ihren Mund mit seinem und hielt ihre neckenden Worte auf die bestmögliche Art auf.

Das Einzige, was sie belastete, war dasselbe Problem, mit dem sie es zu tun gehabt hatten, als all das angefangen hatte. Und obwohl Caleb nicht mehr mit finsterem Gesicht herumlief, war es offensichtlich, dass er immer noch etwas auf dem Herzen hatte.

Hatten sich die Finanzen durch ihre Arbeit genug erholt, damit Silver Stone wieder auf einem guten Kurs war?

Der Februar verging schnell. Pläne wurden geschlossen, um einen Ausflug zu ihrem Opa zu unternehmen. Sie suchten nach einem Datum, weil Ivy und Walker im März heirateten, und Tamaras berechnetes Geburtsdatum im April war. Auf der ganzen Ranch summte es vor Aufregung.

Darunter, wie es schien, auch ihr Telefon. Kelli schaute erfreut darauf, als sie eine Nachricht von Diane sah.

Diane: *Ich kann es kaum erwarten.*

Kelli war nicht sicher, was los war, darum entschied sie sich für: *okay?*

Diane: *Raus mit dir. Du meinst, er hat es dir noch nicht gesagt?*

Kelli: *Ich schätze, d. h., Luke hat Schwierigkeiten*

Diane: *Ich ruf an*

Einen Augenblick später läutete das Handy, und Kelli ging sofort ran. „Ich weiß nicht, wovon du redest, also spuck es schon aus."

Dianes vertrauter süßer Tonfall floss wie warmer Honig um ihr Ohr. „Vielleicht sollte ich nichts sagen. Ich ruiniere noch die Überraschung."

„Stell es dir doch wie zwei Geschenke vor. Ich bekomme die Überraschung jetzt, wenn du mir sagst, was los ist, und dann darf ich genießen, was immer es ist, von dem du mir gleich erzählen wirst."

Ein leises Lachen kam zu ihr zurück. „Du weißt doch, die Reise zu deinem Opa, und kann ich einfach nur sagen, wie verflixt aufregend es ist, dass Carlyn dein Opa ist? Jedenfalls hat er uns das erzählt, und Jack und ich werden da sein, darum können wir uns austauschen, während du dort bist. Er sagte, du willst nicht zu lange von zu Hause weg sein, darum können wir uns so auf den neuesten Stand bringen und Zeit miteinander verbringen, und du kommst trotzdem zeitig nach Hause."

Wow. „Das ist unglaublich."

Aus dem Nichts strömten Gefühle auf sie ein, und etwas, das sehr nach Tränen aussah, trat in ihre Augen. Kelli kämpfte um Selbstbeherrschung, während Diane im Hintergrund vor sich hin plapperte, und zwar noch etwa eine Minute lang, bevor sie endlich Verdacht schöpfte.

„Kelli, was ist los?"

Sie war nicht sicher, ob es ihren Traum verschwinden lassen würde, das auszusprechen. „So was passiert doch im echten Leben nicht. So viel Gutes. Freunde wie dich und Jack zu finden, herauszufinden, dass ich einen Opa habe, der an mir interessiert ist und dem ich wichtig bin. Sich in Luke zu verlieben – das ist zu perfekt, um wahr zu sein."

„Ach, meine Liebe. Du hast recht. Vielleicht passiert das nicht jedem, aber es passiert auf jeden Fall dir. Du hast es dir verdient. Jetzt musst du es auch mit beiden Händen zupacken, festhalten und die Fahrt genießen."

Kelli wischte sich die Tränen ab, arbeitete hart daran, sich zusammenzureißen.

Es war allerdings zu spät, um ihren emotionalen Ausbruch vor Luke zu verbergen. Er löste sich bereits von dort, wo er mit ein paar Helfern redete, mit Sorge auf dem Gesicht, während er zu ihr kam.

Sie beendete rasch den Anruf. „Ich weiß nicht, ob ich das verdiene, aber ich halte mich auf jeden Fall so lange im Sattel, wie ich kann. Danke. Danke, dass ihr in mein Leben gekommen seid und so gute Freunde seid."

„Es wird nur noch besser", versprach Diane. „Ich muss los, aber ich kann es kaum erwarten, dich zu sehen, meine Liebe. Wir schreiben uns bald."

Sie legte auf, nachdem sie einen Kuss durch die Leitung gehaucht hatte, und Kelli steckte das Telefon rechtzeitig weg, um das Gesicht zu Luke zu heben und einen Kuss von ihm zu bekommen.

Lukes Finger unter ihrem Kinn hielten sie fest, während er sie sorgsam musterte.

Es war in seinen Augen. Es war in seiner Berührung.

Das, was er für sie empfand – sie hatten es auch ständig ausgesprochen, dieses ganze *ich liebe dich*, aber so sehr sie die Worte hören musste und wollte, die Wahrheit war jeden einzelnen Moment lang da.

In jeder Berührung.

„Alles in Ordnung?", fragte er.

„Ich habe dich", sagte Kelli aufrichtig. „Alles ist perfekt."

Im frühen März versammelten sie sich in der Küche des Ranchhauses.

Die Anzeichen der Vorbereitung zu Ivys und Walkers großem Ereignis am nächsten Tag füllten den Raum. Aber trotz der geschäftigen Zeit war Luke dankbar, als Caleb die vier Brüder vor der Hochzeit zusammenbrachte, um die guten Nachrichten zu teilen.

Luke schaute auf die Zahlen vor sich hinab, Erleichterung und Freude rauschten durch seinen Körper. „Bitte sag mir, dass ich das richtig lese."

Walker redete als erster. „So habe ich auch reagiert, aber es ist echt. Verdammt, du und Kelli habt für uns ganze Arbeit geleistet."

„Die Kontakte, die ihr bei der Gala geknüpft habt, haben geholfen. Ziemlich", stimmte Caleb zu. „Aber Walker, wir hätten nie so lange durchgehalten, ohne das, was du für uns im Herbst getan hast. Das hat gereicht, um uns durch die schlimmsten Engpässe zu bringen."

„Und Nemo. Und Kelli ..." Luke war beinahe zusammengebrochen, als er herausgefunden hatte, dass sie noch einmal zum Anwalt gegangen war und ein paar Änderungen vorgenommen hatte, was ihre Anteile an Nemos Einkünften betraf. „Sie hätte ihre Anteile nicht mit den anderen Frauen teilen müssen."

„Du glaubst, du hättest sie aufhalten können?", fragte Walker mit einem Lachen. „Die drei nennen es die Silver-Heart-Stiftung."

Jedes Mal, wenn Nemo eine Deckgebühr verdiente, ging ein Anteil davon inzwischen auf ein geteiltes Bankkonto, das für das benutzt wurde, was die drei Frauen von Silver Stone für nötig hielten. Und sie alle, Tamara, Ivy und Kelli, hatten dafür gestimmt, vorerst den Anteil direkt in den Betrieb der Ranch zurück zu speisen.

Kelli hatte das mit den anderen so eingerichtet, bevor er auch nur einen Antrag gemacht hatte. Sie hatte sich bereits entschieden, Silver Stone zu helfen. Damit es für die Familie, die sie gewählt hatte, weitergehen konnte.

Luke riss sich zusammen, bevor er einen Zusammenbruch hatte.

Dustin hatte die Hände auf dem Tisch, und er starrte darauf. „Caleb sagte, dass ich auch daran beteiligt war, und ich stimme zu, aber es wäre ein Fehler, nicht anzuerkennen, wie sehr ihr euch alle drei ins Zeug gelegt habt." Er hob den Blick und schaute sie alle nacheinander an. „Ich weiß nicht, wie, aber ich verspreche, eines Tages werde ich auch eine Möglichkeit finden, mich richtig einzubringen."

Caleb legte ihm eine Hand auf die Schulter. „Das war die ganze Familie, und auch du, Dustin, und das sage ich nicht nur so. Wir haben zusammengearbeitet, und diesmal sind wir durchgekommen. Es waren Ashton und die Helfer. Es waren Tamara und die Mädchen, die getan haben, was sie konnten, wann immer sie es konnten."

Vor dem Fenster wurde ein graues Gesicht mit langem Maul sichtbar und starrte sie an, als wolle es an dem Treffen teilnehmen. Die edle Fliege der Ziege hing lädiert auf eine Seite. Es schien, als wäre Sasha entschlossen, die Teile auszutauschen, so schnell die Tiere sie abmachen konnten, und diese hier war festlich rot, zur Ehre der Hochzeit.

Dustin kicherte. „Also gut. Wir haben alle dazu beigetragen, aber wenn du mir jetzt verkaufen willst, dass die Ziegen etwas damit zu tun hatten, mache ich mir Sorgen um dich."

„Dustin, ich bin schockiert. Hast du nicht das Gefühl, dass sie ein wichtiger Teil unserer Familie sind?", scherzte Luke, während er aufstand und durch das Fenster schaute. Verdammt. Er bedeutete seinen Brüdern, sich ihm anzuschließen. „Das ist nicht nur Mene. Sie sind alle drei draußen, und wenn wir sie nicht gleich fangen, tauchen sie vermutlich mitten auf der Hochzeit auf, Walker."

„Das würde gut laufen", murmelte Walker, der seine Jacke anzog und nach seinem Hut griff.

„Die Mädchen würden es lieben."

„Setz ihnen bloß keine Flausen in den Kopf, oder sie werden wollen, dass die Ziegen die Ringe tragen", warnte sie Dustin. „Gerade hat Sasha schon vor, ein Kissen auf Demons Rücken zu binden."

„Keine Ziegen, und keine Hunde. Und es scheint, als wäre unser Familientreffen vorbei, beendet von den Ziegen", sagte Caleb träge. „Aber die gute Nachricht ist, dass Silver Stone noch jede Menge Familientreffen in der Zukunft haben wird."

Sie begaben sich nach draußen, die frische kalte Luft und der wunderschöne blaue Himmel machten klar, dass sie, obwohl sie die Ziegen jagten, zu Hause waren.

Als ein Seil um seinen Oberkörper fiel, festgezogen wurde und ihn an Ort und Stelle festsetzte, warf Luke einen Blick über die Schulter und war nicht überrascht, von seinem liebsten Cowgirl auf der ganzen Welt gefangen worden zu sein.

„Ich habe gehört, dass wilde Tiere frei herumrennen, darum schätze ich, ich sollte helfen, sie einzufangen." Kelli zog an dem Seil, holte ihn näher an ihr Pferd.

„Sie einfangen und mit einem Brandzeichen versehen?", neckte Luke.

Ihr Blick wanderte wohlwollend über ihn. „Na ja, das scheint mir nur richtig, da ich mit Brandzeichen hier bei Silver Stone angefangen habe. Ich will aber nur eine besonders wilde Bestie mit meiner Markierung versehen."

Luke stand inzwischen neben ihr, sah hinauf, während sie

das Seil lockerte, es einrollte und an ihren Sattel hängte. „Vertrau mir, Kelli. Du hast mich bereits markiert. Herz und Seele. Jetzt und für immer."

Sie schob ihren Cowboyhut zurück, ließ die Füße aus dem Steigbügel gleiten und bedeutete ihm, er solle zu ihr hinaufsteigen. „Komm schon, Cowboy. Diese Art Markierung erfordert Privatsphäre."

„Mir gefällt, wie das klingt."

Er stieg hinter ihr auf. Die beiden warfen einen verstohlenen letzten Blick dorthin, wo der Rest der Familie war, Caleb, Walker, Dustin und Lisa, die sich mit Sasha und Emma angeschlossen hatte.

Tamara lehnte am Eingang des Ziegenstalls, ihre Jacke wölbte sich stark über ihrem runden Bauch. Neben ihr war Ivy, in ihren hellblauen Mantel gehüllt, die beiden lachten, während die drei Ziegen überallhin sprangen, fast, aber nicht ganz in der Reichweite ihrer Verfolger.

Luke schlang die Arme um Kelli, während er am Zügel zupfte und zu seinem Haus aufbrach – *ihrem* Haus. Er lehnte sich vor, um ihr die Lippen ans Ohr zu legen. „Also. Wie genau funktioniert denn dieses Brandmarken?"

Sie drehte sich, bis er ihr Lächeln sehen konnte. „Na ja, ich fache das Feuer an, öffne das Gitter und warte, bis das Brandeisen glühend heiß ist. Du kannst dann entscheiden, ob du es auf der rechten Arschbacke haben willst oder der linken …"

Er drückte sie an der Taille. „Lass meinen Arsch bloß da raus."

Kelli lachte laut, dann schmiegte sie sich fester an ihn. „Andererseits sind dabei vielleicht auch Küsse beteiligt. Langsame, lange und sehr hitzige Küsse."

Er brummte zustimmend. „Das klingt nach meiner Art Markierung."

Silver Stone gehörte immer noch ihnen, und würde es auch auf Jahre noch tun. Kelli war Teil seiner Familie, auf mehr Arten als nur eine. Sie hatten einen Opa zu besuchen, Freunde, mit denen sie Zeit verbringen konnten, aber mehr als alles andere war das tiefste Gefühl, das Luke erfasste, ein friedliches.

Er hielt die Frau fest, die seine perfekte Braut war, und die perfekte Partnerin, und perfekt für ihn als einfach nur Kelli.

Zusammen ritten sie in die Zukunft.

EPILOG

Heiligabend, gute eineinhalb Jahre später

Ginny Stone war endlich zu Hause. Und dieses zu Hause, die Silver Stone Ranch, war ein Tollhaus.

Sie war gerade rechtzeitig zum Abendessen angekommen und stellte fest, dass das Haus randvoll war. Was gewissermaßen perfekt war. Sie wollte kein großes Hallo wegen ihrer Ankunft, und da so viele Leute herumhuschten, sowohl Freunde als auch Familie, bestand keine Chance, das einer ihrer älteren Brüder versuchen würde, sie in eine tiefgehende Unterhaltung über Langzeitziele zu verstricken, bevor sie die Gelegenheit gehabt hatte, wieder einen klaren Kopf zu bekommen.

Auf die laute, fröhliche Mahlzeit folgte Zeit mit ihren Nichten, die ihr begeistert alles erzählten, was sie im letzten Monat seit ihrem letzten Kurzbesuch angestellt hatten. Als sie sie schließlich zum Einschlafen überredete, schloss sich Ginny den übrigen Erwachsenen an, die noch im Haus waren, half, den Baum aufzustellen und zu schmücken, während

Geschenke für die Überraschung am Weihnachtsmorgen darunter platziert wurden.

Der einzige Nachteil des Abends war, dass man ihr mitteilte, dass ihr übliches Zimmer im Keller schon besetzt war. Tatsächlich waren alle üblichen Zimmer besetzt.

Tamara war deswegen wirklich untröstlich, hatte aber eine Lösung. „Wäre es dir recht, wenn du in einem der Anhänger übernachtest? Der neben der südlichen Scheune ist sauber, und es ist Bettzeug drin." Sie verzog das Gesicht. „Ich bin nicht sicher, ob schon jemand dazu gekommen ist, das Bett tatsächlich zu machen."

„Damit komme ich klar", versprach Ginny. Sie legte ihrer Schwägerin eine Hand auf den Arm. „Schon okay. Ich gehöre zur *Familie*. Du musst mich nicht wie einen Gast behandeln."

Tamara nahm sie in eine innige Umarmung. „Ich freue mich sehr drauf, dich besser kennenzulernen."

„Ich auch", sagte Ginny aufrichtig. „Außerdem müssen wir uns in Calebs Anwesenheit daran erinnern, wie du ihn niedergerungen hast, als ihr euch zum ersten Mal begegnet seid."

Tamaras Lachanfall kam von Herzen, und Ginnys Optimismus kehrte zurück. Vielleicht wäre es leichter, als sie sich erhofft hatte, wieder in den Schoß der Familie zurückzukehren.

Aber sie war froh, dass sie ein paar Minuten später flüchten konnte. Weg vom rumpelnden Gelächter und der schlichten Anwesenheit von Menschen, zurück in die Stille der Winternacht. Ginny schnappte sich ihren Rucksack aus ihrem Truck und ging langsam los, betrachtete all die sichtbaren Veränderungen an dem Ort, an dem sie aufgewachsen war, den sie aber jahrelang hinter sich gelassen hatte.

Der Anhänger, zu dem Tamara sie zum Schlafen geschickt hatte, war ein neuerer, ordentlich neben dem Schuppen im

Süden geparkt. Die drei Ziegen in ihrem Verschlag in der Nähe beobachteten sie mit heftiger Neugier, und Ginny salutierte im Vorbeigehen vor ihnen. „Ich grüße euch, Genossen beim Unruhestiften."

Sie öffnete und schloss die Tür des Anhängers so leise wie möglich. Man musste die Ziegen ja nicht wissen lassen, dass sie Nachbarn waren, denn die Höllentiere würden eine Möglichkeit finden, auszubrechen und sie des Nachts heimzusuchen.

Der Anhänger roch seltsam gut. Sie hatte erwartet, dass die Luft etwas schal sein würde, darum war der ungewöhnliche Geruch sowohl eine Erleichterung als auch ein Rätsel. Bergamotte? Kaffee? Auf jeden Fall beides, aber noch etwas anderes Vertrautes, an das sie sich vage erinnerte ...

Müde genug, dass sie einfach nur zusammenbrechen wollte, hielt Ginny im kleinen Wohnbereich an, um sich fertigzumachen. Sie zog sich die Hose aus, nahm den BH unter ihrem Top ab, sodass sie nur in ihrem Oversize-Tanktop schlafen konnte.

„Freiheit", murmelte sie leise, holte tief Luft und genoss den fehlenden Druck der BH-Riemen auf den Schultern. Große Brüste waren manchmal buchstäblich schmerzhaft. „Ich muss mich hinlegen."

Ihre Augen hatten sich an das schwache Leuchten angepasst, das durch das Fenster von der Hofbeleuchtung hereinfiel, darum machte sie sich nicht die Mühe, das Licht anzuschalten. Sie schlurfte zum Schlafbereich, plötzlich aufmerksam, als ein merkwürdiges, unpassendes Geräusch in ihre Richtung grollte.

Ginny spähte vorsichtig um die Ecke.

Heilige Scheiße.

Das Bett hatte tatsächlich Bettzeug, wie Tamara ihr gesagt hatte, aber es war durcheinander, über der langen, muskulösen

Gestalt eines Mannes zu einem Haufen zusammengeballt. Sein Gesicht lag nach unten, den Hauptanblick bot sein Hintern. Der Hauch Angst, der sich eingeschlichen hatte, verschwand.

Ginny kannte ihren rätselhaften Mann.

Vor ihr lag Tucker Stewart, Neffe des alteingesessenen Vorarbeiters, Kumpel bei allerlei Unfug ihres älteren Bruders Luke während der Sommermonate, als sie aufwuchsen, und ihr persönliches Kryptonit.

Sie sollte wirklich zurückgehen und sich einen anderen Schlafplatz suchen.

Was sie tat, war allerdings, viel, viel zu lange reglos dazustehen.

Die Zeit hatte ihn nur noch köstlicher gemacht. Sein Gesicht war zum Großteil ins Kissen gedrückt, aber seine Lippen waren sichtbar. Stark und voll, leicht geöffnet, und ein leises Grollen, das nur ein sehr wenig wohlwollender Mensch als Schnarchen bezeichnet hätte, kam daraus hervor.

Sie brauchte seine Augen nicht zu sehen, um sich an die hellblaue Farbe zu erinnern. Musste ihn nicht wach sehen, um sich an sein viel zu kurzes Lächeln erinnern zu können, immer von einem Funkeln im Blick begleitet, als wäre er überrascht, dass sie ihm eine andere Miene als seine übliche grummelige Visage entlockt hatte.

Nein, ihre Erinnerungen malten ausreichend Bilder der Teile für sie, die sie nicht sehen konnte. Und was sie sah? *Heilige Mutter*. Tucker hatte Muskeln bekommen in den vier Jahren, seit sie ihn zuletzt gesehen hatte.

Trizeps, sogar im Schlaf definiert, seine sichtbaren Unterarme mit einer feinen Schicht hellbrauner Haare besetzt. Seine große Hand drückte sich in die Matratze, wo seine starken Finger ausgebreitet waren, als wären sie bereit, sich um ihre Brust zu schließen.

Seine großen, *talentierten* Hände. Hände, die Ginny gern überall über sich streifen spürte. Breite Schultern, in die sie die Nägel gegraben hatte, als sie zusammen auf einen verschwitzten, schmutzigen, überragend lustvollen Höhepunkt zugerast waren.

Die Krümmung seiner Hüfte lockte sie, ein Oberschenkel war hochgezogen, um die empfindlicheren Körperteile zu schützen. Die schattige Höhlung, die seine Lende verbarg, brachte sie zum Lächeln und ließ sie die Aufmerksamkeit höher auf den Star der Show richten. Seinen Arsch, die Decke weit genug zur Seite geschoben, dass sie jedes muskulöse Grübchen sehen konnte, und die gerade Reihe von Punkten – Narben auf seiner rechten Arschbacke.

Woran sie ihn erkannt hatte. *Ähm.*

Sie hatte es nicht nur genossen, diesen nackten Arsch schon mal ganz aus der Nähe gesehen zu haben, sondern sie war sogar dabei gewesen, als ihr älterer Bruder Luke Tucker diese Narbe verpasst hatte. Zwölfjährige, die so taten, als würden sie ein magisches Duell austragen, und Tucker hatte auf Lukes *Zauber* eifrig reagiert, indem er sich nach hinten geworfen hatte, und war unwillentlich mit vollem Schwung auf einem Rechen gelandet.

Er war nicht mehr dieser Junge. Auch nicht der Teenager, dem sie gefolgt war wie ein liebestoller Welpe. Nicht mal der ernste junge Mann, den sie schließlich überzeugt hatte, dass sie erwachsen genug war, um zu wissen, was sie wollte – und dazu gehörte wilder, unersättlicher Sex mit ihm.

Lange, hagere Linien, nackte Haut, die sie berühren wollte. Sie hatte wohl ein Geräusch von sich gegeben, denn er wachte auf. Sein Körper spannte sich an, was wunderbare Dinge mit seinem Arsch anstellte.

Er rollte sich herum. Ginny zwang sich dazu, den Blick von dem verführerischen Häppchen zu wenden – *Brocken.* Das war kein *Häppchen* – das nun auf dem Vorzeigetablett lag, und schaute ihm stattdessen in die Augen.

Tucker blinzelte, dann blinzelte er noch einmal, während ein düster schwelender Blick auf sein Gesicht trat.

„Ginny Stone. Na, sieh mal einer an. Frohe Weihnachten für mich!"

New York Times-Bestseller-Autorin Vivian Arend lädt ein nach Heart Falls, zu modernen Ranchern in einem Städtchen in Alberta, ab vom Schuss in den Ausläufern der Berge. Es ist ein wilder Ritt, bis sie alle ihr Lebens- und Liebesglück finden.

Die Stones aus Heart Falls
Das Herz des Ranchers
Das Lied des Ranchers
Die Braut des Ranchers
Die Liebe des Ranchers
Der Schwur des Ranchers

Vivian lässt derzeit ihre vielen Serien übersetzen. Bitte besuchen Sie deren Website für alle aktuellen Informationen.
www.vivianarend.com/de

ÜBER DIE AUTORIN

Mit über 3 Millionen verkauften Büchern ist Vivian Arend eine *New York Times-* und *USA Today*-Bestsellerautorin von mehr als 70 zeitgenössischen und paranormalen Liebesromanen.

Ihre Bücher lassen sich alle einzeln lesen und haben keine Cliffhanger. Sie sind witzig, aber auch emotional, es gibt heiße Szenen und glückliche Enden. Für Vivian ist das der beste Job der Welt. Sie lebt in British Columbia, Kanada, zusammen mit ihrem langjährigen Mann – der Inspiration für alle Helden ist und ein bereitwilliger Gefährte auf Abenteuern aller Art.

www.vivianarend.com

www.ingramcontent.com/pod-product-compliance
Lightning Source LLC
Chambersburg PA
CBHW051322190726
48290CB00001B/282